力
十
文
化

U0072034

圖解

國文

國家考試的第一本書

·············· 第三版 ··············

林桂年、錢世傑 ── 著

序

說在前頭

　　睽違四年，再度改版圖解國文，間隔時間是有點久，歷經人生中諸多重大變革，但在教學中筆者更加成熟，多了更多的人生歷練。不少讀者在這段期間還是給予筆者諸多建議，蛻變之後，會是一隻更美麗的蝴蝶。

說在學歷

　　這四年，除了在學校執教之外，還拿到一個國立中山大學的MBA。企業管理這門學問和國文是不同的領域，但因爲有著國文底子，在學習的過程中，不管是報告或者論文，對於筆者而言，是大大地加分。當然，自己深信寫作的功力和分析的工夫，更有著極大的進步，這項分析能力，會運用在解題的技巧上。

說在複選

　　民國103年，考試院正式對外公告在諸多的考試中「國文」這個科目加入複選題，一開始筆者有著諸多擔憂，直到遊戲規則一出，心裡的疑慮總算迎刃而解。看似困難的複選題，實則是將每個選項看成是非題來看待，這樣會簡單許多。再者題型多落在閱讀測驗、修辭、應用文和成語三個篇章，百分之八十落在閱讀測驗的題型居多，只要注意題目給的提示，通常能找到解題的關鍵。

說在作文

　　還是提醒大家在國文這個科目，作文往往是決勝負的關鍵，因爲它需要靠自己的想像力還有對自己的期許，重點是多一點自己的生活經驗，在寫作的過程中，會轉換成充足的養分，孕育出如大地渥土般的好文。

說在公文

　　國家考試中，公文寫作或是公文測驗，都是必考的選項。公文的「法律統一用字表」更正成104年版本的，也多了公文夾的用法。在解題中，公文測驗這些細項都是需要注意，清楚易懂的主旨、詳細的說明，都是公文裡頭的要件，清楚說明的交待是公文的必要條件。

說在結語

　　努力，是最好的座右銘。一路走來，荊棘難行，願筆者能夠替讀者們找到一條比較平坦的路來行走。也謝謝錢世傑教授對筆者的提攜，自己也不停地在這段路上持續鑽研，希望這本書能夠讓大家找到最適合自己的閱讀方式。

林桂年

民國106年7月1日

國文 第三版
國家考試的第一本書
目錄

1 作文篇

本篇說明

　　作文在國考中是很重要的一個環節，本篇分析知名的散文作品，從這些篇章中吸取一些寶貴的寫作經驗，再用國家考試的題目做模擬練習，先讀再抓對寫作方向。

作文就是要輕鬆寫，短時間寫作求順暢，先求有再求好，慢慢修正。

本 篇 重 點

國家考試不想太低分？先從論說文寫起。

寫作沒有頭緒嗎？從名家散文篇章學起。

歷屆國家考試寫作題目，無從下筆？看分析練習起。

本篇大綱

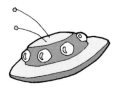

基本概念

國家考試的作文題目，在國文這一科中比例是最重的，一百分中占了六十分，比例真的是高得嚇人。但是想要從作文中獲取高分，有些許困難；如果想要取得中上的分數，其實並不難，只要掌握以下八個概念，就可以事半功倍囉！

概念1 表面印象

也稱為第一印象。就像人與人初見面是先由外在來認識一個人一樣。那作文中的表面印象是什麼呢？無非就是字體工整度。建議以0.7mm的原子筆來練習自己的字體，使其整齊劃一，整齊的方格字最受歡迎，如果字體過小或是太寬、太細長都很容易影響得分。

概念2 身材勻稱

什麼是作文中的身材勻稱？指的就是段落分明。所有的段落，都不宜過多或是過少，剛剛好就好，就如同女子的身材，不宜太瘦或是太胖，勻稱的身材最為吸睛。段落最好是至少五段，除了起承轉合之外，還有自己從文章中得到的啟發。

以上兩點皆是關於第一印象的問題，為什麼寫作要談到這個話題？因為參加國考的人數皆以萬計算，要如何脫穎而出？就是要讓閱卷老師的目光停留在你的試卷上比別人多幾秒，就是勝負關鍵。如果你的字非常不工整，很容易讓閱卷老師還沒有看內容，就先否決掉你的文章，因為讓人無法入目，就先扣分再說了。如果段落有過長的情形，也是讓人扣分的第一印象。

標點符號

標點符號的使用一定要正確。「，」是人說話時換氣的位置，但全篇文章也不能只使用「，」和「。」，顯示語氣的替換也不正確；簡言之，標點符號是最能輔助文字表現喜怒哀樂的。所以，在此提出幾個要特別注意的標點符號，其餘的標點符號類型共十五種，請參考教育部所公布的範本。

(1)「　」：上下引號，書寫時各占一格。

例：「貓」，這動物真的很神秘。「貓」這應該就有三格，常常有考生寫成一格，這一點要特別小心。

(2)……：刪節號，書寫時占兩格，每格三點。常常會有人寫得過多格數，這是需要非常注意的。

成語使用

坊間很多人都覺得作文中成語的使用是必要的。一篇好的文章，能夠使用成語當然很好，但是會用才更重要。成語如果不會用，也就不要用了，免得產生前後文意不相符的尷尬情況。語句通順，反而才是要點。

名言錦句

這個論點秉持著跟成語相同的使用觀念，如果不會用就不要勉強自己使用。如果你記得某句話，但是忘記這是誰說的，最保險的方式就是寫出古人云：「……」。

概念6

首尾皆重

　　國考作文通常頭尾最為重要，因閱卷老師往往是快速瀏覽試卷，頭尾就成了吸睛關鍵。首段如何下筆？國文作文多數是論說文，鮮少會出現抒情文，但不管什麼文體，首段使用開門見山法是最能立即見效的，簡短的一兩句，強而有力點題，清楚告訴閱卷者你要敘述的主題。那尾段呢？就是總結你前面幾段所要陳述的想法，也就是所謂的感想。一篇文章中，寫出自己的論點或是想法，是極其重要的。

 概念7

語句通順

　　文章最忌諱語句不通順，所以一定要掌控好自己寫作的時間，寫完之後自己默念一次，只要不覺得繞口或是不順，通順度就會高上許多。

 概念8

恰當字數

　　字數的問題也很重要，字數過多或過少都非常不討喜，盡量控制在一千字上下，國考的作文稿紙3.5～4頁左右最為適宜。

寫好作文的八大要素

表面印象

身材勻稱

標點符號

好文章

成語使用

名言錦句

首尾皆重

語句通順

恰當字數

從現代散文經驗學習如何寫考題

一、現代散文分析

■ 亮軒的《800字小語》中的〈藉口〉

原　文
若問人世間最易得、最管用、最可人的東西是什麼？我要說，那就是藉口。
人類的歷史看來充滿了藉口。古匈奴南下牧馬，其實是攻城掠地；希特勒借道，其實是佔領；日本搜索失蹤士兵，其實是侵略中國；俄羅斯支持社會主義政權，其實是進軍阿富汗。
沒有藉口，連歷史都難寫，那麼人生與藉口的關係，思可過半。我們愛財，拼命賺錢，卻說是為國家爭取外匯；明明喜歡作官，卻說是要服務人群；佔小便宜，名曰精明；糊裡糊塗，偏說大而化之。 　　假如真有那個意思，那麼編出一部純藉口的歷史並不困難。一個人也可以用藉口度過他的一生，譬如說有一個人一直想要努力上進、出人頭地，但是他一直沒有行動，理由如下： 　　小時候，因為沒有適當的指導；青年時，時間還早，來日方長；中年時，實在太忙，忙過了再說；老年時，健康不佳，不宜勞累；最後的遲暮，已經來不及了。
（接下文）

第一段用開門見山法，強而有力說明藉口是什麼？

舉古時候的例子，加強自己的說法。

三至五段的排比和層遞句子，加強說明所有的藉口都是要使自己的行為合理化。

原 文

　　許多人便如此地消磨了一生。假如我們不想做該做的事，就找個藉口不做了；假如我們想做不該做的事，也找個藉口做了，過了荒唐糊塗的一世，我們最後還可以說「人生本來就是一場大夢」。

　　看來藉口可以隨時為自己留餘地，真正卻把自己一步步推向衰落凋零、荒謬悖理的死路。但是藉口常常讓人覺得海闊天空，一如鴉片煙鬼已經落在鬼門關裡，還以為置身桃源仙境一樣。藉口是一種消除自怨自責的止痛劑，越用越上癮，用量越大，最後不但沒能治病，他本身變成了絕症。

六、七段算是尾段，用了對比的手法寫出藉口本質，藉此紓發自己的想法，尾段就是要總結，告訴讀者，這個觀念的好與不好，在最後一段作強調。

師出有名一定要藉口

為了生存，我們要鄰國的土地！

消滅劣等種族

建立大東亞共榮圈

■古蒙仁的《吃冰的滋味》

原　文

夏日吃冰，是人生的一大享受。

> 破題，直接寫出吃冰的感受。

人的一生中，最適合吃冰的年紀，是小學到初中這個階段。所謂的暑假，也幾乎是冰棒、冰水或刨冰的代名詞。一旦把冰抽離，相信每個人的童年都會黯然失色。

> 國小到初中的孩子，因為冰而豐富他們的暑假，加強吃冰的正面例子。

現在社會富裕了，小孩對冰的選擇可說是五花八門、應有盡有。從最早的芋冰，到國外進口的冰淇淋；從一枝五元的冰棒，到一客百元火燒冰淇淋，集合了傳統的口味與最尖端的食品科技，現代人誠然口福不淺。尤其是嗜冰如命？的小孩子們，更是得其所哉。一個夏天下來，吃掉的冰恐怕都要多過自己的體重。

> 五花八門的冰品，可以滿足現在孩子的口味，但也不禁為他們體重擔心，這是吃冰所帶來負面影響。

現代的冰品，拜科學昌明之賜，固然色彩繽紛，花樣百出，但單就口味而言，比起臺灣早年的冰製品恐怕就遜色了。原因無他，早期的社會單純，小生意人講的是信用，貨真價實，童叟無欺。近人講究包裝，較重外表，內容則能省則省，一般消費者很難逃過這種障眼法，品質就缺乏保障了。

> 舉冰品的負面例子，比較今昔之別。

小時候，我住在臺糖宿舍裡，臺糖福利社生產製造的冰水和冰棒一向名聞遐邇。最著名的是花生冰和紅豆冰，一枝只要一毛錢，冰水一杯五毛，以現在的幣值來看，實在有夠便宜。但當時一般小公務員家庭，兒女眾多，小孩難很有什麼零用錢，一天三餐能夠吃飽，已不容易，因此那吃到一根冰棒，已是天大的享受了。一根冰棒含在嘴裡，總要舔上半天，才捨得吃完。看得旁邊圍觀的小孩垂涎三尺，卻只乾瞪眼的分。

> 舉自己小時候的例子說明，吃冰不是一件容易的事情。

（接下文）

原　文

臺糖產製的冰棒和冰水，使用的都是道地的砂糖，絕不含糖精，不管口味或衛生，都遠較一般市售的冰品為佳，因此每到夏天，糖廠福利社前總是大排長龍，爭購各類冰品。晚到一步的可能要向隅。小孩子們吃過冰棒之後，還捨不得丟掉，因為竹製的桿子，可拿來做遊戲，人人蒐集成捆，聚集愈多，便愈受尊敬，因此小朋友都視為寶貝。

物以稀為貴，臺糖冰品大家爭相搶購，連冰棒棍也要蒐集。

此外還有一種芋冰，它們裝成大桶，由小販騎著腳踏車沿街四處販賣兜售，小販手上還持有鈴鐺，一路騎來，串串鈴鐺聲響徹街頭巷尾，人人便知是賣芋冰的小販來了，便一哄而上，團團將小販圍住。小販賣芋冰有兩種方式，一種按顧客需要，五毛錢一瓢；也有用賭注的。小販有一木製圓盤，上畫若干等分，每等分言明芋冰大小；顧客拿著小鏢，射在轉動的木盤上，射中那份便拿那份，俗稱「射芋冰」。小孩最喜歡玩這種遊戲，每次小販一來，便纏著不放。有生意上門，小販當然樂不可支，總會讓每個小蘿蔔頭射個痛快，直到他們口袋裡的錢全被掏光為止，然後又搖著手上的鈴鐺，騎著腳踏車逐漸遠去。

舉另外一種兒時小販沿街販賣芋冰的例子，運用摹寫的方式，把買芋冰和賣芋冰的人情緒表現，寫得活靈活現。「示現」在作文敘寫中，是很重要的一個寫作方法。

這些童年吃冰的記憶，如今多已消失殆盡，這一代的小孩子再也無從體會那種樂趣。每到夏天吃冰時，我都會想起這些往事，像鄉愁般地隨著現代化的冰淇淋一一嚥下，竟別有一番古老的滋味在心頭。冰淇淋的味道雖好，但總難敵童年那份甜美的記憶啊！

總結全文，比較一下今昔的差別，不管時代如何變化，兒時的記憶最為甜美。

補充說明

「示現」：日常生活中，我們常會用「快樂」、「難過」、「孤單」等語詞來形容心情，可是這些形容詞空洞單調，要讓句子吸引人，一定要具體有物。
例：鮮師髮型狀似影星發仔的髮型，談吐有禮並幽默風趣，穿著得宜，令人印象深刻。(把「氣質帥氣」示現)

■陳之藩的《謝天》

原　文

　　常到外國朋友家吃飯。當蠟燭燃起，菜肴布好，客主就位，總是主人家的小男孩或小女孩舉起小手，低頭感謝上天的賜予，並歡迎客人的到來。

開門見山寫出他所認為的「謝天」定義。

　　我剛到美國時，常鬧得尷尬。因為在國內養成的習慣，還沒有坐好，就開動了。

　　以後凡到朋友家吃飯時，總是先囑咐自己：今天不要忘了，可別太快開動啊！幾年來，我已變得很習慣了。但我一直認為只是一種不同的風俗儀式，在我這方面看來，忘或不忘，也沒有太大的關係。

寫因美國和臺灣生活型態的差異，而鬧出笑話。

　　前年有一次，我又是到一家去吃飯。而這次卻是由主人家的祖母謝飯。她雪白的頭髮，顫抖的聲音，在搖曳的燭光下，使我想起兒時的祖母。那天晚上，我忽然覺得我平靜如水的情感翻起滔天巨浪來。

文章轉折處，用了譬喻和映襯寫出當時情緒上的狀態。

　　在小時候，每當冬夜，我們一大家人圍著個大圓桌吃飯。我總是坐在祖母身旁。祖母總是摸著我的頭說：「老天爺賞我們家飽飯吃，記住，飯碗裡一粒米都不許剩，要是蹧蹋糧食，老天爺就不給咱們飯了。」

因為朋友的祖母，想到自己的祖母，也引出了「謝天」真正意涵。

　　剛上小學的我，正在唸打倒偶像及破除迷信等為內容的課文，我的學校就是從前的關帝廟，我的書桌就是供桌，我曾給周倉畫上眼鏡，給關平戴上鬍子，祖母的話，老天爺也者，我覺得是既多餘，又落伍的。

又舉自己小時候，不謝天的理由。

（接下文）

原　文

　　不過，我卻很尊敬我的祖父母，因為這飯確實是他們掙的，這家確實是他們立的。我感謝面前的祖父母，不必感謝渺茫的老天爺。

　　這種想法並未因為年紀長大而有任何改變。多少年，就在這種哲學中過去了。

　　我在這個外國家庭晚飯後，由於這位外國老太太，我想起我的兒時，由於我的兒時，我想起一串很奇怪的現象。

　　祖父每年在「風裡雨裡的咬牙」，祖母每年在「茶裡飯裡的自苦」，他們明明知道要滴下眉毛上的汗珠，才能撿起田中的麥穗，而為什麼要謝天？我明明是個小孩子，混吃混玩，而我為什麼卻不感謝老天爺？

　　這種奇怪的心理狀態，一直是我心中的一個謎。

　　一直到前年，我在普林斯頓，瀏覽愛因斯坦的《我所看見的世界》，得到了新的領悟。

　　這是一本非科學性的文集，專載些愛因斯坦在紀念會上啦，在歡迎會上啦，在朋友的喪禮中，他所發表的談話。

（接下文）

反面立論，作者認為就是不用「謝天」，因為他覺得他的祖父母，幫助他更多。

外國朋友的祖母，讓作者有了省思的機會。

寫作中，如果一開始立論是反面的，這一連串的問號思考，會讓問題引導至正面，要注意轉折的寫法。

開始舉例說明導正之前「不謝天」的想法。

原　文

　　我在讀這本書時忽然發現愛因斯坦想盡量給聽眾一個印象：即他的貢獻不是源於甲，就是由於乙，而與愛因斯坦本人不太相干似的。

　　就連那篇亙古以來嶄新獨創的狹義相對論，並無參考可引，卻在最後天外飛來一筆，「感謝同事朋友貝索的時相討論。」

　　其他的文章，比如奮鬥苦思了十幾年的廣義相對論，數學部分推給了昔年好友的合作：這種謙抑，這種不居功，科學史中是少見的。

　　我就想，如此大功而竟不居，為什麼？像愛因斯坦之於相對論，像我祖母之於我家。

　　幾年來自己的奔波，做了一些研究，寫了幾篇學術文章，真正做了一些小貢獻以後，才有了一種新的覺悟：即是無論什麼事，得之於人者太多，出之於己者太少。因為需要感謝的人太多了，就感謝天罷。無論什麼事，不是需要先人的遺愛與遺產，即是需要眾人的支持與合作，還要等候機會的到來。越是真正做過一點事，越是感覺自己的貢獻之渺小。

　　於是，創業的人，都會自然而然的想到上天，而敗家的人卻無時不想到自己。

因為愛因斯坦的「不居功」和祖母的「謝天」，讓他的「不謝天」理論徹底推翻。

舉自己的例子，開始懂得謝天的道理，因為無論做什麼事情，從別人身上得到的幫助真的太多了，感謝不完就感謝天吧！

最後的結論，創業與敗家的人所想的有所不同。

＊筆記＊

國家考試試題模擬

■作文題目：打擊違法，保障合法

模擬文 【99四等基層警察人員考試-國文】

　　「打擊違法，保障合法」，顯而易見就是執法者的使命所在，揪出所有違法的事情，讓合法的人事物可以安穩地存在而不受任何威脅。

用簡單的觀念點出主題，開法見山法。

....

　　違法與合法本是相對立，舉例來說，如果盜版的音樂光碟充斥坊間，然後執法人員不取締，那正版的音樂作品都會相對地受到威脅。因為盜版沒有付出心力但就能輕而易舉得到別人的智慧結晶，用較便宜的方式售出。它的價格一定會比正版少上許多。這對正版商品來說，無非是一件很殘酷的打擊。

　　又好比性侵事件，最近性侵案件層出不窮，甚至是有父親對女兒的案件，不管屬於哪種性侵案件，如果執法者無法對這些事情詳細偵查，任由嫌犯逍遙法外，無非讓廣大善良的女老百姓飽受身心的煎熬，不知道在何時有哪些人會突然冒出來傷害自己，每天都讓人擔心受怕，這會讓奉公守法之人，無所適從。

二、三段皆舉例說明，違法給合法造成的威脅。

....

　　〈張釋之執法〉這篇文章中，我們可以看到執法者也需要遵行法律，如果因為位居上位的關係，即使不遵行法律也不會受罰，這會讓守法的人民感受到不安的情緒。法理是需要全民共同遵守的，王子犯法與庶民同罪，只要違法事情，不管是誰做錯就是要受到法律的譴責，執法者也要秉公處理，這才是保障合法的正確做法。

用古文例子證明，自己的論述是古今皆通的。

....

（接下文）

模擬文　　　　　　　　　　　【99四等基層警察人員考試-國文】

　　雖然說法律是死的，人的腦袋是活的，所以鑽法律漏洞的人真是多不可數，但是即使一件很小的事情，都會損害到守法人的權益，就日常生活而言，有些建商使用違法的建材或是偷工減料，用較便宜的價錢販售給消費者，又或是販賣禁藥，造成消費者身體不適，雖然都是日常生活小事，但影響卻是無比深遠，小則金錢損失，大則攸關生命存亡。

> 用日常生活為例，小事也可釀成大禍。

　　執法者真的是小老百姓所遵行的對象，一有偏倚人民就會無所適從，違法的事情太多，那真的會讓合法的事情略現不平，所有的犯罪行為會讓人民的權益、生命，遭受很大的威脅。所以，執法者是扮演非常重要之角色，舉凡是法官、檢察官、警察，都是人民所奉行的對象，除了守法之外，這些人「打擊違法」的成果，真的是足以「保障合法」。

> 總結全文，把文章回歸主題，強調論點。

 提醒　國考的作文題目幾乎會跟你所考的職務有關係，要稍微注意一下與自己要考的職務相關工作內容。

我會努力通緝犯罪

我會努力蒐集犯罪證據

我會依法處理犯罪案件

警察　　檢察官　　法官

■**作文題目**：子路問政。子曰：「先之，勞之。」請益。曰：「無倦。」「先之」，意謂以身作則；「勞之」，意謂盡心從事；「無倦」，意謂持久不懈。請依據此一要旨，以「為政之道」為題，作文一篇，加以論述。

模擬文　　　　　　　　　　　【99三等關務人員考試-國文】

　　「為政之道」，即是治理國家的方式，也是就是政治。就孔子之論點即是先之、勞之，而後無倦，現今的治理國家之方式跟孔子也不謀而合。

> 第一段開門見山法，把古今論點作結合。

　　在上位者治理國家，最重要的無非就是「先之」，也就是以身作則，這也是經常忘記的一環，又比如，如同小型社會的班級，老師要求學生不說髒話，自己的言行舉止就必須稍加注意，在學生面前就不要有不得體的言語出現。

　　「勞之」即是盡心從事，不管做每件事情皆須如此，更何況又是國家之事，更是要費盡心思。唐玄宗早期知人善任，也尊敬賢者，所以會有「開元之世」，後期因為聽信讒言而導致「安史之亂」這是很典型的一個例子，如果盡心，就會使國家走上富強。

　　處理國家之事，除了要以身作則、盡心從事，還要「無倦」。一國之事，又多又繁瑣，就是因為繁雜就會令人不耐煩，結果處理狀態就是粗糙，持之以恆並不是一件太簡單的事情，就是因為不簡單更是要努力不懈怠，唯有如此，國家才會更美好。

> 第二、三、四段分別敘述「先之」、「勞之」、「無倦」，並舉例說明。

（接下文）

模擬文　　　　　　　　【99三等關務人員考試-國文】

　　現今的公職就是要當人民的公僕，就是要替人民服務，但是公務人員會時常忘記當初想要服務人群的初衷，在自己的工作熟練之後，就會鬆懈，那真的違背了孔子所說的「無倦」。倦怠之後，給人的負面印象就會日漸加深，舉凡態度傲慢、膽小怕事、因循苟且，都是現今公僕給人的印象。或許日復一日都是相同的工作內容，面對不一樣的人事物，或許很煩，但是持久不懈怠，也不輕易放棄，這才是把工作做好的不二法則。

第五段反面論述倦怠之後，會帶給人的反效果。如何用「無倦」為自己解套。

　　「為政之道」便是為民服務之道，孔子希望國君治理國家是以德化民，行仁政，才能得民心，人民才能心悅臣服。現今的政治環境，亦是如此。在上位者有德，老百姓就會居於無憂的生活環境。小老百姓渴望的就是安定的生活。

　　孔子的為政之道，用於現今的社會中，仍然是非常有益處的，能以身作則、能盡心從事，還能持久不懈怠，這樣治理國家的方式歷久不衰，還能以德化民，對於人民而言是一大福祉。

第六、七段把自己所認為的為政之道和孔子的為政之道整合，最後再以「先之」、「勞之」、「無倦」的概念作結論。

■**作文題目**：相信大家在小學時寫過「我的志願」這個作文題目，對自己的未來充滿期待。今天，你走進初等考試的考場，是不是也懷抱著想當公務人員的志願？請以「我為什麼立志當公務人員」為題，寫一篇首尾俱全的文章。

模擬文 【99初等特考一般行政-國文】

　　為什麼立志當公務員？就現實層面來說，因為穩定。就志趣層面來說就是可以服務人群和發揮所長。

> 第一段開門見山，點出題旨所在。

　　公務員中一般行政的工作，應該是我最能得心應手的，上網搜尋一般行政的工作內容，除了一般文書工作之外，還有包含不同面向的工作，對我來說是一種挑戰，不同領域可以吸收不一樣的工作，這也是種趣味。

> 第二段把自己所要考試的相關類科，與此文作呼應。

　　與其說立志當公務員，那不如說，我希望在穩定的工作中也可以得到成就感，一般行政的工作不必受到專業技能的限制，升遷管道也比較廣，對於工作企圖心比較旺盛的我，很適合這項行業。

> 第三段寫出當公務員的優點。

　　當公務員的志向應該也是受到家庭影響很深，我的父親當了一輩子的公務員，他總是以公務員為榮，即使是加班，他也是無怨無悔，因為他說在公家環境中，只要努力還是有人會看得見，並不是跟外界所說的一樣，考上公務員就可以輕鬆過日，也是要努力才行。否則就只是平淡過一生，完全沒有動力的生活。

> 第四段舉出當公務員的正面例證。

（接下文）

模擬文　　　　　　　　　　　【99初等特考一般行政-國文】

　　過去，公務員一直給人非常不好的印象，常常是八面玲瓏、膽小怕事，甚至做事情拖拖拉拉很沒有效率，但是我想並非所有人都是如此，要扭轉一般人對公務員這樣的刻版印象，真的要從自己做起。當上公務員的那刹那，就應該更積極面對自己的工作。

第五段如果自己考上後，要如何扭轉公務員給人的負面印象。

　　中文專業的我，對於公文書寫和一般的文書處理的工作都有極大的興趣，如果能夠發揮自己所長在自己很有興趣的工作上，不管離家多遠，那都是一件很幸福的事情，再加上我的個性不愛起伏太大，但又有企圖心，公務員就是能讓我立定志向並且向前衝的一項行業。

　　公務員是志願亦是夢想，所以在成為公務員之前需要付出一番心力，踏進初等考試的試場就是準備開始要展翅翱翔於公家機關的天空。

第六、七段敘述自己真正喜歡當公務員的原因和對自己的期許。

■作文題目：林肯說：「平時在學識與經驗上的努力，是我們到了危急關頭最有力的支持者。」試以「學識與經驗」為題，作文一篇。

模擬文 　　　　　　　　　　　　　　　【98三等稅務人員考試-國文】

　　王陽明先生曾經提過「知是行之始，行是知之成」，表達了一種觀念，知識是行為的基礎，而行為是知識的累積。所以學識與經驗是同等的重要，並且環環相扣。

第一段用名人名言來開頭，直接指出學識與經驗同樣重要。

　　學識就是在求學過程所習得的知識，還有工作中自行進修所吸取的知識，不管是課外讀物或是上課所學，這是讓工作可以更上一層樓的養分之一。

　　經驗在現今社會中為更重要的一個扣環，重要程度有時候更勝於學識。工作上在處理面對任何事情都需要經驗，有經驗的人處理表現會更沉穩。

第二、三段就學識與經驗分別立論解釋。

　　如果說學識是內在的，那經驗一定是外顯的，就如同學校老師在教育孩子來說好了，在當老師之前一定要修習教育學分，裡頭有相當多的教育孩子的理論知識，實習便是實踐這些理論知識的前置動作，如何將理論知識運用到實際的教育現場，就要憑教師本身的經驗了。

　　舉例來說，在自己未當導師之前，無法理解導師如何面對學生與家長，即便自己在學校可能不知道和教授、同學模擬過多少次教學情境上的問題，真正到了教育現場，面對發展遲緩兒、行為偏差的小孩，或是態度惡劣的家長，要怎麼處理？可能就是要靠老老師的經驗分享，還有同事互相分享對策。

第四、五段舉例說明學識與經驗的重要程度，如何運用學識與經驗來解決問題。

（接下文）

模擬文　　　　　　　　　　　【98三等稅務人員考試-國文】

也常常有人工作久了，覺得自己能源在消逝，覺得自己處理工作的技巧逐漸與新進人員有落差，常常都會選擇再進修，因為時代會變遷，每年都會有新的知識和新的技術再產生，所以自我進修就是非常重要的一個環節了。

> 第六段補充學識涵養不足的關鍵。

學識是所有前人經驗的累積，再經由實際工作經驗來檢驗是否符合學識，兩者缺一不可，當然也要符合當時時代潮流，舊知識重要、舊經驗也重要，但最重要的事情是要順應時勢，創新思維。

> 第七段知識與經驗固然重要，也要學會順應時勢，創新思維。

林肯說：「平時在學識與經驗上的努力，是我們到了危急關頭最有力的支持者。」這句話真的頗有其意義存在，平時有在補充自己的學識涵養，真的遇到困難的時候可以用經驗把自己所學完全運用，進而解決自己的困難。再次證明，學識與經驗是對等的重要，而且會幫助我們渡過難關。

> 第八段用題目作總結，加強自己的論點。

充實學識涵養，累積經驗解決困難。

■作文題目：面對當前競爭激烈的時代，政府施政，除了講求政策內涵的穩妥外，執行是否適時、準確、落實，更是成敗的關鍵，孟子就說：「徒善不足以為政，徒法不能以自行。」試以「政策的制定與執行」為題，作文一篇，申論個中要旨。

模擬文　　　　　　　　　　　　【101 二等警察特考-國文】

　　「政策的制定與執行」，無論對於國家、公司、學校而言，甚至小至家庭，通常都需要準確且落實，甚至需要因時制宜，在不同的時間、不同的地點，政策都可以因為時、地、物稍作修正。

> 第一段開門見山法，把題目定義稍作交代。

　　「徒善不足以為政，徒法不能以自行。」孟子這句話講得十分有道理，有好的政治理念卻沒有政策可以實施，有好的法令制度沒有落實也只是空談。

> 第二段解釋孟子所言，以利之後的敘述。

　　制定一個好的政策要經過三思熟慮，一切的出發點都是好的，但是執行上呢？是否會有困難度，是否會符合人民期望，這都是需要考慮進去的。

　　「車輛怠速三分鐘要罰？」最近施行的政策出發點是好的，非常環保，也可以救地球，但執行呢？誰去抓？怎麼抓？怎麼測量這台車已經怠速三分鐘？還有「垃圾不落地，垃圾落地要罰！」也是一樣的問題，立意出發點是好點的，但執行上是有一定的困難度。畢竟，現在還是可以看到臺灣到處都是垃圾，改善程度也很有限！

> 第三、四段政策的實施會有一定的困難度，舉例提出疑問。

（接下文）

模擬文　　　　　　　　　　　　　【101 二等警察特考-國文】

　　因為知識水平的高漲，導致於「出生率降低」，很多高知識份子幾乎都不生育，因為要栽培一個孩子要花費非常多的心力與金錢。

　　以法國為例，除了給予「單親津貼」，還提供給生育第二、三個小孩的雙親「家庭津貼」，生育第三個孩子，每個月的津貼更高達臺幣二萬元左右，直到小孩滿三歲，並還給予生養孩子的家庭「給薪」的親職假，讓他們覺得生孩子也是貢獻社會的一種方法。

　　歐洲國家在全面實施兒童津貼之後，某種程度扭轉了歐洲國家不婚、不育的觀念。此一政策確實有效地延緩了歐洲國家生育率的下降，畢竟多數人仍渴望生養孩子，政府要做的，只是提供足夠的誘因與鼓勵。

　　由此可知，一個成功的政策的實行，也要能夠切合民意，在上位者應該好好深思。

⋯⋯⋯⋯⋯⋯⋯⋯⋯⋯⋯⋯⋯⋯⋯⋯⋯⋯⋯⋯⋯⋯⋯⋯

　　政策對於國家無非是很重要的一環，政策的分析、分析之後的制定、制定之後的實行，是一環扣著一環，哪個環節出了錯，可能就會影響很大，人民的福利都掌握在上位者的手裡，制定前思慮嚴謹，實行後果斷不拖泥帶水，這在處理上應該會是比較好的。

> 第五、六、七段舉例說明，一個成功政策的例子，不管是上位者亦或是人民，都會相得益彰。

> 第八段結論，把政策的制定與執行都稍作統整與歸納。

■**作文題目**：人生有悲有喜，有失有得，有困阨有順遂，以不同的角度對待，會產生不同的感覺。不僅人生如此，社會上許多問題，如果換個角度思考，也往往能夠「柳暗花明」。請就生活體驗，以「換個角度思考」為題，寫作一篇文章。

模擬文　　　　　　　　　　【101 三等關務人員特考-國文】

　　每一件事情都有「兩面」，有好也有壞，由不同的角度去看，就會有不一樣的結果。轉個彎，路說不定會更寬、更廣，不是嗎？

‥‥‥‥‥‥‥‥‥‥‥‥‥‥‥‥‥‥‥‥‥‥‥‥‥‥‥‥

　　抱怨，會讓自己身體內充滿更多的負面能量。常常聽到有人說「為什麼我沒有穩定的工作？」「為什麼我都無法中二億元的頭獎？」「為什麼他的老公（或老婆）是如此帥氣（美麗）？」為什麼？為什麼？太多的為什麼，也帶來很多負面能量。

　　如果可以，在抱怨「為什麼我沒有穩定的工作？」換個角度想，「大概是天將降大任於斯人也，老天爺不希望我太快成功，想再磨練我吧！」人也不一定要中頭獎才能過很好的生活，沒有得獎就當作是做公益，幫助一些需要幫助的人。另一半，一定要是俊男或是美女嗎？有些時候長相越是樸實的人，可能更有幫夫運或是疼妻至上。

‥‥‥‥‥‥‥‥‥‥‥‥‥‥‥‥‥‥‥‥‥‥‥‥‥‥‥‥

　　楊恩典，是殘障人士的典型成功代表。天生無手的楊恩典，剛出生就被她的父母親拋棄在岡山菜市場的攤架上，媒體報導後，楊牧師夫婦把她抱回孤兒院，取名「恩典」。我打從心底佩服她，在面對人生這樣大的困境，她依舊樂觀面對。她說，沒有手沒有關係，我有腳啊！她用腳代替她的手、洗澡、吃飯、甚至作畫，到現在結婚、照顧小孩，不假他人之手，全部用她的雙腳去完成。

　　如果當時，她無法換個角度思考、去面對她所遇到的所有困境，大概就沒有這個家喻戶曉的楊恩典，她也不會有這樣幸福的生活。

‥‥‥‥‥‥‥‥‥‥‥‥‥‥‥‥‥‥‥‥‥‥‥‥‥‥‥‥

（接下文）

右側註解：

第一段用疑問句留下一個思考點，換個角度思考不同面向。（疑問句，千萬不要用「你」，因為我們沒有資格去詢問改考卷的典委）

第二、三段舉負面例子來提出反面論證，證明負面的想法只會讓自己更負面。

第四、五段舉楊恩典的例子，證明換個角度思考，可以為她帶來幸福的生活。

模擬文 　【101 三等關務人員特考-國文】

　　再舉個例子，克里斯‧李，在臺灣算是很知名的國際領隊旅遊作家，就我所知，他是一個很隨性旅行的人，如果跟他出門，卻迷路找不到原本計畫去的地方，而剛好指標出現另外一個景點，他就會說，那走吧！去另外一個地方。這樣的方式不見得不好，因為真的是「柳暗花明又一村」的典型表現。

> 第六段舉克里斯‧李的例子印證，轉念可以發現不一樣的驚喜。

　　「換個角度思考」不會讓自己陷入一種抱怨的負面情緒裡頭，人常常只會以自己為出發點，去思考一件對自己不公平的事情，卻沒有站在對方的立場為他人設想。試著轉念，或者是換位思考，或許自己也會做出不一樣的決定。讓自己保有一定的正向思考，事情應該會更美好。

> 第七段總結，其實換個角度思考，就可以帶來更正向的態度。

■作文題目：孔子一生栖栖皇皇周遊列國，求行道於世，時人視之為「知其不可而為之者」。「知其不可而為之」究屬固執冥頑抑或勇毅堅定？其是否允為今日吾人應具備之理念與精神？
請以「知其不可而為之」為題，加以論述。

模擬文　　　　　　　　　　【103外交行政特考-國文】

　　知其不可而為之，就我自己的定義而言，就是勇敢堅定。一件事情，去做了才能知道對或錯，錯了也不可恥，因為可從錯誤中記取教訓。

> 第一段開門見山法。點出自己對於知其不可而為之的定義。

　　空城計，就是一個很顯明的例子。孔明當然很清楚知道自己城裡頭的軍隊敵不過司馬懿帶來的十五萬大軍。使用空城計真是大膽的冒險行動，孔明知其不可而為之，所以也成功嚇退司馬懿。

> 第二段舉「空城計」來證明「知其不可而為之」是勇敢堅定，並會成功的。

　　夸父追日，這是一個耳熟能詳的寓言，夸父因為天氣過熱，所以去追太陽，相信他當時也應該知道這有一定的難度，但為了他的子民，所以他去做了這件事情，途中他也沒有放棄，最後又渴又累，不支倒地。

　　夸父看似失敗了，或許有很多人會笑他自不量力，人怎麼可能跟大自然對抗。可是他的手杖變成桃林，讓經過桃林的人能夠乘涼，渴的時候可以吃桃子，藉此他也達成他的志願，這不也是另一種成功。

> 第三、四段舉「夸父追日」的例子，看似失敗，實則成功，在在證實「知其不可而為之」的勇敢堅毅。

　　教育孩子，也該用這樣的勇氣和堅毅，現代的父母親因為孩子生得少，對孩子多是寵愛甚過於責備。常常會跟孩子說這個不能說、那個不能做，不敢讓孩子嘗試，因為過程中可能會受傷。但其實受傷了，他們也才能記取教訓和經驗，這歷練和勇氣比起直接告訴他「不可以」來得重要許多；否則，懦弱的孩子只會越來越多。

> 第五段點出現代教育上的問題，導致很多孩子都缺乏勇氣。

（接下文）

模擬文　　　　　　　　　　　【103外交行政特考-國文】

　　很佩服孔子早在千年前就有這樣的勇氣，即便有很多的輿論和反對聲浪批評與阻止他，但他還是為了夢想勇敢前行。

　　反思現代人，更是要具備「知其不可而為之」的勇氣，才能完成更多任務和責任，公務員更是要如此，為民服務的勇氣、希望臺灣更美好的勇氣，只要是對的，更要勇敢前行，「知其不可而為之」，創造一個新的世代。

第六、七段寫出結論，現代人更需要「知其不可而為之」的勇氣。

■作文題目：愛心帶來社會溫馨，耐心促使效率提升，對從事公職的人而言，二者尤不可或缺。請以「愛心與耐心」為題，作文一篇，闡述其義。

模擬文 　　　　　　　　　　　　　　　　【103 三等警察特考 - 國文】

　　愛心與耐心，不管是哪個行業，我認為都非常必要，但公職人員更是需要，服務人群都必須多一分愛心與耐心。

> 第一段開門見山，點出公職人員需要用「愛心與耐心」面對人群。

　　愛心是這個世界上，最最最不可或缺的一顆心。這顆心可以感化社會，可以讓這個社會多點溫暖。公務人員多點愛心，可以看到民眾的需要，可以多給點關懷，不會只想到自己。

> 第二段解釋愛心對於社會的重要。

　　公務人員多點愛心，或許可以收穫更多。特別是執法人員，其實很多人對執法人員的橫眉豎目感到害怕，我可以理解辦案時所需要的表情，更多時候，他們是很有愛的，就像「所長茶葉蛋」的故事，所長體恤警察同仁，所以煮茶葉蛋讓同仁們補充體力，有愛就可以替更多人服務，現在即使變成一個品牌，還是會捐出一定比例的款項做愛心。

> 第三段舉例說明，有愛心對公務人員的重要性。

　　耐心是一顆需要時間陪伴的心。任何工作都需要他，但任何工作也因為沒有他，顯得焦躁不安。公務人員更是如此，因為每個人工作量越來越大，不僅要面對人更要面對事，不管面對事情或是面對人都要多點耐心，處理事情多點耐心，可以讓自己的事情更完善；處理人的事情多點耐心，會讓人感受到愛。

> 第四段解釋說明愛心對於任何工作的重要性。

（接下文）

模擬文

【103三等警察特考-國文】

最近常常在網路上看到網紅夏德萱分享他和爺爺奶奶相處的日常，爺爺是阿茲海默症的患者又有重聽，所以不管說什麼一下子就忘了，家人需要有耐心不厭其煩地再說一次。那種愛心與耐心是很感人的，這樣的正能量放在公務員身上，就會多一點笑容，少一點衝突。

> 第五段舉例說明，有耐心可以讓社會更祥和。

愛心與耐心，對自己家人有愛，對自己家人有耐心，會比外人來得簡單得多，當對外人也可以有愛心與耐心，這個社會會和平一點。有愛心可以多替別人想一點，有耐心可以少一點情緒化，溫暖人心。

> 第六段結論，點出愛心與耐心並存的好處。

■ 作文題目：有人說：「人才是讚美出來的。」專家認為，被讚美的人更懂得感恩，擁有自信。請以「讚美的力量」為題，闡述「讚美」在您耳聞親歷的人生當中發揮過何種正面的功效。

模擬文	【103 四等警察特考-國文】

讚美，是正向的語言，會使人更有自信、會讓人更有力量往前走、會讓人看到光明面，所以適時給身邊的人一句讚美，那向前的力量不言而喻。

第一段破題寫出讚美帶給人的正面能量。

就我自己而言，在大學時，我的教育心理學教授告訴我：「你的文筆很好，你定期在網路上投稿當作你的平時成績。」在他的鼓勵下，我在網路上開始嘗試我的寫作生活，幾乎每次投稿都會被選用，漸漸提升自己的寫作自信。

第二段舉自己人生中被教授鼓勵投稿寫作，建立寫作自信的例子說明。

教師實習期間，指導老師說：「你的文思很快，可以快速整理寫作的思緒，你去參加國語文競賽。」即使我知道自己有一定的寫作能力，當時對於這種全縣性的比賽，還是缺乏自信的，結果出乎意料拿個全縣第二名回來，那種喜悅感還是明顯存在。

第三段舉例說明「寫作能力」再度被實習指導老師發現，比賽獲獎讓自己的自信倍增。

這十年來，因為自己的寫作能力頻頻受到讚美，再加上想證明自己能力的勇氣，順利出了書，又得了部落格競賽的獎項，這些在在證明「讚美的力量」是正能量，可以讓人擁有更大的自信，激發潛能。

第四段說明自己的寫作能力在眾人的讚美下得到甜美的果實。

（接下文）

模擬文　　　【103四等警察特考-國文】

當了老師之後，對自己學生的讚美，更是時常掛在嘴邊，鼓勵學生們去做一些他們不敢做的嘗試，告訴他們不管失敗與成功，這過程都是甜美的，也看到他們在國內外的競賽獲得大大小小的佳績。這對我來說，也是一種無比的安慰。

第五段檢視自己對學生的讚美，也起了正面作用。

「讚美」通常是很簡單的一句話，或是一段話，但都充滿正面的力量，可以讓人蓄勢待發，等待有了適合的舞台就發光發熱。我相信，讚美絕對比口出惡言好上百倍；鼓勵會讓人的生命有所改變，而且往好的方向改變，我對此深信不移。

第六段鼓勵會讓人的生命有正向的改變。

■作文題目：我們每天或許都會和許多人相處，相處的對象或是父母師長，或是兄弟姐妹，或是子女晚輩，或是同事朋友。和各種不同身分的人相處，怎樣才能彼此尊重，一團和氣呢？請以「論與人相處之道」為題，作文一篇，加以論述。

模擬文　　　　　　　　　　　　【104四等外交行政特考-國文】

　　與人相處之道，就我而言，就是設身處地替別人著想。

第一段解釋自己對「與人相處之道」的看法。

　　人與人相處，難免會有些摩擦。俗諺說：「牙齒難免咬到舌頭」指的是牙齒和舌頭再怎麼親密都會咬到，更何況是人和人的相處呢？所以，人和人相處一定要互相尊重。

第二段用諺語說明人和人相處會遇到困難的。

　　現在是網路社會的世代，即使沒有面對面的相處也要彼此尊重。前一陣子，新宅男女神「楊又穎」，似因遭受網路霸凌，承受不住而吸氦氣自殺。其實吸氦氣自殺過程痛苦難耐，可以想像她寧願死也不願意再面對網路上的酸言酸語。真心覺得，和人相處真的要尊重每個人，有時候言語的傷害，比起身體上的創傷，會帶給人更嚴重的致命傷。

第三段利用「楊又穎」的例子，說明若人與人相處互不尊重會造成的負面影響。

　　百善孝為先，對待父母和父母相處一定要把「孝」字放在心頭、和顏悅色，重點是學會感恩父母，把愛擺在口中，其實臺灣的父母對於說愛，還是過於羞澀，適當地讓他們知道，我們愛他們，其實這就足夠。

第四段簡單說明如何和父母相處。

　　不管是面對家人、朋友、同事，或是晚輩，我都覺得要尊重，也要「設身處地為別人著想」，也就是「換位思考」。衝突的發生，經常是大家只想到自己，忘了替對方著想。

第五段「設身處地為別人著想」才能減少衝突。

（接下文）

模擬文　　　　　　　　　【104四等外交行政特考-國文】

　　曾經當過國中老師的我，在跟孩子相處的時候，也經常會有和孩子起衝突的狀況。覺得孩子們的表演可以再表現得更好，可是我忘記他們已經練習一天了，其實也會覺得疲累。在責怪他們之後檢討自己，並跟他們道歉，互相體諒，往往他們會把表演做得更好，因為他們知道，老師理解並尊重他們了。

第六段以親身經歷來說明和孩子們相處，也需要設身處地為他們著想。

　　與人相處之道，真的沒有別的，換個位置替對方想一下，就會知道當下對方為什麼會有這樣的做法與想法，衝突也會少一點。

第七段對待每個人都要學會換位思考。

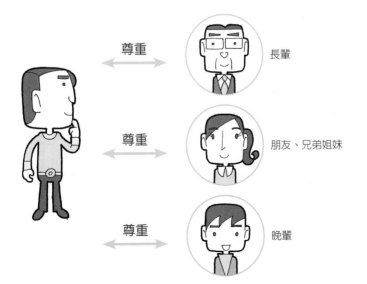

尊重　長輩

尊重　朋友、兄弟姐妹

尊重　晚輩

■作文題目：關口可以是具體，也可以是抽象的；可以是形下，也可以是形上的。關口是追求夢想或帶來夢魘的異境；關口也是介於善與惡、合法與非法之際的特殊空間。光明與自由在此連線，利益與人性在此衝撞。請以「關口」為題，作文一篇，述其思索所得。

模擬文　【104身障特考-國文】

如果以具體層面來描述關口，就是國家貨運的進出口；如果以抽象來表述關口，就是介於善惡之間的選擇。

> 第一段用具體和抽象兩面來表述關口的定義。

一個國家的進出口是否繁榮，在關口就可以顯現，因為是交通必經的要道。連帶可以看出國家的經濟層面，但如果這個關口是經常發生違法案件，也能看出關口所帶來利益的黑暗面，這是具體的關口。

> 第二段先說明具體關口的意義。

將關口放入人生中呢？那就需要正確抉擇的時候了。關口選擇錯誤，有可能一輩子難受、飽受譴責。而選擇進入對的關口，有可能一生飛黃騰達、人生得意。選擇，說簡單簡單，說難也真的難，只要跨越困境、通過關口，未來的路會很幸福。

> 第三段再說明抽象關口的意義。

在高中升大學的這個關口，如果不是因為喜歡孩子，我不會選上「老師」這個關口；如果不是因為喜愛文字，我不會選上「作家」這個關口，總而言之，人生的每道關口，都必須經過自己種種思維所做出抉擇。

> 第四段再用自己的例子說明抉擇關口的原因。

當然，有些人在實體的關口上選擇自由，卻違法。例如偷渡客，渴望自由，卻用不法的路徑去得到自己所想要的。後果當然是不好，但也是自己的抉擇，必須自己承擔一切後果。

> 第五段舉例說明不正確抉擇關口的方式。

（接下文）

模擬文 　　　　　　　　　　　　　【104身障特考-國文】

　　但心境上的關口呢？常有些人說：「我過不了心裡那道關口。」過不了怎麼辦呢？就讓我想起多年前的張國榮，還有憂歡派對的歡歡、小白兔楊可涵，就愛臺灣味的外國藝人傑克，都因為過不了心裡面的關口，走向自殺這條路，這真的是非常不當的做法。其實，當過不了的時候，更多的時候需要家人或是朋友的陪伴，努力走向自己的光明面。

> 第六段如果心理上的關口得不到適當的排解，會讓自己走向滅亡。

　　關口，過關即是好事，堅持下去就可以看到美好。人生的路上，不可能不會遇到關口。當然實體的交通上，更是會有關口。不管是哪一面，我們都要秉持正確的心態去闖關，才會出現康莊大道。

> 第七段把實體和抽象的關口作一個總結，並提出自己的感想。

康莊大道

■作文題目：某院士說：「離開你熟悉的環境，接受挑戰。只有面對挑戰和困難時，腦細胞才會增長，智力、技能才會進步。」然而，不清楚問題與困難所在，是談不上面對挑戰的。請以「看清問題，迎接挑戰」為題，作文一篇。

模擬文	【104普考-國文】

　　「看清問題，迎接挑戰」，面對問題要仔細觀察出問題的癥結點，才能順利挑戰人生所帶來的每個困難。

> 第一段寫出自己對題目的看法。

　　人往往會習慣待在自己的舒適圈，捨不得改變，似乎只要變動，自己心情會跟著起伏。我想這真的是人之常情，但是有挑戰，人生才會更有趣。去面對它，人生會變得更不一樣，看待事物也會不同。

> 第二段指出習慣舒適圈是人之常情，但是面對挑戰會發現更多人生的趣味。

　　常常看到很多人怨懟自己，這輩子什麼事沒做？什麼事沒有完成？還留下什麼遺憾？聽到這些，自己總是充滿疑惑，知道自己有什麼問題，為什麼不去面對它，反而是埋怨它，流於習慣，是無法讓自己擁有不一樣的人生。

> 第三段用別人的例子來說明知道自己的問題，卻不願意面對問題。

　　在我的人生裡，其實面對了非常多的問題，一開始也都會選擇逃避，在家人和朋友的鼓勵下，才慢慢走出來。2015年的中秋節，我發生了一場很重大的車禍，而且我是肇事者，那種心理層面的煎熬是我無法跨越的，一直到對方好轉，並且接受我的道歉，心理上才逐漸饒過自己。這對自己來說，也是一項挑戰，面對之後，處理事情才能更圓融。

> 第四段借用自己的例子，來闡述自己面對的問題和挑戰。

（接下文）

模擬文 　　　　　　　　　　　　　　【104普考-國文】

　　國文系畢業的我,知道自己有很多的問題,解決和組織問題的能力不夠強。對於管理層面,自己也要面臨很多職場上的問題,所以報考企管所,國文和企管是兩個相當不同的領域,而我也順利畢業。這對我來說,算是挑戰成功的一個案例。看似輕鬆,其實這中間我付出的心力,少數人可以想像。

> 第五段再舉自己面對問題,挑戰成功的例子。

　　遇到問題,要去面對它、分析它,再來去解決它。知道問題所在,才能不畏懼地去挑戰它,這會帶來很棒的生活歷練,甚至可以在別人遇到困難時,當作鼓勵別人的案例,那何樂而不為呢?

> 第六段下結論,過去所面對困難與問題,也可以幫助別人。

■**作文題目**：銀行的存摺用來儲存金錢，存摺必須有存款才能提領，存款愈多就能提領愈多。人生的種種也可以是一本本的存摺，有形的存摺如：黃金、股票、房屋、保險單……；無形的存摺如：親情、健康、知識、人際關係……。你打算擁有怎樣的存摺？如何運用你的存摺？請以「人生的存摺」為題，撰寫一篇文章。

模擬文　　　　　　　　　　　　　　　　【104四等身障特考-國文】

　　「人生的存摺」無非是由健康、事業、財富、感情，這四大存摺慢慢累積而成，當然這是我想擁有的。

> 第一段用開門見山法先定義「人生的存摺」。

　　先來談談健康的存摺，人生的存摺健康為首要，沒有健康，什麼事情都不用做了。在累積其他本存摺時，首先要考慮自己的健康，按時完成自己該做的事情、定時運動、吃飯、睡覺，讓身體狀況維持到最佳的狀態，健康存摺富有了，下一本存摺才有機會存滿。

> 第二段說明人生的存摺以「健康」為首。

　　再來談談事業。從小到大，我們會不停地學習、會不停地讓自己的腦袋充滿知識，學會各種應對進退的知識，然後找到自己人生必做的事業，並回饋社會，這是一本由知識與人際關係所累積而成的存摺，這本存摺會在人生中獲得成就感。

> 第三段事業的存摺，是由知識與人際關係積累而成。

　　之後來談一下財富這本存摺。人家說，在這個社會上，沒錢真的萬萬不行。有了事業之後，就會有財富；但有財富之後，也不是揮霍，要懂得用知識去累積財富，甚至是創造財富；有了財富之後，適時地把財富拿出來照顧家人和需要幫助的人，這本財富存摺才會更富足。

> 第四段財富的存摺需要事業、知識、還有情感讓它更富足。

（接下文）

模擬文 【104四等身障特考-國文】

最後一本「感情的存摺」，不是說它不重要，而是它需要其他三本來堆積。沒有健康，再好的情感也會磨損；沒有事業，或許親情會支撐，但愛情與友情就會消褪或是消失。情感，除了自己要多付出關心與愛心，實際的行動也是不可少的。擁有情感，可以讓自己得到精神層面的富足，笑容常在。

老實說，四本存摺都是相輔相成的，利用健康存摺去完成所有想要做的事情、利用事業存摺來獲得成就感；利用財富存摺去幫助更多的人；而感情的存摺來獲得精神層面的富足。人生只要快樂，就能幸福過每一天。

> 第五段描述感情存摺的重要性，還會帶給人精神層面的富足。

> 第六段結論，描述自己如何利用四本存摺，幸福過自己的人生。

豆豆人生存摺

■作文題目：人類生存的目的，除了延續自身生命之外，同時也是為下一代創造更理想的生活，因而與社會永續發展密切相關的環保、教育、醫療等議題就備受關注。試以「這一代和下一代」為題，結合上述議題，作文一篇，闡述其旨。

模擬文　　　　　　　　　　　　　【105普考-國文】

　　這一代人會為了下一代人的理想生活，做非常多的努力，當然這一代人要留給下一代人發揮的舞台，否則只會讓下一代人更為弱小。

> 第一段開門見山，道出這代人對下一代的影響。

　　人說：「由儉入奢易，由奢入儉難。」這道理真的一點也沒錯，這一代人刻苦節儉，只希望下一代人有著舒適的生活；但下一代人過盡奢華的生活，要回到簡約的生活就有困難度了。

> 第二段因為這一代人覺得好的事情，到下一代身上不見得好。

　　從環保問題出發談談冷氣問題，其實常吹冷氣會破壞環境、大氣層破洞，對身體也會造成負擔。這代人會為了節約，自己少吹冷氣，而對下一代人，就擔心他熱，孩子吹冷氣就無所謂，忘了吹冷氣會導致的環保問題與後遺症。有時常在想，冷氣機這項發明到底是對這代人好，還是對下代人好？

> 第三段由環保議題帶出吹冷氣的話題。

　　教育和醫療的問題是不謀而合的。這代人對於教育前線的老師，還有醫療前線的醫生與護理師都相當敬重，因為懂得尊重他們的辛勞與付出。但是這代人因為下一代的疼痛，不管是心理上或是生理上，而去干涉這些專業人士的做法，其實這會對下一代人造成偏差。

> 第四段藉由醫療和教育問題，帶出這代人給下一代人的觀念是有偏差的。

（接下文）

模擬文　　　　　　　　　　　　　　【105普考-國文】

　　或許上面所提到的這一代人與下一代的問題，是些許人造成的，但畢竟還是有這些問題的存在，這代人和下一代人是要共創理想環境，而不是這代人單一認為的理想環境。

> 第五段點出這代人的問題所在。

　　常常有人會說「一代不如一代」，其實真的問題所在，真的出在「這代人」。因為「這代人」會認為我替「下一代人」多付出一點，「下一代人」就可以少受一點苦。「下一代人」就會缺少接受失敗、承受困難的勇氣，也會缺少與人分享的機會。

> 第六段這代人自以為是的付出，造成下代人抗壓性變弱。

　　對於這事情真的深有所感，看著兩世代之間的變化與差異，如果想要社會永續發展，兩世代之間要找到一個平衡點，「這一代人」要給「下一代人」舞台發揮，「下一代人」也要尊重「這一代人」的經驗，社會才會更美好。

> 第七段總論，這代人和下代人需要找出一個平衡，製造美好社會。

■**作文題目**：設想你有機會擔任國民外交工作，你會如何介紹臺灣這塊土地之美？請以「臺灣之美」為題，作文一篇，加以描述。

模擬文　　　　　　　　　　　　【105外交行政-國文】

　　臺灣之美包括自然生態的美景，還有文化藝術之美。一座山脈將臺灣分成東西兩邊，東西兩邊也各自擁有不同的美，值得國內外人士來一探究竟。

> 第一段臺灣的美，不僅是自然生態的美景，還有人文藝術風景。

　　中央山脈，是一座美麗又保衛臺灣的山脈。這座山群讓臺灣的自然生態更為豐富，櫻花鉤吻鮭、臺灣雲豹、臺灣黑熊，都是臺灣的特有生態。為什麼說它能保衛臺灣，每每臺灣遇到風災，中央山脈總能捍衛這塊美麗的小島。

> 第二段臺灣的山讓自然生態更豐富、更美麗，還能捍衛臺灣。

　　臺灣的海，臺灣是一座海島，海洋生態資源也不容小覷，臺灣的小琉球、綠島、蘭嶼、澎湖都可以去浮潛，一窺臺灣海洋下的美景，也因為是海島，帶來不少海洋美食。

> 第三段臺灣的海洋資源除了帶來視覺感受，也讓人們的胃得到滿足。

　　臺灣的人文藝術，荷蘭人也愛臺灣，西班牙人也愛臺灣，日本人更愛臺灣，這些人都曾經留下不少藝術之美，當然臺灣原生原住民的藝術也不容輕忽。臺灣的老街有小吃，臺灣的老街也有新興的壁畫，五顏六色帶來新風采，臺灣真的很美。

> 第四段簡單描述臺灣的人文藝術之美。

　　臺灣最美的風景是人，臺灣人不管對待本國人或是外國人，都充滿了熱情與熱心，因為這股熱心腸，所以許多人對臺灣都流連忘返，也有很多人就此佇足臺灣，臺灣真的很美。

> 第五段簡述臺灣最美風景是人。

（接下文）

模擬文 【105外交行政-國文】

　　臺灣有夜市、有便利商店，即使晚上想要玩耍、肚子餓，都不怕找不到地方吃飯、玩樂。臺灣很有趣、很美，不是嗎?

　　身為臺灣人的我，很愛這塊孕育我的土地。臺灣的每個角落都有其發人深省的小故事，也有它美麗的自然生態，更有著民族融合的和諧。臺灣，真的很美。

> 第六段夜晚的臺灣很有趣，也很美。

> 第七段不停強調臺灣的美，美不勝收。

■ 作文題目：勇氣往往與剛強之特性有關，我們稱讚人勇敢堅強、性格勇武，法國思想家蒙田尤其推崇：「在全部的美德之中，最強大、最慷慨、最自豪的，是真正的勇敢」，但老子卻說「慈故能勇」，孔子則說「仁者必有勇」。剛性的「勇」為何會與柔性的「慈」、「仁」相關聯？請以「論慈故能勇」為題，作文一篇，申述其旨（須舉出具體實例加以論證）。

模擬文	【105高考三級-國文】

　　論慈故能勇，等同於因為愛所以有勇氣。

> 第一段直接為題目下定義。

　　勇氣來自哪裡？對我而言，是因為愛。最近常看「爸爸去哪兒」這個親子節目，不是因為小朋友可愛，或是哪個明星很帥所以去看，而是我看到爸爸和孩子之間的交流，還有孩子因為愛，原本害怕不敢完成的任務，都會鼓起勇氣去完成，這是非常難能可貴的。

> 第二段舉親子節目得來的體悟——因為愛所以有勇氣。

　　就我自己而言，我是一個很怕高的人。但我知道自己的母親已經年邁，而她又是一個很愛乾淨的人，所以我會因為愛她，為了她鼓起勇氣爬高去清理她覺得髒的地方。

> 第三段舉自己的例子來證明「因為愛所以有勇氣」。

　　從以前男人代表勇、女人代表慈。人常說在成功的男人背後，都有一個默默付出的女人，因為女人的愛影響了男人，所以男人會鼓起勇氣去為這個家拚出成績，這是很典型的「慈故能勇」。

> 第四段以男人和女人的例子，來證明「慈故能勇」。

　　又好比教育，在教導孩子的時候，特別是年輕氣盛的國、高中孩子，用柔性的勸說，適時對他們表達愛，會比剛性的打罵教育，效果來得顯著。當孩子們心底扎根了愛，他們就會有勇氣去完成他們的夢想，這也是「慈故能勇」。

> 第五段談教育中「慈故能勇」的例子。

（接下文）

模擬文　　　　　　　　　　　　　　【105高考三級-國文】

　　有句話：「對敵人仁慈，就是對自己殘忍。」有時候真的不這樣認為，因為多一個敵人不如多一個朋友，適時地去幫助敵人，有時候可以獲得出乎意料的結果。

第六段仁慈不見得只是對待親人朋友。

　　勇敢真的需要一個溫柔的靠岸。因為勇敢，所以人可以做到很多做不到的事情，但因為慈愛，所以心底踏實，所以更願意發揮自己所長，才能做到自己無法做到的事情，這是慈愛的偉大。

第七段勇敢是需要慈愛當作靠岸。

2 公文篇

本篇說明

　　公文寫作之前，必須瞭解公文統一的用字、用語（含法律統一用語、公文用語），以及數字、標點符號的使用規範等，這五個表格一定要非常熟悉，在行政院秘書處所編之手冊，或稱《公文處理手冊》，或與檔案管理合併，而稱《文書處理‧檔案管理手冊》裡頭都有詳細的表格內容，本篇將會整理所有表格內容。

公文的規範百百種，五個重要的表格要熟悉，測驗和實作就沒問題。

本篇重點

國家考試公文用語老忘記？公文用語表教你簡單記。

不同性質的公文，有不同的用法，該如何判斷？
公文分類表簡單分類。

公文不會寫？公文範例教你簡單做。

本篇大綱

表1

法律統一用字表

用字舉例	統一用字	常見用字	說　　明
公布、分布、頒布	布	佈	「布」的「ナ」，即表人的左手，故此字不必再加「人」部，以免畫蛇添足。
徵兵、徵稅、稽徵	徵	征	「徵」字，意謂由國家召集或收用，不宜簡寫成「征」字。因「征」字，原指出兵征伐，如「出征」；或指遠行，如「長征」。
部分、身分	分	份	「分」讀「ㄈㄣˋ」的時候，同「份」字。但公文寫作的時候，凡不可計數的，用「分」字，如「本分」、「部分」、「身分」；可計數的，用「份」字，如1份、2份……等。
帳、帳目、帳戶	帳	賬	「賬」是「帳」的俗字，自宜統一用正字。
韭菜	韭	韮	「韮」是「韭」的俗字，自宜統一用正字。
礦、礦物、礦藏	礦	鑛	「礦」、「鑛」兩字，自古並用，指銅、鐵、璞石；今既統一用「礦」字，則宜從之。
釐訂、釐定	釐	厘	「厘」是「釐」的俗字，自宜統一用正字。
使館、領館、圖書館	館	舘	「舘」是「館」的俗字，自宜統一用正字。

用字舉例	統一用字	常見用字	說　明
穀、穀物	穀	谷	「穀」為可作糧食的禾本植物之總稱，所謂「五穀」即是。絕不可以音近而簡寫作「谷」，「谷」是兩山間之流水道，所謂「谷底」、「山谷」是也。
行蹤、失蹤	蹤	踪	「踪」是「蹤」的俗字，自宜統一用正字。
妨礙、障礙、阻礙	礙	碍	「碍」是「礙」的俗字，自宜統一用正字。
賸餘	賸	剩	「賸」是用有餘之意，俗作「剩」，自宜統一用正字。但為便於書寫，今日中小學課本，仍一致用「剩」字，是少數俗字被用作正字之例。
占、占有、獨占	占	佔	兩字讀「ㄓㄢˋ」作「據有」之義時，「占」是正字，「佔」是俗字。但這兩字又可讀「ㄓㄢ」，意思卻未必相通：「占」作「占卜」、「占測」之用時，絕不可寫作「佔」，用作「占視」時，則可通「佔」與「覘」字。
牴觸	牴	抵	根據《說文》的解釋，「牴」是「觸」也，「抵」是「推」也，因此「牴觸」用「牴」字，正是它的原義。

用字舉例	統一用字	常見用字	說　　明
雇員、雇主、雇工	雇	**僱**	名詞用「雇」。
僱、僱用、聘僱、約僱	僱	**雇**	動詞用「僱」。
贓物	贓	**臟**	「贓」是貪污受賄或偷盜所得的財物，「臟」是內臟器官的統稱；把「贓物」的「贓」字，寫成「臟」字，顯然是錯字。
黏貼	黏	**粘**	「黏」與「粘」，都有膠附、相著之意，一從「黍」，一從「米」；但「黏」字早見於《說文》，所以統一用「黏」字。
計畫	畫	**劃**	名詞用「畫」。
策劃、規劃、擘劃	劃	**畫**	動詞用「劃」。
蒐集	蒐	**搜**	「蒐」字作「聚集」解，早見於《爾雅‧釋詁》，故「蒐集」用「蒐」字。但「蒐」作「索求」解，又通「搜」；而「搜」字已見於《說文》，因之「搜尋」、「搜求」、「搜查」等，仍用「搜」字。
菸葉、菸酒	菸	**煙**	菸草，產自呂宋，明代傳入中國，採葉烘乾，切為細絲，可製各種菸。俗將「菸」字寫成「煙」或「烟」，自宜改用正字為是。

用字舉例	統一用字	常見用字	說　明
儘先、儘量	儘	盡	「盡」字，當動詞用時，解作「全力用出」，如「盡力」、「盡責任」即是。而「儘」字，當動詞用時，解作「極盡」，較「盡」字尤絕對，因此「儘先」，就是盡力提前；「儘量」，就是極盡限度，可見「盡」、「儘」兩字作動詞用時，仍有程度上的區別。至於「儘」字當副詞用時，解作「任憑、不加限制」，如「儘管」；而「盡」字當副詞用時，解作「都」、「全」，如「盡人皆知」，「盡數收回」，可見「儘」、「盡」作副詞用時，有較明顯的區別。
麻類、亞麻	麻	蔴	「蔴」是「麻」的俗字，自宜統一用正字。
電表、水表	表	錶	「錶」是「表」的俗字，自宜統一用正字。
擦刮	刮	括	「刮」，用刀削去物體表面的東西，引申為拭擦、除去、榨取，如刮垢、刮目、搜刮。而「括」字本音讀作「ㄎㄨㄛˋ」，如包括、概括；又讀「ㄍㄨㄚ」，作「榨取」解，因此「搜刮」，或亦寫作「搜括」，但刮垢、刮目，必用「刮」字。

用字舉例	統一用字	常見用字	說　明
拆除	拆	撤	「拆」，裂、開，也就是把合在一起的東西打開或分散，如拆卸、拆夥、拆除，即是其例。而「撤」是免除、取回的意思，如撤職、撤銷、與「拆」意思不同，不可混用。
磷、硫化磷	磷	燐	「磷」，一種化學非金屬元素，是動植物維持生命的重要成分之一。至於「燐」則是化學元素之一，多存於磷酸鈣、磷灰石，以及動物骨骼中，為結晶之軟性固體，性脆有毒，臭氣強烈。
貫徹	徹	澈	「徹」，通、透之意，只作動詞用；「澈」，水清見底，可作動詞及形容詞用。兩字作動詞用時，為便於區別，具象可見底者，用「澈」，如「清澈」、「澈底」；至於抽象自始至終者，皆用「徹」字，如徹骨、透徹，皆是其例。
澈底	澈	徹	同前項說明。
祇	祇	只	副詞。
並	並	并	連接詞。
聲請	聲	申	對法院用「聲請」。
申請	申	聲	對行政機關用「申請」。

用字舉例	統一用字	常見用字	說　　明
關於、對於	於	于	「于」為「於」的古字，今統一用「於」字。
給與	與	予	給與實物。
給予、授予	予	與	給予名位、榮譽等抽象事物。
紀錄	紀	記	名詞用「紀錄」。
記錄	記	紀	動詞用「記錄」。
事蹟、史蹟、遺蹟	蹟	跡	蹟，同「跡」字，今凡步行所在用「跡」字，餘用「蹟」字。
蹤跡	跡	蹟	跡，指步行所在，原作「迹」，今統一用「跡」。
糧食	糧	粮	「粮」是「糧」的俗字，自宜統一用正字。
覆核	覆	複	由上級重覆核一遍用「覆」。
復查	復	複	由原單位或當事人再查一遍用「復」。
複驗	複	復	由不同單位或機關多方驗收用「複」。
取消	消	銷	動詞，除去。

法律統一用語表

統一用語	說　　明
「設」機關	如：「教育部組織法」第五條：「教育部設文化局，……」。
「置」人員	如：「司法院組織法」第九條：「司法院置秘書長一人，特任。……」。
「第九十八條」	不寫為：「第九八條」。
「第一百條」	不寫為：「第一〇〇條」。
「第一百十八條」	不寫為：「第一百一十八條」。
「自公布日施行」	不寫為：「自公佈之日施行」。
「處」五年以下有期徒刑	自由刑之處分，用「處」，不用「科」。
「科」五千元以下罰金	罰金用「科」不用「處」，且不寫為：「科五千元以下之罰金」。
「處」五千元以下罰鍰	罰鍰（ㄏㄨㄢˊ）用「處」不用「科」，且不寫為「處五千元以下之罰鍰」。
準用「第〇條」之規定	法律條文中，引用本法其他條文時，不寫「本法第〇條」而逕書「第〇條」。如：「違反第二十條規定者，科五千元以下罰金」。
「第二項」之未遂犯罰之	法律條文中，引用本條其他各項規定時，不寫「本條第〇項」，而逕書「第〇項」。如刑法第三十七條第四項「依第一項宣告褫（ㄔˇ）奪公權者，自裁判確定時發生效力。」
「制定」與「訂定」	法律之「創制」，用「制定」；行政命令之制作，用「訂定」。

統一用語	說　　明
「製定」、「製作」	書、表、證照、冊據等，公文書之製成用「製定」或「製作」，即用「製」不用「制」。
「一、二、三、四、五、六、七、八、九、十、百、千」	法律條文中之序數不用大寫，即不寫為「壹、貳、參、肆、伍、陸、柒、捌、玖、佰、仟」。
「零、萬」	法律條文中之數字「零、萬」不寫為：「○、万」。

表3 **標點符號用法表**

符 號	名稱	用法	舉 例
。	句號	用在一個意義完整文句的後面。	公告○○商店負責人張三營業地址變更。
，	逗號	用在文句中要讀斷的地方。	本工程起點為仁愛路，終點為……
、	頓號	用在連用的單字、詞語、短句的中間。	1.建、什、田、旱等地目…… 2.河川地、耕地、特種林地等…… 3.不求報償、沒有保留、不計任何代價……
；	分號	用在下列文句的中間： 1.並列的短句。 2.聯立的復句。	1.知照改為查照；遵辦改為照辦；遵照具報改為辦理見復。 2.出國人員於返國後1個月內撰寫報告，向○○部報備；否則限制申請出國。
：	冒號	用在有下列情形的文句後面： 1.下文有列舉的人、事、物、時。 2.下文是引語時。 3.標題。 4.稱呼。	1.使用電話範圍如次： （1）……（2）…… 2.接行政院函： 3.主旨： 4.○○部長：
？	問號	用在一個意義完整文句的後面。	1.本要點何時開始正式實施為宜？ 2.此項計畫的可行性如何？

符號	名稱	用法	舉 例
！	驚歎號	用在表示感嘆、命令、請求、勸勉等文句的後面。	1.……又怎能達成這一為民造福的要求！ 2.努力創造我們共同的事業、共同的榮譽！
「」 『』	引號	用在下列文句的後面，（先用單引，後用雙引）： 1.引用他人的詞句。 2.特別著重的詞句。	1.總統說：「天下只有能負責的人，才能有擔當」。 2.講授公文的老師勉勵我們：「凡是公務人員，都要記住西哲亞里斯多德所說：『對上級謙遜是本分，對平輩謙遜是和善，對下屬謙遜是高貴，對所有人謙遜是安全』這段話。」
——	破折號	表示下文語意有轉折或下文對上文的註釋。	1.各級人員一律停止休假——即使已奉准有案的，也一律撤銷。 2.政府就好比是一部機器——一部為民服務的機器。
……	刪節號	用在文句有省略或表示文意未完的地方。	憲法第58條規定，應將提出立法院的法律案、預算案……提出於行政院會議。
（）	夾註號	在文句內要補充意思或註釋時用的。	1.公文結構，採用「主旨」「說明」「辦法」（簽呈為「擬辦」）3段式。 2.臺灣光復節（10月25日）應舉行慶祝儀式。

數字用法舉例一覽表

阿拉伯數字／中文數字	用語類別	用 法 舉 例
阿拉伯數字	代號（碼）、國民身分證統一編號、編號、發文字號	ISBN 988-133-005-1、M234567890、附表（件）1、院臺秘字第0930086517號、臺79內字第095512號
	序數	第4屆第6會期、第1階段、第1優先、第2次、第3名、第4季、第5會議室、第6次會議紀錄、第7組
	日期、時間	民國93年7月8日、93年度、21世紀、公元2000年、7時50分、挑戰2008：國家發展重點計畫、520就職典禮、72水災、921大地震、911恐怖事件、228事件、38婦女節、延後3週辦理
	電話、傳真	（02）3356-6500
	郵遞區號、門牌號碼	100臺北市中正區忠孝東路1段2號3樓304室
	計量單位	150公分、35公斤、30度、2萬元、5角、35立方公尺、7.36公頃、土地1.5筆
	統計數據（如百分比、金額、人數、比數等）	80％、3.59％、6億3,944萬2,789元、639,442,789人、1：3

阿拉伯數字／中文數字	用語類別	用法舉例
阿拉伯數字	法規條項款目、編章節款目之統計數據	事務管理規則共分15編、415條條文
	法規內容之引敘或摘述	依兒童福利法第44條規定：「違反第2條第2項規定者，處新臺幣1千元以上3萬元以下罰鍰。」
		兒童出生後10日內，接生人如未將出生之相關資料通報戶政及衛生主管機關備查，依兒童福利法第44條規定，可處1千元以上、3萬元以下罰鍰。
中文數字	描述性用語	一律、一致性、再一次、一再強調、一流大學、前一年、一分子、三大面向、四大施政主軸、一次補助、一個多元族群的社會、每一位同仁、一支部隊、一套規範、不二法門、三生有幸、新十大建設、國土三法、組織四法、零歲教育、核四廠、第一線上、第二專長、第三部門、公正第三人、第一夫人、三級制政府、國小三年級
	專有名詞（如地名、書名、人名、店名、頭銜等）	九九峰、三國演義、李四、十力出版社、恩史瓦第三世
	慣用語（如星期、比例、概數、約數）	星期一、週一、正月初五、十分之一、三讀、三軍部隊、約三、四天、二三百架次、幾十萬分之一、七千餘人、二百多人

阿拉伯數字／中文數字	用語類別	用 法 舉 例
中文數字	法規制訂、修正及廢止案之法制作業公文書（如令、函、法規草案總說明、條文對照表等）	行政院令：修正「事務管理規則」第一百十一條條文。 行政院函：修正「事務管理手冊」財產管理第五十點、第五十一點、第五十二點，並自中華民國九十三年二月十六日生效……。 「○○法」草案總說明：……爰擬具「○○法」草案，計五十一條。 關稅法施行細則部分條文修正草案條文對照表之「說明」欄－修正條文第十六條之說明：一、關稅法第十二條第一項計算關稅完稅價格附加比例已減低為百分之五，本條第一項爰予配合修正。

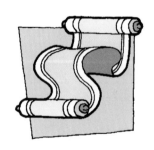

筆記

表5 公文用語表

類別	用語	適用範圍	備　註
起首語（指公文起首所用的發語詞）	查、謹查、有關、關於、茲	通用。	「查」應儘量少用，因有強勢之感。
稱謂語（含對受文者稱呼或自稱的用語）	鈞、鈞府	有隸屬關係之下級機關對上級機關用，如「鈞部」、「鈞府」。	1.直接稱謂時用。 2.書寫本類別之稱謂語時，凡用「鈞」、「大」、「貴」等字，表上級機關均應挪抬（空一格），以示尊敬。 3.屬上行文。
	大、大院、大部、大局、大處	無隸屬關係之較低級機關對較高級機關用（例如：對立法院、司法院、考試院、監察院用），如「大部」、「大院」。	
	貴、貴局、貴處、貴公司	有隸屬關係及無隸屬關係之上級機關對下級機關、或無隸屬關係之平行機關、或上級機關首長對下級機關首長、或機關與社團間用之，如「貴會」、「貴社」。	1.直接稱受文者時用。 2.有隸屬關係及無隸屬關係之上級機關對下級機關或機關與社團間屬平行文。 3.無隸屬關係之平行機關、或上級機關首長對下級機關首長屬下行文。 4.平行文書寫前述稱謂時，應挪抬（空一格），以示尊重。

類別	用語	適用範圍	備　　註
稱謂語（含對受文者稱呼或自稱的用語）	本	機關、學校、社團或首長自稱，如「本縣」、「本校」、「本廳長」。	1.凡機關自稱時，用「本」字即可，且不必側寫，如「本院」、「本局」、「本校」即是。 2.有些公司行號，甚至學校、社團，為表客氣，仍喜歡用「敝」字自稱，此時「敝」字就得側寫，如「敝校」、「敝公司」，即是其例。
	鈞長、鈞座	屬員對長官、或有隸屬關係之下級機關首長對上級機關首長用。	「鈞」字前應挪抬示敬。
	台端	機關或首長對屬員、或機關對人民用。	1.「台」字前應不必挪抬。 2.「台」用為對平輩或對屬員、人民之敬稱。 3.「台」字已成應用文上約定俗成之用字，不必改用正體的「臺」字。
	先生、君、女士	機關對人民用。	1.已知為男、女性時，用「先生」、「女士」。 2.不知性別，或對象眾多無法一一區別時用「君」。 3.「君」字在古代，即作稱謂用語，如皇上稱「國君」、皇后稱「小君」、自己的太太稱「細君」，皆是其例。

類別	用語	適用範圍	備　註
稱謂語（含對受文者稱呼或自稱的用語）	本人、名字	人民對機關自稱時用之。	對機關自稱「本人」時，不必側寫；以名字自稱時，須側寫，以示謙卑。
	該、職稱	機關全銜如一再提及可稱「該」，例如「該局」。對職員則稱「該員」，或用「職稱」稱呼。	間接稱謂時用之。
引述語（引據其他機關或發文者來文時的用語）	奉	接獲上級機關或首長公文，於直接引敘時用。	間接轉引時，不論上行、平行、下行公文，一律用「依據」或「據」字。
	准	接獲平行機關或首長公文，於直接引敘時用。	
	依據	接獲下級機關或首長或屬員或人民公文，於直接引敘時用。	
	……奉悉。	接獲上級機關或首長公文，於開始引敘完畢時用。	「奉悉」，意謂知悉對方書信言語之意的敬語。

類別	用語	適用範圍	備　　註
引述語（引據其他機關或發文者來文時的用語）	⋯⋯敬悉。	接獲平行機關或首長公文，於開始引敘完畢時用。	
	⋯⋯已悉。	⋯⋯奉。	
	復（稱謂⋯⋯（來文年月日字號）函。	於復文時用。	目前公文用語，「答復」、「回復」，都用「復」字，不用「覆」字。
	依照、根據⋯⋯（來文機關發文年月日字號及文別⋯⋯辦理。	於告知辦理之依據時用之。	
	（發文年月日字號及文別）⋯⋯諒察、鈞察。	對上級機關發文後續函時用之。	
	（發文年月日字號及文別）⋯⋯諒達。	對平行機關發文後續函時用。	諒達，推想、料想已經寄達。
	（發文年月日字號及文別）⋯⋯計達。	對下級機關發文後續函時用。	計達，估計、推測應已寄達。

類別	用語	適用範圍	備　註
經辦語（案情處理過程的聯繫用語）	遵經、遵即	對上級機關或首長用。	
	業經、經已、均經、迭經、當經、旋經、嗣經	通用。	1.業經、經已：已經、已被辦理。 2.均經：表兩件以上案子，都已經辦理。 3.迭經：表示已經辦理好幾次。 4.當經：表示當時曾經辦理。
准駁語（於審核或答復來文者請求時的用語）	應予照准、准予照辦、准予備查、未便照准、礙難照准、應毋庸議、應從緩議、應予不准、應予駁回	上級機關對下級機關或首長用。	1.備查，預備以供查考。 2.礙難，不能、很難。 3.毋庸，不必。 4.緩議，暫不討論或等以後再商議。
	如擬、如擬辦理、可、照准、准如所請、應從緩議	機關首長對屬員或其所屬機關首長用。	
	敬表同意、同意照辦	對平行機關或人民團體表示同意時用。	
	不能同意辦理、無法照辦、礙難同意、歉難同意	對平行機關表示不同意時用	歉難同意，抱歉難以同意。

類別	用語	適用範圍	備　　註
除外語 （處理案件的除外用語）	除……外 除…及…外 除…暨…外	通用。	如有副本，可儘量少用
請示語 （請問、請教的衡量用語）	是否可行、是否有當、可否之處	通用。	
期望及目的語 （對受文者表達行文期望或目的的用語）	請　鑑核、 請　核示、 請　鑑查、 請　核備、 請　備查	請上級機關或首長查核、指示使用。	1.鑑核，鑑察核定。 2.核示，審核指示。 3.鑑查，僅供瞭解。 4.核備，核對之後存檔備查。
	請　察照、 請　查照、 請　辦理惠復、 請　查明惠復、 請　查明見復、 請　查照轉知、 請　查照辦理、 請　查照見復、 請　查照備案、 請　查核辦理、 請　查照辦理見復	請平行機關知悉辦理時用。	1.「請　察照」，請考察鑑知之意，帶有謙求的語氣；「請　查照」，請對方知悉、辦理的期望語，屬一般請求。 2.「惠復」，惠予答復；「見復」，請答復。 3.「惠請」一詞，請受文者協助。

類別	用語	適用範圍	備　註
期望目的語（對受文者表達行文期望或目的的用語）	希　查照、希　查照轉告、希照辦、希辦理見復、希轉行照辦、希切實辦理、請照辦、請辦理見復、請　查明見復、請　查照轉知	請下級機關知悉辦理時用。	1.「希照辦」、「希辦理」等，希望依照辦理，均帶有命令語氣，一般少用。 2.用「希　查照」時，由於仍請下級機關查明，因此「查」字前宜挪抬以示客氣。
抄送語（抄轉公文或附件的用語）	抄陳	對上級機關或首長用。	有副本或抄件時用。
	抄送	對平行機關、單位或人員用。	
	抄發	對下級機關或人員用。	
附送語（檢送資料、文件的用語）	陳、附陳、檢陳	對上級機關檢送附件時用。	亦可當成起首語。
	檢送、檢附、附送、附	對平行或下級機關檢送附件時用。	
結束語（簽文或便箋的總結用語）	謹呈	對總統上簽時用。	1.「呈」僅限於對總統、副總統用。 2.其他行政主管則一律用「陳」與總統「呈」有所區別。 3.「便箋」用於平行或下級單位主管，對上級長官宜避用之。
	謹陳、敬陳、右陳	對行政主管上簽時用。	
	此致、此上、敬致	用於便箋文末。	

筆記

公文程式條例

第一條　（公文的定義）

稱公文者，謂處理公務之文書；其程式，除法律別有規定外，依本條例之規定辦理。

第二條　（公文的類別）

公文程式之類別如下：

一、令：公布法律、任免、獎懲官員，總統、軍事機關、部隊發布命令時用之。

二、呈：對總統有所呈請或報告時用之。

三、咨：總統與立法院、監察院公文往復時用之。

四、函：各機關間公文往復，或人民與機關間之申請與答復時用之。

五、公告：各機關對公眾有所宣布時用之。

六、其他公文。

前項各款之公文，必要時得以電報、電報交換、電傳文件、傳真或其他電子文件行之。

第三條　（公文的印信與簽署）

機關公文，視其性質，分別依照左列各款，蓋用印信或簽署：

一、蓋用機關印信，並由機關首長署名、蓋職章或蓋簽字章。

二、不蓋用機關印信，僅由機關首長署名，蓋職章或蓋簽字章。

三、僅蓋用機關印信。

機關公文依法應副署名，由副署人副署之。

機機關內部單位處理公務，基於授權對外行文時，由該單位主管署名、蓋職章；其效力與蓋用該機關印信之公文同。

機關公文蓋用印信或簽署及授權辦法，除總統府及五院自行訂定外，由各機關依其實際業務自行擬訂，函請上級機關核定之。

機關公文以電報、電報交換、電傳文件或其他電子文件行之者，得不蓋用印信或簽署。

第四條　（機關首長署名之代理）

機關首長出缺由代理人代理首長職務時，其機關公文應由首長署名者，由代理人署名。

機關首長因故不能視事，由代理人代行首長職務時，其機關公文，除署首長姓名註明不能視事事由外，應由代行人附署職銜、姓名於後，並加註代行二字。

機關內部單位基於授權行文，得比照前二項之規定辦理。

第五條　（人民申請函應記載事項）

人民之申請函，應署名、蓋章，並註明性別、年齡、職業及住址。

第六條　（年月日及發文字號）

公文應記明國曆年、月、日。

機關公文，應記明發文字號。

第七條　（公文分段敘述之格式）

公文得分段敘述，冠以數字，採由左而右之橫行格式。

第八條 （公文文字）

公文文字應簡淺明確，並加具標點符號。

第九條 （公文副本）

公文，除應分行者外，並得以副本抄送有關機關或人民；收受副本者，應視副本之內容為適當之處理。

第十條 （公文附件）

公文之附屬文件為附件，附件在二種以上時，應冠以數字。

第十一條 （騎縫章）

公文在二頁以上時，應於騎縫處加蓋章戳。

第十二條 （密件）

應保守秘密之公文，其制作、傳遞、保管，均應以密件處理之。

第十二條之一 （電子化文件之相關規範）

機關公文以電報交換、電傳文件、傳真或其他電子文件行之者，其制作、傳遞、保管、防偽及保密辦法，由行政院統一訂定之。但各機關另有規定者，從其規定。

第十三條 （送達）

機關致送人民之公文，除法規另有規定外，依行政程序法有關送達之規定。

第十四條 （施行）

本條例自公布日施行。

本條例修正條文第七條施行日期，由行政院以命令定之。

＊筆記＊

公文的分類

依據《公文程式條例》第2條規範，公文程式的類別，包括令、呈、咨、函、公告、其他公文等六類，茲依《公文處理手冊》第15條先將此六類公文使用的對象、範圍簡述如次：

(一)令：公布法律、發布法規命令、解釋性規定與裁量基準之行政規則及人事命令時使用。

(二)呈：對總統有所呈請或報告時使用。

(三)咨：總統與立法院公文往復時使用。

(四)函：各機關處理公務有下列情形之一時使用：

　1.上級機關對所屬下級機關有所指示、交辦、批復時。

　2.下級機關對上級機關有所請求或報告時。

　3.同級機關或不相隸屬機關間行文時。

　4.民眾與機關間之申請或答復時。

(五)公告：各機關就主管業務或依據法令規定，向公眾或特定之對象宣布周知時使用。其方式得張貼於機關之公布欄、電子公布欄，或利用報刊等大眾傳播工具廣為宣布。如需他機關處理者，得另行檢送。

(六)其他公文：其他因辦理公務需要之文書，例如：

　1.書函：

　　(1)於公務未決階段需要磋商、徵詢意見或通報時使用。

　　(2)代替過去之便函、備忘錄、簡便行文表，其適用範圍較函為廣泛，舉凡答復簡單案情，寄送普通文件、書刊，或為一般聯繫、查詢等事項行文時均可使用，其性質不如函之正式性。

　2.開會通知單：召集會議時使用。

3. 公務電話紀錄：凡公務上聯繫、洽詢、通知等可以電話簡單正確說明之事項，經通話後，發話人如認有必要，可將通話紀錄作成2份並經發話人簽章，以1份送達受話人簽收，雙方附卷，以供查考。

4. 手令或手諭：機關長官對所屬有所指示或交辦時使用。

5. 簽：承辦人員就職掌事項，或下級機關首長對上級機關首長有所陳述、請示、請求、建議時使用。

6. 報告：公務用報告如調查報告、研究報告、評估報告等；或機關所屬人員就個人事務有所陳請時使用。

7. 箋函或便箋：以個人或單位名義於洽商或回復公務時使用。

8. 聘書：聘用人員時使用。

9. 證明書：對人、事、物之證明時使用。

10. 證書或執照：對個人或團體依法令規定取得特定資格時使用。

11. 契約書：當事人雙方意思表示一致，成立契約關係時使用。

12. 提案：對會議提出報告或討論事項時使用。

13. 紀錄：記錄會議經過、決議或結論時使用。

14. 節略：對上級人員略述事情之大要，亦稱綱要。起首用「敬陳者」，末署「職稱、姓名」。

15. 說帖：詳述機關掌理業務辦理情形，請相關機關或部門予以支持時使用。

16. 定型化表單。

再者，上述各類公文屬發文通報周知性質者，以登載機關電子公布欄為原則；另公務上不須正式行文之會商、聯繫、洽詢、通知、傳閱、表報、資料蒐集等，得以發送電子郵遞方式處理。

公文2 **公文結構及作法**

一、公布法律、發布法規命令及人事命令：

(一)公布法律、發布法規命令：

1.令文可不分段，敘述時動詞一律在前，例如：

甲、訂定「○○○施行細則」。

乙、修正「○○○辦法」第○條條文。

丙、廢止「○○○辦法」。

2.多種法律之制定或廢止，同時公布時，可併入同一令文處理；法規命令之發布，亦同。

3.公、發布應以刊登政府公報或新聞紙方式為之，並得於機關電子公布欄公布；必要時，並以公文分行各機關。

(二)人事命令：

1.人事命令：任免、遷調、獎懲。

2.人事命令格式由人事主管機關訂定，並應遵守由左至右之橫行格式原則。

二、函：

(一)行政機關之一般公文以「函」為主，製作要領如下：

1.文字敘述應儘量使用明白曉暢，詞意清晰之文字，以達到公文程式條例第八條所規定「簡、淺、明、確」之要求。

2.文句應正確使用標點符號。

3.文內避免層層套敘來文，祇摘述要點。

4.應絕對避免使用艱深費解、無意義或模稜兩可之詞句。

5.應採用語氣肯定、用詞堅定、互相尊重之語詞。

6.函的結構，採用「主旨」、「說明」、「辦法」三段式，案情簡單可用「主旨」一段完成者，勿硬性分割為二段、三段；「說明」、「辦法」兩段段名，均可因事、因案加以活用。

㈡分段要領：

1.「主旨」：為全文精要，以說明行文目的與期望，應力求具體扼要。

　「說明」：當案情必須就事實、來源或理由，作較詳細之敘述，無法於「主旨」內容納時，用本段說明。本段段名，可因公文內容改用「經過」、「原因」等名稱。

2.「辦法」：向受文者提出之具體要求無法在「主旨」內簡述時，用本段列舉。本段段名，可因公文內容改用「建議」、「請求」、「擬辦」、「核示事項」等名稱。

3.各段規格：

　⑴每段均標明段名，段名之上不冠數字，段名之下加冒號「：」。

　⑵「主旨」一段不分項，文字緊接段名冒號之下書寫。

　⑶「說明」、「辦法」如無項次，文字緊接段名冒號之下書寫；如分項條列，應另列縮格書寫。

　⑷「說明」、「辦法」中，其分項條列內容過於繁雜、或含有表格型態時，應編列為附件。

㈢行政規則以函檢發，多種規則同時檢發，可併入同一函內處理；其方式以公文分行或登載政府公報或機關電子公布欄。但應發布之行政規則，依本點㈠1、所定法規命令之發布程序辦理。

三、公告：

㈠公告一律使用通俗、簡淺易懂之文字製作，絕對避免使用艱深費解之詞彙。

㈡公告文字必須加註標點符號。

㈢公告內容應簡明扼要，非必要者如各機關來文日期、文號及會商研議過程等，不必在公告內層層套用敘述。

㈣公告之結構分為「主旨」、「依據」、「公告事項」（或說明）三段，段名之上不冠數字，分段數應加以活用，可用「主旨」一段完成者，不必勉強湊成兩段、三段。

㈤公告分段要領：

　1.「主旨」應扼要敘述，公告之目的和要求，其文字緊接段名冒號之下書寫。

　2.「依據」應將公告事件之原由敘明，引據有關法規及條文名稱或機關來函，非必要不敘來文日期、字號。有兩項以上「依據」者，每項應冠數字，並分項條列，另行低格書寫。

　3.「公告事項」（或說明）應將公告內容分項條列，冠以數字，另行低格書寫。使層次分明，清晰醒目。公告內容僅就「主旨」補充說明事實經過或理由者，改用「說明」為段名。公告如另有附件、附表、簡章、簡則等文件時，僅註明參閱「某某文件」，公告事項內不必重複敘述。

㈥公告登載時，得用較大字體簡明標示公告之目的，不署機關首長職稱、姓名。

㈦一般工程招標或標購物品等公告，得用定型化格式處理，免用三段式。

㈧公告除登載於機關電子公布欄者外，張貼於機關公布欄時，必須蓋用機關印信，於公告兩字右側空白位置蓋印，以免字跡模糊不清。

四、其他公文：

㈠書函之結構及文字用語比照「函」之規定。

㈡定型化表單之格式由各機關自行訂定，並應遵守由左至右之橫行格式原則。

五、製作公文，應遵守以下全形、半形字形標準之規定：

㈠分項標號：應另列縮格以全形書寫為一、二、三、……，㈠、㈡、㈢……，1、2、3、……，⑴、⑵、⑶（格式如附件四）。

㈡內文：

1.中文字體及併同於中文中使用之標點符號應以全形為之。

2.阿拉伯數字、外文字母以及併同於外文中使用之標點符號應以半形為之。

主旨為何　依據為何

公文撰寫要領

一、行文的立場：書寫公文之前，必先瞭解受文對象，弄清彼此關係，確定自己立場，才能夠顧全自己的身分。

二、行文的原因：書寫公文時，要先瞭解案情的起因過程，和事實的真相，然後才可決定如何寫作，不會導出不正確的方向。

三、行文的依據：書寫公文一定要有根據，或依法令規章、或引述成例、或依據會議決議，或據來文、或依經簽奉核定的措施辦法來做為寫作的基礎。

四、行文的目的：書寫公文應有具體肯定的辦法或指陳，在「主旨」欄或「辦法」欄中明白地表示出來，使受文者完全瞭解與領會。

五、書寫時用詞不卑不亢，要維持機關的尊嚴與體制，採用肯定語氣、用語堅定、互相尊重之語詞。避免使用艱深費解、威嚇性、情緒性、感情性、無意義或模棱兩可之詞句。

六、分段撰寫要領：

　㈠主旨：說明行文目的與期望，力求具體扼要。

　1.為全文精要，應力求簡明，具體提出行文目的與期望，或核復意旨。

　2.「主旨」不分項，文字緊接段名冒號之下書寫。

　3.訂有辦理或復文期限者，請在「主旨」內敘明。

　4.概括之期望語「請核示」、「請查照」、「請照辦」等，列入「主旨」，不在「辦法」段內重複；至具體詳細要求有所作為時，請列入「辦法」段內。

　㈡說明：就事實、依據、理由做較詳細的敘述。

　1.當案情必須就事實、來源或理由，做較詳細之敘述，無法於主旨段容納時，用本段說明。本段段名，可因公文內容改用「經過」「原因」等名稱。

2.如無項次，文字緊接段名冒號之下書寫；如分項條列，應另列縮格書寫。

3.「說明」分項條列時，每項表達一意。

4.承轉公文，請摘敘來文要點，來文過長時仍請儘量摘敘，若無法摘敘，則列為附件。

5.其分項條列內容過於繁雜、或含有表格型態時，亦應編列為附件。

6.需以副本分行者，請在「副本」項下列明；如要求副本收受者有所作為時，則請在「說明」段內列明。

(三)辦法（或擬辦）：提出具體的要求或做法。

1.向受文者提出之具體要求，無法在「主旨」內簡述時，用本段列舉。本段段名，可因公文內容改用「建議」、「請求」、「擬辦」、「核示事項」等名稱。

2.如無項次，文字緊接段名冒號之下書寫；如分項條列，應另列縮格書寫。

3.「辦法」分項條列時，每項表達一意。

(四)其他應注意事項：

1.說明事實宜按時間順序，扼要精簡，論證推理必須依憑事實。

2.擬辦事宜須確實列明，切勿混雜於說明中。

3.注意來文要旨，以免答非所問。

4.配合公文電子交換需要，機關名稱勿用簡稱及簡體字。

行文立場　行文目的　注意用辭

公文處理流程

◎ 來文：他機關之來文。

① 收文　② 分文　③ 登錄　④ 簽辦

⑨ 陳判　⑩ 發文　⑪ 歸檔　⑫ 存查

◎ 創稿：機關首長或單位主管對主管業務認有辦理文書之必要者，得以手諭或口頭指定承辦人擬辦。

① 交辦　② 主動辦理　③ 簽辦　④ 會辦　⑤ 陳核

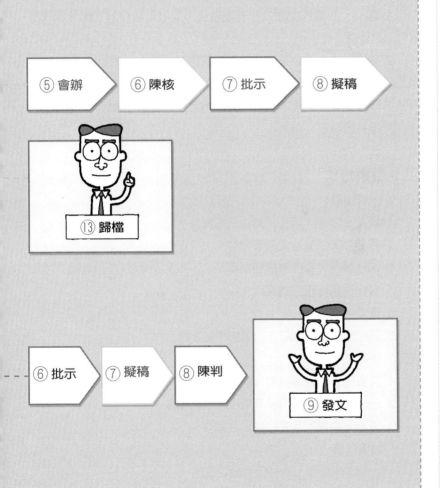

⑤ 會辦　⑥ 陳核　⑦ 批示　⑧ 擬稿

⑬ 歸檔

⑥ 批示　⑦ 擬稿　⑧ 陳判

⑨ 發文

簽、稿之撰擬

一、一般原則

（一）簽、稿的性質：

    1. 簽──為幕僚處理公務表達意見，以供上級瞭解案情並作決定之依據。

    2. 稿──為公文之草本，依各機關規定程序核判後發出。

（二）擬辦方式：先簽後稿、簽稿併陳、以稿代簽。

（三）作業要求：正確、清晰、簡明、迅速、整潔、一致、完整。

（四）簽名或蓋章之方式。

二、擬辦方式

（一）先簽後稿

    1. 制定、訂定、修正、廢止法令案件。

    2. 有關政策性或重大興革案件。

    3. 牽涉較廣，會商未獲結論案件。

    4. 擬提決策會議討論案件。

    5. 重要人事案件。

    6. 其他性質重要必須先行簽請核定案件。

（二）簽稿併陳

    1. 文稿內容須另為說明或對以往處理情形須酌加析述之案件。

    2. 依法准駁，但案情特殊須加說明之案件。

    3. 須限時辦發不及先行請示之案件。

（三）以稿代簽

    一般案情簡單，或例行承轉之案件。

三、作業要求

（一）正確：文字敘述和重要事項記述，應避免錯誤和遺漏，內容主題應避免偏差、歪曲。切忌主觀、偏見。

（二）清晰：文義清楚、肯定。

（三）簡明：用語簡練、詞句曉暢、分段確實、主題鮮明。

（四）迅速：自蒐集資料、整理分析，至提出結論，應在一定時間內完成。

（五）整潔：文稿均應保持整潔，字體力求端正。

（六）一致：機關內部各單位撰擬文稿，文字用語、結構格式應力求一致，同一案情的處理方法不可前後矛盾。

（七）完整：對於每一文件，應作深入廣泛之研究，從各種角度、立場考慮問題，與相關單位協調聯繫。所提意見或辦法，應力求周詳具體、適切可行，並備齊各種必需之文件，構成完整之幕僚作業，以供上級採擇。

四、簽之撰擬

（一）款式：

1. 三段式。

2. 案情簡單，可使用便條紙，不分段，以條列式簽擬。

3. 存參或簡單案件，得於原文空白處簽擬。

（二）撰擬要領：

1.「主旨」扼要敘述，不分項。

2.「說明」對案情來源、經過、分析，作簡要之敘述，視需要分項條列。

3.「擬辦」應提出具體處理意見或解決問題之方案，意見較多時分項條列。

（三）重要或特殊案件，承辦人不能擬具處理意見時，應敘明案情簽請核示或當面請示後，再行簽辦。

（四）毋需答復或辦理之普通文件，得視必要敘明案情簽請存查。

五、簽的使用時機

（一）屬開創性及案情須詳加說明者，通常為「先簽後稿」，建議以「簽」為之。

（二）「簽稿併陳」者，應於簽文末「敬陳　核示」之前，標示「簽稿併陳」。簽署由上而下蓋用職章，日期時間標記於職章的右方如（注意預留長官核印的空間）。

六、稿之擬撰

（一）款式：

　　1. 三段式。

　　2. 案情簡單，可使用二段式或一段式。

（二）撰擬要領：

　　1.「主旨」簡明扼要，敘述全文意旨，不分項。

　　2.「說明」對案情來源、經過、分析，作詳細之敘述，視需要分項條列。

　　3.「辦法」應提出具體處理意見或解決問題之方案，意見較多時分項條列。

（三）訂有辦理或復文期限者，在主旨內敘明。

（四）主旨文字以不超過五十字為宜，以求簡明扼要。

（五）一頁以上應於騎縫處加蓋騎縫章或職名章。

（六）稿件送會或陳核過程中，如改動較多或較為重大者，宜退回承辦人閱後再行送繕。文稿增刪修改過多者，送還承辦人清稿。

七、擬稿參考事項

（一）擬稿須條理分明，其措詞以切實、誠懇、簡明扼要為準，所有模稜空泛之詞，及陳腐套語，地方俗語，與公務無關者，均請避免。

（二）引敘來文或法令條文，以扼要摘敘足供參證為度，不可僅以「云云照敘」，自圖省事，如必須提供全文，宜以抄件或影印附送。

（三）各種名稱如非習用有素，不宜省文縮寫，如遇譯文且關係重要者，應以括弧加註原文，以資對照。

（四）文稿表示意見，請以負責態度，或提出具體意見，供受文者抉擇，不得僅作層轉手續，或用「可否照准」、「究應如何辦理」等空言敷衍。

（五）擬稿應以一文一事為原則，來文如係一文數事者，得分為數文答覆。

（六）文稿內遇有重要性之數字，宜用大寫。

（七）引敘原文其直接語氣均改為間接語氣，如「貴」、「鈞」等應改為「××」、「本」、「該」等。

（八）法規之制（訂）定、修正，於發布或轉發時，請於法規名稱之下註明公（發）布、核定或修正日期及文號。

（九）簽請載明年月日時及單位。

（十）擬辦復文或轉行之稿件，請將來文機關之發文日期及字號以國字敘入，俾便查考。

（十一）案件如已分行其他機關者，請於文末敘明，以免重複行文。

（十二）文稿中多個機關名稱同時出現時，按照既定機關順序，由上而下依序排列。

（十三）字跡請力求清晰，不得潦草，如有添註塗改，須於添改處蓋章。

（古）文稿分項或分條撰擬時，應分別冠以數字。上下左右空隙，力求勻稱，機關全銜、受文者、本文等請採用較大字體，以資醒目。

（圭）文稿有一頁以上者請裝訂妥當，並於騎縫處加蓋騎縫章或職名章，同時於每頁之左下角加註頁碼。

（夫）承辦人員於辦稿時，分別填寫左列各點：

1. 「文別」：按照公文程式條例之類別及有關規定填寫。

2. 「速別」：係指希望受文機關辦理之速別。填「最速件」或「速件」等，普通件不必填寫。

3. 「密等及解密條件」：填「絕對機密」、「極機密」、「機密」、「密」，解密條件於其後以括弧註記。如非密件，則不必填寫。

4. 「附件」：請註明名稱及數量或其他有關字樣。

5. 「正本」或「副本」：分別逐一書明全銜，其地址非眾所周知者，請註明，機關內部得以加發「抄件」之方式處理。

6. 「承辦單位」：於稿面適當位置註明承辦單位之名稱。

7. 「承辦人」：由承辦人員稿面適當位置簽名或蓋章，並註明辦稿之年月日時。

8. 「收文日期字號」：於稿面適當位置列明「收文日期字號」，如數件併辦者，應將各件之收文號一併填入（各件收文亦一併附於文稿之後），如為無收文之創稿，則填一「創」字。

9. 「檔號」及「保存年限」：於稿面適當位置列明，「保存年限」則參照檔案保存年限之規定填列。

（亥）左列特殊處理事項，由承辦人員斟酌情形，於稿面適當處予以註明：

1. 刊登電子公佈欄、公報或通訊。

2. 登報或公告，註明及刊登報名、地位、字體大小、日期或揭示地點。

3. 公務登記，由指定之人員或主管單位自行辦理。

4. 有時間性之文件，指明繕印發出或送達時間。

5. 會銜稿件，書明各會銜機關抽存之份數。

6. 發後補判或先發後會之註明。

7. 指定寄遞方法或投遞人，並按公文內容、性質，選取電子交換方式。

8. 指定公文收受人員或拆封之人員。

9. 為提升公務溝通效率，承辦人員得於文稿中述明聯絡方式。

（六）承辦人員辦稿時，對「附件」應注意左列事項：

1. 附件應檢點清楚，隨稿附送。

2. 附件有二種以上時，應分別標以附件一、附件二、……。

3. 附件除附卷者外，如係隨文附送，辦稿時，用「檢送」、「檢附」等字樣。

4. 發文附件宜儘量用電子文件。

5. 附件如不及或不能隨稿附送時，請註明「封發時，附件請向承辦人或某某洽取」字樣。

6. 有時間性之公文，其附件不及隨文送出者，請註明「文先發，附件另送」，並與發文單位聯繫，洽知發文號碼，備於補送附件時註明。

 公文夾

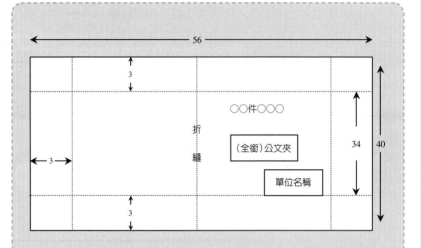

公文夾內面左頁印說明及注意事項，其形式如下：

說明及注意事項

一、公文夾專供機關內各單位遞送文件之用。

二、公文夾上須填名單位名稱。

三、公文夾顏色用途區分如下，各機關並得視實際所需自行訂
　　定：

　　(一)紅色──用於最速件

　　(二)藍色──用於速件

　　(三)白色──用於普通件

　　(四)黃色──用於機密件

四、會簽會核時限如下：

　　(一)最速件　一小時

　　(二)速　　件　二小時

　　(三)普通件　四小時

五、會簽、會核應依次傳遞。

歷年考題分析

歷年考題分析

下級機關對上級機關有所請求或報告時，其行文的文別為何？ (A)令　(B)呈　(C)函　(D)咨　　　　【105鐵路佐級考試-國文】	(C)

【解析】
(A)令：發布行政規章，發表人事任免、遷調、獎懲時使用。
(B)呈：對總統有所呈請或報告時使用。
(C)函：各機關處理公務有左列情形之一時使用：
　　⑴上級機關對所屬下級機關有所指示、交辦、批復時。
　　⑵下級機關對上級機關有所請求或報告時。
　　⑶同級機關或不相隸屬機關間行文時。
　　⑷民眾與機關間的申請與答復時。
(D)咨：總統與立法院、監察院公文往復時使用。

直式信封收信人欄的運用，是將「姓、職稱、名、啟封詞」格式 中的那一個部分加以側書，以表示尊重？　(A)姓　(B)名　(C)職稱 (D)啟封詞　　　　【105鐵路佐級考試-國文】	(B)

【解析】
將收信人的名或字號側右略小書寫已表示尊敬，稱為「側書」。

行政院行文立法院時，稱呼對方用：　(A)大院　(B)鈞院　(C)貴院 (D)該院　　　　【105鐵路佐級考試-國文】	(C)

【解析】
(A)大院：對無隸屬關係之上級機關用。
(B)鈞院：有隸屬關係之下級對上級用。
(D)該院：機關名稱如一再提及可稱「該」，例如「該局」。

歷年考題分析

當公務尚處未決階段，仍需磋商、徵詢意見或協調、通報時，最適合使用下列那一種公文類別？ (A)函 (B)書函 (C)便函 (D)公告 　　　　　　　　　　　　【105五等外交行政-國文】	(B)

【解析】
(A)函：現行公文的一類。用於各級機關公文往返，或人民與機關間的申請與答覆。

(B)書函：
　(1)於公務未決階段需要磋商、陳述及徵詢意見、協調或通報時使用。
　(2)適用範圍較函為廣泛，舉凡答復簡單案情，寄送普通文件、書刊，或為一般聯繫、查詢等事項行文時均可使用，其性質不如函之正式性。

(C)便函：便函則用於日常事務性工作的處理。便函不屬於正式公文，沒有公文格式 要求，甚至可以不要標題，不用發文字型大小。

(D)公告：一種現行的公文；對公眾有所宣布時所用。

關於公文格式用語與規範，下列選項何者有誤？ (A)機關對團體稱「貴」 (B)「咨」為總統與立法院公文往復時使用 (C)對無隸屬關係之機關而言，上級稱「大」 (D)「說明」為「簽」之重點所在，應針對案情，提出具體處理意見，或解決問題之方案 　　　　　　　　　　　　【105五等外交行政-國文】	(D)

【解析】
(D)「擬辦」為「簽」之重點所在，應針對案情，提出具體處理意見，或解決問題之方案；意見較多時分項條列。

多種法令同時發布或廢止，下列敘述何者正確？ (A)必須一種法令以一種令文處理 (B)多種法令可併入同一令文處理 (C)發布時一種法令以一種令文處理，廢止時則可將多種法令併入同一令文處理 (D)發布時可以多種法令併入同一令文處理，廢止時則必須一種法令以一種令文處理 　　　　　　　　　　　　【105初等考-國文】	(B)

【解析】
(A)(C)(D)多種法律之制定或廢止，同時公布時，可併入同一令文處理；法規命令之發布，亦同。

歷年考題分析

下列有關公文用語的說明，何者正確？ (A)向上級機關或首長請示案件時，可用：「請核示」 (B)審核或答復平行機關請求時，可用：「如擬」、「准如所請」 (C)請下級機關知悉辦理之期望目的語，可用：「請查明惠復」 (D)於審核或答復受文者請求時，對下級機關可用：「同意照辦」 【105五等外交行政-國文】　(A)

【解析】
(B)審核或答復平行機關請求時，可用：「敬表同意」、「同意照辦」、「不能同意辦理」、「歉難同意」、「無法照辦」、「礙難同意」。
(C)請下級機關知悉辦理之期望目的語，可用：「請查照」、「請照辦」、「請辦理見復」、「請查明見復」、「請查照轉知」。
(D)於審核或答復受文者請求時，對下級機關可用：「應予照准」、「准予照辦」、「應予不准」、「應予駁回」。

新北市政府家庭教育中心於民國104年10月發函市內中小學，辦理某某研習活動，於「說明」處的文字如下：「□教育部104年4月29日臺教社(二)字第999999號函辦理。」請問，□內的用語應為下列何者？ (A)依 (B)復 (C)據 (D)查 【105五等外交行政-國文】　(A)

【解析】
新北市政府家庭教育中心為市內中小學的上級機關。
(A)依：引敘上級機關或首長公文時用。
(B)復：於復文時用。
(C)據：引敘平行、下級機關、屬員或人民來文時用。
(D)查：通用。

若教育部發文給臺南市政府，應用何種准駁語？ (A)應予駁回 (B)礙難同意 (C)應從緩議 (D)礙難照准 【105初等考-國文】　(B)

【解析】
教育部和臺南市政府屬平行機關。
(A)應予駁回：對下級機關用。
(C)應從緩議：決行人員批核公文用。
(D)礙難照准：對下級機關用。

歷年考題分析

現行「公文程式條例」第九條規定「公文，除應分行者外，並得以副本抄送有關機關或人民；收受副本者，應視副本之內容為適當之處理。」有關副本的注意事項，下列選項何者正確？ (A)各案件主要受文者用正本，其他有關機關與個人，除上行者外一概以副本送達　(B)事關通案者，對需分行之機關可悉用副本　(C)使用副本時，應於文本「副本」項下，列明所有收受者 (D)已抄送副本之機關單位，如續有有關來文，其內容已在前送副本中明列者，仍需答覆　【105初等考-國文】　(C)

【解析】
(A)受理之案件，主體機關或通案分行之機關用正本，其餘有關聯或預計將有同樣詢問之機關用副本。
(B)事關通案者，對須分行之機關，悉用正本不用副本。
(D)已抄送副本之機關單位，如續有有關來文，其內容已在前送副本中列明者，不必答復。

下列何項作為與「文書簡化」無關？　(A)緊急公文得不依層級之限制，越級行文　(B)各機關應視實際情形，採用收發文同號 (C)內容簡單毋須書面行文者，可用電話接洽　(D)各機關就其主管業務發表新聞時，應指定專人統一辦理　【104五等身障特考-國文】　(D)

【解析】
(D)此項目為一般保密事項規定。

臺中市政府答復民間社團申請市府前廣場辦理慈善園遊會的公文書；下列那一選項的准駁語不應該出現在該公文上？　(A)敬表同意　(B)歉難同意　(C)准予照辦　(D)礙難同意　【104五等身障特考-國文】　(C)

【解析】
臺中市政府與民間團體屬平行機關。
(C)准予照辦：上級機關對下級機關或首長同意用。

歷年考題分析

依「法律統一用字表」，下列法規之用字何者正確？ (A)抵觸 (B)雇員 (C)佔有 (D)身份　　【104五等地方特考-國文】	(B)
公文夾顏色用途，除各機關視情形訂定之外，通常按照處理時限，其先後依序是：　(A)紅→藍→白 (B)藍→紅→黃 (C)綠→黃→藍 (D)白→綠→紅　　【104五等地方特考-國文】	(A)

【解析】
公文夾顏色用途區分如下，各機關並得視實際所需自行訂定：
(一)紅色──用於最速件（1小時）
(二)藍色──用於速件（2小時）
(三)白色──用於普通件（4小時）
(四)黃色──用於機密件

下列有關公文的敘述，何者錯誤？　(A)文書製作應採由左至右之橫行格式 (B)公文之正本及副本，均用規定公文紙繕印，並蓋用印信或章戳 (C)遇特別案件，必須為緊急之處理時，次一層主管得依其職掌，先行處理，再補陳核判 (D)各層決定之案件，凡性質以用單位名義為宜者，可由單位主管逕行決定，但仍應以機關名義行文　　【104五等地方特考-國文】	(D)

【解析】
(D)凡性質以用單位名義為宜者，可由單位主管逕行決定，並以「該單位名義」行文。

關於公文用語的使用，下列選項何者錯誤？　(A)機關對人民，稱「先生」、「女士」、「君」 (B)機關（或首長）對於屬員、或機關對人民稱「台端」 (C)有隸屬關係之下級機關對上級機關，稱「大院」、「大部」 (D)下級機關首長對上級機關首長，稱「鈞長」　　【104五等身障特考-國文】	(C)

【解析】
(C)有隸屬關係之機關：上級對下級稱「貴」；下級對上級稱「鈞」；自稱「本」。

歷年考題分析

處理機密文書應注意事項，下列敘述何項錯誤？ (A)「絕對機密」文書之封發，由承辦人員監督辦理 (B)「機密」文書之封發，由指定之繕校、收發人員辦理 (C)機密文書用印時，屬「極機密」者，由繕校人員持往辦理 (D)機密文書之收發處理，以專設文簿或電子檔登記為原則，並加註機密等級 【104五等身障特考-國文】	(C)

【解析】
機密文書用印時，屬「絕對機密」、「極機密」者，由承辦人員持往辦理。監印人員僅憑機關首長簽署用印，不得閱覽其內容；屬「機密」、「密」者之用印，得由繕校人員持往辦理。

承辦人員對長官有所指示、建議、請求時，其行文的文別為何？ (A)通知 (B)簽 (C)函 (D)報告 【104五等身障特考-國文】	(B)

【解析】
(A)通知：是運用廣泛的知照性公文。用來發佈法規、規章，轉發上級機關、同級機關和不相隸屬機關的公文，批轉下級機關的公文，要求下級機關辦理某項事務等。
(B)簽：為幕僚處理公務表達意見，以供上級瞭解案情、並作抉擇之依據。
(C)函：函是一般機關學校使用最多的公文，其範圍包括：
　　⑴上級機關對所屬下級機關有所指示、交辦、批復時使用。
　　⑵下級機關對上級機關有所請求，或報告時使用。
　　⑶同級機關或不相隸屬機關間行文時也可使用。
(D)報告：多指重要的報告，包括專案報告、工作報告、簡報等。

文化部所屬「國立傳統藝術中心」，擬向文化部申請經費辦理活動，行文需附企劃書；應該使用下列那一選項的附送語？ (A)檢陳 (B)檢送 (C)檢附 (D)附送 【104初等考-國文】	(A)

【解析】
文化部為「國立傳統藝術中心」的上級機關。
(A)檢陳：對上級附送附件時用。
(B)(C)(D) 對平行或下級機關附送附件時用。

歷年考題分析

下列使用於公文書橫式書寫之數字，何者形式不宜？　(A)核四廠 (B)「○○法」草案，計51條　(C)中山路1段2號3樓　(D)921大地震　　　　　　　　　　　　　　　　　　　　　【104初等考-國文】	(B)

【解析】
(B)「○○法」草案，計51條→「○○法」草案，計五十一條。

機關之間的直接稱謂用語，下列選項何者錯誤？　(A)機關（或首長）對屬員稱「台端」(B)機關首長之間：上級對下級稱「某」；下級對上級稱「貴」(C)無隸屬關係之機關：上級稱「大」；平行稱「貴」；自稱「本」(D)有隸屬關係之機關：上級對下級稱「貴」；下級對上級稱「鈞」；自稱「本」　　　　【104初等考-國文】	(B)

【解析】
(B)有隸屬關係之機關：上級對下級稱「貴」；下級對上級稱「鈞」；自稱「本」。

下列何者屬公文書中，對平行機關使用之准駁語？　(A)同意照辦　(B)准予照辦　(C)應毋庸議　(D)如擬辦理　　　　　　　　　　　　　　　　　　　　　　　　【103五等地方特考-國文】	(A)

【解析】
(A)同意照辦：對平行機關或人民團體時用之准駁語。
(B)准予照辦：對下級機關用之准駁語。
(C)應毋庸議：對下級機關用之准駁語。
(D)如擬辦理：決行人員批核公文用之准駁語。

關於公文下行文之用語，下列選項何者錯誤？　(A)轉知所屬照辦　(B)轉告所屬照辦　(C)轉陳所屬切實辦理　(D)轉行所屬切實辦理　　　　　　　　　　　　　　　　　　　【103五等地方特考-國文】	(C)

【解析】
(C)轉陳所屬切實辦理：是下對上的用語。

歷年考題分析

關於公文，下列選項何者正確？　(A)令文不可不分段　(B)多種法律之制定或廢止，同時公布時，可併入同一令文處理　(C)案情複雜、牽涉廣泛的案件可逕採以稿代簽方式辦理　(D)公告的結構分為「主旨」、「說明」、「辦法」三段 【103五等原民特考-國文】	(B)

【解析】
(A)令文可不分段，敘述時動詞一律在前。
(C)以稿代簽為一般案情簡單，或例行承轉之案件。
(D)公告之結構分為「主旨」、「依據」、「公告事項」(或說明)三段，段名之上不冠數字，分段數應加以活用，可用「主旨」一段完成者，不必勉強湊成兩段、三段。

下列關於「公文夾」使用的敘述，何者錯誤？　(A)文書之陳核、陳判等過程中，均應使用公文夾　(B)公文夾顏色作為機關內部傳送速度之區分，機密件公文應用特製之機密件袋　(C)公文夾之應用，必須與夾內文書之性質相稱，「最速件」之使用比例不受限制　(D)公文夾正中間標明「(機關)公文夾」，中間下方標示「承辦單位」，在左上角預留透明可插式空間，以標示會核單位或視需要加註其他例如「提前核閱」或「即刻繕發」等訊息【103初等考-國文】	(C)

【解析】
(C)公文夾之應用，必須與夾內文書之性質相稱，最速件之「使用比例應予適當之控制」。

新北市教育局致教育部公文中的附件，附送語應使用下列那一個選項？　(A)檢附　(B)檢送　(C)附陳　(D)附送 【103五等原民特考-國文】	(C)

【解析】
新北市教育局致教育部，屬「上行文」。
檢附、檢送、附送：對平行或下級機關附送附件時用。
附陳、檢陳：對上級附送附件時用。

歷年考題分析

有一公文主旨如下：内政部、外交部會銜函報「跨國境人口販運防制及被害人保護辦法」草案一案，奉交貴機關研提意見，於文到7日内見復，請查照。請問本公文「文別」應為下列何項？ (A)行政院 令 (B)行政院 函(稿) (C)行政院 移文單 (D)行政院交辦(議)案件通知單　　　　　　　　　【103初等考-國文】	(D)

【解析】
上級交下級核議之文件，如在同一地區，可將原件發交下級機關，下級機關即於原件上簽註意見送還。不在同一地區者，可用交辦(議)案件通知單為之。

依公文間接稱謂用語規定，對職員稱： (A)簡銜 (B)職稱 (C)台端 (D)○○君　　　　　　　　　　　　　　　　【103初等考-國文】	(B)

【解析】
簡銜：簡銜是針對機關内的公文，不管是全銜還是簡銜，都以對方易辨識為主。
職稱：對職員則稱「該員」或「職稱」。
台端：對屬員、或人民。
君：對個人直接或間接(男女兩性)適用。

依《文書處理手冊》簽稿的撰擬，下列敘述何者正確？ (A)簽的「主旨」簡述目的與擬辦，並分項完成 (B)簽的「說明」是重點所在，針對案情提出處理方法 (C)「簽稿併陳」用於文稿內容須另為說明或對以往處理情形須酌加析述之案件 (D)簽的「主旨」、「說明」、「擬辦」可因內容繁多，條列敘述之　　　　　　　　　【103初等考-國文】	(C)

【解析】
(A)主旨扼要敘述，概括「簽」之整個目的與擬辦，不分項，一段完成。
(B)簽的說明係對案情之緣起，經過與有關法規，或前案牽涉，以及處理方式，作簡要之敘述，並視需要作分項條列。
(D)「簽」的各段內容之陳述原則為：「主旨」段不陳述理由和原因，「說明」段不提擬辦意見，「擬辦」段亦不重複「說明事項」及原委等。

歷年考題分析

下列有關公文蓋印及簽署之敘述，何者正確？ (A)開會通知單蓋用機關條戳 (B)會銜公文須以最高位階之單位代表署名 (C)首長休假時，逕列明負責之人並加註「代行」 (D)首長出缺時，先列明首長出缺，再列明負責之人並加註「代理」 【103五等身障特考-國文】	(A)

【解析】

(B)會銜公文如係發布命令，應蓋機關印信，其餘蓋機關首長職銜簽字章。

(C)機關首長因故不能視事，由代理人代行首長職務時，其機關公文，除署首長姓名註明不能視事事由外，應由代行人附署職銜、姓名於後，並加註代行二字。機關內部單位基於授權行文，得比照辦理。

(D)機關首長出缺由代理人代理首長職務時，其機關公文應由首長署名者，由代理人署名。

若高雄市政府衛生局擬請所屬各衛生所，加強抑制登革熱流行，盼加強宣導環境衛生並積極撲滅病媒蚊，以確保市民健康。請問這份公文應採用的公文類別、「主旨」段應使用的期望及目的用語，最適當的選項是： (A)函／請照辦 (B)函／請鑒核 (C)書函／請照辦 (D)書函／希照辦 【103五等身障特考-國文】	(A)

【解析】

函：各機關處理公務有左列情形之一時使用：

　(1)上級機關對所屬下級機關有所指示、交辦、批復時。

　(2)下級機關對上級機關有所請求或報告時。

　(3)同級機關或不相隸屬機關間行文時。

　(4)民眾與機關間的申請與答復時。

書函：

　(1)於公務未決階段需要磋商、徵詢意見或通報時使用。

　(2)代替過去之便函、備忘錄、簡便行文表，其適用範圍較函為廣泛，舉凡答復簡單案情，寄送普通文件、書刊，或為一般聯繫、查詢等事項行文時均可使用，其性質不如函之正式性。

　　請照辦，屬下行文的公文用語，高雄市政府衛生局→所屬各衛生所，屬上對下的關係，故本題為下行文。

歷年考題分析

有關公文稱謂用語，下列何者錯誤？　(A)臺南市政府教育局對臺南市中小學自稱本局，稱對方為貴校　(B)金融監督管理委員會發函一般人民，自稱本會，稱對方為君　(C)經濟部發函某科技公司，自稱鈞部，稱對方為貴公司　(D)大專院校發函考試院，自稱本校，稱對方為大院　　　【103五等身障特考-國文】	（C）

【解析】
(C)有隸屬關係之下級機關對上級機用，「鈞部」、「鈞院」；無隸屬關係之平
　　行單位，應自稱「本部」。

根據「法律統一用語表」，下列那一選項「」內用語錯誤？ (A)「設」機關　(B)「第六十五條」　(C)「訂定」兒童福利法 (D)「處」五千元以下罰鍰　　　【103初等特考-國文】	（C）

【解析】
(C)法律之創制，用「制定」；行政命令之製作用「訂定」。兒童福利法是法
律，故應使用「制定」。

下列有關公文的敘述，何者完全正確？　(A)登載於媒體的公告，只要蓋機關印信即可　(B)副本的主要功能是督促各單位謹慎行事　(C)函的本文，採用三段式結構；可用「主旨」一段完成者，不必勉強湊成二段、三段　(D)發文時須註明西元年、月、日，並編定字號，以便日後查考、引用 　　　【103五等身障特考-國文】	（C）

【解析】
(A)登載於報刊等大眾傳播媒體：
　　⑴公告登報時，得用較大字體簡明標示公告的目的。
　　⑵免署機關首長的職銜、姓名，免蓋機關印信。
(B)副本收文機關多半是受知會性質，不需處理及函復，通常存檔結案即可。
(D)文書應記載年、月、日，配合流程管理，得註明時間；文書中記載年份
　　一律以國曆為準。但外文或譯件，得採用西元紀年。

歷年考題分析

承辦人員辦稿時，處理附件的注意事項，下列何者有誤？ (A)附件有二種以上時，分別標以附件1、附件2、…… (B)附件除附卷者外，如係隨文附送，辦稿時，用「檢送」、「檢附」等字樣 (C)有時間性之公文，其附件不及隨文送出者，請註明「文先發，附件請向承辦人員洽取」字樣 (D)如需以電子文件發出，辦稿時請書「附電子檔」字樣，並註明「原本存卷，另以電子檔發出」 【102初等社會行政-國文】	(C)

【解析】
(C)應該先註明「文先發，附件另送」。

下列對於「簽」、「稿」撰擬之說明，何者錯誤？ (A)有關政策性或重大興革案件，宜「先簽後稿」 (B)須限時辦發不及先行請示之案件，可「以稿代簽」 (C)依法准駁，但案情特殊須加說明之案件，應「簽稿並陳」 (D)「擬辦」部分，為「簽」之重點所在，應針對案情，提出具體處理意見，或解決問題之方案 【102初等一般行政-國文】	(B)

【解析】
(B)須限時辦發不及先行請示之案件，可「簽稿並陳」。

下列關於公文使用原則之敘述何者正確？ (A)下級對上級之稱謂為表尊敬應統稱「貴」 (B)為避免爭議，應以國字大寫註明承辦月日時分 (C)公文「主旨」為求清楚無誤，應以二至三項加以敘述為佳 (D)行文數機關或單位時，如於文內同時提及，可通稱為「貴機可通稱為「貴機關」或「貴單位」 【102初等一般行政-國文】	(D)

【解析】
(A)下級對上級之稱謂為表尊敬應統稱「鈞」。
(B)為避免爭議，應以阿拉伯數字註明承辦月日時分。
(C)公文主旨：說明行文目的與期望，力求具體扼要。

歷年考題分析

下列敘述，何者正確？ (A)公文分為「令」、「呈」、「咨」、「函」、「公告」五種 (B)向受文者提出之具體要求無法在「主旨」內簡述時，用「說明」列舉 (C)當案情必須就事實、來源或理由，作較詳細之敘述，無法於「主旨」內容納時，用「辦法」說明 (D)「主旨」、「說明」、「辦法」三段，得靈活運用，可用一段完成者，不必勉強湊成二段或三段 　　　　　　　　　　　　　　　　【102初等社會行政-國文】	（D）

【解析】
(A)公文分為「令」、「呈」、「咨」、「函」、「公告」、「其他公文」六種。
(B)用「辦法」列舉。
(C)用「說明」說明。

公文橫式書寫數字有一定之使用規範，下列選項何者為非？ (A)週二 (B)延後2週辦理 (C)事務管理規則共分15編、415條條文 (D)行政院令：修正「事務管理規則」第110條條文 　　　　　　　　　　　　　　　　【102初等社會行政-國文】	（D）

【解析】
(D)行政院令：修正「事務管理規則」第一百十一條條文。

下列關於「公告」的敘述，何者錯誤？ (A)公告之結構分為「主旨」、「依據」、「公告事項」（或說明）三段 (B)公告分段數應加以活用，段名之上不冠數字，亦可用「主旨」一段完成 (C)公告有兩項以上「依據」者，每項應冠數字，並分項條列，另列低格書寫 (D)公告登載時，得用較大字體簡明標示公告之目的，並署機關首長職稱、姓名　　　　　　　　　【102初等一般行政-國文】	（D）

【解析】
(D)公告登載時，得用較大字體簡明標示公告之目的，「不」署機關首長職稱、姓名。

歷屆公文試題實作範本

公文算是國文考試中,一定要拿到的基本分數,以下提供十個基本範例,讓讀者可以瞭解大致上該如何寫公文。

如果覺得公文撰寫有些繁雜,這裡提供一些關鍵地方的小技巧。在「說明」的最後面,因為公文大致上可以分成對上、平行、對下三種,所以只要記得對上就寫「請 核示」、平行就寫「請查照」、對下則可以寫「希照辦」。但是在實務運作上,有時候在某些議題上為了尊重受文單位,未必都會寫「希照辦」,還是可以寫「請查照」。

至於「說明」及「擬辦」,因為考試時間有限,有時候寫完作文,所剩時間無幾,可以設定「說明」寫兩點,「擬辦」寫三點的格式,每一點以不超過三行為原則,如果時間上還是非常緊迫,則可以將「擬辦」降低到只有兩點為宜。

對上:請核示
平行:請查照
對下:希照辦
說明寫二點,
擬辦寫三點,
要記住喲!

　　試擬行政院致教育部函：為提升學生就業能力與國際移動力，大專校院海外專業實習業已推行多年，為確實掌握施行績效，瞭解跨國專業實習的機會與困境，請提報近三年海外專業實習之成果報告，分項敘述，具體說明，並研擬後續推動之規畫。　　【105三等外交行政-國文】

行政院　函（範例）

　　　　　　　　　地　　址：○○○○市○○路○○號
　　　　　　　　　電　　話：○○-○○○○○○○○
　　　　　　　　　承辦人：○○○
　　　　　　　　　E-mail：○○@○○

受文者：教育部

發文日期：中華民國○年○月○日

發文字號：○○○字第○○○號

附　　件：

主旨：請提報近三年海外專業實習之成果報告，分項敘述，具體說明，並研擬後續推動之規畫，請照辦。

說明：

　　一、為提升學生就業能力與國際移動力，大專校院海外專業實習業已推行多年，為確實掌握跨國專業實習的機會與困境的施行績效，請提報施行績效。

　　二、請分項敘述，具體說明近三年海外專業實習之成果報告，並研擬後續推動之規畫。

辦法：

　　一、貴單位請增派人力，積極解決大專校院海外專業實習之輔導工作。

　　二、單位執行人員應盡速邀請專家、學者及相關人員召開檢討會議，並討論後續推動規劃之方向。

　　三、請於文到一個月內提報近三年海外專業實習成果報告及後續推動之規畫。

正本：教育部

副本：全國各大專院校

　　現今電腦網路與通訊行動載具普及，霸凌行為得以透過網路媒體傳遞，例如：電子郵件、網路貼文、手機簡訊等方式，在校園中蔓延。這種透過現代網路科技而進化的霸凌行為，即稱為「網路霸凌（Cyber-bullying）」，又稱「電子霸凌」、「簡訊霸凌」、「數位霸凌」、「線上霸凌」或「網路暴力」。有別於傳統霸凌恃強凌弱、以大欺小的面對面威嚇，霸凌者以匿名方式寄送，免除面對面的對峙壓力，讓霸凌者更快速、更輕易地傷害他人。這種欺壓行為，常為校園莘莘學子身心帶來極大傷害，其嚴重性有時更勝於傳統校園霸凌。對霸凌者而言，若不加以防範、矯治其行為與態度，最後極有可能惡化成觸法行為。

　　請參考以上資料，試擬教育部致各直轄市、縣市政府教育局（處）函：請轉知所屬，加強「防杜網路霸凌」教育，營造健康友善的校園學習環境，讓學生安心就學。

【105高考一二級-國文】

教育部　函（範例）

地　　址：○○○○市○○路○○號
電　　話：○○-○○○○○○○○
承辦人：○○○
E-mail：○○@○○

受文者：各直轄市、縣市政府教育局（處）

發文日期：中華民國○年○月○日

發文字號：○○○字第○○○號

附　　件：

主旨：請加強「防杜網路霸凌」教育，營造健康友善的校園學習環境，讓學生安心就學，希照辦。

說明：

　一、現今電腦網路與通訊行動載具普及，霸凌行為得以透過網路媒體傳遞，例如：電子郵件、網路貼文、手機簡訊等方式，在校園中蔓延。這種透過現代網路科技而進化的霸凌行為，即稱為「網路霸凌（Cyber-bullying）」，又稱「電子霸凌」、「簡訊霸凌」、「數位霸凌」、「線上霸凌」或「網路暴力」。

二、有別於傳統霸凌恃強凌弱、以大欺小的面對面威嚇，霸凌者以匿名方式寄送，免除面對面的對峙壓力，讓霸凌者更快速、更輕易地傷害他人。這種欺壓行為，常為校園莘莘學子身心帶來極大傷害，其嚴重性有時更勝於傳統校園霸凌。

辦法：

一、請盡速邀請專家、學者及有關單位人員組成網路霸凌小組，並確實擬定實施計畫。

二、請要求各級學校確實執行宣導與加強霸凌者之防範、矯治其行為之輔導，避免日後惡化成觸法行為。

三、請積極發揮各校輔導室之功能，主動瞭解學生校內外之生活狀況，定期辦理專題演講，防範網路霸凌的發生。

四、針對霸凌事件，應落實預防措施，對於涉及刑事責任且案情嚴重者，非以刑事程序無法妥適處理者，應善盡告知學生家長相關法律權益，協助辦理訴訟事宜。

正本：各直轄市、縣市政府教育局（處）
副本：所屬各級學校

科技部為提升大學研究能量，鼓勵產學合作，特訂定「106年大學院校產學合作獎勵辦法」，歡迎各大學提出申請。申請日期自105年9月1日起至10月31日止，審查結果將於106年1月15日公布。相關資料及申請表件已公布於該部網站，申請者可逕行查閱及下載。試擬科技部針對此案致各大學校院函。　　　　　　　【105四等警察特考-國文】

科技部　函（範例）

　　　　　　　地　　址：○○○○市○○路○○號
　　　　　　　電　　話：○○-○○○○○○○○
　　　　　　　承辦人：○○○
　　　　　　　E-mail：○○@○○

受文者：各大學院校

發文日期：中華民國○年○月○日

發文字號：○○○字第○○○號

附　　件：「106年大學院校產學合作獎勵辦法」影本1份

主旨：科技部訂定「106年大學院校產學合作獎勵辦法」，歡迎各大學提出申請，希照辦。

說明：

一、科技部為提升大學研究能量，鼓勵產學合作，特訂定「106年大學院校產學合作獎勵辦法」，歡迎各大學提出申請。

二、申請日期自105年9月1日起至10月31日止，審查結果將於106年1月15日公布。相關資料及申請表件已公布於該部網站，申請者可逕行查閱及下載。

三、檢送「106年大學院校產學合作獎勵辦法」影本1份，以供參照辦理。

辦法：

一、定期舉辦產學合作說明會，讓大學院校學生、家長進一步參與瞭解，促使產學合作機制形成良性循環。

二、請邀請相關業界專家、學者召開研討會議，共同擬定大學院校產學合作計畫，執行成果應予以紀錄保存，以備查核。

三、審核通過之獎勵經費，依相關規定分二階段申請核撥。

正本：各大學院校

副本：教育部

　　齊柏林先生拍攝的紀錄影片「看見臺灣」，讓國人驚見臺灣國土之美，但也暴露土地濫墾、濫伐及河川汙染之嚴重，令人怵目驚心，為免引發更大浩劫，亟待設法導正與杜絕。試擬行政院環境保護署致各直轄市政府、縣市政府函：請加強宣導正確環保觀念，針對轄區內之土地及河川，建置完善的監測、預警、通報及應變系統，對於違反環保法令事件，應依法嚴辦，並於三個月內查處完竣，以提升國人生活品質。　　　　　　【104高考三級-國文】

行政院環境保護署　函（範例）
　　　　　　　地　　址：○○○○市○○路○○號
　　　　　　　電　　話：○○-○○○○○○○○
　　　　　　　承辦人：○○○
　　　　　　　E-mail：○○@○○
受文者：各直轄市政府、縣市政府
發文日期：中華民國○年○月○日
發文字號：○○○字第○○○號
附　　件：
主旨：為加強宣導正確環保觀念，針對轄區內之土地及河川，建置完善的監測、預警、通報及應變系統，違反環保法令事件，應依法嚴辦，並於三個月內查處完竣，以提升國人生活品質，請辦理惠復。

說明：
　一、根據齊柏林先生拍攝的紀錄影片「看見臺灣」，讓國人驚見臺灣國土之美，但亦暴露土地濫墾、濫伐及河川汙染之嚴重，為免引發更大浩劫，亟待設法導正與杜絕。
　二、藉此加強宣導正確環保觀念外，更應針對轄區內之土地及河川，建置完善的監測、預警、通報及應變系統，對於違反環保法令事件，應依法嚴辦，並於三個月內查處完竣。

辦法：
　一、各地方主管機關除了嚴格審查各項土地開發申請外，對於各項違規土地使用情形，亦應積極深入檢討與調查。
　二、如查獲不法行為，應立即將違法者移送檢調機關偵辦，不得寬待。
　三、將不定期至各機關考核，如查有舞弊案件，應依規定加以懲處。

正本：各直轄市政府、縣市政府
副本：行政院、法務部

　　行政院為因應高齡化社會需求，推動老人健康與生活照顧之「長期照顧服務法」，業奉總統於本（104）年6月3日明令公布，並自公布後2年實施。

　　依該法規定之長期照顧服務模式，分為居家式、社區式、機構住宿式、家庭照顧者支持服務、其他經中央主管機關公告之服務方式等5種，為因應該法正式實施時之實際需求，實有詳加規劃、預為綢繆之必要。　　【104普考-國文】

衛生福利部　函（範例）
地　　址：○○○○市○○路○○號
電　　話：○○-○○○○○○○○
承辦人：○○○○○
E-mail：○○@○○
受文者：各直轄市政府、縣市政府、各大專院校相關系所及各從業機構
發文日期：中華民國○年○月○日
發文字號：○○○字第○○○號
附　　件：「長期照顧服務法」影本1份

主旨：為期長期照顧服務體系之規劃更加周妥完善，請貴機關（構）惠予提供辦理長期照顧有關之寶貴經驗、建議及需求，並於文到20日內惠復，俾供研訂長期照顧服務法施行細則暨相關配套法規之參考，以嘉惠老人，請查照見復。
說明：
　一、行政院為因應高齡化社會需求，推動老人健康與生活照顧之「長期照顧服務法」，業奉總統於本（104）年6月3日明令公布，並自公布後2年實施。
　二、依該法規定之長期照顧服務模式，分為居家式、社區式、機構住宿式、家庭照顧者支持服務、其他經中央主管機關公告之服務方式等5種，為因應該法正式實施時之實際需求，實有詳加規劃、預為綢繆之必要。
　三、檢送「長期照顧服務法」影本1份，以供參照實施。
辦法：
　一、請貴單位人員組成長期照顧服務委員會，依照長期照顧服務法切實擬訂相關配套措施。
　二、依規定提出相關計畫，如審查通過，請循會計程序，報本部核撥所需經費。
　三、本部將不定期赴各機關考其執行成效，執行時應保留相關檔案以備查核。
正本：各直轄市政府、縣市政府、各大專院校相關系所及各從業機構
副本：本部所屬醫療院所

為因應全球氣候異常，環境變遷，資源逐漸耗竭，試擬行政院函直轄市及各縣市政府，積極宣導四省（省電、省油、省水、省紙）觀念，鼓勵發揮創意，將環保節能措施融入日常生活，並視推動成效予以獎勵補助。

【104四等身障特考-國文】

行政院　函（範例）

地　　址：○○○○市○○路○○號
電　　話：○○-○○○○○○○○
承辦人：○○○
E-mail：○○@○○

受文者：各直轄市政府、縣市政府

發文日期：中華民國○年○月○日

發文字號：○○○字第○○○號

附　　件：「四省創意方案計畫書」空白表格1份

主旨：為積極宣導四省（省電、省油、省水、省紙）觀念，鼓勵發揮創意，將環保節能措施融入日常生活，並視推動成效予以獎勵補助，請查照。

說明：

　一、鑑於全球氣候異常，環境變遷，資源逐漸耗竭，應喚起國人共同參與省電、省油、省水、省紙之觀念。

　二、各直轄市及縣市政府請積極宣導四省（省電、省油、省水、省紙）觀念，鼓勵發揮創意，將環保節能措施融入日常生活，鼓勵各單位提出「四省創意方案」，並研擬經費予以獎勵補助。

　三、檢送「四省創意方案計畫書」空白表格1份

辦法：

　一、請各直轄市、縣市政府即刻組成四省方案推動小組，並依照本函所附四省創意方案計畫擬定其創意宣導活動。

　二、本院將不定期派員聽取執行成效結果，請於活動後一個月將相關檔案整理成冊，以備查核。

　三、依計畫辦理相關活動，其執行成效獲得優等者，依規定予以記功獎勵。

正本：各直轄市政府及各縣市政府

副本：經濟部能源局

　　根據行政院主計總處調查，國內有近五十萬人從事攤販工作，其輔導與管理必須與時俱進。試擬○○縣政府致各鄉鎮市公所函：請積極落實攤販之輔導與管理工作。

【103二等警察特考-國文】

○○縣政府　函（範例）

　　　　　　　地　　址：○○○○市○○路○○號
　　　　　　　電　　話：○○-○○○○○○○○
　　　　　　　承辦人：○○○
　　　　　　　E-mail：○○@○○

受文者：本縣○○鄉鎮市公所

發文日期：中華民國○年○月○日

發文字號：○○○字第○○○號

附　　件：

主旨：為改善攤販工作問題，請積極落實攤販之輔導與管理工作，請查照。

說明：

　一、根據行政院主計總處調查，國內有近五十萬人從事攤販工作，其輔導與管理必須與時俱進。

　二、為有效解決攤販所造成的問題，各鄉鎮公所應積極落實攤販之輔導與管理工作。

辦法：

　一、請盡速安排相關宣導活動與課程，提升攤販工作品質。

　二、確實加派人力實地走訪巡視且積極執行其輔導與管理工作。

　三、對於屢勸不聽者，應與各轄區警察局配合，負起取締違規之相關工作。

正本：本縣各鄉鎮市公所

副本：本縣各轄區警察局

　　都市居大不易，近來「居住正義」成為多數都會居民共同的心聲。試擬行政院致內政部函：請妥善規劃住宅政策，落實關注國人住房需求。

【101三等關務人員特考-國文】

行政院　函（範例）
　　　　　　　地　　址：○○縣○○市○○路○○號
　　　　　　　電　　話：○○-○○○○○○○○
　　　　　　　承辦人：○○○
　　　　　　　E-mail：○○@○○

受文者：內政部
發文日期：中華民國○年○月○日
發文字號：○○○字第○○○號
附　　件：

主旨：近來民眾要求落實「居住正義」，請妥善規劃住宅政策，落實關注國人住房需求，請查照。

說明：
　一、近年房屋與土地價格屢創新高，基於憲法第143條漲價歸公之基本原則，政府應實施相關措施以抑制不當上漲之房價，並符合憲法第146條規定政府應規劃土地之利用之要求。
　二、我國向有房價不夠透明，及推動相關政策時欠缺詳細宣導說明，導致房價容易遭人炒作，即便是符合現行法令之都市更新案件亦發生不小爭議，如「文林苑」事件即造成人民對於政府之印象欠佳，有必要重新規劃住宅政策，以利國家發展。

辦法：
　一、請聯繫與住宅政策規劃相關之主管機關，共同規劃整體住宅政策，制定未來十年之土地、房屋之住宅政策，以因應房價高漲現況與國人住房需求。
　二、政策於內部達成初步共識後，應召開相關專家諮詢會議及公聽會，並將最後決議與政策報請本院核定。

正本：內政部
副本：

試擬內政部致各直轄市、縣（市）政府函：請逐年增加經費預算，加強福利設施，提供身心障礙人士居家及就醫、就學之便利。 【101四等身心障礙特考-國文】

內政部　函（範例）

地　　址：○○縣○○市○○路○○號
電　　話：○○-○○○○○○○
承辦人：○○○
E-mail：○○@○○

受文者：○○市政府
發文日期：中華民國○年○月○日
發文字號：○○○字第○○○號
附　　件：

主旨：請逐年增加經費預算，加強福利設施，提供身心障礙人士居家及就醫、就學之便利，請查照。

說明：憲法增修條文第10條第7項規定：「國家對於身心障礙者之保險與就醫、無障礙環境之建構、教育訓練與就業輔導及生活維護與救助，應予保障，並扶助其自立與發展。」身心障礙人士因行動不動，為滿足居家、就醫及就學之需求，有必要強化相關軟硬體設備，以符合憲法保障身心障礙者基本權利之要求。

辦法：

一、近年來國內經濟不景氣，政府預算較為困窘，各直轄市、縣（市）政府有關身心障礙人士之預算若無法一次足額編列，仍應逐年增加，以利相關軟硬體設施之規劃與建立。

二、老年化、少子化之世代來襲，相關預算應依急迫程度逐年增加與編列，尤應以就醫、生活維護與救助為優先，以符合人性尊嚴之基本要求。

正本：各直轄市、縣（市）政府

副本：

　　　試擬臺北市政府產業發展局致大臺北區瓦斯股份有限公司、陽明山瓦斯股份有限公司、欣欣天然氣股份有限公司及欣湖天然氣股份有限公司函：時序已進入寒冬，使用瓦斯熱水器及爐具機會增加，為關心市民居家安全，各公司應派員進行冬季用戶管線及設備安全檢查，並指導用戶正確使用天然瓦斯方法。　　【100三等地方特考-國文】

臺北市政府產業發展局　函（範例）
　　　　　　　地　址：○○縣○○市○○路○○號
　　　　　　　電　話：○○-○○○○○○○○
　　　　　　　承辦人：○○○
　　　　　　　E-mail：○○@○○
受文者：大臺北區瓦斯股份有限公司
發文日期：中華民國○年○月○日
發文字號：○○○字第○○○號
附　　件：
主旨：為關心市民居家安全，各公司應派員進行冬季用戶管線及設備安全檢查，並指導用戶正確使用天然瓦斯方法，請查照。
說明：
　一、歷年來冬季發生天然瓦斯災害事件層出不窮，諸如瓦斯氣爆、一氧化碳中毒等事件，導致多人傷亡，並造成家庭破碎，衍生社會成本之負擔。
　二、為避免類似情況不斷發生，請貴公司協助用戶正確使用天然瓦斯方法，並適時地檢修相關瓦斯管線及設備之安全檢查，以防範使用天然瓦斯不當之傷亡事件發生。
辦法：
　一、請貴公司製作相關天然氣使用手冊，以指導用戶正確使用方法，如應避免在密閉不透風之環境中使用相關設備等內容。
　二、請於年底前，安排用戶管線及設備安全檢查。有鑑於詐騙事件頻傳，相關安全檢查程序，應事先以書面通知，並佩帶公司相關識別證件，以利檢查程序之進行。
正本：大臺北區瓦斯股份有限公司、陽明山瓦斯股份有限公司、欣欣天然氣股份有限公司、欣湖天然氣股份有限公司
副本：

試擬○○縣政府致所轄鄉（鎮、市）公所函：

嚴冬歲暮將屆，請結合社會福利機構或志願服務團體等民間資源，對轄區內孤苦無依、流落街頭之遊民，定點供應熱食、沐浴、理髮、乾淨衣物等服務，以保障弱勢者之基本生活權利。　　【99特種考試地方政府公務人員-國文】

○○○縣政府　函（範例）
　　　　　　地　址：○○縣○○市○○路○○號
　　　　　　電　話：○○-○○○○○○○
　　　　　　承辦人：○○○
　　　　　　E-mail：○○@○○

受文者：○○鄉公所
發文日期：中華民國○年○月○日
發文字號：○○○字第○○○號
附　　件：

主旨：惠請結合民間資源，提供遊民基本生活需求之服務，希照辦。

說明：
　一、為使轄區內遊民平安渡過嚴寒冬季，可於特定地點提供熱食、沐浴、理髮、乾淨衣物等服務，以保障遊民之基本生活權利，應積極落實相關服務工作。
　二、提供遊民相關服務，除可維繫遊民最低生活水準外，並可藉此服務掌控轄區內遊民活動狀況，防止治安事件發生。

辦法：
　一、請依據本府遊民服務作業辦法，依法結合社會福利機構或志願服務團體等民間資源辦理相關服務工作。
　二、可於各區建立一至二個遊民服務工作站，提供定點熱食、沐浴、理髮、乾淨衣物等服務。
　三、藉定點提供遊民基本生活需求之服務，並可配合自力更生宣導，提供遊民必要之技能培育機會，促成遊民回歸社會正常生活之管道。

正本：○○鄉公所、○○鎮公所、○○市公所
副本：

試擬內政部警政署函各縣市警察局，請督導所屬人員執行勤務時宜注意言詞、態度之適切，以避免警民糾紛。

【99四等基層警察人員考試-國文】

○○○內政部警政署　函（範例）
地　　址：○○縣○○市○○路○○號
電　　話：○○-○○○○○○○○
承辦人：○○○
E-mail：○○@○○

受文者：○○縣警察局
發文日期：中華民國○年○月○日
發文字號：○○○字第○○○號
附　　件：

主旨：希督促所屬各單位，轉知所屬人員於執行勤務時宜注意言詞、態度之適切，以避免警民糾紛，希照辦。

說明：
一、按公務員應誠實清廉、謹慎勤勉，並本持著追求最佳服務的精神，以維護政府機關之聲譽與形象。
二、爾來報載少數警察人員，或怠忽職守、言行失當，導致產生與民眾不必要之糾紛，社會輿論譁然，已嚴重傷害警界機關之形象。

辦法：
一、為確保警察人員言行舉止，請貴局研擬服務守則、落實辦理，樹立警方之聲譽與形象。
二、各單位應落實考核工作，強化掌控警察人員執行勤務之言詞、態度，發現有不當言行，應妥適處理，不可有護短情事。
三、各單位須隨時注意媒體報導，掌握處理先機，適時回應，以避免因媒體負面報導傷害警界形象。

正本：○○縣警察局、○○市警察局
副本：

試擬行政院致經濟部函，為提升國家競爭力，應積極落實所訂「產業再造計畫」，並定期呈報績效。

【99三等關務人員考試-國文】

行政院 函（範例）

　　　　　　　　地　　址：○○縣○○市○○路○○號
　　　　　　　　電　　話：○○-○○○○○○○○
　　　　　　　　承辦人：○○○
　　　　　　　　E-mail：○○@○○

受文者：經濟部
發文日期：中華民國○年○月○日
發文字號：○○○字第○○○號
附　　件：

主旨：為提升國家競爭度，應積極落實所訂「產業再造計畫」，並定期呈報績效，希照辦。

說明：

　一、為提升國家競爭力，強化創新產業，鼓勵產業自創品牌之建立，除提供必要資金協助外，更須全面建立輔助措施，有效積極因應，以面對一夕多變之國際金融環境。

　二、貴部於100年6月30日報經本院核准之「產業再造計畫」，業經實施半年有餘，具體成效尚未呈現。爰責請相關部會確實落實辦理，並定期呈報產業再造之績效，以符合各界對於本院提升國家競爭力之期待。

辦法：

　一、依據「產業再造計畫」之具體內容，規劃時程逐步落實，尋找最新產業契機，並針對現有產業進行改造升級，以因為國際多變的產業競爭。

　二、調查現有產業面臨瓶頸之問題，整理歸納產業提出之建議，作為落實「產業再造計畫」之依據。

　三、責請相關部會確實落實辦理「產業再造計畫」，並定期每3個月召開跨部會協調會議，並於會議結束後，將共識與結論，整合具體成效報院陳閱。

正本：經濟部
副本：

針對青少年道德價值混淆與偏差行為日益惡化情況，教育部曾訂定「品德教育促進方案」。試擬臺北縣政府教育局致所屬各級學校函：落實品德教育，藉以提升學生道德素養，確立行為準則，進而建構完善優質之校園文化。

【98初等特考一般行政-國文】

臺北縣政府教育局　函（範例）
地　　址：○○縣○○市○○路○○號
電　　話：○○-○○○○○○○○
承辦人：○○○
E-mail：○○@○○

受文者：○○各國民小學
發文日期：中華民國○年○月○日
發文字號：○○○字第○○○號
附　　件：

主旨：為落實品德教育，藉以提升學生道德素養，確立行為準則，進而建構完善優質之校園文化，希照辦。

說明：
一、品德教育是教育工作之根本，社會整體道德風氣，其根基須落實於學校品德教育中。
二、近來校園霸凌事件頻傳，其發生原因即在於行為脫序，欠缺扎實之品德教育，有必要於校園中重建行為基本準則之品德教育。

辦法：
一、請各級學校強化對學生進行品德教育宣導工作，以適宜的獎勵措施，鼓勵優質校園文化之發展與落實。
二、請制定各校內部行為準則，徹底要求執行。
三、針對霸凌事件，應落實預防措施，對於涉及刑事責任且案情嚴重，非以刑事程序無法妥適處理者，應善盡告知學生家長相關法律權益，協助辦理訴訟適。

正本：所屬各級學校
副本：

3 閱讀測驗篇

本篇說明

　　閱讀測驗涉及的範圍甚廣，從古文到現代散文；從韻文到無韻文；從古詩到新詩，都是閱讀測驗的考試範圍。該如何準備？本篇將提供讀者一個大略的方向。

> 閱讀範圍很廣，由文言、白話、詩詞的閱讀練習，加上古文八大家名篇、論語的賞析，抓出準備的方向。

本 篇 重 點

範圍這麼大，該怎麼準備？教你掌握閱讀技巧。

閱讀歷屆考題有障礙？解析重點告訴你。

古代作品如何欣賞？古文八大家領你入門。

本篇大綱

基本概念

概念1 熟讀唐宋古文八大家的名篇

古文有千萬篇，怎麼讀應該也讀不完，但是把重點篇章挑出來念是必須的，除了看古文訓練自己的文思之外，對自己寫作文章的連貫性也有極大的幫助。古文八大家，韓愈、柳宗元、歐陽脩、曾鞏、王安石和三蘇（蘇洵、蘇軾、蘇轍）的文章，極具代表性。

概念2 熟讀文化基本教材

文化基本教材中，最重要就是論語的篇章，歷年來出現「子曰」的機率是百分之百。孔子影響中國人至深，所以大多中國人對於孔子的言論都佩服不已，所以出題率就是比別的篇章高上許多。

概念3 近體詩與新詩的涉獵

這是閱讀測驗中最簡單的一環，新詩淺顯易懂，近體詩只要詳細瞭解它的格律，雖屬文言，但也比散文還好領會。稍微涉獵唐詩三百首，就不用太過戒慎恐懼。

概念4 先看考題，再回頭看原文

看到閱讀測驗的題目，一定是先把測驗的題目先看過，先瞭解考題想要考什麼?再回到文章找答案，這樣可以節省不少時間，因為有些題目是不用看文章也能知道答案。

靜下心，細讀文章內容

閱讀測驗，有些時候不是單考翻譯或是字面上的解釋，他的重點是文意，一定要先靜下心來，好好閱讀文章，把自己當作是作者，這樣會比較好瞭解他想告訴你什麼?但真的也不用太過於緊張，因為國考閱讀測驗的題目通常都不會太過刁難。

平常的閱讀不可少

閱讀測驗常常考你對文章的敏感度，平常就要閱讀一些篇章，讓自己不害怕文言文，看到文章也可以靜心分析，這大概就能所向無敵了。

歷年考題分析

「仁」是孔子的中心思想：是人與人之間的同情心，真實而合禮的流露。請問下列選項，何者最能顯現孔子的仁心？　(A)子罕言利，與命，與仁（《論語・子罕》）　(B)子溫而厲，威而不猛，恭而安（《論語・述而》）　(C)子之燕居，申申如也，夭夭如也（《論語・述而》）　(D)子食於有喪者之側，未嘗飽也。子於是日哭，則不歌（《論語・述而》）　【105高考三級-國文】　　(D)

【解析】
(A)孔子雖很少言利，卻喜歡講仁和命。
(B)孔子溫和而又嚴肅，威武而不凶猛，莊重而又安詳。
(C)孔子在家閑居的時候，儀態舒展自如，神色和樂喜悅。
(D)孔子在辦喪事的人家旁邊用膳，因為悲傷所以食不下飯；在弔唁致哀時悲傷哭泣，而不唱歌。

　　子曰：「賢哉！回也。一簞食，一瓢飲，在陋巷。人不堪其憂，回也不改其樂。」　【105四等警察特考-國文】

【翻譯】
　　孔子說：「真有賢德啊！顏回。只吃一簞飯（盛飯的圓形竹器），只喝一瓢水（以瓠剖成兩半用來盛水），住在粗陋的小屋之中，別人是憂慮患上難忍其苦，顏回依然不改自患上其樂，真有賢德啊！」

根據上文，孔子之所以讚美顏回為「賢」，乃因其人具有何種特質？　(A)先憂後樂　(B)獨善其身　(C)安分守己　(D)安貧樂道　　(D)

【解析】
(A)先憂後樂：先憂苦而後得安樂。
(B)獨善其身：保持個人的節操修養。
(C)安分守己：安守本分，堅持原則。
(D)安貧樂道：以信守道義為樂，而能安於貧困的處境。

歷年考題分析

子游為武城宰，子之武城，聞弦歌之聲，夫子莞爾而笑曰：「割雞焉用牛刀？」 【105初等考-國文】

【翻譯】

子游在擔任魯國武城首長時，孔子到武城，聽到武城一片弦樂歌聲，便微微笑說：「殺雞何必用宰牛的刀？」

你若是子游，當下最適合用老師平日教導的那句話來反駁？ (A)興於詩，立於禮，成於樂　(B)天下無道，則禮樂征伐自諸侯出 (C)人而不仁，如禮何？人而不仁，如樂何　(D)言不順，則事不成；事不成，則禮樂不興	(A)

【解析】
(A)詩用來當成修己安人的入門、禮是用來在社會上和人交往立身的進階，樂則是作為一個人的最後和最重要的修養。
(B)世道混亂，那麼製作禮樂和發令征伐的權力都出自諸侯。
(C)一個人失去了仁心，禮節還能發揮什麼作用呢？一個人失去了仁心，所演奏的音樂，又能達到什麼效果呢？
(D)說話不合理，事情就辦不成；事情辦不成，禮樂也就不能興盛。

《荀子‧勸學》篇有「蓬生麻中，不扶而直；白沙在涅，與之俱黑。」 【105五等外交行政-國文】

【翻譯】

《荀子‧勸學》篇：「蓬草生在麻叢中，不必扶持自然挺直；白沙混在黑泥裡，和它一起變黑。」

意指學習者：　(A)自立自強的重要　(B)明辨是非的重要　(C)順其發展的重要　(D)外在環境的重要	(D)

歷年考題分析

　　孔子說：「今之孝者，是謂能養。至於犬馬，皆能有養。不敬，何以別乎？」　　　　　　　　　　　　　　　【104 初等考-國文】

【翻譯】

　　孔子說：「現在一般所謂的孝順，只是在飲食方面能供養父母。至於狗和馬，也都被人飼養照顧。如果奉養父母時，缺乏恭敬之心，那跟飼養狗和馬又有什麼分別呢？」

這段話與下列那一選項的精神最接近？　(A)事父母幾諫，見志不從，又敬不違，勞而不怨(《論語‧里仁》)　(B)父母之年，不可不知也。一則以喜，一則以懼(《論語‧里仁》)　(C)有事弟子服其勞，有酒食，先生饌，曾是以為孝乎(《論語‧為政》)　(D)父在觀其志，父沒觀其行。三年無改於父之道，可謂孝矣(《論語‧學而》)	(C)

【解析】

(A)平時侍奉父母，發現父母的過錯，還很細微時，就能立刻察覺，並且勸諫父母改過。假使父母的心志不肯聽從勸諫，仍然怡色柔聲，對父母依舊敬重，等待適當的時機，再繼續勸諫，直到父母改過，否則絕不停止放棄。如此憂心勞苦，也不怨恨父母。

(B)父母親的年紀，不可以不知道。知道了父母親的年紀，喜的是，父母親能得長壽、身體健壯，為人子正可盡孝，承歡膝下；害怕的是，父母親年歲已高，身形漸漸衰老，能盡孝的時日，已然不多了！

(C)如果只是長輩有事情時，替他們服勞務；有了飲食，先讓長輩享用，這樣就算是盡孝了嗎？

(D)父親在世時，觀察子女的志向有沒有和父親相同；父親去世後，觀察子女的行為是否遵守父親所立的良善規矩。在守喪三年內，觀察子女若能奉行不變，就可算是盡孝了！

歷年考題分析

子曰：「小子何莫學夫詩？詩可以興，可以觀，可以群，可以怨。邇之事父，遠之事君。多識於鳥獸草木之名。」《論語‧陽貨》

【104四等身障特考-國文】

【翻譯】

孔子說：「你們何不學詩呢？讀詩可以培養人的聯想力，可以提高觀察力，可以鍛鍊合群性，可以發發牢騷、譏刺時政。近呢，可以用其中的道理侍奉父母；遠呢，可以用它來輔佐君主；而且還可以多多認識鳥獸草木的名稱。」

在這段文句中，孔子強調學詩的功能。下列選項，何者不在孔子所說的功能範圍內？ (A)經濟功能 (B)人倫功能 (C)教育功能 (D)政治功能	(A)

子曰：「益者三友，損者三友。友直、友諒、友多聞，益矣。」《論語‧季氏》

【103四等身障特考-國文】

【翻譯】

孔子說：「有益的朋友有三種，有害的朋友有三種。與正直的人交朋友、與誠實的人交朋友、與見多識廣的人交朋友，有益處。」

下列選項中，那一個不是孔子所謂之「益者三友」？ (A)見多識廣 (B)誠信實在 (C)正直不阿 (D)不記人惡	(D)

歷年考題分析

　　昔者子貢謂孔子曰：「夫子之道大，天下莫能容，盍少貶乎？」
孔子曰：「良農能稼，不能為穡；良匠能巧，不能為順。君子能修其道，綱
而紀之，統而理之，而不能為容。賜，爾不務修道，而務為容，爾志不遠
矣。」由是觀之，士而未祿，尚不可為容，況位冢宰，統百官而均四海者
乎！　　　　　　　　　　　　　　　　　　　　　　【103高考一二級-國文】

【翻譯】

　　以前子貢曾經問孔子說：「夫子您的大道至大至深，因此天下沒有地方
可以容納夫子啊！夫子何不稍稍壓低一點標準呢？」
孔子說：「子貢啊！一個好的農夫能種植莊稼，卻不一定能夠收穫；良工
巧匠能製作精巧的器具，卻不一定能盡如人意。君子能夠修養道德，處理
好政務，也不一定能被別人接受。如今我們不能修養道德，卻尋求容身之
所，子貢啊，你的志向還不廣大，思慮還不夠深遠啊！」如此看來，一個
未做官的讀書人，尚且不可隨俗，更何況身居要職，總領百官，治理海內
的當權者呢？

| 根據上文，下列敘述何者正確？　(A)君子修養自身，不須迎合人意，應力圖致用於當世　(B)士農工商都應順應時代潮流，精進專業，求為現世所容　(C)君子應正其誼不謀其利，明其道不計其功，有守有為，不務求容於當道　(D)農夫播種不一定保證有收穫，工匠技巧好不一定能得消費者肯定，所以應該但求耕耘不問收穫 | (C) |

| 「昨夜江邊春水生，蒙衝巨艦一毛輕。向來枉費推移力，此日中流自在行。」　　　　　　　　　　　　　　　　　　　　　　【105初等考-國文】 |

【翻譯】

　　昨天夜晚江邊的春水大漲，那艘龐大的戰船就像一根羽毛一樣輕。以
往花費許多力量也不能推動它，今天在水中間卻能自在地移動。意謂讀書
悟道之樂。

| 本詩寓舍的道理，下列說明何者正確？　(A)物極必反，柳暗花明　(B)以簡馭繁，避重就輕　(C)學而能思，事半功倍　(D)積學日久，豁然貫通 | (D) |

歷年考題分析

「人性本善」是孟子的中心思想，下列選項，何者是孟子闡述性善的言論？　(A)賊仁者，謂之賊；賊義者，謂之殘。殘賊之人，謂之一夫。聞誅一夫紂矣，未聞弒君也〈梁惠王下〉　(B)桀紂之失天下也，失其民也。失其民者，失其心也。得天下有道，得其民，斯得天下矣〈離婁上〉　(C)所以謂人皆有不忍人之心者，今人乍見孺子將入於井，皆有怵惕惻隱之心，非所以內交於孺子之父母也〈公孫丑上〉　(D)明君制民之產，必使仰足以事父母，俯足以畜妻子；樂歲終身飽，凶年免於死亡。然後驅而之善，故民之從之也輕〈梁惠王上〉　【105三等警察特考-國文】　(C)

【解析】

(A)毀傷仁愛的人叫做賊；毀傷道義的人叫做殘，這一類無視仁義道德、殘義賊仁的人，就叫做獨夫。我只聽說武王殺了叫做紂的獨夫，可沒聽說武王殺死君王啊。

(B)桀和紂失去了天下，是因為失去了人民；失去人民，是由於失去了民心。得到天下的辦法，便是要得到人民，方能得到天下。

(C)所以說每個人都有同情心，現在有人突然看見一個小孩子快要掉進井裡去了，誰都會有驚恐的樣子和憐憫的心，這不是為了要結交這小孩的父母。

(D)因此賢明的君主所規定的百姓的產業，一定要使他對上足夠奉養父母，對下足夠養活妻兒，豐年就一生能吃飽，荒年也可不用餓死。這樣之後督促他們一心向善，百姓也就樂於聽從了。

孟子曰：「人之有德慧術知者，恆存乎疢疾。獨孤臣孽子，其操心也危，其慮患也深，故達。」　【105初等考-國文】

【翻譯】

孟子說：「有德行、智慧、謀略、見識的人，常常是因他生活在艱難之中。只有那些孤臣和孽子，他們持有警懼不安的心理，憂慮憂患很深遠，所以通達事理。」

下列選項何者最接近本文意旨？　(A)想達到成功的目的，必須深謀遠慮　(B)孤臣孽子際遇艱辛，因此會得到更多幫助　(C)處境艱危者常懷憂懼，反而會更有智慧與成就　(D)善加調理身體的疾病，便能增進各方面的能力　(C)

歷年考題分析

◎閱讀下文，回答第1題至第3題

《列子・湯問》：「孔子東游，見兩小兒辯 ，問其故。一兒曰：『我以日始出時去人近，而日中時遠也。』一兒以日初出遠，而日中時近也。一兒曰：『日初出大如車蓋，及日中則如盤盂。此不為遠者小而近者大乎？』一兒曰：『日初出滄滄涼涼，及其日中如探湯。此不為近者熱而遠者涼乎？』孔子不能決也。兩小兒笑曰：『孰為汝多知乎？』」【103五等原民特考-國文】

【翻譯】

　　《列子・湯問》：「孔子遠游在外，有一天他見兩個小孩鬥嘴，便好奇地走過去，尋問他們辯論什麼。 其中一小孩說：『我認為，日初出時太陽距地面近，中午時太陽距地面遠。』另一小孩接著說：『不對！日初時太陽距地面遠，中午時太陽距地面近。』一小孩又解釋說：『日初時太陽大如車蓋，中午時如盤似碟。這不是距離遠者小，距離近者大嗎？』另一小孩也解釋說：『日初時涼涼爽爽，中午時熱如沸湯。這不是離火近的熱，離火遠的涼嗎？』孔子聽後，不能判斷誰是誰非。於是，這兩個兒童取笑孔子：『是誰說你知識淵博？』」

❶主張「日始出時去人近，而日中時遠」的小兒，其依據是太陽的： (A)大小 (B)明暗 (C)涼熱 (D)遠近	(A)
❷這則寓言所言，與下列那一句話完全無關？ (A)忘年之交 (B)一偏之見 (C)學無止境 (D)知之為知之	(A)

【解析】
(A)不拘年歲行輩而結交為友。
(B)偏向某方面的看法。
(C)研究學問沒有終止的時候。
(D)知道的就說知道。

❸下列選項中「湯」的字義，何者與「日中如探湯」的「湯」不同？ (A)揚湯止沸 (B)赴湯蹈火 (C)湯禱桑林 (D)固若金湯	(C)

【解析】
日中如探「湯」：熱湯、熱水。(C)「湯」禱桑林：商湯。

歷年考題分析

「我窮苦得像個乞丐，但胸中卻總是有嚼菜根用以自勵的精神。」下列選項中，最貼近上述涵義的是： (A)仁則榮，不仁則辱 (B)君子之道，辟如行遠，必自邇 (C)物有本末，事有終始；知所先後，則近道矣 (D)一簞食，一瓢飲，在陋巷，人不堪其憂，回也不改其樂 【103五等原民特考-國文】	（D）

【解析】
(A)仁就光榮，不仁就恥辱。
(B)君子實行中庸之道，就像走遠路一樣，必定要從近處開始。
(C)天地萬物皆有本有末，凡事都有開始和終了，能夠明白本末、終始的先後次序，就能接近大學所講的修己治人的道理了。
(D)一竹籃簡單飯菜，一瓢的水，住在簡陋的小巷子裡，一般人對於窮困都憂愁得受不了，但是顏回依舊自得其樂。

下列選項，何者非僅稱美顏回？ (A)子曰：「回也，非助我者也，於吾言無所不說。」 (B)子謂顏淵曰：「用之則行，舍之則藏，唯我與爾有是夫！」 (C)子曰：「吾與回言，終日不違，如愚。退而省其私，亦足以發。回也不愚」 (D)子曰：「賢哉回也！一簞食，一瓢飲，在陋巷。人不堪其憂，回也不改其樂。賢哉回也！」 【103五等原民特考-國文】	（A）

【解析】
(A)孔子說：「顏回的悟性高，但卻對我說的話都沒有任何的回應，顏回不提出任何諫言給我，對我的品德修養上一點幫助也沒有。」
(B)孔子告訴顏淵說：「任用我，就把治國平天下的大道推行於世，無法受人重用時，就將這些大道藏於己身。只有我與你能做到這樣啊！」
(C)孔子說：「我和顏回談話的時候，他整天都只有聽講，沒有一點反應，好像愚癡的人一樣。然而私底下，我仔細觀察他和同學談論的內容，卻能將我對他闡述的義理，發揮得十分恰當。顏回實在不是愚笨啊！」
(D)孔子說：「顏回是有賢德的人啊！用餐只吃一小竹筐的飯，湯只喝一瓢的水，住在狹隘曲折的巷子裡。這種困苦的生活，一般人是無法忍受而憂愁不已，但是卻依然不改變他原來的快樂。顏回真是一位賢者啊！」

下列文句「」中的詞語，前後意義相同的選項是： (A)學問之道無他，求其「放心」而已矣／父母在，不遠遊，遊必有方，就是為了讓父母「放心」 (B)「八面玲瓏」光不夜，四圍晃耀寒如月／小李「八面玲瓏」的手段，讓他在這次的人事升遷中，得到重用 (C)主稱會面難，一舉累十觴。十觴亦不醉，感子「故意」長／他生性頑劣，總是「故意」頂撞師長，與同儕唱反調 (D)自置家廟，皆資人力，又奪人居宅，「工夫」萬計／命通事張大先赴北投築屋。五月初二日，率僕役乘舟而入。……而「工夫」、糧糒、鼎鑊自海道者亦來 【104三等外交行政特考-國文】 (D)

【解析】

(A)放恣、放散之心／安心。

(B)屋子四面八方敞亮通明／形容人處世圓滑，面面俱到。

(C)舊友的情意／存心、有意。

(D)臨時僱用的工程夫役。

《國語‧晉語九》：「智襄子為室美，士茁夕焉。智伯曰：『室美夫！』對曰：『美則美矣，抑臣亦有懼也。』智伯曰：『何懼？』對曰：『臣以秉筆事君。志有之曰：「高山峻原，不生草木。松柏之地，其土不肥。」今土木勝，臣懼其不安人也。』」 【105二等警察特考-國文】

【翻譯】

智襄子建造的房屋很華美，士茁晚上到襄子那裡。智伯說：「這間房子美嗎？」士茁回答說：「美是美極了，但是我也有點擔憂。」智伯說：「有什麼可擔憂的呢？」士茁回道：「我以掌管文筆來事奉您。傳記上有句話說：『極高的山和陡峭的峻嶺，不生長草木。松柏下面的土地，土質不肥。』現在房子造得太華麗了，我恐怕它不會讓人安寧啊。」

下列選項何者最貼近文意？ (A)落實地方的建設，拉近城鄉差距 (B)除了開發產業，更需要教化人心 (C)大興農業之餘，需注重水土保持 (D)治國應體恤百姓，不為滿足私欲 (D)

歷年考題分析

　　漢世有人，年老無子，家富，性儉嗇。惡衣蔬食，侵晨而起，侵夜而息，營理產業，聚斂無厭，而不敢自用。　　【105四等司法特考-國文】

【翻譯】
　　漢代時有一個人，年紀大而沒有子嗣，家中富有、個性吝嗇。穿不好的衣服，吃清淡的食物維生，天剛亮就起床，夜晚一到就休息，經營他的生意，拚命賺錢而不嫌多，錢卻不敢拿來使用。

「侵晨而起，侵夜而息」意謂老人：　(A)日夜顛倒　(B)夙興夜寐 (C)日薄西山　(D)侵人財物	(B)

【解析】
(A)是指把白天和夜晚顛倒過來，指生活作息不正常。
(B)早起晚睡，比喻勤勞。
(C)太陽已經接近西邊的山。比喻事物接近衰亡或人近老年，殘生將盡。
(D)非法占有別人財物。

唐‧崔顥〈黃鶴樓〉：「昔人已乘黃鶴去，此地空餘黃鶴樓。黃鶴一去不復返，白雲千載空悠悠。……」蘊含「景物依舊在，人事已全非」之嘆。下列詩句何者也有此感嘆？　(A)爾曹身與名俱滅，不廢江河萬古流　(B)遙知兄弟登高處，遍插茱萸少一人　(C)閣中帝子今何在，檻外長江空自流　(D)嫦娥應悔偷靈藥，碧海青天夜夜心　【103五等原民特考-國文】	(C)

【解析】
(A)你們這些嘲笑王、楊、盧、駱是輕薄為文的人，現在你們的身與名都已寂滅無聞了；而被你們晒笑的四傑之詩，恰如長江黃河一樣久遠地流傳不息。
(B) 我在遙遠的異鄉想象著，今天兄弟們登高的時候，大家插戴茱萸，就少了我一個人。
(C)閣中的滕王，如今在哪裡了呢？只有樓外的滔滔江水獨自向東流去。寫歲月推移、世事變遷、繁華難久，唯江水自然奔流，是人類歷史的永恒見證。
(D)相傳嫦娥偷吃了仙藥，飛升上天，居住在月亮裡的廣寒宮。詩人以為嫦娥應為此事而後悔，因為天上是孤寂的。試想，每夜對著「碧海青天」，天無盡頭，海也無邊際，廣漠無盡，表示嫦娥所感受到的寂寞也和天和海一樣，也是無盡無涯的，而且，不只一天，是夜夜如此。

歷年考題分析

閱讀下文，回答第1題至第2題：

「趙平原君使人於春申君。春申君舍之於上舍。趙使欲夸楚，為瑇瑁簪，刀劍室以珠玉飾之，請命春申君客。春申君客三千餘人，其上客皆躡珠履以見趙使，趙使大慙。」　　　　　【104五等地方特考-國文】

【翻譯】

　　有一次，趙國平原君派使臣到春申君這裡來訪問，春申君安排他們一行人在上等客館住下。趙國使臣想向楚國誇耀趙國的富有，特意用瑇瑁簪子縮插冠髻，亮出用珠玉裝飾的劍鞘，請求招來春申君的賓客會面，春申君的上等賓客都穿著寶珠做的鞋子來見趙國使臣，使趙國使臣自慚形穢。

❶下列關於本文的敘述，何者正確？　(A)春申君舍趙使於上舍之安排，顯然不符合待客之道　(B)趙平原君與春申君積怨已久，故派遣趙使加以試探　(C)趙使原欲炫耀，卻見春申君客三千珠履而自慚形穢　(D)瑇瑁簪與珠玉裝飾之寶劍，均為趙國出使必要裝備	(C)
❷下列那一選項的詞性不同於其他三者？　(A)「躡」珠履　(B)趙使欲「夸」楚　(C)舍之於上「舍」　(D)請「命」春申君客	(C)

【解析】

(A)「躡」珠履：穿，動詞。

(B)趙使欲「夸」楚：炫耀，動詞。

(C)舍之於上「舍」：館舍、旅館，名詞。

(D)請「命」春申君客：差遣、下命令，動詞。

歷年考題分析

　　袁宏道〈晚遊六橋待月記〉：「今歲春雪甚盛，梅花為寒所勒，與杏桃相次開發，尤為奇觀。」　　　　　　　　　　【105四等外交行政-國文】

【翻譯】

　　今年春雪很大，梅花受到寒氣的抑制，後來才跟杏花、桃花依此開放，更是難得的景觀。勒，約束、限制之意。

文中的「勒」字，與下列選項「」中意思相近的是：　(A)輦前才人帶弓箭，白馬嚼齧黃金「勒」　(B)腰間羽箭久凋零，太息燕然未「勒」銘　(C)盤江白橋頭南下，為越州後橫亙山所「勒」，轉而東流　(D)帝親「勒」六軍四十餘萬南出馬邑，踰句注，旌旗絡繹二千餘里	(C)

【解析】

(A)有嚼口的馬絡頭。

(B)刻、寫之意。

(C)約束、限制之意。

(D)統率、率領之意。

歷年考題分析

印度有一種懶惰貪玩的鳥類，牠們白天逍遙自得，到處遊蕩，不想築巢。日落之後，無家可歸，隨處歇息，更深時寒冷不堪，便一齊哀鳴道：「天亮要造巢！天亮要造巢！」可是天一亮，牠們又忘記昨夜挨凍之苦和造巢的決心，依舊盡情享受白天的快樂。如此，夜夜受凍而難眠，天天忘憂而逍遙。到了冬天，終於一隻一隻被凍死，最後這種鳥也就絕種了。(〈天明造巢〉)　　　　　　　　　　【105二等警察特考-國文】

下列那個選項最切合文中所表達的意旨？　(A)為樂當及時，何能待來茲　(B)苟日新、又日新、日日新　(C)日出而作，日入而息，帝力於我何有哉　(D)今日復今日，今日何其少。今日若不為，此事何時了	(D)

【解析】
(A)為歡作樂應當要及時，怎麼能一直等待著渺不可知的明天甚至明年？
(B)如果能夠一天新，就應保持天天新，新了還要更新。
(C)日出工作，日落回家休息，皇帝的力量之於我，又有什麼作用呢？
(D)今天一天天過去，今天會變少。今天如果不做，什麼事都做不成。

「一個古老的詩國 / 有一個白髮的詩人 / 拈一片霜的月光 / 凝成一首小詩 / 給所有的孩子們唱 / 一代一代地唱 / 會須一飲三百杯 / 老詩人撈月去了 / 小詩留在月光裡悠揚 / 在故鄉悠揚 / 在他鄉悠揚。」依據上文敘述，「老詩人」指的是：　(A)李白　(B)杜甫 (C)李商隱　(D)白居易　　　　　　　【104五等身障特考-國文】	(A)

【解析】
關鍵句在「老詩人撈月去了」可以知道是李白。

伯樂一過冀北之野，而馬群遂空。夫冀北馬多天下，伯樂雖善知馬，安能空其群邪？解之者曰：「吾所謂空，非無馬也，無良馬也。伯樂知馬，遇其良，輒取之，群無留良焉。苟無良，雖謂無馬，不為虛語矣。」（韓愈〈送溫處士赴河陽軍序〉）　【105四等外交行政-國文】

【翻譯】

伯樂一經過冀北的原野，馬群就空了。冀北是天下馬最多的地方，伯樂雖然擅長相馬，怎麼能使那裡的馬群空了呢？解釋的人說：「我們說的空，不是沒有馬了，而是沒有好馬了。伯樂能識馬，一遇到好馬就把它挑去，馬群裡留不下一匹好馬。如果沒有一匹好馬，那麼說沒有馬，也不能算是假話了。」

| 依據上文，韓愈謂國家任人取才的態度，下列選項何者最接近？(A)兼容並蓄　(B)求才若渴　(C)野無遺賢　(D)因人設事 | (C) |

【解析】
(A)把各種不同的事物或觀念收羅、包含在內。
(B)形容徵求人才非常懇切急迫。
(C)政治清明，人盡其才，民間沒有遺漏不用的賢人。
(D)為了安置人而設置機構。

《莊子‧人間世》：「仲尼曰：『若一志，無聽之以耳而聽之以心，無聽之以心而聽之以氣！聽止於耳，心止於符。氣也者，虛而待物者也。』」
【104五等身障特考-國文】

【翻譯】

《莊子‧人間世》：「孔子說：『用心專一，不要只用耳朵聽，因為耳朵聽不出意義，要用心聽；也不要只用心聽，要用氣聽！因為耳朵聽不出意義，心也只會去認同那些符合我們需要的東西；只有氣，是虛而待物，包容萬物的狀態。

| 文中仲尼認為修養所當依憑的終極根據是：　(A)耳　(B)心　(C)氣(D)物 | (C) |

歷年考題分析

《世說新語》載王處仲每酒後輒詠「老驥伏櫪，志在千里；烈士暮年，壯心不已」，以如意打唾壺，壺口盡缺。　　　　　【105初等考-國文】

【翻譯】

　　王處仲每逢酒後，就吟詠「好馬雖老了，伏在馬槽邊，仍想奔跑千里的路程；英雄到了晚年，壯志雄心並不衰減。」還拿如意敲著唾壺打拍子，壺口全給敲缺了。

王處仲的行事風格，適合歸到《世說新語》中的那一類？　(A)豪爽　(B)忿狷　(C)任誕　(D)汰侈	(A)

【解析】

(A)豪爽：意氣豪邁而爽直。

(B)忿狷：ㄈㄣˋ ㄐㄩㄢˋ，指憤恨、急躁。

(C)任誕：任性，放誕。

(D)汰侈：驕奢。

以人格特質而言，下列何者適合擔任「處事公正客觀」的主管？ (A)好而知其惡，惡而知其美（《禮記·大學》）　(B)溫、良、恭、儉、讓以得之（《論語·學而》）　(C)發憤忘食，樂以忘憂，不知老之將至云爾（《論語·述而》）　(D)居廟堂之高，則憂其民；處江湖之遠，則憂其君（范仲淹〈岳陽樓記〉）　　【105高考三級-國文】	(A)

【解析】

(A)對你所喜歡的人，要知道他的缺點，不可偏袒；對你所厭惡的人，要知道他的優點，不可抹殺。

(B)以溫和的容貌、善良的行止、恭敬的態度、儉約不奢侈和對一切謙讓的美德得來的。

(C)他這個人，發憤用功就忘記吃飯，內心快樂就把一切煩惱憂慮都忘了，連自己快要衰老了都不知道，如此而已。

(D)身居朝廷高位，就憂慮他的人民；身處民間邊地，就憂慮他的國君。

　　論「處事客觀公正」，當然就是要(A)好而知其惡，惡而知其美，我們評價一個人要客觀公正，不要感情用事，不要因為自己的好、惡而產生偏見。

「不如學仙去／你原本是一朵好看的青蓮／腳在泥中，頭頂藍天／無需潁川之水／一身紅塵已被酒精洗淨」本段文字描寫的人物，與下列選項相同的是：　(A)有一個飲者自稱楚狂／不飲已醉，一醉更狂妄／不到夜郎已經夠自大／幸而貶你未曾到夜郎　(B)石破／天驚／秋雨嚇得驟然凝在半空／這時，我乍見窗外／有客騎驢自長安來／背了一布袋的／駭人的意象／人未至，冰雹般的詩句／已挾冷雨而降　(C)晨起／負手踱蹀於終南山下／突然在溪水中／看到自己瘦成了一株青竹／風吹來／節節都在搖晃／節節都在堅持／我走向你／進入你最後一節為我預留的空白　(D)被廷爭疏離君主／被戰爭逐出長安／蜀道這條玄宗倉皇出奔的路／你奔，就苦於上青天了／麗人行的低吟／悲陳陶的吶喊／哀江頭的吞聲／沒感動任何當局　【105高考三級-國文】　(A)

【解析】
在題目看到「青蓮」和「酒精」就可以聯想到「李白」。
(A)李白曾要被貶到夜郎，而且又愛喝酒，所以是「李白」。
(B)李賀，又稱「詩鬼」。他寫的「李憑箜篌引」中提到「石破天驚逗秋雨」。
(C)王維，王維的作品裡頭有一首「終南山」。而這首新詩是洛夫為他所寫，「走向王維。
(D)杜甫，描述安史之亂，民間當時的難受。

下列敘述，何者沒有語病？　(A)他非但有良好的口才，而且很會說話　(B)他雖然長得又矮又醜，但是仍然每天寫日記　(C)因為天氣不好的關係，所以戶外活動照常舉行　(D)張爺爺自從腦中風以後，我無時無刻不掛念著　【105鐵路佐級考試-國文】　(D)

【解析】
(A)「非但」應刪除。他有良好的口才，而且很會說話。
(B)「但是」、「仍然」應刪除一個詞，他雖然長得又矮又醜，仍然每天寫日記。
(C)「因為」修正成「雖然」。雖然天氣不好，戶外活動照常舉行。

閱讀下文，回答第1題至第2題

親愛的兄弟姊妹：

記住一件事，馬拉拉日不是我的日子。

今天是每一個女人、每一個男孩，以及每一個女孩揚起他們的聲音，為自己的權益發聲的日子。數以千計的人們被恐怖分子奪走了性命，好幾百萬人因而受傷。我只是其中一位而已。因此我站在這裡……，茫茫人海中的一名女孩。

我不只為了自己，更為了所有的女孩與男孩發聲。

我揚起自己的聲音，不是因為我想叫喊，而是因為我想讓那些無法言語者的聲音能夠被聽見。

對於那些曾為了自己的權益起身奮戰的人：

他們有權要求一個和平的環境。

他們應當被待以尊嚴。

他們應當擁有均等的機會。

他們有權接受教育。

在二○一二年的十月九日，塔利班的子彈射進我前額的左側。他們也射傷了我的朋友。他們以為子彈能夠讓我們噤聲。但他們失敗了。而現在，從那沉默之中升起了千百個聲音。恐怖分子以為他們能夠改變我們的目標，並阻止我們的渴望，但我的生命依然如昔，除了一件事情以外：

弱點、恐懼，與絕望隨之逝去。力量、動力和勇氣隨之誕生。我還是同一個馬拉拉。我的渴望仍然沒變。我的期望仍然沒變。我的夢想仍然沒變。

一個孩子，一個老師，一支筆，以及一本書，就足以改變這個世界。

【105四等警察特考-國文】

歷年考題分析

❶依據上文，下列選項何者不是這篇文章所要表達的？　(A)所有人都有權接受教育　(B)一個孩子就足以改變這個世界　(C)馬拉拉揚起她的聲音，因為她喜歡叫喊　(D)傷害馬拉拉並不能使想讓女人接受教育的人放棄目標

(C)

【解析】
馬拉拉揚起自己的聲音，不是因爲她想叫喊，而是因爲她想讓那些無法言語者的聲音能夠被聽見。

❷承上題，下列敘述何者正確？　(A)馬拉拉受傷後，感到恐懼和絕望　(B)馬拉拉不只為了自己，更為了所有的女孩與男孩發聲　(C)「馬拉拉日不是我的日子」意思是這一天才是馬拉拉的生日　(D)文中「無法言語者」的聲音，是指和馬拉拉一樣有弱點、恐懼和絕望的人

(B)

【解析】
(A)馬拉拉受傷後，弱點、恐懼，與絕望隨之逝去。力量、動力和勇氣隨之誕生。
(C)馬拉拉日是每一個女人、每一個男孩，以及每一個女孩揚起他們的聲音爲自己的權益發聲的日子。
(D)文中「無法言語者」的聲音，是指和馬拉拉一樣爲了自己的權益起身奮戰的人。

世人總在意自己的付出，也在意自己的辛勞，能讓付出與辛勞過了就過了、不反過來成為心中負擔的，鮮矣！本來，回報容易，不矜難；唯有不矜不伐，生命才能有種不卑不亢的強大，也才能形成一種厚度，才能抗拒得了外來的種種機心。」根據上文，作者以為有生命厚度的是下列那一種人？　(A)無伐善、無施勞　(B)受人點滴，湧泉以報　(C)車馬衣輕裘與朋友共　(D)毛遂自薦，身先士卒　　　　　　　　　　　　　　　【105四等司法特考-國文】

(A)

【解析】
(A)不要到處稱讚自己的長處，不要到處宣揚自己的功勞。
(B)你受到別人像一點水滴的恩惠，以像湧出的泉水那麼大量去回報別人。
(C)車、馬、衣服、皮衣，與朋友共享。
(D)自告奮勇、自我推薦，領導、帶頭走在眾人之前。

「北城離我們的眷村很遠，但以前世界寧靜，早晚有時還聽得到軍營傳來的號聲，只Do、Mi、Sol三個音，也能組成繁複的故事似的。當晚上十點，遙遠的軍營傳來忽明忽暗的熄燈號，整個多紛的世界就也都要埋入昏睡的黑夜了，而我聽了總是睡不著。秋冬之際，東北季風在空中呼嘯，裡面夾雜著從五結那邊傳來的海濤，海濤十分有節奏，從未斷絕過，但不細聽是聽不到的，晚上則可聽得很清楚，越是寧靜，能聽到的聲音就越多。已經有幾萬年了或者幾十萬年了吧，海浪拍打著沙岸，一刻也沒停息過，我想，濤聲中一定藏有關乎全世界或全宇宙最根本的祕密，卻好像從來沒有人注意過。」依據上文的訊息，下列那一個說法是不存在的：　(A)作者居住在眷村，聽聞遠方的軍號聲，雖然只有三個音在變換，卻似乎傳達著許多故事　(B)熄燈號代表一日生活的結束，在這即將萬籟俱寂的時候，反而成為羅列在心而無法成眠的因素　(C)東北季風在空中呼嘯，夾雜著喊海濤聲，那似乎是鄉愁的呼喚，越是寧靜，聲音越多，流離的惆悵就更深　(D)靜聽著有節奏的海濤聲，一刻也沒有停息過，想想這或許已有幾十萬年了，於是對於萬物與萬緣的探問，也就彷彿從心中升起　　　　　　　　　　　　　　　　　　　　【105普考-國文】

(C)

【解析】
(C)東北季風在空中呼嘯，裡面夾雜著從五結那邊傳來的海濤，海濤十分有節奏，從未斷絕過，但不細聽是聽不到的，晚上則可聽得很清楚，越是寧靜，能聽到的聲音就越多。→並沒有提到鄉愁。

歷年考題分析

下列詠物詩何者配對正確？　(A)把黎明割出血來的金嗓子／再也叫不醒古代了／誰需要我來催他起床／去看小客棧的天色呢／翅膀早已經退化／只堪滷作美味／能飛出菜刀的陰影嗎－杜鵑　(B)空曠意味著安全／遼闊包含了幸福／如此遙望時／在團體間／我們傳遞著／白色的溫煦／以及，摩挲著／黑色的孤獨／我們是北方的森林／在南方的海岸棲息－黑面琵鷺　(C)從莊子的枕上飛出／從香扇邊緣逃亡／偶然想起我乃蛹之子／跨過生死的門檻／我孕育美麗的日子／現在一切遊戲都告結束－大鵬　(D)蛾是死在燭邊的／燭是熄在水邊的／青的光／霧的光和冷的光／永不殯葬於雨夜／呵，我真該為你歌唱／自己的燈塔／自己的路－螢蟲　【105普考-國文】　(B)

【解析】
(A)把黎明割出血來的金嗓子→清晨啼叫；翅膀早已經退化→不能飛；只堪滷作美味→翅膀只能當作滷味，所以是雞。
(C)從莊子的枕上飛出→莊子夢蝶。所以是蝴蝶。
(D)青的光／霧的光和冷的光／永不殯葬於雨夜→在雨夜裡還是發出青光、霧光、冷光。自己的燈塔／自己的路→自己照亮自己的路。表示自己會發光，所以是螢火蟲。

甚至於伸個懶腰，打個呵欠／都要危及四壁與天花板的／匍伏在這低矮如雞塒的小屋裡／我的委屈著實大了／因為我老是夢見直立起來／如一參天的古木。」（紀弦〈現實〉）對上文之闡釋，下列最適切的選項是：　(A)此詩表現的是理想與現實的衝突　(B)此詩旨在鋪敘現實中身居陋室之苦楚　(C)詩人只能消極地在睡夢中，接受無情現實　(D)詩人對於禁錮生命之嚴峻現實，完全認命　【103四等地方特考-國文】　(A)

【解析】
　　年紀越大，越是習慣處於現實生活中，忘了年輕時膽大理想，只能在把參天古木的夢想留在夢裡，這就是一種理想與現實的衝突。

歷年考題分析

文學作品對人生短暫的感慨所在多有，下列選項何者最符合這樣的主題？ (A)良時不再至，離別在須臾（李陵〈與蘇武詩三首〉）(B)人生有新故，貴賤不相逾（辛延年〈羽林郎〉）(C)人生處一世，去若朝露晞（曹植〈贈白馬王彪〉）(D)四節逝不處，繁華難久鮮（陸機〈塘上行〉）　【104初等考-國文】	（C）

【解析】
(A)送別詩：良好的時刻不再來了，離別就在眼前了。
(B)諷刺詩：既然女子在人生中堅持從一而終，絕不以新易故，又豈能棄賤攀貴而超越門第等級呢！語意綿裡藏針，有理有節。
(C)抒情詩：短暫的一生居住在這世間，忽然好比清晨蒸發的露水。
(D)抒情詩：四個季節消逝不會回來，青春年華也難保持新鮮。

「唱山歌的／呼口號去了／上講堂的／靜坐去了／跑業務的／塞車去了／寫程式的／當機去了／這城市竟沒閒下來／喝一杯下午茶／找不到舌頭的／盡在／和風說話」 關於本詩的主旨，最正確的是：　(A)寫都會生活的活潑性、浪漫性，讚美民主社會的可貴　(B)寫都會生活的自由性、自在性，讚美民主社會的可貴　(C)寫都會生活的人性化、個性化，感嘆人世間溫情的失落　(D)寫都會生活的物質化、制式化，感嘆人世間溫情的失落　【104初等考-國文】	（D）

【解析】
　唱山歌的／呼口號去了／上講堂的／靜坐去了／跑業務的／塞車去了／寫程式的／當機去了
　從這段話可以看出，這城市裡頭的人，只要有專長都去賺錢了。並沒有感受到城市的活潑、浪漫、自由自在、更談不上人性化和個性化了。
　這城市竟沒閒下來／喝一杯下午茶／找不到舌頭的／盡在／和風說話
　從這段話可以看出，找不到可以喝咖啡聊是非的人，少了人情溫暖。

歷年考題分析

閱讀下文，回答第1題至第2題

　　五官莫明於目，面有黑子而目不知，烏在其為明也。目能見物而不能見吾之面，假於鏡而見焉。鏡之貴不如目，鏡不求於目，而目轉求助於鏡，然世未嘗以鏡之助目而咎目之失明，鏡何負於目哉！客有任目而惡鏡者，曰：「是好苦我，吾自有目，烏用鏡為！」久之，視世所稱美人鮮當意者，而不知己面之黑子，泰然謂美莫己若。左右匿笑，客終不悟，悲夫！
（錢大昕〈鏡喻〉）　　　　　　　　　　　　　　　　【104 初等考-國文】

【翻譯】

　　五官中沒有哪一個比眼睛更明察的，臉面上有黑點，眼睛卻看不到，它的明察表現在哪裡？眼睛可以看見東西，卻看不見自己的臉，於是藉用鏡子來看自己。鏡子可貴在不知道有眼睛，也求於眼睛。而眼睛有求於鏡子。這世上沒有過因為鏡子協助了眼睛而使眼睛失去了光明。鏡子有什麼對不住眼睛的地方呢？有人因有眼睛而討厭鏡子，說：「這鏡子使我好痛苦，我有眼睛，要鏡子有什麼用！」看世間讚許的美人，很少合自己意的，卻不知道自己臉上的黑點，安然自得地認為沒有誰像自己漂亮。周邊的人都偷偷的笑他，他卻一直不能醒悟，可悲呀！

❶「客有任目而惡鏡者，曰：『是好苦我，吾自有目，烏用鏡為！』久之，視世所稱美人鮮當意者，而不知己面之黑子，泰然謂美莫己若。」下列各選項何者不適合說明上文之意旨？(A)嚴以律己，寬以待人　(B)旁觀者清，當局者迷　(C)闇於自見，謂己為賢　(D)自矜其能，自以為是　　　　(A)

【解析】

　　「視世所稱美人鮮當意者，而不知己面之黑子」從這句話就可以看出，這個人只看到別人的缺點，看不到自己的。

❷作者以鏡為喻，闡述的道理是：　(A)自不量力者必將遭人訕笑 (B)應以謙卑的態度對待事物 (C)虛心接受他人意見以自新 (D)與人相處貴在真誠的態度　　　　(C)

歷年考題分析

開成年，(劉)昌裔子縱除陵州刺史，至蜀棧道，遇隱娘，貌若當時，甚喜相見，依前跨白衛如故。語縱曰：「郎君大災，不合適此。」出藥一粒，令縱吞之，云：「來年火急拋官歸洛，方脫此禍。吾藥力只保一年患耳。」縱亦不甚信。遺其繒綵，隱娘一無所受，但沉醉而去。後一年，縱不休官，果卒於陵州。(裴鉶〈聶隱娘〉) 【104普考-國文】

【翻譯】

開成年間，劉昌裔的兒子劉縱拜受陵州刺史，在四川棧道上遇見了隱娘，面貌和當年一樣，重逢很高興，她還像從前那樣騎一頭白驢。對劉縱說：「你有大災，不應到這來。」她拿出一粒藥，讓劉縱吃下。她說：「明年趕緊辭官回洛陽，才能擺脫此禍。我的藥力只能保你一年無患。」劉縱也不太信，送給隱娘一些彩色絲綢，隱娘沒要，沉浸在往事之中飛走了。一年後，劉縱沒辭去官職，果然死於陵州。從那以後再沒人見過隱娘。

選出錯誤的選項： (A)聶隱娘懂得法術 (B)文章隱寓貪慕權位為禍甚大 (C)聶隱娘的藥只有一年效力，無法根治劉縱的病 (D)劉縱不信隱娘忠告，最後客死異鄉，應驗了聶隱娘的預言	(C)

【解析】

(C)聶隱娘的藥不是替劉縱治病而是消災，不聽忠告，大難臨頭。

曾子曰：「吾聞夫子之三言，未之能行也。夫子見人之一善而忘其百非，是夫子之易事也。夫子見人有善若己有之，是夫子之不爭也。聞善必躬親行之，然後道之，是夫子之能勞也。夫子之能勞也，夫子之不爭也，夫子之易事也，吾學夫子之三言而未能行。」(《說苑・雜言》)

【104五等身障特考-國文】

【翻譯】

曾子說：「我聽說過關於孔子三句教誨，但我還沒有做到。孔子見到別人做了一件好事，就忘記了他一百個過錯，這是孔子容易相處；而孔子見到別人有了善行，就好像自己有了善行一樣，這就是孔子不會跟人家爭高下，不傲慢，都能隨時看到別人的優點，隨喜讚嘆；聽到善事必定親自去做，然後引導人們去做，這是孔子為了成就弟子，非常用心，以身作則，躬身實踐，不光是嘴上說一說。孔子以身作則、孔子不與人爭、孔子容易共事，我向孔子學習，而這三句話卻沒有做到。」

以上這段文字的意旨，下列何者錯誤？ (A)寬以待人 (B)不矜己功 (C)見賢思齊 (D)聞善躬踐	(B)

【解析】
(A)以寬容的態度來對待別人。(易事)
(B)不誇耀自己的功績。
(C)看到賢能的人，便想效法他。(不爭)
(D)聽到別人有善行，便努力去實踐。(能勞)

「北人看書，如顯處視月；南人學問，如牖中窺日。」(劉義慶《世說新語・文學》) 【104五等身障特考-國文】

【翻譯】

北方人讀書，像是在明亮處看月亮(所見不明)；南方人做學問，像是從窗戶裡看太陽。(見識淺薄)

下列關於上文的敘述何者最正確？ (A)北人優於南人之用心向學 (B)顯處視月略勝牖中窺日 (C)北人與南人的治學各有缺失 (D)有志者當分別取自北人或南人治學之一端	(C)

歷年考題分析

《墨子·所染》:「子墨子言見染絲者而歎曰:『染於蒼則蒼,染於黃則黃。所入者變,其色亦變。』五入必(通「畢」),而已為五色矣,故染不可不慎也。」

【104五等身障特考-國文】

【翻譯】

《墨子·所染》:「墨子看見在染絲的人就嘆氣說:『絲用青色的染料來染,就會變成青色,用黃色的染料來染,就會變成黃色。所用的染料顏色不同,絲的顏色就會改變。』用五種顏色來染,不久就會變成五種顏色。因此染絲不可以不謹慎。」

墨子感嘆的內容,與下列何者近似? (A)木受繩則直,金就礪則利 (B)擇其善者而從之,其不善者而改之 (C)蓬生麻中,不扶而直;白沙在涅,與之俱黑 (D)合抱之木,生於毫末;九層之臺,起於累土	(C)

【解析】

(A)木材經過墨線量過才能取直,刀劍經過磨礪才能變得鋒利→人是需要學習和反省,才能端正行為。

(B)選擇別人好的學習,看到別人缺點,反省自身有沒有同樣的缺點,如果有,加以改正。→見賢思齊,見不賢而內自省。

(C)蓬草生在麻叢中,不必扶持自然挺直;白沙混在黑泥裡,和它一起變黑→表示環境的重要,生活環境會嚴重影響一個人的品行和性格。

(D)用雙臂才能合抱的大樹,生於細小的幼枝;很多層高的亭台,是從第一筐土疊起的→任何遠大的目標,都從目前細微的小事情做起。

《孟子·離婁下》:「聲聞過情,君子恥之。」

【103五等原民特考-國文】

【翻譯】

《孟子·離婁下》:「一個人的虛名,如果超過了實情,君子就認為是可恥了。」

關於這段話的詮釋,下列何者最適當? (A)君子謙恭有禮,面對位高權重之人,仍能不卑不亢 (B)君子持己合度,即使悲傷,也不會在人前痛哭失聲 (C)君子嚴謹自持,凡事講求名實相副,有實事乃有名 (D)君子誠懇溫和,與人議論,絕不以高談闊論打壓人	(C)

歷年考題分析

彊本而節用，則天不能貧；養備而動時，則天不能病；脩道而不貳，則天不能禍。故水旱不能使之飢渴，寒暑不能使之疾，祆怪不能使之凶。

【104五等地方特考-國文】

【翻譯】

加強農業生產，節約用度，那麼天不能使人貧困；養生的物資周全，活動適合時令，那麼天不能帶來病患；遵循常規而且堅定專一，那麼天就不能帶來禍患。所以水旱災害不能使人饑餓，寒暑變化不能使人患病，自然災異不能使人遭禍。

下列何者最符合上文意旨？ (A)天命無常 (B)事在人為 (C)天命難違 (D)吉人天相	(B)

【解析】

(A)天之旨意，人難以掌握。

(B)事情的成功與否決定於人的努力。

(C)天之旨意，難以違背。

(D)吉善的人自有上天的幫助。

下列選項中詞語之使用，何者完全正確？ (A)這部電影「反應」出真實的人生，因而民眾的「反映」十分熱烈 (B)站務人員為了要維持良好的「次序」，請乘客們排隊，按照先後「秩序」上下車 (C)我們是由父母辛苦「扶養」長大，等到我們獨立後理當要「撫養」父母，以報答恩情 (D)他年紀輕輕就「展露」出在生物科技上的長策高才，相信將來必能在國際上「嶄露」頭角 【104三等外交行政特考-國文】	(D)

【解析】

(A)這部電影「反映」出真實的人生，因而民眾的「反應」十分熱烈。

(B)站務人員為了要維持良好的「秩序」，請乘客們排隊，按照先後「次序」上下車。

(C)我們是由父母辛苦「撫養」長大，等到我們獨立後理當要「扶養」父母，以報答恩情。

歷年考題分析

新出殼的蟑螂引起我的歎息，牠是純白的幾近於沒有一絲雜質，牠的身體有白玉一樣半透明的精純的光澤。這日常引起我們厭恨的蟑螂，如果我們把所有對蟑螂既有的觀感全部摒除，我們可以說那蟑螂有著非凡的驚人之美，就如同是草地上新蛻出的翠綠的草蟬一樣。依據上文，作者認為「可以說那蟑螂有著非凡的驚人之美」的條件是什麼？ (A)培養過人的膽識 (B)保持豐富的想像 (C)去掉原先的成見 (D)發現物種的變異 【104五等地方特考-國文】　(C)

【解析】
如果我們把所有對蟑螂既有的觀感全部摒除→必須秉持原先的成見。

「當我一杯在手，對著臥榻上的老友，分明死生之間，卻也沒生命奄忽之感。或者人當無可奈何之時，感情會一時麻木的。」下列選項，與文中情感狀態最接近的是： (A)多情自古空餘恨 (B)多情總被無情惱 (C)情到深處無怨尤 (D)多情卻似總無情 【104五等地方特考-國文】　(D)

【解析】
(A)自古以來多情的人常常留下許多憾恨，這個憾恨是長久不斷沒有終止的一天。
(B)行人惘然若失，彷彿自己的多情被少女的無情所傷害。
(C)當你愛得很深刻的時候，你會無怨無悔地付出。
(D)明明多情，離別之際卻反倒表現得無情。

「近年她漸漸感到身體有了秋意，肌膚呈現樹木的紋理，並散發苦楝樹的果實氣味，生命多麼甜蜜又多麼憂傷。」下列何者最接近上文的身體感受？ (A)老化 (B)寒冷 (C)僵硬 (D)腐敗 【103五等原民特考-國文】　(A)

【解析】
身體有了秋意→意指身體進入蕭條階段；肌膚呈現樹木的紋理→肌膚有了皺摺；苦楝樹的果實氣味→老年人身上特有的體味，在在呈現身體老化的現象。

歷年考題分析

「在古代農業社會，人們安土重遷，搬家就不像今日一般被看作家常便飯。詩人陶淵明如果不是由於他坐落在柴桑縣柴桑里的老家慘遭回祿，大概不會徙居到南里的南村。」由上文敘述，可知陶淵明遷居是因為遇上了： (A)火災 (B)旱災 (C)水災 (D)兵災 【103五等原民特考-國文】	（A）

【解析】

回祿，指火神，後引申為火災。

城上高樓接大荒，海天愁思正茫茫。
驚風亂颭芙蓉水，密雨斜侵薜荔牆。
嶺樹重遮千里目，江流曲似九迴腸。
共來百越文身地，猶自音書滯一鄉。
（柳宗元〈登柳州城樓寄漳汀封連四州刺史〉）

【103二等警察特考-國文】

【翻譯】

柳州城上的高樓，接連著曠野荒原；
我們愁緒像茫茫的海天，無限寬廣。
狂風陣陣，猛烈吹亂了水上的芙蓉；
暴雨傾盆，斜打著爬滿薜荔的土牆。
嶺上樹木重重，遮住了遠望的視線；
柳江彎彎曲曲，像百結九轉的愁腸。
咱五人同時遭貶，到百越紋身之地；
而今依然音書不通，各自滯留一方。

「嶺樹重遮千里目，江流曲似九迴腸」，是形容： (A)登高遠望時景色的遼闊 (B)心中思緒的鬱結與糾葛 (C)對物是人非的無可奈何 (D)對眼前逆境的坦然自適	（B）

【解析】

　　柳宗元與韓泰、韓曄、陳謙、劉禹錫都因參加王叔文領導的永貞革新運動而遭貶。後來五人都被召回，大臣中雖有主張起用他們，終因有人梗阻，再度貶為邊州刺史，這首詩就是此時所寫，不難看出柳宗元的抑鬱。

歷年考題分析

「枚皋文章敏疾，長卿制作淹遲，皆盡一時之譽，而長卿首尾溫麗，枚皋時有累句，故知疾行無善迹矣。」《西京雜記》

【103五等原民特考-國文】

【翻譯】

枚皋寫文章敏捷快速，而司馬相如寫作則很遲緩，兩人的文章在當時都常受到讚譽。但長卿文章從頭到尾柔和華麗，枚皋卻常有病句，由此可知，寫得快就不能好好推敲了。

文中「疾行無善迹」之旨意與下列選項何者最接近？　(A)文不加點　(B)事緩則圓　(C)慢工出細活　(D)來去俱無	(C)

【解析】

(A)形容文思敏捷、下筆成章，通篇無所塗改。

(B)遇事不要操之過急，慢慢地設法應付，可以得到圓滿的解決。

(C)形容人做事仔細謹慎，不粗製濫造，速度雖慢但成品精良。

(D)形容出沒極為迅速或隱秘。

「鍥而舍之，朽木不折；鍥而不舍，金石可鏤。」《荀子‧勸學》

【103四等身障特考-國文】

【翻譯】

刻幾下就停下來了，腐爛的木頭也刻不斷；不停地刻下去，金石也能雕刻成功，意即要持之以恆而不能半途而廢。

此語意近於下列何者？　(A)朽木不可雕也　(B)滴水可以穿石　(C)緣木求魚，徒勞無功　(D)欲窮千里目，更上一層樓	(B)

【解析】

(A)腐朽的木頭不能雕刻。

(B)比喻只要有恆心，再困難的事都能完成。

(C)爬到樹上去找魚，白白浪費精力，沒有任何效益。

(D)要想看到無窮無盡的美麗景色，應該要再登上一層樓。比喻想要取得更大的成功，就必須要付出更多的努力。

歷年考題分析

「凡植木之性，其本欲舒，其培欲平，其土欲故，其築欲密。既然已，勿動勿慮，去不復顧。其蒔也若子，其置也若棄，則其天者全，而其性得矣。故吾不害其長而已，非有能碩而茂之也。不抑耗其實而已，非有能蚤而蕃之也。」（柳宗元〈種樹郭橐駝傳〉）　　【103高考一二級-國文】

【翻譯】

只不過順從樹木自然生長的天性，讓它們按照自己的習性發展成長而已。一般來說種樹的方法是：樹根要舒展，培土要平整，保留一些原土，圍基的竹要緊密堅固。完成這些，就不要再去動它、擔心它，離開它不必再去照管。移植時要像照顧子女一樣，栽好後就如將它扔掉一樣，那樣樹木的天性便能得以保全，自我生長的天性便能得以發展。因此我只是不妨害它們生長罷了，並沒有使它們長得高大茂密的秘訣；只是不抑制和損害它們的果實罷了，並沒有使果實結得又早又多的本領。

作者認為種樹之理可以移至政治之道，下列選項何者最為適當？ (A)管理百姓，應以不治理的手段為之　(B)管理百姓，應以不關心的態度為之　(C)管理百姓，應以不教育的方式為之　(D)管理百姓，應以不強制的心態為之	(D)

「防民之口，甚于防川。川壅而潰，傷人必多，民亦如之。是故為川者決之使導，為民者宣之使言。」　　　　　　【103五等地方特考-國文】

【翻譯】

「這是堵塞百姓的口，限制百姓的言論，超過在河道上築堤堵塞水流。河道不暢通而潰堤，傷害的人一定很多，百姓也像河水一樣。所以治理河水的人要疏通河道，使之暢通，治理百姓的人，使百姓發洩，讓百姓表達自己的各種情緒，讓他們講話。」

請問此說最接近何種人權？ (A)集會自由　(B)遷徙自由　(C)人身自由　(D)言論自由	(D)

歷年考題分析

> 「夫臺灣之語，傳自漳、泉；而漳、泉之語，傳自中國。其源既遠，其流又長，張皇幽渺，墜緒微茫，豈真南蠻鴃舌之音而不可以調宮商也哉？」（連橫《臺灣語典・序》）　　　　　　　　　　　　**【103四等身障特考-國文】**

【翻譯】

　　臺灣的語言，從漳州、泉州傳過來；然而漳州、泉州的語言，傳自於中國。其根源既遠，又像水流一樣長，壯大精深微妙，難道真的蠻夷難懂的語言不可以找到合乎臺語之漢字嗎？

有關本段文字的分析，下列何者正確？　(A)臺灣的語言曾經傳到了漳州與泉洲　(B)臺灣的語言和中國古語有密切關係　(C)臺灣的語言不適合配合音樂來演唱　(D)臺灣的語言有部分是學習鳥類發聲	(B)

> 「孟子謂齊宣王曰：『王之臣有託其妻子於其友，而之楚遊者。比其反也，則凍餒其妻子，則如之何？』王曰：『棄之。』曰：『士師不能治士，則如之何？』王曰：『已之。』曰：『四境之內不治，則如之何？』王顧左右而言他。」　　　　　　　　　　　　**【103五等地方特考-國文】**

【翻譯】

　　孟子對齊宣王說：「比方說王有個臣子，把他妻子託付給朋友照顧，自己奉命到楚國去遊歷訪問；等到他回來，卻發現妻子都受了凍餒。對於這種朋友該怎麼辦呢？」宣王說：「與他絕交。」孟子說：「假使士師不能治理他屬下的法官鄉士和遂士，那麼該怎麼辦呢？」宣王說：「罷免他。」孟子說：「假如國家全境治理不好，那該怎麼辦呢？」宣王聽了，覺得無以回答，看看左右的人，而說起別的事。

王最後顧左右而言他，是什麼樣的心理使然？　(A)不懂孟子的居心何在　(B)不想再和孟子談無聊的話題　(C)不願承擔自己的責任與錯誤　(D)不解孟子為什麼說些毫無關連的事情	(C)

歷年考題分析

　　唐太宗問許敬宗曰：「朕觀群臣之中，惟卿最賢。人有議其非者，何也？」敬宗對曰：「春雨如膏，農民喜其潤澤，行人惡其泥濘；秋月如鏡，佳人喜其玩賞，盜賊惡其光耀。天地之大，猶有憾焉，何況臣乎？」

【103四等身障特考-國文】

【翻譯】

　　唐太宗問許敬宗說：「我看大臣之中，只有你德才兼備，但有人卻不這樣認為，這是為什麼呢？」許敬宗回答說：「春雨像油一樣珍貴，農民喜歡它對莊稼的滋潤，但是走路的人卻厭惡它在路上產生了泥濘。秋天的月亮像鏡子一樣，漂亮的女子喜歡它有明亮的光輝能夠用來欣賞，但是盜賊卻怨恨它的光輝。普天之下，所有的人都有這樣的感嘆，何況我呢？」

依據上文，下列那一個選項最接近許敬宗的說法？　(A)宰相肚裡能撐船　(B)人非聖賢，孰能無過　(C)相識滿天下，知心能幾人　(D)豈能盡如人意，但求無愧於心	(D)

【解析】

(A)形容人的寬宏大量。

(B)舊時指一般人犯錯誤是難免的。

(C)比喻知音難遇。

(D)所有事情怎麼能夠完全符合心中的期望，只求不愧對自己的心。

歷年考題分析

宋有澄子者，亡緇衣，求之塗。見婦人衣緇衣，援而弗舍，欲取其衣，曰：「今者我亡緇衣！」婦人曰：「公雖亡緇衣，此實吾所自為也。」澄子曰：「子不如速與我衣，昔吾所亡者，紡緇也；今子之衣，禪緇也。以禪緇當紡緇，子豈不得哉？」（《呂氏春秋》）　【103四等地方特考-國文】

【翻譯】

在宋國有一個叫澄子的人，掉了一件黑色的衣服，於是就在路上尋找，見到一位婦人身著黑衣，便拉著她不放，想要討回婦人身上所穿的那件黑色衣服，婦人不給，澄子說：「我今天掉了一件黑色的衣服。」婦人則說：「你雖然掉了一件黑色的衣服，但是我身上這件確實是我親手所做的。」澄子回答：「還不趕快把衣服還我，先前我掉的是件有襯裡的衣裳，如今你穿的是件沒有襯裡的衣裳，用有襯裡的衣裳換沒有襯裡的衣裳，你難道不是大占便宜了嗎？」

下列選項何者最適合形容澄子？　(A)反覆無常　(B)蠻橫無理　(C)愚昧無知　(D)貪求無厭　　(B)

【解析】

(A)形容變動不定，一會兒這樣，一會兒又那樣。

(B)態度粗暴，不講道理。

(C)形容又愚笨又沒有知識。

(D)貪圖利益，無滿足的時候。

「生年不滿百,常懷千歲憂。晝短苦夜長,何不秉燭遊。為樂當及時,何能待來茲。愚者愛惜費,但為後世嗤。仙人王子喬,難可與等期。」
（〈古詩十九首‧生年不滿百〉）　　　　【103四等地方特考-國文】

【翻譯】

　　人的一生難得能活滿百歲,卻常常懷抱著超過千年的憂慮。偏偏還要苦於白晝太短、夜晚太長,為什麼不乾脆舉起蠟燭、連夜四處遊玩呢?為歡作樂應當要及時,怎麼能一直等待著渺不可知的明天甚至明年?愚笨的人只懂得愛惜錢財等身外之物,這樣只會被後世的人恥笑罷了。像王子喬那般駕鶴登仙的故事,實在是一般人所難以企求的神話啊。

與本詩意涵最為接近的是下列那一選項?　(A)百川東到海,何時復西歸。少壯不努力,老大徒傷悲　(B)服食求神仙,多為藥所誤。不如飲美酒,被服紈與素　(C)安知非日月,弦望自有時。努力崇明德,皓首以為期　(D)三人成市虎,浸漬解膠漆。生存多所慮,長寢萬事畢　　(B)

【解析】

(A)君不見江河日夜不停地東流入海,又有誰見過它西流回歸?年輕力壯時不努力奮鬥,到老了悔之已晚只能徒勞地傷悲。

(B)服食長生之藥,求為神仙,亦多為藥所誤,夫復何益,故興起不如飲美酒而被紈素,且樂現在。

(C)怎說沒有日與月,月缺月圓會在固定的時間。努力崇尚美好的道德,一直等到頭髮白了也不能忘了相會的日子。

(D)三個人謊報街市有虎,聽者也就信以為真;膠漆長期浸泡在水裡,也會解脫掉的。一個人活在世上,所憂慮的事情實在太多,只有長眠不醒,才會對萬事毫無知覺。

歷年考題分析

〈介之推不言祿〉：「主晉祀者，非君而誰？天實置之，而二三子以為己力，不亦誣乎？竊人之財，猶謂之盜；況貪天之功，以為己力乎？下義其罪，上賞其奸，上下相蒙，難與處矣！」 【103四等地方特考-國文】

【翻譯】

〈介之推不言祿〉說：「能夠主持晉國宗廟祭祀的人，不是國君還會是誰呢？這其實是天意，而那幾個人卻以為是自己的功勞，這不是錯誤嗎？盜竊別人的財物，尚且稱之為盜賊，何況盜竊上天的功勞而當作自己的功勞？在下的人把他們的罪過當作是正義行徑，在上的國君獎賞他們的欺詐行為，上下互相蒙騙，我很難跟他們相處下去。」

下列選項中之「上下」，何者與本文中「上下」意義相同？ (A)昔州黎上下其手，楚國之法遂差 (B)將氾氾若水中之鳧乎？與波上下偷以全吾軀乎 (C)主無驕肆之怒，臣無箠楚之請，上下相安，率禮從道 (D)有張籍者，年長於翱，而亦學於僕，其文與翱相上下	(C)

【解析】

本文的「上下」：在上位的人和居下位的人。
(A)以手高舉和向下的動作之意。
(B)起伏之意。
(C)在上位的人和居下位的人之意。
(D)左右、相差無幾之意。

下列選項，何者適用來鼓勵屢遭挫敗的人？ (A)三折肱而成良醫 (B)不到黃河心不死 (C)屋漏更逢連夜雨 (D)兩害相權取其輕 【103五等原民特考-國文】	(A)

【解析】

(A)有多次折斷手臂的經驗，可以成為良醫，比喻對某事閱歷多，富有經驗，自能造詣精深。
(B)比喻不達目的不甘休。
(C)當在最困難或出現某個問題的時候，偏偏遇到最不願意或最怕遇到的事情和問題，壞事接二連三地降臨。
(D)處理事情時，先衡量輕重得失，再選擇傷害較小的方法去做。

歷年考題分析

有兩虎爭人而鬥者，管莊子將刺之。管與止之曰：「虎者，戾蟲；人者，甘餌也。今兩虎爭人而鬥，小者必死，大者必傷。子待傷虎而刺之，則是一舉而兼兩虎也。無刺一虎之勞，而有刺兩虎之名。」

【103初等考-國文】

【翻譯】

兩隻老虎為了爭奪一個人而爭個不休，管莊子想刺老虎，管與卻阻止他說：「老虎是猛獸，人是牠絕好的餌。現在兩虎相鬥，那隻弱小的必定爭不過而死，那隻強大的呢，一定會受傷。等到牠受傷了再刺牠，不就一次可以獲得兩隻虎嗎？不就只以刺死一隻老虎的力氣，而獲得刺死兩隻老虎的名氣嗎？」

下列成語何者與本文含意最不相關？ (A)一舉兩得 (B)事倍功半 (C)伺機而動 (D)漁翁得利	(B)

(李廣)令曰：「皆下馬，解鞍！」其騎曰：「虜多且近，即有急，奈何？」廣曰：「彼虜以我為走，今皆解鞍以示不走，用堅其意。」

【103初等考-國文】

【翻譯】

李廣下令說：「都下馬，把馬鞍解下來！」他的騎兵說：「敵人多而且離我們很近，倘若有緊急情況，怎麼辦？」李廣說：「那些敵人認為我們會逃跑，如今我們都解下馬鞍表示不逃跑，用這個辦法來堅定他們的臆測。」

這種戰術類似於三十六計中的： (A)空城計 (B)苦肉計 (C)調虎離山 (D)走為上策	(A)

【解析】

(A)空城計：空城計是一種心理戰術。在緊急關頭，以大膽的冒險行動來造成敵人錯誤判斷，經常能夠達到排難解危之目的。

(B)苦肉計：這是一種特殊做法的離間計，己方故意傷害自己，然後利用血淚換取敵人的信任，再行反間顛覆敵人。

(C)調虎離山：比喻用計使對方離開原來的地方，以便乘機行事。

(D)走為上策：全軍退卻，避強待機。這種以退為進的指揮方法，是符合正常用兵法則的。

歷年考題分析

「其實，我們舉目望去，四周的山景還是有樹的。這些樹挺得又高又直，一排排十分整齊，長長的葉片集聚於樹頂，向天空四散，青色的果實纍纍成串，群生於葉下；樹根下則都是裸露、鬆軟的黃泥土壤。爸爸形容到這兒，大部分在臺灣長大的人應該都知道這種植物叫什麼名字了。」這種植物的名字是： (A)香蕉樹 (B)檳榔樹 (C)林投樹 (D)椰子樹　　【103五等地方特考-國文】　　(B)

【解析】
　　關鍵為「青色的果實纍纍成串」、「樹根下則都是裸露、鬆軟的黃泥土壤。」檳榔雖然經濟價值高，但地表裸露、泥土鬆軟，導致土石流發生。

「膽固醇如果要變成淤塞人體血管的穢物，為什麼一開始它又要藏身在饌味珍饈之間呢？我們這樣努力生產和消費，這麼龐大的生活鏈中，有多少東西像膽固醇呢？珠寶是一種膽固醇嗎，諾言是一種膽固醇嗎，…膽固醇啊，膽固醇，你到底是弄臣呢，還是刺客？」下列何者最能說明作者的感慨： (A)正復為奇，善復為妖。人之迷，其日固久 (B)五色令人目盲，五音令人耳聾，五味令人口爽 (C)天地不仁，以萬物為芻狗。聖人不仁，以百姓為芻狗 (D)天下皆知美之為美，斯惡矣；皆知善之為善，斯不善矣　　【103四等外交行政特考-國文】　　(A)

【解析】
(A)正的，又會變成不正的；善良的，又會變成邪惡的。
(B)過分追求色彩的享受，最後一定眼花瞭亂、視覺遲鈍；過分追求聲音的享受，最後一定耳朵重聽、聽覺不靈；過分追求味道的享受，最後一定食不知味、味覺喪失。
(C)天地無所偏愛，任憑萬物自然生長；聖人無所偏愛，任憑百姓自作自息。
(D)天下的人都知道美就是美的感覺時，也就有了醜的想法；都知道善就是善的感覺時，也就開始有了惡的念頭。

依題意來看，膽固醇在人體內扮演著重要角色，可說是一種與生命現象息息相關的重要化合物，但是要適量的存在，過多或過少都會造成人體的負擔。所以膽固醇是正的，是善良的，但是在不正常的狀況下，也會變不正與不善。

歷年考題分析

閱讀下文，回答第1題至第2題：

「植物絕對不奢侈，它得到好環境，並不用來驕恣放肆，卻全部用來盡其最大可能的繁殖責任，盡其最大可能多枝多蔓，而後開出最大限的花數，結出最大限的種子數。這一點跟人類大大不相同。人類一有好的條件，便驕恣放肆，□□□□地揮霍，導致身家的敗亡。人類的德性，在這一方面，大不如植物。植物對水的敏感與反應，呈現著一幅神奇的景象。一株常態下可長到五十公分高的草，在乾渴下，可能長不到十公分。個體體積的懸殊，甚至讓人誤認為異種。水對植物個體大小、體型及早晚熟造成巨幅度差，令人驚奇於植物適應生存的伸縮性，這種伸縮性人類是絕對沒有的，一般獸類也是沒有的，讓人類和一般獸類面臨這種困境，只有滅亡之一途，這裡看出植物生命的堅韌性；這跟它的實事求是的盡責繁殖的性格，同樣足供人類驚歎與□□□□。」

【103三等外交行政特考-國文】

❶依據文意判斷引文中兩處空缺最適宜填入的詞語分別為： (A)窮奢極侈/肅然起敬　(B)有求必應/額手稱慶　(C)有求必應/肅然起敬　(D)窮奢極侈/額手稱慶	(A)

【解析】
窮奢極侈：形容人極端奢侈。　　肅然起敬：因受感動而欽佩恭敬。
有求必應：凡有所請求，必能如願。　額手稱慶：舉手齊額，表示慶幸。

❷依據文章所述，選出符合文意的選項：　(A)植物在乾渴前，會極盡一切可能繁殖出枝葉與花，以避免絕種危機　(B)在乾渴環境中的植物，會比好環境的植物，更能被激發生存潛能　(C)植物具有高度的擴張性與伸縮性，其延續生命的法則值得人類省思　(D)鳥獸比植物更具有適應生存困境的優勢，所以滅絕的可能性也較低	(C)

【解析】
　關鍵在於「植物適應生存的伸縮性、植物生命的堅韌性、它的實事求是、盡責繁殖的性格。」

複選題

　　從民國103年開始，部分考試的國文題都加了複選題，這三年的題型多落在閱讀測驗、修辭、應用文和成語三個篇章。或許會覺得多了複選題，負擔會變重，其實只要注意下列幾個解題方向，成功答題不成難事。

一、將每個選項當作是非題來作答：因複選題百分之八十落在閱讀測驗，只要詳讀題目，就能發現題目裡頭的提示。

二、不會也要猜：真的遇到模擬兩可的題型，建議還是要猜一猜，畢竟不倒扣，不猜不划算。

統一用語				
每題分數	4	3	2.5	2
全對給分	4	3	2.5	2
錯一項給分	2.4	1.8	1.5	1.2
錯二項給分	0.8	0.6	0.5	0.4
錯三項給分	0	0	0	0

◎每題五個選項，至少有二個正確答案，各選項獨立判斷計分。

　資料來源：考選部

歷年考題分析

閱讀下列文字，選出正確的選項：「婢，魏孺人媵也。嘉靖丁酉五月四日死，葬虛邱。事我而不卒，命也夫！婢初媵時，年十歲，垂雙鬟，曳深綠布裳。一日天寒，爇火煮芋薺熟，婢削之盈甌。予入自外，取食之，婢持去，不與。魏孺人笑之。孺人每令婢倚几旁飯，即飯，目眶冉冉動。孺人又指以為笑。回思是時，奄忽便已十年。吁，可悲也已！」（歸有光〈寒花葬誌〉）

【104五等地方特考-國文】

【翻譯】

婢女名寒花，是我妻魏孺人的陪嫁丫環。死於嘉靖十六年五月四日，葬在土山之上。她沒有能侍奉我到底，這是命啊！寒花當初陪嫁來我家時，年方十歲，兩個環形髮髻低垂著，穿著一身深綠色的布裙。一天，天氣很冷，家中正在燒火煮芋薺，寒花將已煮熟的芋薺一個個削好皮盛在小瓦盆中，已盛滿了，我剛從外面進屋，取來吃；寒花立即拿開，不給我。我妻就笑她這種樣子。我妻經常叫寒花倚著小矮桌吃飯，她就吃，兩個眼珠慢慢地轉動著。我妻又指給我看，覺得好笑。回想當時，一晃已經十年了。唉，真可悲啊！

(A)全文娓娓敘述，疏淡幾筆，情感十足　(B)此葬誌以譬喻法描述寒花的身分、經歷　(C)透過細節描寫寒花的形態、情態、神態 (D)本文四次提及魏孺人，隱含對亡妻的思念　(E)透過寒花的天真與孺人的舉止，彰顯孺人持家甚嚴	(A) (C) (D)

【解析】

(B)以白描法直接寫出寒花的身分、經歷。

(E)透過寒花的天真與孺人的舉止，彰顯孺人持家不嚴且溫柔。

歷年考題分析

雲說：「我有整片天空供我流浪！」

鳥說：「我有整座山巒供我飛翔！」

他們齊口笑荷，只有腳下一小撮泥土立足。荷因而鬱鬱不樂，怨嘆不已。

造物主見了，安慰他說：「你何不把天空、雲彩、山巒、鳥雀都納進你的心裡？」

「我的心納得進這許多麼？」

「傻孩子！」造物主笑了：「世上唯有心可大可小。大到可以把天地萬物都包容進來，也可能小到連一根針都插不進去。」（杏林子《現代寓言》）

【105鐵路佐級考試-國文】

閱讀下列寓言，選出與本文旨意相合的選項： (A)心寬眼界便寬，可以逍遙自在，心無罣礙　(B)文中雲和鳥擁有寬大的胸襟、開闊的眼界　(C)人心難測，說變就變，待人處世不可不慎　(D)若能用心關照萬物，則萬物皆可納於我心　(E)好與他人比較，必然鬱鬱不樂，怨嘆不已	(A) (D)

【解析】

(B)文中雲和鳥胸襟不夠寬、眼界不夠開闊。

(C)並沒有提到人心難測的問題。

(E)不用與他人比較，可以見到更開闊的風景。

歷年考題分析

在臺灣，看電視新聞至少需要三雙眼睛，最多五雙。

第一雙眼睛對準濃妝女主播報導的腥羶新聞。第二雙眼睛鎖定畫面左側或右側、由上而下或由下而上如屍塊飄來的新聞快報。第三雙追蹤畫面下方流水般奔逝的資訊簡報。第四雙瞪著一小塊紅紅綠綠的股市拼盤，毫不眨眼。第五雙眼睛快速瀏覽生活叮嚀：今日農曆十八，嫁娶不宜，宜安葬，天氣晴朗不妨為靈魂之窗買副薄棺，注意，射手座的朋友千萬不要闖紅燈，警告，煮義大利麵前一定要記得開火。那天打開電視，赫然發現電視畫面被切割成五個小區塊。

【105鐵路佐級考試-國文】

根據上文內容判斷，下列選項何者正確？ (A)臺灣電視新聞內容無所不包 (B)作者家裡的電視具有畫面分割的特殊功能 (C)臺灣電視新聞多涉腥羶，不適宜闔家觀賞 (D)「如屍塊飄來的新聞快報」指其內容十分聳動 (E)「流水般奔逝的資訊簡報」指訊息出現如行雲流水般自然	(A) (C) (D)

【解析】
(B)電視畫面出現不同的訊息。
(D)「流水般奔逝的資訊簡報」指訊息出現如流水那樣多而且快。

【歷年考題分析】

王維〈辛夷塢〉:「木末芙蓉花,山中發紅萼。澗戶寂無人,紛紛開且落。」
【105鐵路佐級考試-國文】

【翻譯】

深山中有一株木芙蓉,枝頭上綻放著美麗的紅色花朵。儘管澗水邊的小屋裡靜寂無人,它依然不斷地盛開,也不斷地凋落。

下列敘述,符合詩意的是: (A)詩中有明顯的寄託 (B)詩中對時代環境有很深的怨懟 (C)寫塢中辛夷花的開與落,美麗而寂寞 (D)不管有沒有人欣賞,辛夷花依然自開自落 (E)全詩三句描寫花,僅有一句描寫環境	(C) (D) (E)

【解析】

(A)詩中無明顯寄託。

(B)詩中對時代環境沒有怨懟,只是期許自己沒有人看到自己,也要努力讓自己人生發光發熱。

「楚聲既合,漢圍已布。歌既闋而甚悲,酒盈樽而不御。當其盛也,天下侯伯自我而宰制;及其衰也,帳中美人寄命而無處。」
【105初等考-國文】

【翻譯】

項羽限於四面楚歌的漢軍圍陣中,唱歌念詞極為悲傷,酒倒滿杯而且無法停止。在項羽聲勢極勝的時候,天下任他分割宰制;等到衰敗的時候,他最愛的美人虞姬都無處可逃。

文中所哀惜詠嘆之人物為何? (A)曹操 (B)項羽 (C)劉邦 (D)虞姬 (E)戚夫人	(B) (D)

歷年考題分析

白居易〈賣炭翁〉：「賣炭翁，伐薪燒炭南山中。滿面塵灰煙火色，兩鬢蒼蒼十指黑。賣炭得錢何所營？身上衣裳口中食。可憐身上衣正單，心憂炭賤願天寒。夜來城外一尺雪，曉駕炭車輾冰轍。牛困人飢日已高，市南門外泥中歇。」 【105初等考-國文】

【翻譯】

有個賣炭的老翁，在南山裡砍柴燒炭維生。他滿臉塵土灰燼，容色有如被煙燻火烤，兩鬢斑白，十根手指烏黑。賣炭得了錢用於何途呢？化為身上穿的衣服和口裡吃的食物。可憐他身上穿的衣服單薄，而心裡憂煩炭價低賤，但願天氣更冷。半夜城外積了一尺厚的雪，到了早上，老翁駕著炭車軋壓冰凍的輪痕。牛累人餓的，太陽已經升得老高，老翁便在市集南門外的泥濘中歇息。

老翁衣服單薄，卻期盼天氣寒冷的原因何在？ (A)因為賣炭所得可以勉強養家活口 (B)因天冷才能使木炭銷售價格提高 (C)因歷經伐薪燒炭的考驗勇健無懼 (D)因為塵灰滿面鬢蒼指黑不畏天寒 (E)因為奮力策牛拉車送炭汗流浹背	(A) (B)

《菜根譚》：「耳中常聞逆耳之言，心中常有拂心之事，才是進德修行的砥石。」 【104初等考-國文】

【翻譯】

《菜根譚》：「耳中經常聽到不順耳的忠言，心中經常有不順心的事情，才是提高道德修養、陶冶品行的砥石。如果聽到的話句句悅耳，遇到的事件件稱心，那就等於把一生葬送在毒藥之中了。」

下列文句，與此段文意相近的是： (A)良藥苦口利於病，忠言逆耳利於行 (B)勿以善小而不為，勿以惡小而為之 (C)靜言與挫折最能提升人的智慧與修養 (D)生命有如鐵砧，愈被敲打，愈能發出火花 (E)人非聖賢，孰能無過，過而能改，善莫大焉	(A) (C) (D)

歷年考題分析

秦吉了，出南中。彩毛青黑花頸紅，耳聰心慧舌端巧，鳥語人言無不通。昨日長爪鳶，今朝大觜烏。鳶捎乳燕一窠覆，烏啄母雞雙眼枯。雞號墮地燕驚去，然後拾卵攫其雛。豈無鵰與鶚，嗉中肉飽不肯搏。亦有鸞鶴群，閒立高颺如不聞。秦吉了，人云爾是能言鳥，豈不見雞燕之冤苦。吾聞鳳凰百鳥主，爾竟不為鳳凰之前致一言，安用噪噪閒言語。（白居易〈新樂府・秦吉了〉） 【105初等考-國文】

【翻譯】

秦吉了，一種類似鸚鵡的鳥，能學人說話，產於嶺南一帶。它不僅具有美麗的外貌，且聰慧異常，天生就是伶牙俐齒，鳥語人言樣樣擅長。昨天是長爪鳶，今天早上是大觜烏。長爪鳶凶狠地撲向燕巢，不僅要捕獲弱小的燕，還要傾其巢穴。大觜烏啄瞎母雞的雙眼。母雞號叫墜地燕子嚇得飛走，然後拿了母雞的卵，抓了雛燕。難道沒有老鷹和貓頭鷹，飽食終日，不肯為牠們搏擊。也有鸞和鶴群，高飛遠走，不聞不問。秦吉了，人家說是可以說話的鳥，難道看不見雞燕的冤苦。我聽說鳳凰是百鳥之王，你竟然不在鳳凰之前替牠們諫言，怎麼僅僅在背後嘀嘀咕咕地吵嚷個沒完。

下列選項對此詩中諸鳥所喻之對象說明正確的是： (A)秦吉了：朝廷之中主言民情的官吏 (B)長爪鳶與大觜烏：殘害人民的劣官 (C)燕與雞：被滋擾與掠奪的無辜人民 (D)鵰與鶚：朝中握有最高大權的宰相 (E)鸞鶴：不聞國事，但務垂拱的君王	(A) (B) (C)

【解析】

(D)(E)鵰、鶚、鸞、鶴：掌管刑法、糾彈的御史大夫一類的大官

歷年考題分析

　　我們仨，卻不止三人。每個人搖身一變，可變成好幾個人。例如阿瑗小時才五六歲的時候，我三姐就說：「你們一家啊，圓圓頭最大，鍾書最小。」我的姐姐妹妹都認為三姐說得對。阿瑗長大了，會照顧我，像姐姐；會陪我，像妹妹；會管我，像媽媽。阿瑗常說：「我和爸爸最『哥們』，我們是媽媽的兩個頑童，爸爸還不配做我的哥哥，只配做弟弟。」我又變為最大的。鍾書是我們的老師。我和阿瑗都是好學生，雖然近在咫尺，我們如有問題，問一聲就能解決，可是我們決不打擾他，我們都勤查字典，到無法自己解決才發問。他可高大了。但是他穿衣吃飯，都需我們母女把他當孩子般照顧，他又很弱小。（註：父名錢鍾書、女阿瑗小名「圓圓」）

【105初等考-國文】

❶文中對父、母、女三人的敘述，下列選項何者正確？　(A)「圓圓頭最大」指阿瑗母女很聰明　(B)爸爸是老師，但母女都不想問他問題　(C)爸爸生活自理能力最差，需要母女照料　(D)在母親眼中，爸爸和女兒都是頑童，女兒更像哥哥　(E)媽媽和女兒之間常扮演姐妹、母女的多重角色	(C) (E)

【解析】
(A)「圓圓頭最大」指阿瑗很聰明　(B) 爸爸是老師，但母女如有問題，問一聲就能解決，可是我們決不打擾他，我們都勤查字典，到無法自己解決才發問。
(D)在女兒眼中，媽媽和自己都是頑童，爸爸更像弟弟。

❷承上題，下列選項，貼近上文內容的是：　(A)天倫之樂　(B)家和萬事興　(C)三人行必有我師　(D)家家有本難念的經　(E)窈窕淑女，君子好逑	(A) (B)

【解析】
(C)他們會先自學，不懂才發問，跟「三人行必有我師」的寓意不同。
(D)他們家的相處沒有不和諧。
(E)文章沒有提到男女感情的問題。

歷年考題分析

離情別緒，是古詩中極為常見的寫作主題，下列詩句與離情有關的是： (A)山迴路轉不見君，雪上空留馬行處 (B)紅顏未老恩先斷，斜倚薰籠坐到明 (C)且樂生前一杯酒，何須身後千載名 (D)請君試問東流水，別意與之誰短長 (E)莫道秋江離別難，舟船明日是長安 【104五等地方特考-國文】	(A) (D) (E)

【解析】
(A)那蜿蜒的山路上看不到你的身影，只在雪地中留下你的馬跡。捨不得朋友離開。

(B)可憐她還這麼年輕貌美，就和君王恩愛斷絕，因此她只有斜靠在薰籠旁邊，坐著等。閨怨詩。

(C)生時有一杯酒就應盡情歡樂，何須在意身後千年的虛名？人須及時行樂。

(D)請你們問問那東流的江水啊！離別的愁緒和它相比，哪個短，哪個長呢？與朋友離情依依的情緒。

(E)在這秋天的江岸離別是多麼的憂傷和困難不過，待到船到長安那繁華定會讓你笑開顏。敘寫離別的愁緒。

閱讀下文，選出可用來說明本則寓言旨意的選項：寂靜的樹林裡，一頭野豬正在大石頭邊磨著牙齒。狐狸好奇地問：「今天樹林這麼安靜，一個獵人的影子也沒有，凶猛的獅子也不在附近徘徊了。你為什麼不悠閒地享受一下，還要那麼用力的磨牙齒呢？」野豬嚴肅地回答：「如果我被獵人或獅子追趕時，才想到要磨牙，就已經來不及了。」 (A)尺蚓穿堤 (B)牆壞於隙 (C)未雨綢繆 (D)杜漸防萌 (E)曲突徙薪 【104五等地方特考-國文】	(C) (E)

【解析】
(A)蚯蚓雖小，但它把堤岸穿透了，就能讓整個城市遭淹沒。比喻不注意小的事故，就會引起大禍。

(B)隙縫大了就會使牆壁倒塌。比喻輕忽小漏洞，最後會造成禍害。

(C)鷗鴉在未下雨前，便已著手修補窩巢。喻事先預備，防患未然。

(D)絕亂源的開端，以防備禍患的發生。比喻防患於未然。

(E)比喻事先採取措施，以防患未然。

(A)(B)(D)只有做到提醒。

(C)(E)已經開始動作採取措施。

歷年考題分析

「有一天，子輿生病了，病得不輕，子祀去看他。子輿彎腰駝背，軀幹都變形了，自語：『造物者真是偉大，把我變得如此彎曲！』他氣定神閒，蹣跚地走到井邊照看自己的樣子，仍不住地讚歎造物者的神力。子祀問他：『汝惡之乎？』你會不會討厭這副模樣？子輿笑著安慰老友：『我怎會討厭呢？如果造物者的神力把我的左臂變成公雞，我就用牠來報曉，如果把我的右臂變成彈丸，我就用來打小鳥，如果把我的臀部變成車輛，精神化成駿馬，我正好用來馳騁一番！』……沒多久，換子來生病了，『喘喘然將死』，妻兒們圍著他哭泣。老朋友子犁來探視，看到子來妻兒哭泣的樣子，喝斥他們：『嚇！走開，不要驚擾子來的變化！』」依據上文敘述，下列選項何者正確？ (A)本文旨在說明疾病是生命歷程最艱辛的修鍊，無人可倖免 (B)本文旨在彰顯子輿、子祀、子犁、子來四人間不朽的友誼 (C)子輿認為造物者應現其身的變化是一種幻術神通，不足懼 (D)文中可見出子輿對生命抱持安時處順，哀樂不能入的態度 (E)子犁喝斥子來妻兒哭泣，展現其洞察生命自然變化的智慧 【104五等地方特考-國文】

(D)
(E)

【解析】
(A)本文旨在說明勇敢並坦然面對疾病，相信造物者的用意。
(B)文章並沒有特別彰顯四人之友誼。
(C)子輿讚歎造物者的神力，表示他樂觀看待自己的疾病。並不認為那是幻術神通。

下列使用否定詞的文句，合乎邏輯的選項是： (A)你是本公司最優秀的談判高手，這項任務非你才能勝任 (B)住宿的房客惡意破壞設備，怎能不讓民宿業者為之氣結 (C)依照規定，你必須領有合格證照，否則不能從事這項工作 (D)為維護本大樓安全，非本大樓住戶以外的車輛，請勿進入 (E)那間商店賣的無非是些生活雜貨，沒有你想買的陶瓷藝品 【105鐵路佐級考試-國文】

(B)
(C)
(E)

【解析】
(A)你是本公司最優秀的談判高手，這項任務「非你莫屬」。
(D)為維護本大樓安全，非本大樓住戶的車輛，請勿進入。

歷年考題分析

張岱〈柳敬亭說書〉中形容柳敬亭說書：「其疾徐輕重，吞吐抑揚，入情入理，入筋入骨，摘世上說書之耳而使之諦聽，不怕其不齰舌死也。」
【104初等考-國文】

【翻譯】

張岱〈柳敬亭說書〉中形容柳敬亭說書：「聲音或快或慢，或輕或重，或斷或續，或高或低，說得入情入理，入筋入骨，把世上其他說書人的耳朵摘下來，使他們仔細聽柳敬亭說書，恐怕都會驚歎得咬舌死去呢！」
齰：ㄗㄜ∕，咬。

根據此義，下列有關柳敬亭說書之描述，正確的是：　(A)聲調變化萬千，能深入表達故事精髓　(B)如果其他說書人有機會領教，會羞愧欲死　(C)技巧高妙，令聽眾聽後心滿意足，筋骨舒暢　(D)善於掌握聽眾情緒，使人隨故事情節變化而咬牙切齒　(E)本領非凡，如果其他說書人想仿效，恐怕會咬到舌頭	(A) (B)

王僧虔，右軍之孫也。齊高帝嘗問曰：「卿書與我書孰優？」對曰：「臣書人臣第一，陛下書帝王第一。」帝不悅。後嘗以禿筆書，恐為帝所忌故也。
【104初等考-國文】

【翻譯】

王僧虔是王羲之的第四世孫。齊高帝曾經問他說：「是你的書法好，還是我的好？」王僧虔回答說：「臣的書法，在文武大臣中可稱第一。而陛下寫的字，自古以來沒有哪個帝王可以勝過，所以陛下的書法，是皇帝中的第一。」齊高帝不高興。後來王僧虔寫字的時候只使用禿筆等舊毛筆寫字，害怕寫得太好反而遭到皇帝忌妒。

關於本文所述，下列選項合於文意者為：　(A)王僧虔認為皇帝的書法不及他　(B)王僧虔以禿筆為書，是一種自保的作法　(C)王僧虔認為國君與人臣，不應彼此比較　(D)王僧虔正面回答，且肯定高帝的書法功力　(E)高帝之所以不悅，是因王僧虔的回話已透露出答案	(A) (B) (E)

歷年考題分析

　　張潮《幽夢影》云：「有地上之山水，有畫上之山水，有夢中之山水，有胸中之山水。地上者妙在丘壑深邃，畫上者妙在筆墨淋漓，夢中者妙在景象變幻，胸中者妙在位置自如。」　　　　【104五等地方特考-國文】

【翻譯】

　　有看得見的山水，也有畫在畫布上的山水，有夢中的山水，有心中所想的山水。在地上看見的猶如深谷中深邃，畫山水者妙在讓筆墨淋漓盡致，在夢中的妙在景象可變換，而在心裡想的心可安，心儀自如。

下列敘述何者正確？　(A)地上的山水出於天然，可用以欣賞　(B)畫上的山水出於虛構，可施之創作　(C)夢中的山水出於模仿，可藉以想像　(D)胸中的山水出於象徵，可賦之情感　(E)四種山水均可以滿足人的心靈享受	(A) (D) (E)

【解析】

(B)畫上的山水非虛構，是畫家眼前所見，運筆於畫布上。

(C)夢中的山水出於想像，非模仿之作。

下面這首詩是描寫中國近代史課堂教學的情況，請閱讀後選出敘述正確的選項：第一排學生有人咬著英文單字／有人抓住片假名不放／末排的學生已按照順序／去周公家裡　(A)末排學生陸續睡著了　(B)末排的學生正在念《論語》　(C)這堂課的學生來自世界各地　(D)第一排學生念的科目是英文和日文　(E)本詩以「咬著」、「抓住」諷刺學生上課不專心只顧讀自己的書　【104初等考-國文】	(A) (D) (E)

【解析】

(B)末排學生陸續睡著了

(C)這堂課的學生讀著其他科目的書，還有睡著的人。

歷年考題分析

閱讀下文，回答第1題至第2題：

「如果能夠靜下來，我們會發現，自然世界固然充滿了威脅性的力量，但同樣充滿了美與安詳，……到最後我們必然會發現自己是自然的一部分，不然不可能對自然產生這樣的呼應。我們之能呼應自然，是因為跟自然有相同或近似的頻率。是由於這樣的近似頻率，她才能夠呼，我們才能夠應，這正像歌德所說，人能夠看到光，因為人的眼睛中有光，或說人能夠看到太陽，因為人的眼睛中有太陽。」

【104初等考-國文】

❶下列敘述，符合上文旨意的選項是： (A)只要努力，人類必能看見光明與太陽 (B)人能看見世界，是因為人的眼睛中有世界 (C)透過努力，自然的威脅性力量可以變成美與安詳 (D)人是自然的一部分，故與自然有相同或相似的頻率 (E)自然本質不是狂暴而是安詳，故世界的本質是光明	(B) (D)
❷承上題，下列詩句意境，符合上文所述「我們之能呼應自然，是因為跟自然有相同或近似的頻率」的選項是： (A)相看兩不厭，唯有敬亭山 (B)國破山河在，城春草木深 (C)間關鶯語花底滑，幽咽流泉水下灘 (D)桃李春風一杯酒，江湖夜雨十年燈 (E)細數落花因坐久，緩尋芳草得歸遲	(A) (E)

【解析】

(A)能和我互相觀看而不覺得厭煩的，就只有這座敬亭山了。描寫作者和敬亭山能夠互相瞭解，所以看再久都不覺的厭煩。

(B)雖然山河還在但國家殘破，儘管春歸京城卻草木叢生。這是寫實的詩，用映襯的手法寫出國家殘破。

(C)婉轉的弦音如黃鶯的叫聲從花底下滑過，幽怨哽咽的聲音如泉水流過沙地。描寫聲音。

(D)想當年，我們在桃李花開的春風中，相聚一起，舉杯暢飲。而今一別十年，各自在江湖中淪落漂泊，雨夜裡孤寂落寞，獨對著一盞孤燈。描寫當年相距的歡樂，離別之後的落寞。

(E)我靜心細數落下的花朵，所以在原地坐了很久很久；緩步尋找著美麗的香草，回家的時間也因而推遲。描寫自己已經融入大自然，尋找著大自然的美麗，忘了時間的流逝。

歷年考題分析

處於貧困的境地，仍以堅守正道為樂，這是儒家所提倡的立身處世的態度。

下列文句何者符合這種「安貧樂道」的思想？ (A)強本節用，則天不能貧 (B)里仁為美，擇不處仁，焉得知 (C)飯疏食，飲水，曲肱而枕之，樂亦在其中矣 (D)勿慕富與貴，勿憂賤與貧；自問道何如，貴賤安足云 (E)一簞食，一瓢飲，在陋巷，人不堪其憂，回也不改其樂 【103五等地方特考-國文】

(C)
(D)
(E)

【解析】
(A)我國古代以農為本，加強農業生產，節約費用。
(B)居住的鄰里中，呈現親厚的仁風，這是最美好的。假使不選擇仁厚的鄰里，卻隨意居住，怎能算是有智慧的人！
(C)飯食簡單，喝水，睡覺彎著手臂當枕頭，卻也樂在其中。
(D)不要羨慕富有與尊貴，不要憂慮貧窮和卑賤，自己所關心的應該是正道，富貴卑賤何需我們去操心掛慮呢？
(E)一竹籃簡單飯菜，一瓢的水，住在簡陋的小巷子裡，一般人對於窮困都憂愁的受不了，但是顏回依舊自得其樂。

欣賞樹，必然聯同著快風活水，野鳥山花，「野鳥不隨人俯仰，山花偏喜主清幽」，這完全由天意發落的自由與清秀，配合聲光香氣，才是賞樹時最大的享受。你如果在樹上用細鍊鎖住一隻鸚鵡，在樹下挖小池來養幾尾錦鯉，這人為的勞心，反而喪失天機了。

下列選項中，何者與上文所述「賞樹」之意境相近？ (A)空谷幽蘭，孤芳自賞 (B)豪華落盡，一身飄逸 (C)真與不奪，強得易貧 (D)精雕細琢，絲絲入扣 (E)隨順大化，泯除心機 【103五等地方特考-國文】

(C)
(E)

【解析】
(A)生長在深谷中的蘭花，自命清高，自我欣賞。
(B)摒棄了一切浮華的敷飾，灑脫自然，超凡脫俗。
(C)真實而自然賦予者不會喪失，憑人力而強得者反而會失去。
(D)做事仔細用心，緊湊合度，毫無出入。
(E)懂得隨順大自然宇宙的安排，排除所有心機。

歷年考題分析

某生參加國家考試，金榜題名後分發行政機關，下列選項是師長對他的叮嚀，請問何者為宜？　(A)行成於思，毀於隨(韓愈〈進學解〉)　(B)桃李不言，下自成蹊(《史記·李將軍列傳》)　(C)毋意，毋必，毋固，毋我(《論語·子罕》)　(D)不立異以為高，不逆情以干譽(歐陽脩〈縱囚論〉)　(E)苟全性命於亂世，不求聞達於諸侯(諸葛亮〈出師表〉)　【103五等地方特考-國文】

(A)
(B)
(C)
(D)

【解析】

(A)德行成就在於思考，失敗則在於隨便。

(B)比喻人只要真誠、忠實，就能感動別人。

(C)不主觀臆測事情的來龍去脈；也絕不設定必定要實現的期望；也不固執自己的成見；更不會以自我為中心，無視於他人的存在。

(D)不標新立異來顯示自己的高明，不違背情理以求得名聲。

(E)「在亂世間只求保全性命，不希求諸侯知道我而獲得顯貴。」

　　創業之君，立法垂統，如造屋然。賴我祖宗造得屋子堅牢，至今天下蔭庇。其下先輩還有人看守，後來非惟不肯看守，卻被人日日拆損，至今拆損益甚，不復可再拆損矣。然原來間架尚在，苟有肯修葺者，依舊牢固，卻只還去拆損，誰曾換得一塊磚、添得一片瓦？祖宗萬年良法，殊可惜也。　【104初等考-國文】

【翻譯】

　　開創事業的那個人，創立法則，將基業留傳後代，像蓋房子一樣。靠我的祖宗把房子蓋得牢固，到現在保佑、庇蔭天下太平。他的後輩還有人在看守這個房子，後來不但沒有人肯看守，還被人每天拆除損壞，到現在被破壞得非常嚴重，不能再破壞了。然而房屋原來的架構還在，如果有肯修理的人，依然很牢固，但後人還是破壞它。誰曾經為房子更換一塊好磚、增添一片好瓦呢？漠視祖先留下的萬年美好法制，真的太可惜了。

下列選項何者符合本文的意旨？　(A)立法從寬，執法從嚴　(B)祖先所立之法，需後人護持　(C)祖先建屋工法失傳，甚為可惜　(D)祖先所傳之法不容變更、改造　(E)子孫應修補舊法，如老屋當換磚添瓦

(B)
(E)

歷年考題分析

「鐵道不是一把尺，而是圓規。車站為針尖腳，我是那活動的鉛筆腳。慢吞地畫出半徑或圓圈，丈量著經過的大城大鎮小村小落。透過此類鐵道旅行，我的書寫當然更無法自滿於硬紙票、號誌燈、轉轍器之類的元素，或者懷舊地尋訪老車頭。我經常脫軌，溢出鐵道的思考範疇。」
選出對文意說明正確者： (A)文章書寫主旨，在勸勉人不應翫歲愒時 (B)不是一把尺，而是圓規，是比喻鐵道旅行沒有終點 (C)對於鐵道旅行，作者追求的不只是鐵道懷舊小物的玩味收藏 (D)丈量著經過的大城大鎮小村小落，比喻旅行所目睹的城鄉差距 (E)「我經常脫軌，溢出鐵道的思考範疇」，表明作者的創作意圖
【104五等地方特考-國文】

(C)
(E)

【解析】
(A)翫(ㄨㄢˋ)歲愒時：貪圖安逸荒廢時日。玩，貪玩輕忽。關鍵句在「慢吞地畫出半徑或圓圈」指得旅行應該悠閒慢慢享受其中樂趣。
(B)作者以車站為針尖腳，已就是以車站為圓心，在這範圍內四處旅行賞玩，並不是代表沒有終點。
(D)丈量著經過的大城大鎮小村小落，不是在講城鄉差距，而是用腳去探尋每個城鎮有趣地方。

「長期以來，無理的謾罵是臺灣社會難以進步的原因，但如今那些有專業知識者竟也畏縮不言，則是更可悲之事。一個進步的社會靠的是理性的思辨及勇氣，不幸的是，如今謾罵者色厲內荏，為官者又鄉愿成習，網路上充滿忿戾的言論，而我們的輿論又經常見獵心喜，少有冷靜思索的空間。許多追風逐影的報導，表面看似正義，但由於缺少理性的思辨，最後只會讓社會更沸騰，而無助於問題的解決。」依據上文內容判斷，下列選項正確的是： (A)媒體的推波助瀾、網軍的集體攻勢，往往加快事件解決速度 (B)唯有國人多些理性思考，官員多些果敢勇氣，臺灣才能進步 (C)此段主旨強調：臺灣社會必須強化理性思辨，少些血氣謾罵 (D)自以為正義代表的廣大輿論，有權決定臺灣社會的是非曲直 (E)社會的進步，乃是建立在理性的批評，而非出言不遜的攻訐
【104五等地方特考-國文】

(B)
(C)
(E)

【解析】
(A)媒體的推波助瀾、網軍的集體攻勢，往往「無助於問題的解決」。
(D)自以為正義代表的廣大輿論，看似正義，但由於缺少理性的思辨，最後只會讓社會更沸騰，而無助於問題的解決。所以更沒有權利決定臺灣社會的是非曲直。

閱讀題型一：文言文閱讀練習

> 　　夫君子之行，靜以修身，儉以養德。非澹泊無以明志，非寧靜無以致遠。夫學須靜也，才須學也。非學無以廣才，非志無以成學。淫慢⑴則不能勵精，險躁⑵則不能治性。年與時馳，意與歲去，逐成枯落，多不接世。悲守窮廬，將復何及。(諸葛亮-誡子書)

【注釋】⑴淫慢：放縱怠惰。　⑵險躁：冒險急躁。

（　）1.「非澹泊無以明志，非寧靜無以致遠。」這句話與下列何者意思最相近？　(A)己所不欲，勿施於人　(B)人生自古誰無死，留取丹心照汗青　(C)忠言逆耳利於行，良藥苦口利於病　(D)寵辱不驚，閒看庭前花開花落。

（　）2.「年與時馳，意與歲去」的意思是什麼？　(A)時光飛逝，意志力又會隨著時間而消磨　(B)年歲悄悄流逝，情意也漸漸淡去　(C)年華逐漸老，意見也越來越分歧　(D)兩人競馳，想要與太陽爭勝負。

（　）3.下列關於本文的說明，何者錯誤？　(A)本文作者諸葛亮，為著名的政治家、軍事家　(B)作者忙於公務，特寫下此篇以教子，勉勵向學　(C)通篇無一字言父子之情，然無一字無有教子之心　(D)作者希望後人能廣為傳頌，留下典範。

【解答】　1.(D)　2.(A)　3.(D)

【語譯】才德出眾之人的品行，依靠內心的恬淡平和來涵養德性，以淑善其身，依靠謙和有節制的行為來培養品德。不恬靜而不慕名利，就不能表明志向；不安靜平和就不能影響後世，推行久遠。學習必須專心且安定，增進才能必須刻苦學習。不學習就不能廣博才識，不立定志向就不能成就學問。放縱怠惰就不能縝密研究，冒險暴躁就不能陶冶性情。年華隨著光陰流逝，意志隨著歲月消磨，最後就像枯枝敗葉一般凋零，對社會無用。指能守著自己的破舊小屋悲傷嘆息，如何能夠來得及。

有人盜高廟⑴坐前玉環，捕得，文帝怒下廷尉治。釋之案律，盜宗廟服御物者為奏，奏當棄市⑵。上大怒曰：「人之無道，乃盜先帝廟器。吾屬廷尉者，欲致之族⑶。而君以法奏之，非吾所以共承宗廟⑷意也！」釋之免冠頓首⑸謝⑹曰：「法如是足也。且罪等，然以逆順為差⑺。今盜宗廟器而族之，有如萬分之一，假令愚民取長陵一抔土⑻，陛下何以加其法乎？」久之，文帝與太后言之，乃許廷尉當。（史記‧張釋之馮唐列傳）

【注釋】⑴高廟：指祭祀漢高祖的廟。⑵棄市：死刑。古代將因犯殺死後拋棄於市集示眾，故稱「棄市」。⑶族：古代刑法名，抄家滅門，殺死全族。⑷共承宗廟：恭敬的守護祖宗的廟宇。共，音ㄍㄨㄥ，通「恭」。⑸免冠頓首：脫帽叩頭。古人脫帽，表示有罪。⑹謝：道歉。⑺且罪等然以逆順為差：同樣的罪，但還要看情節輕重使斷罪有所差別。⑻假令愚民取長陵一抔土：假使有愚民盜掘高祖的陵寢。長陵，漢高祖劉邦的陵寢。

( )1. 文中「吾屬廷尉者」的「屬」字，音義應為下列何者？
(A)音ㄓㄨˇ，交付　(B)音ㄕㄨˇ，交付　(C)音ㄓㄨˇ，叮嚀
(D)音ㄕㄨˇ，叮嚀。

( )2.「釋之免冠頓首謝曰」的「謝」字，意思與下列何者相同？
(A)「謝」世　(B)花「謝」　(C)「謝」罪　(D)致「謝」。

( )3. 有關文中張釋之的表現，下列敘述何者錯誤？　(A)抗顏直諫　(B)剛正不阿　(C)公正無私　(D)畏首畏尾。

( )4. 文中文帝為何如此憤怒？　(A)從來沒有人盜過高廟之物　(B)該物非常貴重　(C)這個人已是累犯　(D)他認為應該要恭敬守護祖宗廟宇。

【解答】1.(A)　2.(C)　3.(D)　4.(D)

【解析】2.「謝」世：辭別。花「謝」：凋零。「謝」罪：賠罪。致「謝」：感謝。
　　　3. 抗顏直諫：面色嚴正不屈，向皇帝進諫。
　　　剛正不阿：剛強正直，不循私逢迎。
　　　公正無私：公平正直，沒有偏私。
　　　畏首畏尾：顧前顧後，十分戒慎恐懼的樣子。

　　雄少而好學，不為章句(1)，訓詁(2)通而已，博覽無所不見。為人簡易佚蕩(3)，口吃不能劇談(4)，默而好深湛(5)之思，清靜亡為，少嗜欲，不汲汲於富貴，不戚戚於貧賤，不修廉隅(6)以徼名(7)當世。家產不過十金，家無儋石(8)之儲，晏如也。自有大度，非聖哲之書不好也；非其意，雖富貴不事也。顧嘗好辭賦。(漢書‧揚雄傳)

【注釋】(1)章句：分析文字的章節與句讀。(2)訓詁：解釋古書中詞句的意義。(3)佚蕩：灑脫曠達。(4)劇談：暢所欲言。(5)深湛：深厚、精闢。(6)廉隅：有節操、端正的品行。(7)徼名：謀求名聲。(8)儋石：指少量的糧食。

（　）1. 關於揚雄這段記載，和下列何人生活觀較接近？　(A)五柳先生　(B)劉鶚　(C)周敦頤　(D)沈復。

（　）2. 文中「不修廉隅以徼名當世」是指揚雄何種情操？　(A)批評那些貪官汙吏　(B)厭惡當時追逐名利的人　(C)不喜與人交際應酬　(D)不故作清廉而沽名釣譽。

（　）3. 揚雄有口吃的毛病，口吃可用哪一個成語來形容？　(A)剛毅木訥　(B)潛移默化　(C)期期艾艾　(D)沉默寡言。

【解答】　1.(A)　　2.(D)　　3.(C)

【解析】　1. 五柳先生：不戚戚於貧賤，不汲汲於富貴。

　　　　　劉鶚：負奇氣，性豪放，不規規於小節。

　　　　　周敦頤：出淤泥而不染，濯清漣而不妖。由此可知，他是一個為官廉正、人品高潔，能為百姓深淵的一個好官。

　　　　　沈復：性格爽直，不慕士宦，想像力極為豐富。

　　　　3. 剛毅木訥：個性剛強堅毅、質樸且不善於言辭。

　　　　　潛移默化：人的思想、性格或習慣，受到環境或別人的影響，於不知不覺中起了變化。

　　　　　期期艾艾：期期，說話不流利的樣子。艾艾，說話結舌的樣子。

　　　　　沉默寡言：性情沉靜，很少說話。

子曰：「由也，女⑴聞『六言六蔽⑵』矣乎？」對曰：「未也。」「居⑶！吾語女。好仁不好學⑷，其蔽也愚；好知不好學，其蔽也蕩⑸；好信不好學，其蔽也賊⑹；好直不好學，其蔽也絞⑺；好勇不好學，其蔽也亂；好剛不好學，其蔽也狂。」(論語-陽貨)

【注釋】⑴女：同「汝」，你。⑵六言六蔽：六言指下文說的仁、智、信、直、勇、剛六種品德，六蔽指與六言相對的愚、蕩、賊、絞、亂、狂。⑶居：坐。⑷不好學：指不學就不能明理，不能把握好「六言」的分寸，所以會出現六蔽。(5)蕩：指無所適從。(6)賊：害。(7)絞：尖刻刺人。

( ) 1. 關於本文的敘述，下列說明何者正確？　(A)從本文可見孔子重「舉一反三」　(B)過猶不及，學習重中庸之道　(C)徒好美德而不好學無以達成　(D)學習美德若不達成就有弊端。

( ) 2. 莊子書中有個故事：「尾生與女子期於橋柱，女子未至，河水暴漲，尾生不去，竟然抱柱而死。」依孔子的看法，尾生有何障蔽？(A)好仁不好學，其蔽也愚　(B)好知不好學，其蔽也蕩　(C)好信不好學，其蔽也賊　(D)好勇不好學，其蔽也亂。

【解答】 1.(C)　2.(C)

【語譯】孔子說：「仲由啊，你聽過六言六蔽嗎？」子路答道：「沒有。」孔子說：「坐下！我來告訴你。只喜歡仁德不喜歡學習，所受的蒙蔽是愚昧；只喜歡才智不喜歡學習，所受的蒙蔽是放蕩；只喜歡誠信不喜歡學習，所受的蒙蔽是賊害；只喜歡正直不喜歡學習，所受的蒙蔽是急切；只喜歡勇敢不喜歡學習，所受的蒙蔽是禍亂；只喜歡剛毅不喜歡學習，所受的蒙蔽是狂躁。」

凡事有正反兩面，六言六蔽即是如此。

　　孟子曰：「道在邇⑴，而求諸遠；事在易，而求諸難。人人親其親、長其長，而天下平。」（孟子‧離婁上）

【注釋】⑴邇：近處、眼前。

（　）1. 前四句提到當時人們的盲點是下列何者？　(A)目光短淺　(B)捨近求遠　(C)知易行難　(D)不屑求道。

（　）2.「長其長」句中兩個「長」字，分別作何解釋？　(A)成長／長度　(B)增加／優點　(C)尊敬／長輩　(D)長輩／尊敬。

【解答】1.(B)　2.(C)

【解析】1.「道在邇，而求諸遠」由此句可知，道就在離我們不遠處，可是人卻一味向外遠求，捨近求遠之意。

　　孟子曰：「君子所以異於人者，以其存心也。君子以仁存心，以禮存心。仁者愛人，有禮者敬人。愛人者，人恆愛之；敬人者，人恆敬之。」（孟子‧離婁下）

（　）1.「君子」所以不同於一般人，表現在於何處？　(A)心智過人　(B)知道存養善心　(C)知道以仁、禮、忠待人　(D)有終身之憂。

（　）2. 下列何者最能用來說明人與人的相處，互動關係是彼此相對的？　(A)君子所以異於人者，以其存心也　(B)君子以仁存心，以禮存心　(C)仁者愛人，有禮者敬人　(D)愛人者，人恆愛之；敬人者，人恆敬之。

【解答】1.(B)　2.(D)

【語譯】孟子說：「君子之所以不同於他人的地方，是因為他心懷的意念。君子心懷仁道，心懷禮法。心存仁道的人能愛護別人，心懷禮法的人能尊敬別人。能愛護別人的，別人也經常愛護他；能尊敬別人的，別人也經常尊敬他。」

西湖最盛，為春為月。一日之盛，為朝煙，為夕嵐。

由斷橋至蘇堤一帶，綠煙紅霧，瀰漫二十餘里。歌吹為風，粉汗為雨，羅紈之盛，多於堤畔之草，豔冶極矣。

然杭人遊湖，止午未申三時；其實湖光染翠之工，山嵐(1)設色之妙，皆在朝日始出，夕舂(2)未下，始極其濃媚。月景尤不可言，花態柳情，山容水意，別是一種趣味。此樂留與山僧遊客受用，安可為俗士道哉！

（袁宏道-晚遊六橋待月記）

【注釋】(1)山嵐：山中的霧氣。　(2)夕舂：此指夕陽。舂，音ㄔㄨㄥ。

（　）1. 作者認為西湖最美的景色是什麼？　(A)春天的月夜　(B)夏天的朝嵐　(C)秋天的夕陽　(D)冬天的水光。

（　）2.「綠煙紅霧」的「紅霧」所描寫的是什麼？　(A)蓮花　(B)櫻花　(C)菊花　(D)桃花。

（　）3. 下列哪一句的修辭技巧不同於其他三者？　(A)歌吹為風，粉汗為雨　(B)羅紈之盛，多於堤畔之草　(C)我是天空裡的一片雲　(D)那河畔的金柳，是夕陽中的新娘。

（　）4. 據文中所述，杭人多選擇何時遊湖？　(A)清晨到中午　(B)中午到黃昏　(C)黃昏到夜半　(D)夜半到日出。

（　）5. 下列何種景色沒有出現在本文中？　(A)水流潺潺　(B)楊柳如煙　(C)山氣濃媚　(D)遊客如織。

【解答】　1.(A)　2.(D)　3.(B)　4.(B)　5.(A)

【解析】　1. 由「西湖最盛，為春為月」這句可知，作者認為西湖春天的月夜最美。

　　3. (A)(C)(D)譬喻；(B)借代，「羅紈」借代為遊客。

　　4.「然杭人遊湖，止午未申三時」，午時：11~13點，未時：13~15點申時：15~17點。

閱讀題型二：白話文閱讀練習

　　對於別人的工作，應當多作讚揚和鼓勵。切不要「夜郎自大」，以為自己了不起，而看輕別人。

　　吹毛求疵，是卑鄙的行為，如果找到人家一點小毛病就擴而大之，摧毀人家的成功；或者竊取人家片斷的事實，就把人家攻擊得體無完膚，那是奸險無恥的勾當。假如再加武斷自私，看不清事實，糊塗批評，如瞎子摸到象腿，說象像一根樹幹似的，那就叫人可笑可鄙，而把你看輕討厭。

（蔣經國－讚揚與鼓勵）

（　）1. 文中的「吹毛求疵」，用來形容下列哪一類人最恰當？　(A)愛吹鬍子瞪眼睛的人　(B)常吹牛皮不臉紅的人　(C)愛嚼舌根說八卦的人　(D)常在雞蛋裡挑骨頭的人。

（　）2.「竊取人家片斷的事實，就把人家攻擊得體無完膚」是下列哪一種表現　(A)弱肉強食　(B)嫉妒心作祟　(C)愛之深，責之切　(D)謙受益，滿招損。

（　）3. 文中「瞎子摸象」的譬喻含義，與下列哪一個成語相同？　(A)以偏概全　(B)明察秋毫　(C)見微知著　(D)不自量力。

【解答】　1.(D)　2.(B)　3.(A)

【解析】 3. 以偏概全：以少數的例證或特殊的情形，強行概括整體。

　　　　明察秋毫：比喻能洞察一切，看出極細微的地方。

　　　　見微知著：看到事情的些微跡象，就能知道它的真象及發展趨勢。

　　　　不自量力：過於高估自己，不知衡量自己的能力。

　　海豚和金槍魚有著共同的捕食對象和相似的捕食方法。當金槍魚一發現遠處的鯖魚群，馬上成縱隊追上前去，快要接近鯖魚群時，領頭的金槍魚帶領部分手下從旁邊合圍包抄過去，開始捕食鯖魚。海豚則是藉著超聲波進行聯絡，憑著默契緊密合作。因為海豚的群體較小，遇上稍大的鯖魚群往往力不從心，所以牠們會和金槍魚聯合起來圍捕鯖魚。聯合行動時，海豚總是不斷地向空中躍起，這時，海上的漁輪一發現就會火速前往，並張開直徑達數百公尺的巨網，一舉網起所有的魚群。

　　然而，海豚久了也會察覺這種狀況，牠們逐步掌握了與那些漁民周旋的技巧。首先，牠們知道跳高會帶來危險，每當漁輪駛近時，牠們就緩緩地在水下潛游，呼吸動作也變得十分輕巧。

　　最精采的是，海豚甚至會向漁民們挑戰。有人曾親眼看到：當大網張開後，一些海豚毫不在乎地游進網口，在收網之前，牠們自管捕食鯖魚，等漁輪開始收網時，海豚們仍然從容地躺在水面上，牠們知道，為了起網，漁輪必然要來個倒退。此時，靠近左舷的網沿會沉下水面約二十秒鐘，牠們就不慌不忙地魚貫而出；然後在離船不遠的地方表演幾個跳高動作，似乎有意氣氣那些目瞪口呆的漁民。(改寫自唐頌-海豚如何保護自己)

（　）1. 根據本文，下列敘述何者正確？　(A)不斷向空中躍起的動作，是海豚之間主要的聯繫方式　(B)海豚能善用經驗增長智慧，洞察環境的變化，讓自己存活　(C)漁輪駛近時，金槍魚會緩緩地在水下潛游，呼吸動作變得輕巧　(D)漁夫善於學習金槍魚與海豚的獵食方式，所以總有豐碩的漁獲量。

（　）2. 根據本文，下列敘述何者無法被推知？　(A)動物之間也懂得取長補短　(B)鯖魚是海豚和金槍魚共同的捕食對象　(C)金槍魚縱隊追趕的捕食方法優於海豚的捕食方法　(D)漁輪張開巨網能一舉捕到的魚，包含鯖魚、金槍魚。

【解答】　1.(B)　2.(C)

【解析】　1. 把關鍵字句劃出來，就很容易找出答案。
　　　　　2. 文章中沒有提及到金槍魚的捕食方法優於海豚捕食方法，只有提到「海豚和金槍魚有著共同的捕食對象和相似的捕食方法。

對我來說，火車永遠是魔術盒子。

永遠帶你到某個地方，每一次──跟著幾乎完全不同的人。我永遠猜不到坐在我前面、後面、左邊、右邊的會是什麼人。也許我會重複坐過某個車廂某個號碼的座位，但我永遠不能確定下次我會坐在哪一個車廂，跟著哪些陌生、相識，或似曾相識的人。這是火車的第一個魔術──比撲克牌、麻將牌、六合彩更富變化的重組遊戲。

這是藏著各種不同聲音和生命風景的魔術盒子。你也許一上車就聽到兩個聒噪的聲音天南地北地開講起來。這聲音你確定你並不熟悉，然而它們居然愈逼愈近，開始談到你身邊的某個熟人。你試圖猜測說話者的身分，忽然間，他們居然談到了你。你趕緊探頭看看他們，發現他們並不認識你，等你定下來，準備再聽他們怎麼說你，他們已轉向改談天氣……

你不知道這些人來自何處，也不知道他們要去什麼地方。你閉眼小睡幾站，發現剛才站在旁邊吃便當的壯漢不見了，走道上如今站滿了背著背包、拿著手電筒的童子軍。他們要去露營。（陳黎·魔術火車）

（　）1.「火車永遠是魔術盒子。」這句話運用什麼修辭技巧？　(A)轉化　(B)類疊　(C)倒反　(D)譬喻。

（　）2.「這是藏著各種不同聲音和生命風景的魔術盒子。」這句話說明了什麼現象？　(A)火車車廂搖晃的感覺　(B)火車載送旅客來來回回的情況　(C)火車進站等待旅客的時間　(D)火車聯絡起城鄉情誼的功能。

（　）3.為何作者將火車比喻成魔術盒子？　(A)因為可以將旅客載往目的地　(B)火車行駛的路線類似盒子　(C)能遇到許多意料之外的事　(D)作者曾在火車上學過魔術。

【解答】　1.(D)　2.(B)　3.(C)

【解析】　1.這題不用看內文就可以知道答案，「火車永遠是魔術盒子。」問這句話的修辭，關鍵字就是「是」，這是譬喻修辭中的「暗喻」。

　　什麼是新人生觀？

　　羅家倫說：「建立新人生觀，就是建立新的人生哲學。它是對於人生意義的觀察、生命價值的探討，要深入的透視人生的內涵，遙遠的籠罩人生的全景。」根據新的人生哲學態度，他認為應該建立三種新的人生觀：

　　第一是動的人生觀：宇宙是動的，是進行不息的；人在宇宙之間，自然也是在動的，進行不息的。

　　第二是創造的人生觀：我們應當把我們的動力，發揮到創造性的事業方面去。我們不僅是憑自力創造，而且要運用自力，以發動和征服自然的能力來創造。

　　第三是大我的人生觀：必須將小我來提高大我，推進大我，人群才能向上；不然小我也不過是洪流巨浪中的一個小小水泡，還有什麼價值？

　　要實現這三個基本的人生觀，必須藉以下三種生活方式：

　　第一是生力飽滿的生活：生力是生命裡面蘊藏著的無限生機，把生命不斷向上向外推進和擴大的動力。

　　第二是意志的生活：生命的擴大，哪能不受障礙？障礙就是意志的試驗。

　　第三是強者的生活：強者的象徵就是能在危險中過生活，他不但不怕危險，而且樂於接受危險。（建立新人生觀）

（　）1. 下列敘述，何者不合於羅家倫先生所說的三種新的人生觀？
　　　　(A)今朝有酒今朝醉　(B)沒有想像力的靈魂，就像沒有望遠鏡的天文臺
　　　　(C)天行健，君子以自強不息　(D)平庸的生活，是不值得活的。

（　）2. 下列例證，何者不合於羅家倫先生所說的「新人生觀」？
　　　　(A)愛迪生以發明為樂　(B)慈濟以救災為職志　(C)倪敏然因憂鬱症而自殺　(D)楊恩典致力於口足畫藝術。

（　）3. 羅家倫先生認為要建立「新人生觀」，必須藉由三種生活方式實現。下列何者不包括在內？　(A)屢敗屢戰，自強不息　(B)手不釋卷，勤奮苦讀　(C)堅強意志，信念如一　(D)培養實力，蓄勢待發。

【解答】　1.(A)　2.(C)　3.(B)

【解析】　1. 今朝有酒今朝醉：比喻只顧眼前，不想以後。有及時行樂之意。
　　　　　天行健，君子以自強不息：天體的運行，晝夜不息，周而復始；君子應當效法天的剛健不已而自強不息。

　　荷看到紅顏褪色，肌膚漸漸失去光潤；荷為風華不再、日影西斜的生命感到悲哀恐懼。難道生命就這樣無聲無息的結束嗎？那些光彩呢？那些掌聲呢？

　　她向造物主求救，造物主溫柔地看著她說：「孩子，這是每一個生命必經之路啊！」荷仍然做最後的掙扎：「可是，你不是說生命是永恆的嗎？」

　　造物主微笑了：「生命的奧妙就在這裡啊！沒有生，就沒有死；沒有死，就沒有生。」

　　在獨自薄涼的西風裡，荷曾經美麗的容顏一點點的凋謝、剝落。極度絕望中，荷突然發現小小的子房自她體內成形，隨著她蒼老的腳步緩緩膨脹長大。荷開始明白造物主的話，「唯有經過死亡，才能再生」。

　　當最後一片花瓣隨風而去後，荷心滿意足，含笑而逝。

　　次年初夏，水中升起無數新荷，清涼無垢，又領一季風騷。

（杏林子-荷的一生）

（　）1. 由本文可知「荷」最初對於自己的衰老感到如何？　(A)順其自然　(B)坦然接受　(C)心有不甘　(D)力圖補救。

（　）2. 本文使用最多的修辭是什麼？　(A)映襯　(B)擬人　(C)譬喻　(D)排比。

（　）3. 有關本文的敘述，下列何者正確？　(A)荷最後領悟到生命的意義　(B)荷最後是含恨而逝　(C)生命真的可以永恆存在，不必透過任何方式的轉換　(D)荷的凋零是瞬間而快速的。

（　）4.「唯有經過死亡，才能再生。」這句話所代表的意義與下列何者最相近？　(A)春蠶到死絲方盡，蠟炬成灰淚始乾　(B)落紅不是無情物，化作春泥更護花　(C)此情可待成追憶，只是當時已惘然　(D)一沙一世界，一花一天堂。

（　）5. 這是一篇什麼性質的小品文？　(A)神話　(B)歷史　(C)寓言　(D)科幻。

【解答】　1.(C)　2.(B)　3.(A)　4.(B)　5.(C)

【解析】　1. 順其自然：順著事物本來性質自然發展。

坦然接受：安心接納。

心有不甘：心裡不服氣、不情願。

力圖補救：努力彌補。

4. 春蠶到死絲方盡，蠟炬成灰淚始乾：努力到最後一刻。

落紅不是無情物，化作春泥更護花：犧牲自己，照亮別人。

此情可待成追憶，只是當時已惘然：這種理想破滅的悲傷之情，豈是等到如今回憶起來才有，其實就在當時已經不勝悵惘。

一沙一世界，一花一天堂：運用了映襯，生活中極微小的事物，運用觀察力，也可以發現其中的樂趣。

順其自然　　坦然接受

心有不甘　　力圖補救

閱讀題型三：詩詞閱讀練習

> 朱雀橋邊野草花，烏衣巷口夕陽斜。
> 舊時王謝堂前燕，飛入尋常百姓家。　　（劉禹錫‐烏衣巷）

（　）1. 本詩首句「花」字的詞性與下列何者相同？　(A)今年「花」落顏色改（劉希夷 代悲白頭翁）　(B)「草」色入簾青（劉禹錫 陋室銘）　(C)不識廬「山」真面目（蘇軾 題西林壁）　(D)「風」葉露穗（李慈銘 越縵堂日記）。

（　）2. 本詩末二句「舊時王謝堂前燕，飛入尋常百姓家」的意涵為何？(A)景物依舊，人事全非　(B)三十年風水輪流轉　(C)親親而仁民，仁民而愛物　(D)歲月催人老。

【解答】　1.(D)　2.(A)

【解析】　1. 朱雀橋邊野草「花」：開滿了花，動詞。今年「花」落顏色改：花，名詞。「草」色入簾青：青的，形容詞。不識廬「山」真面目：山，名詞。「風」葉露穗：吹，動詞（名詞轉動詞，詞性轉換，轉品）

　　3.「舊時」和「尋常」，劉禹錫巧妙運用這兩個詞，強調了今昔之感。翻譯：朱雀橋邊，野草地開滿了花；烏衣巷口，夕陽緩慢西斜。昔日王謝堂前的燕子，如今卻飛進了平常百姓的住家。

> 階下兒童仰面時，清明妝點最堪宜。
> 遊絲一斷渾無力，莫向東風怨別離。 （曹雪芹-紅樓夢）

（ ）1. 這是一則燈謎，其謎底應該是什麼？ (A)雨絲 (B)風箏 (C)柳絮 (D)扇子。

（ ）2. 由「清明」、「東風」可知此詩的季節，下列何者描繪的季節與此詩不同？ (A)青春作伴好還鄉 (B)煙花三月下揚州 (C)春江水暖鴨先知 (D)江楓漁火對愁眠。

【解答】 1.(B)　2.(D)

【解析】 1.「遊絲一斷渾無力，莫向東風怨別離」絲斷就會別離，意象頗像是風箏斷了線飛走。

2.農曆一～三月：春天。農曆四~六月：夏天。農曆七～九月：秋天。農曆十～十一月：冬天。清明：國曆四月五日，大約農曆二～三月，故為春天。東風：春風。南風：夏風。西風：秋風。北風：東風。青春作伴好還鄉：由「春」字可知，春天。煙花三月下揚州：「三月」可知是春天。春江水暖鴨先知：「春」可以知道是春天。江楓漁火對愁眠：「楓」可以知道是秋天。

> 江南可採蓮，蓮葉何田田(1)！
> 魚戲蓮葉間：魚戲蓮葉東，魚戲蓮葉西，魚戲蓮葉南，魚戲蓮葉北。

【注釋】(1)田田：荷葉鮮碧的樣子。

(　　)1. 依寫作手法判斷，此應為何種作品？　(A)樂府　(B)唐詩　(C)宋詞　(D)元曲。

(　　)2. 詩中描寫的荷葉呈現出何種面貌？　(A)甜美可採食　(B)疏朗的樣子　(C)整齊平坦的樣子　(D)茂盛的樣子。

【解答】 1.(A)　 2.(D)

【解析】 1. 吟詠反覆，重句疊調，是樂府詩的一大特色。
　　　　唐詩：又分為絕句和律詩。絕句四句一首，律詩八句一首。
　　　　宋詞：詞是配樂歌唱的歌辭，是起源於隋唐、盛行於宋代的一種新詩體。
　　　　元曲：又分為散曲和雜劇。散曲是可配樂演唱的歌曲形式，雜劇的戲劇形式是由故事情節、曲詞、賓白、科介等幾部分組成。
　　　　韻文分類簡圖(詳情請見下表)

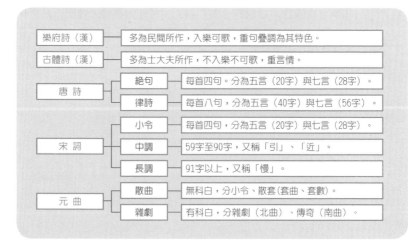

樂府詩（漢）	多為民間所作，入樂可歌，重句疊調為其特色。
古體詩（漢）	多為士大夫所作，不入樂不可歌，重言情。
唐 詩　絕句	每首四句。分為五言（20字）與七言（28字）。
律詩	每首八句，分為五言（40字）與七言（56字）。
宋 詞　小令	每首四句，分為五言（20字）與七言（28字）。
中調	59字至90字，又稱「引」、「近」。
長調	91字以上，又稱「慢」。
元 曲　散曲	無科白，分小令、散套（套曲、套數）。
雜劇	有科白，分雜劇（北曲）、傳奇（南曲）。

> 小時候　鄉愁是一枚小小的郵票
> 　　我在這頭　母親在那頭
> 長大後　鄉愁是一張窄窄的船票
> 　　我在這頭　新娘在那頭
> 後來啊　鄉愁是一方矮矮的墳墓
> 　　我在外頭　母親在裡頭
> 而現在　鄉愁是一灣淺淺的海峽
> 　　我在這頭　大陸在那頭　　　　（余光中‧鄉愁）

(　　)1. 本詩所使用的修辭技巧，不包括下列何者？　(A)類疊　(B)譬喻 (C)層遞　(D)轉品。

(　　)2. 「小時候／鄉愁是一枚小小的郵票／我在這頭　母親在那頭」這段詩 的意思最接近下列何者？　(A)黃湯解憂　(B)舟車勞頓　(C)魚雁往返 (D)集郵分享。

(　　)3. 詩中「郵票→船票→墳墓」的書寫順序，代表「鄉愁」的變化。下 列何者敘述正確？　(A)生離→死別　(B)主動→消極　(C)失望→絕望 (D)飄盪→安定。

【解答】 1.(D)　2.(C)　3.(A)

【解析】 2. 黃湯解憂：黃湯，酒。喝酒可以解除憂愁。
　　　　　　舟車勞頓：旅途疲勞困頓。
　　　　　　漁雁往返：書信往來。

這次我離開你，是風，是雨，是夜晚；
你笑了笑，我擺一擺手，一條寂寞的路便展向兩頭了。
念此際你已回到濱河的家居，想你在梳理長髮或是整理濕了的外衣，
而我風雨的歸程還正長；山退得很遠，平蕪拓得更大，
哎，這世界，怕黑暗已真的成形了……
你說，你真傻，多像那放風箏的孩子，本不該縛它又放它
風箏了，留一線斷了的錯誤；書太厚了，本不該掀開扉頁的；
沙灘太長，本不該走出足印的；雲出自岫谷，泉水滴自石隙，
一切都開始了，而海洋在何處？
「獨木橋」的初遇已成往事了，如今又已是廣闊的草原了，
我已失去扶持你專寵的權利；紅與白揉藍於晚天，錯得多美麗，
而我不錯入金果的園林，卻誤入維特的墓地……

（鄭愁予-賦別）

（　）1. 本詩描述的內容為下列何者？　(A)親人過世的悲傷　(B)獨學而無友的感嘆　(C)與愛人別離後的眷戀　(D)離鄉背景的思念。

（　）2. 「這次我離開你，是風，是雨，是夜晚」一句所使用的修辭技巧為何？　(A)排比　(B)譬喻　(C)轉化　(D)誇飾。

（　）3. 「而我風雨的歸程還正長；／山退得很遠，平蕪拓得更大，／哎，這世界，怕黑暗已真的成形了……」由本句可知，作者的心情為何？　(A)無聊　(B)沮喪　(C)憎恨　(D)喜悅。

【解答】　1.(C)　2.(A)　3.(B)

【解析】　2. 排比就是把三個或三個以上結構相似的詞組或語句，排列在一起，來表達同一個相關的內容。

最初的繽紛　最後的寂寞
想你此時，猶辛苦
在樹顛鳴唱　嘶了聲音　深了樹色　　（焦桐-秋季聞蟬）

（　）1. 詩中的「你」是指下列何種昆蟲？　(A)蟬　(B)蜜蜂　(C)蚱蜢　(D)瓢蟲。

（　）2. 這首詩描寫的季節為秋季，與下列何者相同？　(A)月落子規歇，滿庭山杏花　(B)四顧何茫茫，東風搖百草　(C)邊城細草出，客館梨花飛　(D)楓香晚花靜，錦水南山影。

【解答】　1.(A)　2.(D)

【解析】　1.「嘶了」聲音：蟬叫。
　　　　　2. 滿庭山「杏花」：春天開花的植物，故季節為春天。
　　　　　「東風」搖百草：春風，故季節為春天。
　　　　　客館「梨花」飛：梨花，春天開花的植物，故季節為春天。
　　　　　「楓香」晚花靜：楓樹，秋天的季節植物，故楓鄉代表為秋天。

佳文欣賞——唐宋古文八大家名篇

韓愈 《師說》

原　文	翻　譯
古之學者必有師。師者，所以傳道、受業、解惑也。人非生而知之者，孰能無惑？惑而不從師，其為惑也，終不解矣。	古時候求學的人，一定有老師。老師是傳習修己治人的學術思想，講授學業、知識，解答道業上疑惑的人。人並不是天生就明白一切的，誰能沒有疑惑？有了疑惑卻不請教老師，他的疑惑也就永遠不能解決了。
生乎吾前，其聞道也，固先乎吾，吾從而師之。生乎吾後，其聞道也，亦先乎吾，吾從而師之。吾師道也，夫庸知其年之先後生於吾乎？是故無貴、無賤、無長、無少，道之所存，師之所存也。	出生在我之前的人，他懂道理本來就比我早，我就向他請教；出生在我之後的人，若是他懂道理也比我早，我也會向他學習。我所要學的是道理，又何須計較他年紀比我大或比我小呢？所以不用論貴賤或年紀，誰懂得道理，誰就是我的老師。
嗟乎！師道之不傳也久矣！欲人之無惑也難矣！古之聖人，其出人也遠矣，猶且從師而問焉。今之眾人，其下聖人也亦遠矣，而恥學於師。是故聖益聖，愚益愚，聖人之所以為聖，愚人之所以為愚，其皆出於此乎	唉！從師問學的風氣，早已很久不流傳了啊！想要人沒有疑惑是很困難的！古時候的聖人，他們的學問道德遠遠超出一般的人，還是會向老師請教；現在一般人，他們的道德學問遠不及聖人，卻認為向老師學習是可恥的。由於這個緣故，聖人更加聖明，愚人更加愚笨；聖人之所以成為聖人，愚人之所以成為愚人，大概都是因為這個原因吧！

原　文	翻　譯
愛其子，擇師而教之，於其身也則恥師焉，惑矣！彼童子之師，授之書而習其句讀（ㄉㄡˋ）者也，非吾所謂傳其道、解其惑者也。句讀之不知，惑之不解，或師焉，或不（ㄈㄡˇ）焉，小學而大遺，吾未見其明也。	人們疼愛自己的孩子，選擇老師來教導他，但是他自身認爲向老師請教是可恥的，眞是糊塗啊！那孩子的老師，只是教他們讀讀書，熟習斷句點讀的人啊，並不是我所說的傳習做人做事的道理，和解決學業上疑惑的啊！不懂得斷句點讀，肯向老師學習，不能解決疑惑，卻不肯請老師指導，學習小的卻把大的遺漏了，我看不出他高明的地方啊！
巫醫、樂師，百工之人，不恥相師；士大夫之族，曰師、曰弟子云者，則群聚而笑之。問之，則曰：「彼與彼年相若也，道相似也。」位卑則足羞，官盛則近諛。嗚呼！師道之不復可知矣。巫醫、樂師、百工之人，君子不齒，今其智乃反不能及，其可怪也歟！	巫醫、醫師、樂師和各種工匠，他們不認爲互相學習是可恥的；但是士大夫這一階層的人，一稱呼「老師」、「弟子」，大家就圍著取笑他，問他們原因，就回答：「他和他年紀差不多，學問也差不多啊！向地位卑下的人學習就感到十分可恥，向官位顯赫的人請教就接近於諂媚。」唉！從師問學的風氣不能恢復這是可以知道的。巫醫、醫師、樂師和各種工匠，士大夫不屑與他們並列，現在士大夫的才智反而趕不上這些人，這眞是令人感到奇怪啊！
聖人無常師，孔子師郯子、萇弘、師襄、老聃。郯子之徒，其賢不及孔子。孔子曰：「三人行，必有我師。」是故弟子不必不如師，師不必賢於弟子，聞道有先後，術業有專攻，如是而已。	聖人沒有固定的老師，孔子曾經向郯子、萇弘、師襄、老聃請教。像郯子這類人，聰明才智都比不上孔子。孔子說：「三人同行，其中一定有可以當我老師的人。」所以學生不一定不如老師，老師不一定什麼都比學生高明，懂得道理有早有晚，學術技藝各有專長，如此罷了。

原　文	翻　譯
李氏子蟠，年十七，好古文，六藝經傳，皆通習之。不拘於時，學於余，余嘉其能行古道，作師說以貽之。	李蟠，十七歲，喜好古文，六經傳籍，都已經通曉熟習，不受當時風氣的拘束，向我請教，我讚美他能實行古人從師問學的道理，於是寫了這篇〈師說〉送給他。

段　落　欣　賞

◎第一段：人生中必定要有老師，不管是課業上或是人生中所遇到的疑惑。

◎第二段：聞道在先，就是老師，不分貴賤或年紀的。

◎第三段：對於當代人「恥學於師」存有疑惑。

◎第四段：當代人才有的矛盾，為子求師，自己卻認為求師是可恥。

◎第五段：當代讀書人，認為向自己年紀小，地位低下的人求學是可恥之事；向地位高的人請教，是諂媚之事。

◎第六段：聖明的賢者，對於求學是不恥下問的，只要他有專業。

◎第七段：韓愈作此文的原因，讚美李蟠，不畏懼當代「恥學於師」的風氣。

學習有困難，就要向老師請益，不能怕丟臉，否則一無長進。

＊筆記＊

韓愈 《進學解》

原 文	翻 譯
國子先生，晨入太學，召諸生立館下，誨之曰：業精於勤，荒於嬉。行成於思，毀於隨。方今聖賢相逢，治具畢張，拔去兇邪，登崇俊良。占小善者率以錄，名一藝者無不庸。爬羅剔抉，刮垢磨光。蓋有幸而獲選，孰云多而不揚？諸生業患不能精，無患有司之不明；行患不能成，無患有司之不公。	國子先生清晨來到太學，召集學生們，站在講舍之下，訓誡他們說：學業靠勤奮才能精湛，如果貪玩就會荒廢；德行靠思考才能形成，如果隨便就會毀敗掉。當今朝廷，聖明的君主與賢良的大臣遇在一起，規章制度全都建立起來了，他們能鏟除奸邪，提拔賢俊，略微有些優點的人都會被錄用，以一種技藝見稱的人都不會被拋棄。仔細地搜羅人才、改變他們的缺點，發揚他們的優點。只有才行不夠而僥倖被選拔上來的人，哪裡會有學行優良卻沒有被提舉的人呢？學生們，不要擔心選拔人才的人眼睛不亮，只怕你們的專才不能精湛；不要擔心他們不公平，只怕你們的德行無所成就！
言未既。有笑於列者曰：先生欺余哉！弟子事先生，於茲有年矣。先生口不絕吟於六藝之文，手不停披於百家之編。記事者必提其要，纂言者必鉤其玄。貪多務得，細大不捐。焚膏油以繼晷，恆兀兀以窮年。先生之於業，可謂勤矣。	話還沒說完，陣列中有個人笑著說：「先生是在欺騙我們吧？學生跟著先生，到今天也有些年了。先生口裡就沒有停止過吟誦六經之文，手裡也不曾停止過翻閱諸子之書，記事的一定給它提出主要內容，立論有理的一定勾劃出它的奧妙之處。貪圖多得，務求有收獲，不論無關緊要的還是意義重大的，都不讓它漏掉。太陽落下，就燃起油燈，一年到頭，永遠在那兒孜孜不倦地研究。先生對於學業，可以說是夠勤奮了吧。
觝排異端，攘斥佛老。補苴罅漏，張皇幽眇。尋墜緒之茫茫，獨旁搜而遠紹。障百川而東之，迴狂瀾於既倒：先生之於儒，可謂有勞矣。	抵制排除那些異端邪說，驅除排斥佛家和道家的學說，補充完善儒學理論上的缺陷與不足，闡發光大其深奧隱微的意義，鑽研那些久已失傳的古代儒家學說，還要廣泛地發掘和繼承它們。阻止異端邪說，像攔截洪水一般，向東海排去，把被狂瀾壓倒的正氣重新挽救回來。先生對於儒家學說，可以說是立了功勞。

原　文	翻　譯
沈浸醲郁，含英咀華，作為文章，其書滿家。上規姚姒，渾渾無涯。周誥殷盤，佶屈聱牙。春秋謹嚴，左氏浮誇。易奇而法，詩正而葩。下逮莊騷，太史所錄。子雲相如，同工異曲：先生之於文，可謂閎其中而肆其外矣！	沉浸在如醇厚美酒般的典籍中，咀嚼品味著它們的菁華，寫起文章，一屋子堆得滿滿的。上取法於虞、夏之書，那是多麼的博大無垠啊；周誥文、殷盤銘，那是多麼的曲折拗口啊；《春秋》是多麼的嚴謹；《左傳》又是多麼的鋪張；《易經》奇異而有法則，《詩經》純正而又華美。下及《莊子》、《離騷》、太史公的《史記》，以及揚雄、司馬相如的著述，它們雖然各不相同，美妙精能這一點卻都是一樣的。先生對於文章，可以說是造詣精深博大而下筆波瀾壯闊了吧。
少始知學，勇於敢為。長通於方，左右俱宜：先生之於為人，可謂成矣。	先生年少就知道好學，敢做敢當，長大以後，通曉禮儀，行為得體。先生對於做人，可以說很成熟了。
然而公不見信於人，私不見助於友。跋前躓（ㄓˋ）後，動輒得咎。暫為御史，遂竄南夷。三年博士，冗不見治。命與仇謀，取敗幾時！冬暖而兒號寒，年豐而妻啼飢。頭童齒豁，竟死何裨？不知慮此，而反教人為！	不過，先生在公方面，不被人信任，在私方面，得不到朋友的幫助，進退兩難，一動就惹來罪責。剛剛擔任御史，就被貶到南方蠻荒之地。擔任三年國子博士，職位閒散，不能展現治國的長才。命運險惡多舛，不時遭遇失敗。儘管冬天和暖，可是兒女因缺少衣服而喊冷，雖然年歲豐收，可是妻子因飢餓而啼哭。先生頭髮掉，牙齒脫落，就這樣到死又有什麼益處？先生你不知道自己思慮，卻反過來教導別人？」

原　文	翻　譯
先生曰：吁！子來前。夫大木為杗（ㄇㄤˊ），細木為桷（ㄐㄩㄝˊ）。欂櫨侏儒，椳闑扂（ㄨㄟ ㄋㄧㄝˋ ㄅㄧㄢˋ）楔。各得其宜，施以成室者，匠氏之工也。玉札、丹砂，赤箭、青芝，牛溲，馬勃，敗鼓之皮，俱收並蓄，待用無遺者，醫師之良也。登明選公，雜進巧拙，紆餘為妍，卓犖為傑，校短量長，惟器是適者，宰相之方也。	國子先生說：「唉！你到前面來！要知道粗大的木材做屋樑，細小的木材做屋椽，柱上的斗拱、樑上的短柱、門樞、門檻、門閂、門柱，各選用合適的材料，用以建造成房屋，這是木工的技藝。地榆、朱砂、天麻、青芝，牛溲、馬勃菌，破鼓的皮，都收藏備用，使用時沒有缺漏，這是良醫的高明。用人明察、選才公平，聰明的、樸拙的各方面的人才兼容並用，舒緩從容的是美才，卓越超群的是俊傑。衡量各人的長短，適才任用，這是宰相的方略。
昔者孟軻好辯，孔道以明。轍環天下，卒老於行。荀卿守正，大論是宏。逃讒於楚，廢死蘭陵。是二儒者，吐辭為經，舉足為法。絕類離倫，優入聖域，其遇於世何如也？	從前，孟子喜好辯論，孔子的學說因而得以闡明，他周遊列國，車轍遍布天下，奔走至於老死；荀子堅持正道，博大精深的儒學得以弘揚，後來為了逃避讒言而跑到楚國，最終被罷免官職，老死在蘭陵。這兩位儒者，說出來的話就是經典，行為舉止就是榜樣，超群出眾，優秀到足以進入聖人的境界，但是他們在人世的際遇又怎樣呢？
今先生學雖勤而不繇其統，言雖多而不要其中。文雖奇而不濟於用，行雖修而不顯於眾。猶且月費俸錢，歲糜廩粟。子不知耕，婦不知織。乘馬從徒，安坐而食。踵常途之促促，窺陳編以盜竊。然而聖主不加誅，宰臣不見斥，茲非其幸歟？動而	而現在我學習雖然勤奮，卻沒有尊循正統；言論雖然多，卻未夠秉持中道；文章雖然奇妙，卻不能實用於世；德行雖然修美，卻很少人知道。尚且每月領取公家俸祿，每年耗費官倉糧米，兒子不會種田，妻子不懂織布，出入可騎著馬，身後跟有僕人，安安樂樂地吃飯。平平凡凡隨著眾人的腳步，抄襲古書而沒有創見。可是聖明的君主不加責罰，賢能的宰相不予貶斥，這不是很幸運嗎？我一有作為，便遭到毀謗，但是名聲也

原　文	翻　譯
得謗，名亦隨之。投閒置散，乃分之宜。若夫商財賄之有亡，計班資之崇庳。忘己量之所稱，指前人之瑕疵。是所謂詰匠氏之不以杙為楹，而訾醫師以昌陽引年，欲進其豨(ㄒㄧ)苓也。」	得以提高。被安置在閒散的位置，這其實是本分所應宜的。至於計算錢財的有無，計較官位品級的高低，忘記了自己的能力有多少，指責那些官長上司的錯誤，那就等於質問木工為何不用小木條做大柱，批評醫師用白菖來延年益壽，卻想進用沒有補益作用的豬苓。

段落欣賞

◎第一段：韓愈教誨生徒，提出「進學」的主張:「業精於勤荒於嬉，行成於思毀於隨」，勉勵學生應該經常注意學業與品德的修養。

◎第二段：寫學生對韓愈所提出的「進學」主張表示懷疑，韓愈廣泛閱讀六藝和諸子百家的著作，又勤學不倦。

◎第三段：學生認為韓愈對儒家思想非常努力而且立了功勞。

◎第四段：學生看到的韓愈是不管多麼艱深困難的典籍，都會認真研讀考究，寫文更是融合各家的精華，造就內涵豐富且文筆豪放的文章。

◎第五段：學生認為韓愈年輕知學，年長成熟之後，行為有禮而得體。

◎第六段：學生知道韓愈雖然做了三年的國子監博士，但因為得不到朋友的信任，不能顯現治國的長才。

◎第七段：寫韓愈回答學生的疑問，進一步申論自己的進學主張。舉例比喻宰相用人治國，賢明公正的人都得選用。

◎第八段：韓愈再舉出孟子、荀子的不幸遭遇來襯托自己。充滿對兩位大儒生前遭遇的同情，也包含著對世道的憤慨。

◎第九段：韓愈說自己不追隨儒的道統，只懂襲取古人的說法而成著作，其實這些都是反語，因為他認為世俗因循苟且的人都坐領高薪，而自己認真負責卻窮困潦倒，認為自己指責權貴是不自量力的做法，較之孟、荀，自己應該心滿意足於現狀。

柳宗元《始得西山宴遊記》

原　文	翻　譯
自余為僇人，居是州，恆惴慄；其隙也，則施施而行，漫漫而遊。日與其徒上高山，入深林，窮迴溪；幽泉怪石，無遠不到，到則披草而坐，傾壺而醉，醉則更相枕以臥，臥而夢。意有所極，夢亦同趣。覺而起，起而歸。以為凡是州之山水有異態者，皆我有也，而未始知西山之怪特。	自從我成為貶謫之人，居住在永州，時常憂懼不安；閒暇的時候，緩緩漫步，無拘無束地到各處去遊賞。每天和同伴們登上高山，穿入深密的樹林，走盡迴旋曲折的溪流；幽深隱僻的泉水和奇特的岩石，不論多麼遠，沒有到不了的。到了目的地，撥開草就地坐下；倒出壺裡的酒，喝個大醉，醉了以後，大家就互相把頭靠在他人身上睡覺，睡著了就做起夢來。心中想到哪裡，做夢時也會夢到那裡。醒了就起身，起身後就回去。我以為永州境內的奇山異水，都是我所遊歷過的，卻不曾知道西山景象的奇異獨特。
今年九月二十八日，因坐法華西亭，望西山，始指異之。遂命僕人，過湘江，緣染溪，斫（ㄓㄨㄛ/）榛莽，焚茅茷（ㄈㄚ/），窮山之高而止。攀援而登，箕踞而遨，則凡數州之土壤，皆在衽席之下。	今年九月二十八日，因為坐在法華寺的西亭，眺望西山，指點之中才察覺到它的特出之處。於是吩咐僕人渡過湘江，沿著染溪，砍伐叢生的草木，焚燒茂密的茅草，一直到達山頂為止。大家攀緣著爬上西山，伸開兩腿，隨意地坐在地上，遊目四顧，就看見附近幾州的土地，都在我們的坐席之下。
其高下之勢，岈然窪然，若垤若穴，尺寸千里，攢蹙（ㄘㄨㄢ/ ㄘㄨˋ）累積，莫得遯（ㄉㄨㄣˋ）隱；縈青繚白，外與天際，四望如一。然後知是山之特出，不與培塿（ㄆㄡˇㄌㄡˇ）為類，悠悠乎與灝氣俱，而莫得其涯；洋洋乎與造物者遊，而不知其所窮。	那高低不平的地勢，有的隆起像小土堆，有的深陷像洞穴，那千里之遙的景物，收縮聚集於尺寸之間，不能逃出我們的視野；青山和白雲相互環繞，外緣與天相接，從四面望去，都是如此。此時，我才知道西山的奇特出眾和一般的小山不同，西山高大久遠和天地大氣同生，不知其盡期；西山廣闊無際，與天地同在，看不到其盡頭。

原　文	翻　譯
引觴滿酌，頹然就醉，不知日之入。蒼然暮色，自遠而至，至無所見，而猶不欲歸。心凝形釋，與萬化冥合。然後知吾嚮之未始遊，遊於是乎始，故為之文以志。	我們舉起酒杯，斟滿了酒喝下，一直喝到醉倒在地，連太陽已經下山都不知道。昏暗的夜色，從遠處籠罩過來，直到什麼也看不見時，我還不想回去。此時只覺得心神凝聚安定，形體了無拘束，在不知不覺中，彷彿與萬物融為一體。此時，我才知道以前所遊歷過的山水都不算數，真正的遊賞是從這一次開始，所以我寫了本文來記載這件事。
是歲，元和四年也。	這一年是唐憲宗元和四年。

段　落　欣　賞

◎第一段：記敘西山之緣起，淺談貶謫之徬徨與西山的美景。

◎第二段：讓自己寄情於山水之中。

◎第三段：記敘發現西山之怪，有別於一般小山。

◎第四段：心凝形釋，認為自己開始領悟到遊玩樂趣。

◎第五段：點出當時記錄的時間。

柳宗元《三戒》

原　文	翻　譯
吾恆惡世之人，不知推己之本，而乘物以逞：或依勢以干其非類，出技以怒強，竊時以肆暴，然卒迨於禍。有客談麋(ㄇㄧˊ)、驢、鼠三物，似其事，作三戒。	我一直討厭世上的人，不知道追求自己的本源，卻憑藉著外物恣意放縱：有的依仗勢力干預不是自己的同類，有的顯露自己拙劣的本領，激怒了強有力的人，有的一有機會就肆無忌憚地任意作亂，然後，到頭來還是招來了大禍。有客人告訴我麋、驢、鼠三個動物的故事，和上面所說的極為相似，我便寫了這篇三戒。

之一《臨江之麋》

原　文	翻　譯
臨江之人，畋(ㄊㄧㄢˊ)得麋麑，畜之。入門，群犬垂涎，揚尾皆來。其人怒，怛（ㄉㄚˊ）之。自是日抱就犬習，示之使勿動，稍使與之戲。積久，犬皆如人意。 　　麋麑稍大，忘己之麋也，以為犬良我友，牴觸偃仆（ㄆㄨ）益狎。犬畏主人，與之俯仰甚善，然時啗其舌。 　　三年，麋出門外，見外犬在道甚眾，走欲與為戲。外犬見而喜且怒，共殺食之，狼藉道上，麋至死不悟。	臨江的人，獵得了一隻小鹿，打算收養牠。一進門，他所養的狗都流著口水，揚著尾巴來了。這人見了這種情況，很生氣，也很憂愁。從此天天抱著小鹿，和狗兒們親近，最初是不讓狗動牠，慢慢地就叫狗逗著小鹿玩。日子一久，狗都能如人意了。 　　小鹿漸長，而忘記自己是一隻麋鹿，以為狗真是牠的好朋友，於是牠也又碰、又撞、仰著躺下、俯著倒地，和狗嬉戲，越發親熱。狗因為怕主人，所以和小鹿玩得很好，不過時常饞得猛舔舌頭。 　　三年後，有一天麋鹿走出屋外，看見道路上有很多狗，就走過去和牠們遊戲。這些狗看到麋鹿，又是喜歡又是惱怒，一齊下手將牠殺死、吃掉，屍骨散亂在路上。可憐的麋鹿，到死還不知道覺悟。

之二 《黔之驢》

原 文	翻 譯
黔無驢，有好事者船載以入：至則無可用，放之山下。虎見之，尨(ㄆㄤˊ)然大物也，以為神。蔽林間窺之，稍出近之，憖(ㄧㄣˋ)憖然莫相知。 　　他日，驢一鳴，虎大駭遠遁，以為且噬己也，甚恐。然往來視之，覺無異者。益習其聲，又近出前後，終不敢搏。稍近益狎，蕩倚衝冒，驢不勝怒，蹄之。虎因喜，計之曰：「技止此耳！」因跳踉大㘎，斷其喉，盡其肉，乃去。 　　噫！形之尨也類有德，聲之宏也類有能。向不出其技，虎雖猛，疑畏卒不敢取。今若是焉，悲夫！	黔地沒有驢子，有一個愛多事的人用船運了一頭驢子到黔地，到了那裡卻沒有什麼用處，就把牠放在山腳下。老虎見到牠，是個多麼巨大的東西，把牠當作神物。躲在樹林裡偷看，又慢慢出來接近牠，謹慎小心地觀察，不知道牠究竟是什麼東西。 　　有一天，驢子叫了一聲，老虎嚇了一跳，遠遠地逃走了，以為驢子要來咬自己。可是來回觀察驢子，感到牠沒有什麼特殊的本領，同時也越來越習慣了驢子的叫聲，便又靠近一些，在牠的前後走來走去，始終不敢上前擊撲。老虎又靠近一些，進一步戲弄牠，碰牠一下、往他身上靠一靠、撞撞牠、頂頂牠，驢子非常憤怒，就用蹄子去踢。老虎於是高興起來，心裡盤算這件事說：「本領只有這點罷了。」於是跳起來大聲吼叫，咬斷驢子的喉嚨，吃光驢子的肉，才走開。 　　唉！形狀龐大，看上去有德性，聲音宏亮，像是有才能，老虎雖然兇猛，疑慮畏懼，到底不敢隨便動手。現在落得這般模樣，可悲啊！

之三《永某氏之鼠》

原　文	翻　譯
永有某氏者，畏日，拘忌異甚。以為己歲直子，鼠，子神也。因愛鼠，不畜貓犬，禁僮勿擊鼠。倉廩庖廚，悉以恣鼠不問。由是鼠相告，皆來某氏，飽食而無禍。某氏室無完器，椸（一ˊ）無完衣，飲食大率鼠之餘也。晝累累與人兼行，夜則竊齧鬥暴，其聲萬狀，不可以寢。終不厭。 　　數歲，某氏徙居他州。後人來居，鼠為態如故。其人曰：「是陰類惡物也，盜暴尤甚，且何以至是乎哉！」假五、六貓，闔門、撤瓦、灌穴，購僮羅捕之，殺鼠如丘，棄之隱處，臭數月乃已。 　　嗚呼！彼以其飽食無禍為可恆也哉！	永州某人因害怕觸犯凶日的忌諱極為嚴重。他認為自己出生那年恰逢地支子年，老鼠是子年的生肖神，因而喜愛老鼠，家裡不養貓狗，還告誡僕人不許捕殺老鼠。連他家的穀倉、廚房，也都任憑老鼠橫行，從不過問。因此老鼠們互相通報，紛紛到某人家裡來，每頓都吃得飽飽的，而且又沒有危險。結果，某人家裡沒有一件器具是完整的，衣架上的衣服也沒有一件是完好的，平時吃喝大多是老鼠吃剩的東西。白天滿地的老鼠成群結隊跟人們並行，一到夜晚就偷咬東西、互相爭鬥弄出各種各樣的響聲，使人不能安睡。某人始終不感到厭惡。 　　幾年以後，某人搬遷到別的州去了。原來的房屋換了別人來居住，老鼠照舊胡作非為，那人說：「這是暗中出沒的有害動物，偷咬東西、爭鬥打鬧，特別厲害，是什麼原因讓他們鬧到這種地步呢？」於是他借來五六隻貓，關上門窗，揭開瓦片，用水灌洞，並找來一些童僕用四網圍捕老鼠。殺死的老鼠堆積成小山，把它丟棄在隱暗角落裡，臭氣幾個月才散掉。 　　唉！這些老鼠還以為吃得飽而沒有災難是可以長久的呢！

段 落 欣 賞

◎第一段：序一開始作者就指出，他討厭世上的人，都不知道追本溯源，都不知道自己的根本是什麼？任意妄為，最終遭遇殺害，作者舉了三種動物的寓言來警惕世人。

◎第二段：麋麑忘卻自己的根本，依靠著有主人保護而與家中的狗友好，忘記自己是一隻麋麑，結果被野狗吃掉。用來諷刺依仗勢力而得意忘形的人，會惹來禍殃。

◎第三段：以前貴州沒有驢子，有人從外地帶來一頭驢，放在山下餵養。一隻老虎看牠的外表長得很大，起初以為是神，害怕而不敢接近。後來看到這隻驢子除了大聲叫，就只會踢，再也沒有別的本領，就撲上去將牠咬死了。後用以比喻人拙劣的技能已經使完，而終至露出虛弱的本質，也代表人勿「虛有其表」，要懂得藏拙。

◎第四段：永州老鼠不知推己之本，趁著屋主的縱容而胡作非為，結果被新屋主消滅。用來警告趁著一時的機會而胡作非為、有恃無恐的人，終於會受到懲治。

明明是條狗，為啥要追我？

歐陽脩 《醉翁亭記》

原　　文	翻　　譯
環滁皆山也。其西南諸峰，林壑尤美。望之蔚然而深秀者，瑯琊也。山行六七里，漸聞水聲潺潺，而瀉出於兩峰之間者，釀泉也。峰回路轉，有亭翼然臨於泉上者，醉翁亭也。作亭者誰？山之僧智僊也。名之者誰？太守自謂也。太守與客來飲於此，飲少輒醉，而年又最高，故自號曰「醉翁」也。醉翁之意不在酒，在乎山水之間也。山水之樂，得之心而寓之酒也。	滁州四周都是山。西南面的幾座山峰，樹林山谷尤其美好，望過去草木茂盛、幽深秀麗的，就是瑯琊山了。沿著山道走六、七里，漸漸聽到潺潺的流水聲，那從 兩座山峰之間瀉流而出的，就是釀泉了。經過一段依著山勢迴轉的路，有一座簷角像鳥兒展翅高翹的亭子，緊靠著泉水上邊，就是醉翁亭了。建造這座亭子的是誰？是山中的和尚智僊。為這座亭子取名的是誰？是滁州太守用自己的別號為亭子命名。太守與賓客來這裡飲酒，稍微喝一點就醉了，而且年紀又最大，所以自號「醉翁」。醉翁的心意其實不在於酒，而在於山水之間。遊山玩水的樂趣，是由心神領會，而寄託在酒上的啊。
若夫日出而林霏開，雲歸而巖穴暝，晦明變化者，山間之朝暮也。野芳發而幽香，佳木秀而繁陰，風霜高潔，水落而石出者，山間之四時也。朝而往，暮而歸，四時之景不同，而樂亦無窮也。	像太陽出來，樹林中的霧氣消散，暮雲回，山岩洞穴就昏暗了，陰暗明朗交替變化，山間的早晨和傍晚。野花開放，散發清幽的香氣，美好的樹木枝葉繁茂，形成濃郁的綠蔭，天氣高爽，霜色潔白，水位低落，石頭顯露，這是山裡的四季的景色。早晨上山，傍晚返回，四季的景色不同，因而樂趣也沒有窮盡。

原　文	翻　譯
至於負者歌於塗，行者休於樹，前者呼，後者應，傴僂提攜，往來而不絕者，滁人遊也。臨谿而漁，谿深而魚肥；釀泉為酒，泉香而酒洌；山肴野蔌，雜然而前陳者，太守宴也。宴酣之樂，非絲非竹，射者中，弈者勝，觥籌交錯，起坐而諠譁者，眾賓懽也。蒼顏白髮，頹然乎其間者，太守醉也。	至於背著東西的人路上唱歌，走路的人在樹下休息，前面的人呼喚，後面的人答應，老老少少來來往往不間斷地，這是滁州人出遊。到溪水捕魚，溪水深，魚兒肥；用釀泉的水釀酒，泉水香甜而酒色清淨山中野味，田野蔬菜，雜亂地在前面擺著，這是太守的舉行酒宴。酒宴上暢飲的樂趣，不在於管弦音樂，投壺的人投中了，下棋的人得勝了，酒杯和酒籌交互錯雜，人們有時站立，有時坐著，大聲喧嚷，賓客們（盡情）歡樂。臉色蒼老，頭髮花白，醉醺醺地在賓客中間，太守喝醉了。
已而夕陽在山，人影散亂，太守歸而賓客從也。樹林陰翳，鳴聲上下，遊人去而禽鳥樂也。然而禽鳥知山林之樂，而不知人之樂；人知從太守遊而樂，而不知太守之樂其樂也。醉能同其樂，醒能述其文者，太守也。太守謂誰？廬陵歐陽脩也。	不久夕陽落山，人影縱橫散亂，太守返回，賓客跟隨。這時樹林裡濃蔭遮蔽，鳥兒到處鳴叫，遊人離開後禽鳥快樂了。然而禽鳥只知道山林的樂趣，卻不知道人的樂趣，人們只知道跟隨太守遊玩的樂趣，卻不知道太守在享受自己的樂趣。喝醉了能夠和大家一起享受快樂，酒醒了能夠用文章記述的人，是太守。太守是誰？是廬陵人歐陽脩。

段　落　欣　賞

◎第一段：運用撥殼見筍法，一層一層介紹醉翁亭記附近的美景，與它命名的由來。

◎第二段：記敘醉翁亭，朝暮的景色變化，四季的景色也各有不同，樂趣十足。

◎第三段：寫滁人遊山之樂與太守遊山之樂，有所不同。滁人單純地遊玩，而太守是因為看到賓客盡歡，自己也樂開懷。

◎第四段：寫太守盡興賦歸之景，並把自己的樂趣寫於遊記之中。

歐陽脩《秋聲賦》

原　文	翻　譯
歐陽子方夜讀書，聞有聲自西南來者，悚然而聽之，曰：「異哉！」初淅瀝以蕭颯，忽奔騰而砰湃；如波濤夜驚，風雨驟至。其觸於物也，鏦鏦錚錚，金鐵皆鳴；又如赴敵之兵，銜枚疾走，不聞號令，但聞人馬之行聲。	歐陽子正在夜裡讀書時，聽到有一種聲音從西南方傳了過來，吃驚地聽了一會兒，說：「奇怪啊！」起初是淅瀝蕭颯、風雨交加的聲音，忽然又變成水勢奔騰、波浪相擊的聲音。像是波濤在半夜裡受到驚動，風雨在驟然間襲擊過來，它們打在物體上面，發出鏦鏦錚錚、金鐵撞擊的鳴響。又像是奔赴戰場的士兵，銜枚急速地前進，聽不到發號施令的聲音，只聽到人馬疾行的聲音。
予謂童子：「此何聲也？汝出視之。」童子曰：「星月皎潔，明河在天，四無人聲，聲在樹間。」	我對童子說：「這是什麼聲音呢？你出去看看！」童子回來報告說：「星月明亮而潔白，銀河橫掛在天上，四周聽不到人聲，聲音出在樹林間。」
予曰：「噫嘻，悲哉！此秋聲也，胡為而來哉？蓋夫秋之為狀也：其色慘淡，煙霏雲斂；其容清拊（ㄩㄝˋ），天高日晶；其氣慄列，砭人肌骨；其意蕭條，山川寂寥。	我說：「唉！多麼悲涼啊！這就是秋聲了。它是怎麼形成的呢？大致來說，秋天的型態是這樣子的：它的色彩暗淡，因為這時煙霧飛散了，浮雲也斂起蹤跡；它的容光清明，因為這時天空變高了，陽光也特別明亮；它的氣流寒冷，因為這時刺激著人的肌膚與百骸；它的意識冷清，因為這時山川都顯得寂靜而空虛。
故其為聲也，淒淒切切，呼號憤發。豐草綠縟而爭茂，佳木蔥籠而可悅；草拂之而色變，木遭之而葉脫；其所以摧敗零落者，乃其一氣之餘烈。	所以秋天發出的聲音，是淒慘悲涼，是呼號，是奮發。不久以前，豐茂的草像一張綠油油的地毯，互相競逐生長美好的樹木青翠茂盛，令人喜愛，可是，秋天一到，花草碰到它，顏色就轉變；樹木遇到它，樹葉即脫落。令花草樹木衰敗零落，只是秋這種氣候所具的能力的一點點罷了。

原　文	翻　譯
夫秋，刑官也，於時為陰：又兵象也，於行為金，是謂天地之義氣，常以肅殺而為心。天之於物，春生秋實。故其在樂也，商聲主西方之音，夷則為七月之律。商，傷也：物既老而悲傷。夷，戮也：物過盛而當殺。	秋天代表著刑官，以時令來說，是屬於陰氣旺盛的季節；又象徵著兵災，以五行來說，是屬於「金」氣運轉的季節。這就是所謂的天地之義氣，是時常存著嚴酷摧殺的意念的。上天對於萬物，是使它們在春天生長，秋天結實，所以他在音律方面，則用商聲代表西方的音樂，用夷則來代表七月的音律。商，是悲傷的意思；因為萬物既已衰老，就自然要感到悲傷了。夷，是摧毀的意思，因為萬物既已過盛，便應該要加以摧毀了。
嗟乎，草木無情，有時飄零。人為動物，惟物之靈。百憂感其心，萬事勞其形。有動于中，必搖其精。而況思其力之所不及，憂其智之所不能；宜其渥然丹者為槁木，黟（一）然黑者為星星。奈何以非金石之質，欲與草木而爭榮？念誰為之戕（く一ㄤˊ）賊，亦何恨乎秋聲！」	唉！草木是沒有感情的，但到了一定的時候，卻要枯衰墜落下來。人類是動物的一種，是萬物中最為靈敏的了。有種種的憂慮刺激著他們的內心，種種的事情勞累著他們的形體。只要心中有所感觸，必然會擾亂了他們的精神，何況是想做自己的力量所不能達成的工作，擔憂自己的智慧所不能勝任的事情，那就難怪會使得自己那原本紅潤的面孔變為枯乾，烏黑的頭髮變為斑白了。我們為什麼要拿那非堅如金石的體質，想和草木去爭一時之榮呢？想想看，究竟是誰傷害了自己，又何必怨恨那秋天的聲音！」
童子莫對，垂頭而睡。但聞四壁蟲聲唧唧，如助余之歎息。	童子沒有回答，原來他已睡著了。這時只聽到四壁唧唧的蟲聲，好像在那裡助長著我的嘆息一般。

段 落 欣 賞

◎第一段：歐陽子夜讀時，聽到很奇怪的聲音。這些怪聲音也泛指了朝廷裡那讒言紛亂不安的聲音，許多的忠義之士正因這些讒人而慘遭不幸，整個朝廷雞飛狗跳，慌亂急促。

◎第二段：藉童子引出在奇異的天象之中，聲音是樹林中發出，也隱約透露出小人用讒言的方式，總在看不見之處。

◎第三段：秋聲給人的感受，有淒冷之感。以煙雲、天日、寒氣、山川等景物描繪其不同鮮明的畫面，訴諸人對秋的感覺。美樹、綠草象徵著忠義有德之士，結果秋天一撫摸就催敗零落，象徵朝廷權勢掌握在小人手中，被摧殘到體無完膚。

◎第四段：以秋為商，以秋為夷則，歐陽脩在此的用意主在說明朝政已荒，如今的朝廷就如同刑官一般而當殺。此段運用詩詞的比興，深刻地抒寫了秋天的人文意涵，反映了自然運行的規律及法則。

◎第五段：這裡可以清楚看出，歐陽脩把國事視為己任，但仕途多舛，現實的無奈，不得不使作者「獨善其身」。

◎第六段：童子睡著，更顯出歐陽脩的孤寂，但也顯出歐陽脩的積極，嘆息不是因為秋而感傷，但也可以知道嘆息的是目前的境況，但歐陽脩一直在等待改革國家的機會，對人有光明一面的讚許，人為萬物機靈，表達出自己有機會革新朝政的心志。

蘇軾 《前赤壁賦》

原　文	翻　譯
壬戌之秋，七月既望，蘇子與客泛舟，遊於赤壁之下。清風徐來，水波不興。舉酒屬客，誦明月之詩，歌窈窕之章。少焉，月出於東山之上，徘徊於斗、牛之間。白露橫江，水光接天。縱一葦之所如，凌萬頃之茫然。浩浩乎如馮虛御風，而不知其所止；飄飄乎如遺世獨立，羽化而登仙。	壬戌年的秋天，七月十六日，蘇先生和客人在赤壁之下泛舟遊玩。清涼的風輕輕吹著，水面不起波浪。拿起酒來勸客人，吟誦著詩經月出篇，歌唱著「窈窕」的詩章。一會兒，月亮從東邊山上升起來，在斗、牛二宿之間徘徊。白露瀰漫江上，水光與天相接。聽任葦葉般的小船隨意漂流，渡越茫茫萬頃的水面。浩浩然有如凌空駕風，不知道將止於何處；飄飄然就像脫離塵世而獨立，化身為神仙。
於是飲酒樂甚，扣舷而歌之。歌曰：「桂棹兮蘭槳，擊空明兮溯流光。渺渺兮予懷，望美人兮天一方。」客有吹洞簫者，倚歌而和之。其聲嗚嗚然，如怨、如慕、如泣、如訴；餘音嫋嫋，不絕如縷，舞幽壑之潛蛟，泣孤舟之嫠（ㄌ一ˊ）婦。	於是大家喝酒，快樂極了，敲著船邊便唱起歌來。歌詞是：「桂木做的棹啊！蘭木製的槳啊！打著水底的明月啊！逆行在流動的波光上啊！我的情懷啊悠遠迷茫，遙望美人啊！她卻在天的另一方！」有位會吹洞簫的客人，依著歌聲奏和著，簫聲嗚嗚，像哀怨、像慕戀，像在哭泣、又像在傾訴，餘音繚繞，像一縷細絲般不絕於耳；足可讓潛藏在深谷裡的蛟龍起舞，讓孤舟裡的寡婦流淚。

原　文	翻　譯
蘇子愀然，正襟危坐，而問客曰：「何為其然也？」	蘇先生不禁神色大變，整整衣衫直身端坐，問客人道：「為什麼簫聲這樣地悲涼呢？」
客曰：「『月明星稀，烏鵲南飛』，此非曹孟德之詩乎？西望夏口，東望武昌，山川相繆，鬱乎蒼蒼，此非孟德之困於周郎者乎？方其破荊州，下江陵，順流而東也，舳艫千里，旌旗蔽空，釃酒臨江，橫槊賦詩，固一世之雄也，而今安在哉！況吾與子漁樵於江渚之上，侶魚蝦而友麋鹿，駕一葉之扁舟，舉匏樽以相屬。寄蜉蝣於天地，渺滄海之一粟。哀吾生之須臾，羨長江之無窮。挾飛仙以遨遊，抱明月而長終。知不可乎驟得，托遺響於悲風。」	客人答道：「『月明星稀，烏鵲南飛』這不是曹孟德的詩句嗎？從這裡朝西望是夏口，向東看是武昌；山川環繞，草木繁盛，這不正是曹操被周瑜所圍困的地方嗎？當他攻破荊州占領江陵，順著江水東下的時候，兵船接連千里，旌旗遮蔽長空，他對著大江喝酒，橫倚著長矛吟詩，本是一代英雄啊！如今卻在哪裡呢？何況你我，在江洲上打漁拾柴，與魚蝦麋鹿為友，駕著一葉小舟，拿酒相勸飲，有如短命的蜉蝣寄居在天地間，渺小得像滄海中的一粒粟米。感歎我們生命的短暫倉促，羨慕長江的無窮無盡，真希望能隨著神仙飛昇邀遊，像明月一樣終古長存；知道這願望是不可能驟然實現的，所以只好把滿懷的悲願寄託於簫聲啊！」
蘇子曰：「客亦知夫水與月乎？逝者如斯，而未嘗往也；盈虛者如彼，而卒莫消長也。蓋將自其變者而觀之，則天地曾不能以一瞬；自其不變者而觀之，則物與我皆無盡也，而又何羨乎？且夫天地之間，物各有主。苟非吾之所有，雖一毫而莫	蘇先生說：「客人也知道流水和月亮嗎？這世間的一切，乍看就像流水般不停地消逝，卻不曾真正逝去呢；乍看就像月亮一般有盈虛圓缺，其實不曾消長啊；因為如果是從變化的一面看，那麼整個宇宙沒有一瞬不在變化中；假如從不變的一面來看，那麼萬物和我們人一樣都是沒有窮盡的啊！如此說來，又有什麼可羨慕的呢？況且天地間萬物都有它的主人，假如不是我所該有的，就是一絲一毫也不敢亂取；只有那江上的清風

原　文	翻　譯
取：惟江上之清風，與山間之明月；耳得之而為聲，目遇之而成色。取之無禁，用之不竭，是造物者之無盡藏也，而吾與子之所共適。」	和山間的明月，耳朵聽到了便成了音樂，眼睛瞧見了便成了美景，取它既無人干涉，用它也不愁匱乏，這正是造物者特賜的無窮盡的寶藏，也是我和您可以一起享用的啊。」
客喜而笑，洗盞更酌，肴核既盡，杯盤狼藉。相與枕藉乎舟中，不知東方之既白。	客人聽罷，高興地笑了，便洗洗杯子又斟起酒來。直到菜肴果品全吃光了，杯盤也都散亂了，大家才橫躺豎臥地睡在船上，不知道東方已經發白。

段 落 欣 賞

◎第一段：點出作者與客人泛舟同遊赤壁，描寫江風山月之美景。置身美景之中，飄然似神仙。

◎第二段：以洞簫聲寫出心境的轉折，當時蘇軾因為烏臺詩案，被貶官黃州任團練副使，其實心情上是非常鬱悶的，連用六個譬喻，把無形的情感變成有形，更可以表現當時心情的淒涼。「如怨、如慕、如泣、如訴」是描摹聲音的名句。

◎第三段：客人慨歎人的生命短小與短促，羨慕長江和明月的無盡與長久，將悲愁寄託於蕭聲。

◎第四段：作者向客人回答，時間的流逝是很快的，世界是一直在變的，不用去羨慕萬物的無窮，重點是能夠領略到造物者特賜的寶藏。

◎第五段：聽完作者的回答，客人也不再憂愁，盡情地恣意於山水之中，不知道天已經發亮。

蘇軾 《後赤壁賦》

原　文	翻　譯
是歲十月之望，步自雪堂，將歸於臨皋。二客從予過黃泥之坂。霜露既降，木葉盡脫，人影在地，仰見明月，顧而樂之，行歌相答。已而歎曰：「有客無酒，有酒無肴；月白風清，如此良夜何？」客曰：「今者薄暮，舉網得魚，巨口細鱗，狀似松江之鱸。顧安所得酒乎？」歸而謀諸婦。婦曰：「我有斗酒，藏之久矣，以待子不時之需！」	這年十月十五，從雪堂出來，準備回到臨皋；兩個客人跟我一道，同走過黃泥坡。這時已經有了霜和露水，樹的葉子完全脫落，下看是各人的影子，上看是晶明的月亮，大家看著都很喜歡，一路邊走邊唱，互相應和。一會兒卻嘆氣說：「有客人卻沒有酒，有酒卻又沒有肴；月這樣白，風這樣清爽，怎麼對得起這樣的好夜色？」客人說：「今天黃昏時候，網得了些魚，大口細鱗，樣兒倒很像松江的鱸魚；不過怎樣才能弄得到酒呢？」回到家裡跟太太商量，太太說：「我這兒有一斗酒，收藏已經很久了，正是準備給你尋不到酒喝的時候喝的。」
於是攜酒與魚，復游於赤壁之下。江流有聲，斷岸千尺；山高月小，水落石出：曾日月之幾何，而江山不可復識矣！予乃攝衣而上，履巉巖，披蒙茸，踞虎豹，登虯龍，攀栖鶻之危巢，俯馮夷之幽宮。蓋二客不能從焉。	於是便帶了酒和魚，再到赤壁下面去遊玩。江流發出了聲響，岸上有千尺聳立的絕壁，山這樣高，顯得月更小，潮水落下，石便出現；算來才隔多少時候，這江山卻變得幾乎不能認識了！我便撩起衣服上去，踏著險峻的山崖，扒開蒙茸的亂草，蹲在像虎豹一樣的怪石上，攀爬像虯龍一樣的樹枝上，上面仰攀鶻鳥高險的窠巢，下面俯看馮夷幽邃的宮殿。兩個客人都無法跟隨上來。
劃然長嘯，草木震動，山鳴谷應，風起水湧，予亦悄然而悲，肅然而恐，凜乎其不可留也。反而登舟，放乎中流，聽其所止而休焉。	突然傳來一聲長嘯，只覺得草木都為之震動，山谷迴響，風在號，水在湧。我也悄悄感到悲傷，靜靜生出恐懼，毛髮悚然覺得不能再行逗留。回去坐船再遊，把船直放江心，任憑流到什麼地方便在什麼地方休息。

原　文	翻　譯
時夜將半，四顧寂寥。適有孤鶴，橫江東來，翅如車輪，玄裳縞衣，戛然長鳴，掠予舟而西也。須臾客去，予亦就睡。	那時差不多半夜了，四面看看，寂靜無聲。恰好一隻鶴，從東邊橫掠江面而來。翅膀像車輪，身上像穿著黑裙白衣一般，淒厲地長鳴一聲，掠過我的船兒向西而去。不久，客人散去，我也回家睡覺。
夢一道士，羽衣蹁躚，過臨皋之下，揖予而言曰：「赤壁之遊，樂乎？」問其姓名，俛而不答。「嗚呼！噫嘻！我知之矣。疇昔之夜，飛鳴而過我者，非子也耶？」道士顧笑，予亦驚悟。開戶視之，不見其處。	夢見一個道士，穿著羽毛的衣服，彷彿跳舞的姿勢，經過臨皋亭下，對我作揖說：「赤壁遊得暢快嗎？」問他的姓名，低頭不答。我說：「啊啊！我知道了。飛著叫著經過我身邊的，不就是您嗎？」道士只顧瞧著我笑，我也驚醒過來，打開窗戶一看，卻不見他在那裡了。

段　落　欣　賞

◎第一段：蘇軾七月時遊赤壁，寫出了《前赤壁賦》，十月再重遊舊地，景物因為入秋的關係，都有所改變，蘇軾的心境也有所變化，在平凡的生活中，與友飲酒作樂。

◎第二段：十月的赤壁景象和七月截然不同，河水乾涸，令蘇軾覺得稱奇，大自然即使有雄偉神奇的一面，但大自然也有猙獰的一面。由此也可以知道蘇軾是勇於冒險的詩人，向大自然挑戰，也代表著他對人生無所畏懼的精神，他的一生極其坎坷不順遂，但是他不輕易向命運低頭。

◎第三段：長嘯、回音，讓處在深夜裡的蘇軾，更顯得自己的孤寂，驚於大自然給的壓迫感，獨自回到自己的小船上。

◎第四段：恰巧有一隻鶴，掠過蘇軾的小船，那似乎是蘇軾自己的本身的投影，或許是巧合，但是孤寂之感是非常微妙的。

◎第五段：夢中的道士，說出了自己心中的想法，似乎完全瞭解蘇軾一般，也可以見證人在最孤寂的狀況之下，與自己面對面。

蘇轍 《黃州快哉亭記》

原　文	翻　譯
江出西陵，始得平地，其流奔放肆大。南合沅湘，北合漢沔，其勢益張。至於赤壁之下，波流浸灌，與海相若。清河張君夢得，謫居齊安，即其廬之西南為亭，以覽觀江流之勝；而余兄子瞻，名之曰「快哉」。	長江流出了西陵峽後，才進入平原，水勢奔騰壯闊起來。南邊會合了沅江、湘江；北邊會合了漢水，水勢更加浩瀚，到了赤壁之下，各水流沖激浩蕩，江面遼闊如海。清河人張夢得先生貶官到齊安，在他住所西南方蓋了一座亭子，來觀賞江中美景。而我哥哥子瞻，把亭子命名為「快哉」。
蓋亭之所見，南北百里，東西一舍。濤瀾洶湧，風雲開闔。晝則舟楫出沒於其前；夜則魚龍悲嘯於其下。變化倏忽，動心駭目，不可久視。今乃得翫之几席之上，舉目而足。	在快哉亭上所能見到的景觀，南北可達百里，東西三十里，江面波濤洶湧，風雲變幻不定。白天可見船隻在亭子前來來往往；夜裡可聽見亭子下有如魚龍悲鳴。景致變化快速，讓人觸目驚心，無法看得太久。現在卻可以坐在亭中席上，倚几賞玩，盡情地看個夠，令人心滿意足。
西望武昌諸山，岡陵起伏，草木行列。煙消日出，漁父樵夫之舍，皆可指數。此其所以為「快哉」者也。至於長洲之濱，故城之墟；曹孟德、孫仲謀之所睥睨，周瑜、陸遜之所騁騖；其流風遺跡，亦足以稱快世俗。	向西眺望武昌方向群山，山陵上下起伏，草木縱橫排列。煙消霧散時，晨曦普照，漁人樵夫的小屋，都可一一清楚地指著數出來。這就是亭子取名「快哉」的原因。至於那長長的沙洲水邊，古城的廢墟遺址，曾是曹操、孫權傲視爭雄，周瑜、陸遜角逐戰鬥的所在，他們所留下的風範遺跡，也足以使世俗之人大呼暢快。

原　文	翻　譯
昔楚襄王從宋玉、景差於蘭臺之宮，有風颯然至者，王披襟當之，曰：「快哉此風！寡人所與庶人共者耶？」宋玉曰：「此獨大王之雄風耳！庶人安得共之！」玉之言，蓋有諷焉。夫風無雄雌之異，而人有遇不遇之變。楚王之所以為樂，與庶人之所以為憂，此則人之變也。而風何與焉？	從前楚襄王帶著宋玉、景差在蘭台之宮遊賞，恰好一陣涼風颯然吹來，襄王敞開衣襟迎著風說：「真爽快啊！這陣清風，是我和百姓共享的吧！」宋玉說：「這只是大王的雄風罷了，百姓那能共享？」宋玉的話，應該是有所諷刺吧！那風沒有雄雌的差別，但人卻有得意不得意的變化，楚王所認為快樂的事，卻是一般人所憂愁的，這是人事上的變化，和風有何干呢？
士生於世，使其中不自得，將何往而非病？使其中坦然，不以物傷性，將何適而非快？今張君不以謫為患，竊會計之餘功，而自放山水之間，此其中宜有以過人者。將蓬戶甕牖，無所不快；而況乎濯長江之清流，挹西山之白雲，窮耳目之勝，以自適也哉？不然，連山絕壑，長林古木，振之以清風，照之以明月，此皆騷人思士之所以悲傷憔悴而不能勝者，烏睹其為快也哉？	人活在世上，假如心中不痛快，那麼到哪兒去不會感傷？假如心中坦蕩，不因外物影響而傷害到本性，那麼到哪兒去不會快意呢？現在張君不因貶官而煩惱，利用公餘閒暇寄情於山水之間，他心中應該有超出常人的修養，所以即使處在蓬草為門、破甕為窗那樣的困窮境地，也不會不快樂啊！何況還能在長江清流中洗滌自己，又把西山的白雲招來作伴，盡情於耳目之美，來自求安適愉快呢！倘非如此，那連綿的山崖、阻斷的山谷、幽深古老的樹林，清風吹拂、月光照耀，都是讓多愁失意的詩人文士感到悲傷憔悴無法承受的景物，又那裡看得出它令人暢快之處呢？
元豐六年十一月朔日趙郡蘇轍記。	元豐六年十一月一日趙郡，蘇轍所記。

段 落 欣 賞

◎第一段：引出建亭者、建亭目的，<u>點出「快哉」二字</u>，<u>貫穿全文</u>，也藉由張夢得被貶仍隨緣自適，來勸諭蘇軾。

◎第二段：敘述當時所見快哉亭的景色，也來暗喻自己的心情變化，當時正值新舊黨爭之際，蘇轍的仕途變化，也如風雲般變幻莫測。

◎第三段：在亭上寫出三國的歷史事蹟，也令人稱快。運用具體的情境，將江山美景呈現在讀者面前，也緬懷三國。

◎第四段：風是否涼爽，與風無相當的關係，是跟人的境遇有關係，「快與不快」是本文的決定因素。

◎第五段：說明士有快與不快之原因，舉張夢得之例，即便他被貶官，他也怡然自得、坦然自適，如果不能如此，又怎能欣賞到大自然的美景呢？

◎第六段：點出遊記時間。

蘇轍 《上樞密韓太尉書》

原　文	翻　譯
太尉執事：轍生好為文，思之至深，以為文者氣之所形。然文不可以學而能，氣可以養而致。孟子曰：「我善養吾浩然之氣。」今觀其文章，寬厚宏博，充乎天地之間，稱其氣之小大。太史公行天下，周覽四海名山大川，與燕、趙間豪俊交遊，故其文疏蕩，頗有奇氣。此二子者，豈嘗執筆學為如此之文哉？其氣充乎其中而溢乎其貌，動乎其言而見乎其文，而不自知也。	太尉閣下： 　　我生性喜歡作文章，對這件事思考得很深入，我認為文章是個人氣質的表現。雖然文章不是光靠學習就作得好，但氣質卻可以透過修養而得到。孟子說：「我善於培養我的浩然正氣。」現在我們看他的文章，寬厚宏博，充塞於天地之間，和他的浩然之氣相當。太史公走遍天下、看遍四海名山大川，和北方豪傑之士交往，所以他的文章疏暢奔放，很有奇偉的氣息。這兩個人難道光靠拿筆學作這樣的文章，就能到達這一地步嗎？他們的氣質充滿在心中，而流露在外表，反映在言語之中，表現在文字之間，而自己並沒有察覺到。
轍生十有九年矣。其居家所與游者，不過其鄰里鄉黨之人，所見不過數百里之間，無高山大野，可登覽以自廣。百氏之書雖無所不讀，然皆古人之陳述，不足以激發其志氣。恐遂汩沒，故決然捨去，求天下奇聞壯觀，以知天地之廣大。	我蘇轍出生已十九年了，在家中所交往的人，只不過是左鄰右舍鄉里之人，所見識的也不過是百里的景物，沒有高山曠野可以登臨觀賞以開拓自己的胸襟。諸子百家書籍，雖然無所不讀，然而都是古人陳舊的事跡，不足以激發自己的志氣，我害怕就此被埋沒，因而斷然離開家鄉，去探求天下間的奇聞壯觀，以瞭解天地的廣大。

原　文	翻　譯
過秦、漢之故鄉，恣觀終南、嵩、華之高；北顧黃河之奔流，慨然想見古之豪傑。至京師，仰觀天子宮闕之壯，與倉廩、府庫、城池、苑囿之富且大也，而後知天下之巨麗。見翰林歐陽公，聽其議論之宏辯，觀其容貌之秀偉，與其門人賢士大夫遊，而後知天下之文章聚乎此也。	我經過秦朝、漢朝的故都，盡情觀賞終南山、嵩山、華山的高峻；北望黃河奔騰的流水，慷慨激昂地想起古代的英雄豪傑。來到京城，仰觀皇帝宮殿的宏偉，以及糧倉、財庫、城池、苑囿的富足與廣大，然後才知道天下是多麼的宏偉壯麗。我也見過翰林學士歐陽公，聽到他宏偉雄辯的言論，看到他秀美奇偉的容貌，和他的門人們交往，然後才知道天下間的文章都匯聚在這裡。
太尉以才略冠天下，天下之所恃以無憂，四夷之所憚以不敢發。入則周公、召公，出則方叔、召虎，而轍也未之見焉。且夫人之學也，不志其大，雖多而何為？轍之來也，於山終南、嵩、華之高，於水見黃河之大且深，於人見歐陽公，而猶以為未見太尉也！故願得觀賢人之光耀，聞一言以自壯，然後可以盡天下之大觀而無憾者矣。	太尉才能謀略天下第一，是天下人所依恃而不必憂慮，也是四方蠻夷所害怕而不敢侵犯的。在朝，就像周公、召公一樣輔佐人君；守邊，就像方叔、召虎一樣的威鎮蠻夷，可是蘇轍我到今還沒有見過您。更何況，一個人求學問，如果不立志於學習那最偉大的，學得再多又有什麼用？我來京城的時候，就山來說，已經見過終南山、嵩山、華山的高峻；就水來說，已經見過黃河的寬廣與深度；就人來說，已經見過歐陽公，可是仍以沒能謁見您為憾事。所以說希望見到賢人的風采，聽到您的一句話也足以使自己心志壯闊。這樣就算看盡天下的壯觀，也不會再有任何遺憾的事情了！

原　文	翻　譯
轍年少，未能通習吏事。嚮之來，非有取於升斗之祿；偶然得之，非其所樂。然幸得賜歸待選，使得優游數年之前，將歸益治其文，且學為政。太尉苟以為可教而辱教之，又幸矣。	我還很年輕，還不能通曉作官的事務。先前來京，並不是想要求得一官半職，就算偶然得到（進士資格），也不是我所喜歡的。可是今天中進士而僥倖等待吏部選用，使我能夠用幾年的時間，準備回家努力研究文章，順便學學作官為政的道理。太尉您如果認為我還值得教誨而辱蒙教誨的話，那又是我十分慶幸的事情了！

段　落　欣　賞

◎第一段：全文主旨所在，用孟子與太史公司馬遷的例子，文章中的「養氣」，比起「習文」更為重要。

◎第二段：作者害怕自己的眼界過小，所交往的人，所看的書，都過於少，所以毅然決然去走訪天下，瞭解世界的廣大。

◎第三段：經過秦漢故鄉，去過京師，拜訪過歐陽脩，與歐陽脩的門人交往，知道所有文章聚集於此，和在家鄉所學比起更是廣大。

◎第四段：點出此文最主要的用意所在，想要告訴韓愈，求學問是需要學習最偉大的，韓愈的學識涵養都極為豐富，作者極為渴求能與韓愈見上一面，所謂「聽君一席話，勝讀萬卷書」，這真是作者的心情寫照。

◎第五段：末段才說出想要向韓愈求教的心意，謙虛的筆法，委婉且深刻。

坐而言，不如起而行。

蘇洵 《六國論》

原　文	翻　譯
六國破滅，非兵不利，戰不善，弊在賂秦。賂秦而力虧，破滅之道也。或曰：「六國互喪，率賂秦邪？」曰：「不賂者以賂者喪，蓋失強援，不能獨完。故曰弊在賂秦也。」	六國戰敗滅亡，不是兵器不鋒利、仗打得不好，癥結在於賄賂秦國。賄賂秦國而使自己的實力削弱，走向滅亡的道路啊！有人問：「六國一個接一個地滅亡，都是賄賂秦國嗎？」回答說：「不賄賂的因為賄賂的而滅亡，失去強大的援助，不能獨立存在。所以說，弊端在於賄賂秦國。」
秦以攻取之外，小則獲邑，大則得城，較秦之所得，與戰勝而得者，其實百倍；諸侯之所亡，與戰敗而亡者，其實亦百倍。則秦之所大欲，諸侯之所大患，固不在戰矣。思厥先祖父，暴霜露，斬荊棘，以有尺寸之地。子孫視之不甚惜，舉以予人，如棄草芥。 　　今日割五城，明日割十城，然後得一夕安寢。起視四境，而秦兵又至矣！然則諸侯之地有限，暴秦之欲無厭，奉之彌繁，侵之愈急，故不戰而強弱勝負已判矣。至於顛覆，理固宜然。古人云：「以地事秦，猶抱薪救火，薪不盡，火不滅。」此言得之。	秦國除了靠攻戰奪取土地之外，小則得到鎮，大則得到城池。秦國因接受六國賄賂得到的土地，與打勝仗而得的土地相比，實際獲得數目要多百倍；六國由於賄賂秦國而失去的土地，與打敗仗而失去的土地相比，它的實際數目也要多百倍。那麼，秦國最大的欲望，六國最大的禍患，根本不在於打仗的勝敗啊！想想他的先人祖輩父輩，冒著風霜雨露，披荊斬棘，才得到一點點土地。子孫對待這些土地也不很珍惜，拿來送給別人，如同拋棄小草一樣。 　　今天割讓五座城，明天割讓十座城，然後才能得到一夜安穩覺。第二天早晨起來看看四周的邊境，而秦國的軍隊又到了。然而六國的土地有限，暴虐的秦國貪欲沒有滿足的時候，送給秦國的土地越多，秦國的侵犯也就越急迫。所以無需作戰而強弱勝敗已經清楚明白了。發展到滅亡的地步，那是理所當然的了。古人說：「用土地事奉秦國，如同抱著木柴去救火，木柴不燒完，火就不滅。」這話講對了。

原　文	翻　譯
齊人未嘗賂秦，終繼五國遷滅，何哉？與嬴而不助五國也。五國既喪，齊亦不免矣。燕趙之君，始有遠略，能守其土，義不賂秦。是故燕雖小國而後亡，斯用兵之效也。至丹以荊卿為計，始速禍焉。趙嘗五戰於秦，二敗而三勝。 　　後秦擊趙者再，李牧連卻之。洎牧以讒誅，邯鄲為郡，惜其用武而不終也。且燕趙處秦革滅殆盡之際，可謂智力孤危，戰敗而亡，誠不得已。向使三國各愛其地，齊人勿附於秦，刺客不行，良將猶在，則勝負之數，存亡之理，與秦相較，或未易量。	齊國雖未曾賄賂秦國，也隨著五國滅亡了，為什麼呢？因為它結交秦國而不幫助五國啊！五國已亡，齊國也就不能避免了。燕國和趙國的國君，開始有遠大的謀略，能夠守住他們的國土，堅持正義而不賄賂秦國。因此燕國雖然是個小國卻後滅亡，這是用兵抗敵的功效啊！等到燕太子丹用荊軻行刺當作抗敵保國的計策，才招致滅亡的災禍。趙國曾經五次和秦國作戰，兩次打敗三次打勝。 　　後來秦國兩次攻打趙國，李牧接連打退了他們。等到李牧因讒言而被殺，邯鄲便成為秦國的一個郡，可惜它使用武力卻不能堅持到底。況且燕國和趙國處在秦消滅其他國家快完成的時候，可以說是謀略和力量孤單薄弱，戰敗而滅亡，實在是不得已的事情。假設當初韓、魏、楚三國各自愛惜自己的國土，齊國不依附於秦國，燕國的刺客不前往，趙國的良將李牧還活著，那麼六國勝負的命運，存亡的理數，應當能夠與秦國相抗衡，結局或許不是輕易可以估計的。
嗚呼！以賂秦之地，封天下之謀臣；以事秦之心，禮天下之奇才；並力西嚮，則吾恐秦人食之不得下咽也。悲夫！有如此之勢，而為秦人積威之所劫，日削月割，以趨於亡。為國者無使為積威之所劫哉！	唉！用賄賂秦國的土地封賞天下的謀士；以事奉秦國的用心禮遇天下的奇才，合力向西進軍，那麼恐怕秦國人吃飯都咽不太下去了。可悲啊！有這樣強大的勢力，卻被秦國長久積蓄而成的威勢所脅迫，一天天削弱、一月月割去，以至走向滅亡。治理國家的人不要使自己被別的國家積聚而成的威勢所脅迫啊！

原　文	翻　譯
夫六國與秦皆諸侯，其勢弱於秦，而猶有可以不賂而勝之之勢；苟以天下之大，而從六國滅亡之故事，是又在六國下矣！	六國和秦國都是諸候國，他們的勢力比秦國弱小，但是也還有可以不賄賂而戰勝的形勢；如果以偌大的天下，而追隨六國破敗滅亡的舊事，這又在六國之下了。

段　落　欣　賞

◎第一段：開頭便使用<u>開門見山法</u>，直接點出六國滅亡，弊端是因為「賂秦」。

◎第二段：此段有承上啓下的功用，點出六國會滅亡並不是因為兵力不勝，而秦國會強盛也不是因為常打勝仗，而是因為六國經常割地賂秦。

◎第三段：齊國沒有賂秦，卻因為結交秦國而被滅亡，當六國皆被併吞之際，當然也不會放過齊國，而燕國和趙國則是用兵上的失誤，導致滅亡。韓、魏、楚三國不愛惜自己的國土，六國皆不同仇敵愾，難怪會被秦國所殲滅。

◎第四段：作者認為秦國沒有那麼銳不可擋，全是因為六國長久被秦國脅迫，賂秦者不智，不賂秦者因賂秦者亡，如能用謀士與奇才，六國同心協力，必能挽回劣勢。

◎第五段：末段作者希望以六國賂秦之事，來提醒為政者能夠不受外敵的威脅所影響，<u>積極用兵，舉用良將才是上策</u>。

＊筆記＊

蘇洵 《管仲論》

原　文	翻　譯
管仲相桓公，霸諸侯，攘戎狄，終其身齊國富強，諸侯不叛。管仲死，豎刁、易牙、開方用，桓公薨於亂，五公子爭立，其禍蔓延，訖簡公，齊無寧歲。	管仲輔佐桓公，稱霸諸侯，排斥戎狄，一直到死爲止，使齊國富強，諸侯不敢叛離。管仲死後，豎刁、易牙、開方三小人得到桓公重用而專權，使桓公死於內亂，五個兒子爭奪王位，其禍蔓延，到簡公爲止，齊沒有安寧的日子。
夫功之成，非成於成之日，蓋必有所由起。禍之作，不作於作之日，亦必有所由兆。則齊之治也，吾不曰管仲，而曰鮑叔，及其亂也，吾不曰豎刁、易牙、開方，而曰管仲。何則？豎刁、易牙、開方三子，彼固亂人國者，顧其用之者桓公也。夫有舜而後知放四凶，有仲尼而後知去少正卯。彼桓公何人也？顧其使桓公得用三子者，管仲也。	一般事業的成功，並不是成功在成功那天，一定有所原因；禍亂的發生，並不是發生於發生那天，也一定有發生的預兆。所以齊國的平治，我不認爲是管仲的功勞，而是鮑叔牙的緣故；至於齊的動亂，我不認爲是豎刁、易牙、開方三人的過錯，而是因爲管仲。爲什麼呢？豎刁、易牙、開方三人，固是擾亂國家的人，但是顧用他們者，是桓公。從前有了虞舜，然後曉得放逐四凶；有了仲尼，然後曉得除去少正卯。那桓公是怎麼樣的人呢？但是使桓公用那三人者，卻是管仲。
仲之疾也，公問之相。當是時也，吾以仲且舉天下之賢者以對，而其言乃不過曰豎刁、易牙、開方三子非人情，不可近而已。	管仲病重時，桓公問他誰可以接替相位。在這個時候，我以爲管仲會舉薦天下的賢人來回答，然而他的回答竟然不過是：「豎刁、易牙、開方三子，非人情，不可近」而已。

原　文	翻　譯
嗚呼！仲以為桓公果能不用三子矣乎？仲與桓公處幾年矣，亦知桓公之為人矣乎，桓公聲不絕乎耳，色不絕乎目，而非三子者則無以遂其欲。彼其初之所以不用者，徒以有仲焉耳。一旦無仲，則三子者可以彈冠相慶矣。仲以為將死之言，可以縶桓公之手足邪？夫齊國不患有三子，而患無仲。有仲，則三子者，三匹夫耳。不然，天下豈少三子之徒？雖桓公幸而聽仲，誅此三人，而其餘者，仲能悉數而去之邪？嗚呼！仲可謂不知本者矣。因桓公之問，舉天下之賢者以自代，則仲雖死，而齊國未為無仲也，夫何患？三子者，不言可也。	唉！管仲以為桓公果真會不任用這三人嗎？管仲與桓公相處好幾年了，也該明白桓公的為人阿！桓公非常貪好聲色，耳朵不能離開音樂，眼睛不能離開女色，如果沒有這三個人就無法滿足他聲色的慾望。當初三人之所以不被重用，就是因為管仲在啊。一旦管仲不在了，那這三個人便可以彈去帽上的灰塵，互相慶祝高升有望了。管仲以為臨死前說的話，可以束縛著桓公的手腳嗎？其實齊國不擔心有這三個人，而是擔心沒有管仲。有管仲，則這三人，不過是三個普通人而已。要不然，天下難道還缺少這三個小人一類的人嗎？即使桓公幸而聽信管仲的勸告，殺了這三人，而其餘的這類小人，管仲能盡數除去嗎？唉！管仲可以說是不知從根本上著眼的人啊。管仲如果能趁桓公垂問的時候，推舉天下的賢者來代替自己，那麼管仲雖然死了，而齊國不至於說是沒有管仲這類人了，那麼齊國又有什麼好擔心呢？至於豎刁三個小人也就可以不必提到他們了。
五霸莫盛於桓、文，文公之才，不過桓公，其臣又皆不及仲。靈公之虐，不如孝公之寬厚。文公死，諸侯不敢叛晉，晉襲文公之餘威，得為諸侯之盟主者百有餘年。何者？其君雖不肖，而尚有老成人焉。桓公之薨（ㄏㄨㄥ）也，一亂塗地。無惑也，彼獨恃一管仲，而仲則死矣。	春秋五霸中沒有人能超過齊桓公、晉文公，文公之才能，不能勝過桓公，他的臣子又都不如管仲。晉靈公的暴虐，不如齊孝公之寬厚。但是晉文公死後，諸侯不敢叛離晉國。晉國承襲晉文公的餘威，還能做諸侯的盟主一百多年。是為什麼？因為晉國國君雖然不賢，但國內還有賢臣在啊。齊桓公死後，齊國就亂到不可收拾的地步，這也不必疑惑。因為他僅靠一個管仲，而管仲卻已經死了。

原　文	翻　譯
夫天下未嘗無賢者，蓋有有臣而無君者矣。桓公在焉，而曰天下不復有管仲者，吾不信也。	其實天下並不是沒有賢者，而是有賢能的臣子沒有英明的國君去用他啊！桓公在世時，竟說天下不再有管仲這樣的人才，這樣的話，我是不信的。
仲之書，有記其將死，論鮑叔、賓胥無之為人，且各疏其短，是其心以為是數子者，皆不足以托國，而又逆知其將死。則其書誕謾不足信也。	管仲的著作中，記載他臨死前，曾評論鮑叔、賓胥無的為人，並且各指出他們的缺點。這是在他心裡認為這幾個人都不足以委託國事，而又預料自己不久將死，管仲這本書實在是荒誕無稽、不值得採信了。
吾觀史鰌（ㄑㄧㄡ）以不能進蘧（ㄑㄩˊ）伯玉而退彌子瑕，故有身後之諫；蕭何且死，舉曹參以自代。大臣之用心，固宜如此也。一國以一人興，以一人亡。賢者不悲其身之死，而憂其國之衰，故必復有賢者，而後可以死。彼管仲者，何以死哉？	我看衛國的史鰌因為不能使靈公進用蘧伯玉黜退彌子瑕，所以有死後的屍諫；漢朝的蕭何將死時，推薦曹參代替自己。大臣的用心，本來就該如此。而一個強大的國家可以因為一個人而興起，因為一個人而衰亡。賢臣不為他自身的死亡而悲哀，卻憂慮他國家的衰亡，所以一定要再有賢能的接班人，然後才可以死去。那位管仲，憑什麼就這樣撒手死去呢？

最近有什麼好玩的？

最近怡紅院來了位傾國傾城的美女！

怡紅院的音樂也很好聽！

那我們去怡紅院玩通宵！

段 落 欣 賞

◎第一段：管仲輔佐桓公使齊國富強，管仲過世之後，豎刁、易牙、開方三小人協助治理國家，齊國逐漸敗壞，禍延至簡公。

◎第二段：蘇洵認為齊國的和平，不是管仲的功勞，但是齊國的敗壞，不是因為豎刁、易牙、開方三小人，而是因為管仲，是管仲讓桓公僱用這三人。

◎第三段：管仲病逝之前，管仲沒有直接告訴桓公哪位有德者可以接相位，卻只說豎刁、易牙、開方三小人，不能親近。

◎第四段：蘇洵認為管仲應該很瞭解桓公的個性，豎刁、易牙、開方這三人不受重用是因為管仲在，但是管仲一不在，只有這三人可以滿足桓公的聲色慾望，所以<u>可以直接指出誰能接替相位，不提這三人，或許齊國不會那麼快敗亡。</u>

◎第五段：蘇洵分析各國霸主輸給齊桓公的緣故，而齊桓公死後，齊國就非常混亂，只有一個原因，他只靠管仲，沒有舉用賢能之人。

◎第六段：蘇洵認為天下並不是沒有賢能之人，而是沒有被舉用而已。

◎第七段：蘇洵評論只有指出不值得託付之人，管仲這樣的書荒誕不足以採信。

◎第八段：蘇洵舉史鰍和蕭何的例子，大臣就是該用心推薦接棒之人，才能死去，管仲憑什麼沒有交代就這樣死去呢？真的是沒有一個大臣該有的用心。<u>由此可知，「舉用賢能」是在上位者需要學習，不能孤注一擲，只重用一人。</u>

曾鞏 《墨池記》

原　文	翻　譯
臨川之城東，有地隱然而高，以臨於溪，曰新城。新城之上，有池窪然而方以長，曰王羲之之墨池者，荀伯子《臨川記》云也。羲之嘗慕張芝臨池學書，池水盡黑，此為其故跡，豈信然邪？	臨川縣城的東邊，有一塊坡度緩緩上升的高地，下臨溪流，人們稱它為新城。新城的上面，有一個凹陷的長方形水池，據說是王羲之的墨池，這是南朝宋人荀伯子《臨川記》上所記載的。王羲之曾經仰慕張芝在池邊練習書法，而把池水染黑的故事，這就是它的遺跡，難道這是真的嗎？
方羲之之不可強以仕，而嘗極東方，出滄海，以娛其意於山水之間；豈其徜徉肆恣，而又嘗自休於此邪？羲之之書晚乃善，則其所能，蓋亦以精力自致者，非天成也。然後世未有能及者，豈其學不如彼邪？則學固豈可以少哉，況欲深造道德者邪？	當王羲之不願勉強繼續做官後，曾經遊覽會稽附近山水，又泛舟出海，飽覽海上風光，在山光水色中使自己的心情愉快；難道當他悠閒自如，盡情遊覽的時候，曾經在此地休息過嗎？王羲之的書法造詣直到晚年才臻妙境。那麼他所以有此書法成就，可以說是憑著他自我刻苦學習所得到的成果，並非是天生的。但後世書法家卻沒有人趕得上他的，想必是學習精神比不上他吧？由此看來，刻苦的學習是必要的，怎能缺少呢？更何況是想要在道德修養上精進的人，怎能不下苦工夫呢？

原　文	翻　譯
墨池之上，今為州學舍。教授王君盛恐其不章也，書「晉王右軍墨池」之六字於楹間以揭之。又告于鞏曰：「願有記」。	在墨池的池邊，如今是府州州學的校舍。州學教授王聖先生擔心有關墨池的事蹟不為人所知，就寫了「晉王右軍墨池」這六個字，懸在屋前的柱子間。又向我說：「希望你能為他寫篇紀念性質的文章。」
推王君之心，豈愛人之善，雖一能不以廢，而因以及乎其跡邪？其亦欲推其事以勉其學者邪？夫人之有一能而使後人尚之如此，況仁人莊士之遺風餘思被於來世者何如哉。	我推想王先生的用意，應該是愛惜別人的優點，即使只是才藝的成就，也不讓他埋沒無聞，便因此連帶表彰跟他有關的故跡吧？或者是想推崇王羲之臨池苦學的是來勉勵求學的人吧？人有一技之長，就使後人推崇到如此地步，何況是品德高上、有為有守的有道之士，他們的風範和德行對於後世造成如此大的影響，那麼後人對他會如何推崇和懷念就更不用說了。
慶曆八年九月十二日，曾鞏記。	慶曆八年九月十二日，曾鞏記。

段　落　欣　賞

◎第一段：記敘臨川縣的東邊，有一個王羲之經常練習的墨池。
◎第二段：王羲之到晚年，書法技藝極為純熟，其因是他刻苦學習之果。
◎第三段：作者寫此文之因。
◎第四段：作者推想王君托作者寫此文的用意，是希望能夠勉勵眾多學子，敦品勵學，擁有一技之長，需要的是苦學。
◎第五段：曾鞏記錄此文的時間。

王安石 《傷仲永》

原　　文	翻　　譯
金溪民方仲永，世隸耕。仲永生五年，未嘗識書具，忽啼求之。父異焉，借旁近與之，即書詩四句，並自為其名。其詩以養父母，收族為意，傳一鄉秀才觀之。自是指物作詩立就，其文理皆有可觀者。邑人奇之，稍稍賓客其父，或以錢幣乞之。父利其然也，日扳仲永環謁於邑人，不使學。	金谿的居民方仲永，世代務農。仲永活到五歲時都沒見過文具，有一日忽然哭著說要文具。仲永的父親感到非常的驚訝，向鄰居借來給仲永，仲永立即寫下四句詩句，並在詩稿上簽下自己的名字。他詩的內容以奉養父母、團結族人為主，他們請了鄉中的秀才來看仲永的詩。從此之後，大家便指定一個東西要仲永作詩，仲永都能立即寫下詩句，而詩中的道理都是有可看性的。村民對仲永的才氣感到驚奇，逐漸地大家招待仲永的父親，或拿錢給他。他的父親因為仲永能文得到了這樣的利益，便天天帶著仲永到處拜見村人，不讓他學習。
予聞之也久，明道中，從先人還家，於舅家見之，十二三矣。令作詩，不能稱前時之聞。又七年，還自揚州，復到舅家，問焉。曰：「泯然眾人矣。」	我聽聞這件事很久了。明道二年，我跟隨父親回家，在舅舅家見到仲永本人，已經十二、三歲了。請他作詩，已不能符合以前那天才的名聲。又過了七年，從揚州回家，又到了舅舅的家裡，問起這件事，舅舅說：「他的才能消失，平凡得跟普通人沒什麼兩樣。」
王子曰：「仲永之通悟，受之天也。其受之天也，賢於材人遠矣。卒之為眾人，則其受於人者不至也。彼其受之天也，如此其賢也，不受之人，且為眾人。今夫不受之天，固眾，又不受之人，得為眾人而已邪？」	王安石說：仲永的天分，是受到老天的眷顧，如果他接受後天的教育，那麼他的才能會超越一般人，最後他會淪為一般平凡的人，是因為他沒有受到後天的教育所導致的結果。他的天賦如此優異，沒有接受後天教育，尚且淪為平凡人，現今天生沒有天賦的人，本來就是平凡的人，又不接受教育，可能只是成為普通人而已嗎？

段 落 欣 賞

◎第一段：「不使學」為其重點，五歲能詩的仲永，卻因為父親的短視近利，扼殺了上天賦予仲永的天分。

◎第二段：以自身的所見所聞加強公信力，證實仲永因為沒有學習，已經淪為「眾人」。

◎第三段：仲永的天才，是受到老天爺的眷顧，卻因為如此，忽視了後天的學習，再有天賦異稟的資質也是會因此而荒廢掉，也會淪為常人。由此可知「後天學習」是非常重要的。

王安石 《遊褒禪山記》

原　文	翻　譯
褒禪山，亦謂之華山。唐浮圖慧褒始舍於其址，而卒葬之，以故其後名之曰褒禪。今所謂慧空禪院者，褒之廬冢也。距其院東五里，所謂華陽洞者，以其在華山之陽名之也。距洞百餘步，有碑仆道，其文漫滅，獨其為文猶可識，曰「花山」，今言「華」如「華實」之「華」者，蓋音謬也。	褒禪山也叫華山。唐代和尚慧褒最先在山麓築屋定居，死後葬在這裡；因為這個緣故，後人便稱這座山為「褒禪山」。現在人們所說的慧空禪院，就是慧褒的弟子在慧褒墓旁蓋的屋舍。離那禪院東邊五里，是人們所說的華陽洞，因為它在華山的南面而這樣稱呼它。距離山洞一百多步，有一塊石碑倒在路旁，那上面的碑文已經模糊不清，從它殘存的字還可以辨認出「花山」的名稱。現下把「華」念作「華實」的「華」，原來是讀音錯了。
其下平曠，有泉側出，而記遊者甚眾，所謂前洞也。由山以上五六里，有穴窈然，入之甚寒，問其深，則其好遊者不能窮也，謂之後洞。	華陽洞下邊平坦空曠，有泉水從旁邊湧出，題字記遊的人很多，這是人們所說的「前洞」。順山而上走五六里，有個洞穴幽暗深遠，走進洞穴十分寒冷，問它的深度，就是那些喜歡遊覽的人也不能走到盡頭，人們叫它「後洞」。
余與四人擁火以入，入之愈深，其進愈難，而其見愈奇。有怠而欲出者，曰：「不出，火且盡。」遂與之俱出。	我和同遊的四個人拿著火把走進去，進洞越深，前進越困難，然而見到的景象也越奇特。有鬆氣懈怠想要退出的伙伴說：「如果不出去，火把將要燒完。」於是跟他們一起退出洞來。
蓋予所至，比好遊者尚不能十一，然視其左右，來而記之者已少。蓋其又深，則其至又加少矣。方是時，予之力尚足以入，火尚足以明也。既其出，則或咎其欲出者，而予亦悔其隨之而不得極乎遊之樂也。	大約我走到的地方，比起那些喜歡遊覽的人來說，還不到十分之一，然而看那左右的洞壁，來到這裡題字記遊的人已經少了。大概洞更深，那麼到達那裡的人就更少了。當時，我的體力還足夠繼續前進，火把也還足夠繼續照明。我們已經出洞後，便有人責怪那要求退出來的人，我也後悔自己隨從他們，以至不能盡那遊覽的樂趣。

原　文	翻　譯
於是予有歎焉。古人之觀於天地、山川、草木、蟲魚、鳥獸，往往有得，以其求思之深而無不在也。夫夷以近，則遊者眾；險以遠，則至者少。而世之奇偉瑰怪非常之觀，常在於險遠，而人之所罕至焉。故非有志者不能至也。有志矣，不隨以止也，然力不足者，亦不能至也。有志與力，而又不隨以怠，至於幽暗昏惑，而無物以相之，亦不能至也。然力足以至焉而不至，於人為可譏，而在己為有悔。盡吾志也，而不能至者，可以無悔矣，其孰能譏之乎？此予之所得也！	對於這種情況，我有所感慨。古人觀察天地、山川、草木、蟲魚、鳥獸的時候，往往有心得，因為他們探究、思考得非常深入而且無處不在。地方平坦並且路程近，到達的人就多；地勢險峻並且路程遠，到達的人就少。但世上的奇妙雄偉、珍貴奇特、不同尋常的景象，常常在那險阻僻遠的地方，因而人們很少能夠到達，所以，不是有志向的人是不能到達的。有了志向，也不隨從別人而中止，然而力量不足，也不能到達。有了志向和力量，而且又不隨從別人而鬆懈，到了那幽深昏暗、叫人迷亂的地方，卻沒有外力來輔助他，也不能到達。但是力量足夠到達那裡，結果卻沒有到達，在別人看來是可笑的，在自己看來也是有所悔恨的；盡了自己的努力卻不能到達的人，就可以沒有悔恨了，誰還會譏笑他？這就是我這次遊山的心得。
余於仆碑，又以悲夫古書之不存，後世之謬其傳而莫能名者，何可勝道也哉？此所以學者不可以不深思而慎取之也。	我對於那倒在地上的石碑，又因此嘆惜那古代書籍的失傳，後代人弄錯了它而流傳的文字，沒有人能弄清真相，又哪能說得完呢！這就是今天治學的人不可不深入思考、謹慎地選取的緣故了。
四人者：廬陵蕭君圭君玉，長樂王回深父，余弟安國平父、安上純父。至和元年七月某日，臨川王某記。	同遊的四個人：廬陵人蕭君圭，字君玉、長樂人王回，字深父、我的弟弟安國，字平父、安上，字純父。至和元年七月某日，臨川人王某記。

段 落 欣 賞

◎第一段：敘說華山命名的原委，卻有承上啟下的作用。

◎第二段：分別論述華山洞「前洞」與「後洞」的差別。

◎第三段：簡述退出洞內的原因。

◎第四段：後悔自己跟著想要出洞的人離開洞內，沒有繼續探訪洞內的美景，導致於自己遊覽不能盡興。目的不達，滿腹憾恨之情溢於言表，由此可見作者不畏艱險、積極進取精神。

◎第五段：寫未能深入華山後洞所產生的感想和體會。地勢險峻，地處偏遠的地方，本來可到之人就少，只有胸懷大志，才有可能到達理想的境地。有了大志，不隨隨便便地止足不前，竭盡自己的力氣，也就沒有什麼好悔恨的了。

◎第六段：從山名的以訛傳訛，聯想到古籍的以訛傳訛，使作者觸目傷懷，慨嘆不已。勉勵學者作學問要深入思考而謹慎選取。

◎第七段：記錄一起同遊的四人。

對於美的事物，
我要堅持到底。

＊筆記＊

佳文欣賞──論語選讀

原　文	翻　譯
子曰：「學而時習之，不亦說乎？有朋自遠方來，不亦樂乎？人不知而不慍，不亦君子乎？」 （學而第一·一）	孔子說：「學習並且時常溫習，不是很喜悅的嗎？有志同道合的朋友從遠方來訪，不是很快樂嗎？別人不瞭解我的德性，我也不生氣，不是君子的表現嗎？」
章旨：為學乃君子之基要。	
子禽問於子貢曰：「夫子至於是邦也，必聞其政，求之與？抑與之與？子貢曰：「夫子溫、良、恭、儉、讓以得之。夫子之求之也，其諸異乎人之求之與！」 （學而第一·十）	子禽請教子貢說：「夫子每到一個國家，必定先聞知此國政事，這是夫子自己去求得的？還是各邦國君自動請益的呢？」 　子貢說：「夫子是以溫和、善良、莊敬、勤儉、謙讓，廣受各國君主的敬重。如果要說夫子是求來的，只能說他的求法和別人不同！」
章旨：子貢解釋孔子因其溫和、良善、莊敬、勤儉、謙讓，而得以用一種與別人不同的方法得到他國的國政訊息，也可以知道這樣的態度可以增進人際關係。	
子夏問孝。子曰：「色難。有事弟子服其勞；有酒食，先生饌，曾是以為孝乎？」 （為政第二·八）	子夏問孔子怎樣才算是孝。 孔子說：「侍奉父母，最難能可貴的是要表現出愉悅的臉色。若只是家中有事時，才由子女操勞，有了酒飯讓父兄先吃，難道這就算是孝了？」
章旨：侍奉父母最難能可貴的是臉色和善。	

原　文	翻　譯
子曰：「管仲之器小哉！」 　　或曰：「管仲儉乎？」 　　曰：「管氏有三歸，官事不攝，焉得儉？」「然則管仲知禮乎？」 　　曰：「邦君樹塞門，管氏亦樹塞門。邦君為兩君之好有反坫，管氏亦有反坫。管氏而知禮，孰不知禮？」 　　（八佾第三・二十二）	孔子說：「管仲這個人小器！」 　　有人問說：「是說管仲太節儉嗎？」 　　孔子說：「管仲有三處住家，協助管事的官吏人事安排過度氾濫，怎算得上節儉呢？」 　　又有人問道：「那麼管仲知曉禮法嗎？」 　　孔子說：「國君以樹當大門的屏風，管仲也如法泡製。國君家中設宴招待友邦國君的禮節，管仲也如法泡製。這樣說來管仲知道君臣之禮嗎？」
章旨：本章是孔子評論管仲的為人，並寄寓貴王道，輕霸業。	
子曰：「參乎！吾道一以貫之。」 　　曾子曰：「唯。」子出，門人問曰：「何謂也？」 　　曾子曰：「夫子之道，忠恕而已矣！」 　　（里仁第四・十五）	孔子說：「曾參啊，我的綱常倫理的正道可用一種道理貫通的。」 　　曾子回應說：「是啊！」後來孔子出去之後，其他的學生就問曾子：「孔夫子的意思是什麼呢？」 　　曾子就說：「夫子的道理，就是忠與恕的道理而已。」
章旨：闡明孔子所遵行的道理乃為忠恕之道。	

原　文	翻　譯
宰予晝寢。子曰：「朽木不可雕也，糞土之牆，不可杇也，於予與何誅！」子曰：「始吾於人也，聽其言而信其行；今吾於人，聽其言而觀其行，於予與改是。」 　　（公冶長第五‧十）	宰予白天睡覺，孔子說：「爛木頭不能再雕刻，骯髒的土牆不能再粉飾。我對宰予，還能責備些什麼呢？」孔子又說：「以前我對人，總是聽了他說的話，就相信他的行為。現在我對人，聽了他的話，還得再看看他的行為。我是因為宰予才改變我的態度。」
章旨：孔子責備宰予，並勉人要言行一致。	
子曰：「質勝文則野，文勝質則史。文質彬彬，然後君子。」 　　（雍也第六‧十六）	孔子說：「一個人的本質如果超過文采，那就和粗鄙的野人差不多；文采如果超過本質，便顯得虛浮，和官府中掌文書的人差不多。必須文采、本質配合均勻適當，這樣才是君子。」
章旨：本章孔子言文質均適，乃君子之道。	
子曰：「飯疏食，飲水，曲肱而枕之，樂亦在其中矣。不義而富且貴，於我如浮雲。」 　　（述而第七‧十五）	孔子說：「飯食簡單，睡覺彎著手臂當枕頭，卻也樂不可支。不仁不義、為富不仁獲得的富貴，對我來說像浮雲，是虛假不會永恆。」
章旨：本章言明孔子安貧樂道而賤鄙不義。	
子絕四：「毋意，毋必，毋固，毋我。」 　　（子罕第九‧四）	孔子平日所戒除的毛病有四種：「不胡亂臆測，不武斷偏頗，不固執成見，不自私為我。」
章旨：本章記孔子處世不妄斷、固執。	

原　文	翻　譯
子曰：「恭而無禮則勞，慎而無禮則葸，勇而無禮則亂，直而無禮則絞。君子篤於親，則民興於仁。故舊不遺，則民不偷。」 　　（泰伯第八・二）	孔子說：「只是一味對人、對己、對事太過恭敬，而沒有用禮來節制規範，就會讓自己一直忙碌到厭倦。對事情太過於要求謹慎，而沒有用禮來合宜規範，就會變得畏畏縮縮、無法果斷，什麼也不敢嘗試。仗勢自己有勇氣、有膽識、有衝勁，如果沒有用禮來好好規範，就很容易把事情搞砸，甚至出亂背叛。為人太過爽直、坦白，如果沒有禮的規範，就會常常得罪人而違背人情。一個為國為民的正人君子，能親愛自己的親人，人民就會講仁愛信義。能夠在飛黃騰達時，不忘記老朋友，老朋友不忘記以往良好的習慣態度、社會風氣就不會那麼詭詐奸巧了。」
章旨：本章言合禮、貴禮可使民風淳善，社會秩序良好。	
朋友死，無所歸，曰：「於我殯。」朋友之饋，雖車馬，非祭肉，不拜。 　　（鄉黨第十・十五）	孔子的朋友過世了，沒有親人幫死者下葬。孔子說：「我來幫他治喪。」 朋友贈送的禮物，雖然像車馬之類貴重的東西，因為不是祭肉，都不拜受。
章旨：本章記孔子交友重義氣，接受禮物也須合乎禮儀。	
季路問事鬼神，子曰：「未能事人，焉能事鬼？」「敢問死？」曰：「未知生，焉知死？」 　　（先進第十一・十一）	子路問孔子有關侍奉鬼神的問題，孔子說：「不能懂得侍奉人的道理，又怎麼懂得侍奉鬼神呢？」子路又問：「可以問死後的情形？」孔子回答說：「不懂生的道理，又哪裡能曉得死後的情形呢？」
章旨：本章言孔子不說無益之語也，生命比起鬼神重要。	

原　文	翻　譯
季康子問政於孔子曰：「如殺無道，以就有道，何如？」 　　孔子對曰：「子為政，焉用殺？子欲善，而民善矣！君子之德風；小人之德草：草上之風必偃。」 　　（顏淵第十二・十九）	季康子問孔子說：「用以殺止殺的方法，把壞人殺掉，歸到正道那裡去，怎麼樣？」 　　孔子說：「為政之道，並不是靠殺人而能成功的，應該以自己的德行來領導，你用善心來行事，下面的風氣自然跟著善化了！君子之德像風一樣；普通人的德像草一樣，如果有一陣風吹過，草一定隨風而倒。」
章旨：本章是孔子教季康子以德化民。	
子曰：「其身正，不令而行：其身不正，雖令不從。」 　　（子路第十三・六）	孔子說：「居上位的人，本身做事合於正道，人民不須教令，自然會照樣去做；如果自己做事不合於正道，就算有命令，人民也不會服從。」
章旨：本章言為政者須己身先正也。	
子曰：「君子道者三，我無能焉：仁者不憂，知者不惑，勇者不懼。」子貢曰：「夫子自道也！」 　　（憲問第十四・三十）	孔子說：「君子有三種美德，我都沒有做到：仁者不憂慮；智者不疑惑；勇者不懼怕。」子貢說：「這三種美德，正是老師的自白啊！」
章旨：本章言君子的三種美德。	
子曰：「可與言，而不與言，失人：不可與言，而與之言，失言。知者不失人，亦不失言。」 　　（衛靈公第十五・七）	孔子說：「可以和他說話而不和他說話，是錯過了人；不可和他說話而和他說話，是說錯了、找錯了對象。有智慧的人不會錯過人，也不會說錯話、找錯了對象。」
章旨：本章言知者不失人，亦不失言。	

原　文	翻　譯
孔子曰：「君子有九思：視思明，聽思聰，色思溫，貌思恭，言思忠，事思敬，疑思問，忿思難，見得思義。」 　　　　（季氏第十六・十）	孔子說：「君子有九件該用心思慮的事情：看事物要力求分明；聽人言語要力求聽得清楚；神色要力求溫和；說話務必忠實；做事必謹慎敬重；有了疑惑要問清楚；忿怒時要想到事後的禍害；見了財利要想自己應不應該取得。」

章旨：言君子有九種事當用心思慮，使其合於禮義。

子曰：「小子！何莫學夫《詩》？《詩》可以興，可以觀，可以群，可以怨；邇之事父，遠之事君；多識於鳥獸草木之名。」 　　　　（陽貨第十七・九）	孔子說：「同學們為什麼不學習詩呢？詩，可以感發心志，可以觀察得失，可以和人相處，可以書寫憂愁。近則可以侍奉父母，遠則可以服侍君上，而且可以多多認識鳥獸草木的名稱。」

章旨：孔子的這段話表達了詩的社會功能、人倫功能、教育功能、外交功能。

齊景公待孔子，曰：「若季氏則吾不能，以季、孟之閒待之。」曰：「吾老矣，不能用也。」孔子行。 　　　　（微子第十八・三）	齊景公想要聘用孔子，說：「如果要我待你如季氏那樣，我不能，我以魯國君待季氏與孟孫氏之間的禮來待你。」後來，齊景公又說：「我老了，恐怕不能用孔子了。」於是孔子離開齊國。

章旨：記孔子不見用於齊也。

4 修辭與文法篇

本篇說明

修辭與文法是整個國文中，最好拿分的一篇，只要會分辨詞性和修辭要領，對於解題就能很快上手。

一個句子之中，隱含的修辭有非常多種，仔細找出主要的關鍵字，就能夠輕易判斷。用筆作註記，是致勝的一大武器。

本 篇 重 點

文法詞性、四大句型總是搞不懂？
小試身手讓你易上手。

總是無法判別修辭？先圈出關鍵字。

歷屆考題總會有盲點，如何一針見血找到關鍵字？
考題解析有玄機。

本篇大綱

↗ 國文文法

國文文法要理解什麼事情呢?就是要瞭解四大詞性、四大句型,唯二的基礎概念。

何謂四大詞性?就是所謂的動詞(v.)、名詞(n.)、副詞(adv.)、形容詞(adj.);那何謂四大句型?就是敘事句、判斷句、有無句、表態句。詞性判斷在國考中出現頻率非常高,四大句型較少但也有出現過。

動詞(v.)

表示人、物的行為、動作或事件的發生之詞。通常百分之九十,在「不」這個字後頭所接的詞或字都會是動詞。

例:走、跑、拿、「發」呆、不「喜歡」、不「去」⋯⋯。

名詞(n.)

表示人、地、事、物等名稱的詞。

例如:貓、狗、臺北、桌子、椅子、我討厭「他抽菸」(指的是他抽菸這件事)⋯⋯。

副詞(adv.)

區別或限制事物的動作、形態、性質的詞,常附加於動詞、形容詞或其他副詞之上。通常在動詞前可以加上「地」這個字,這詞就會是副詞。

例:「靜悄悄地」走開、「用力地」敲開⋯⋯。

形容詞（adj.）

形容事物的形態、性質的詞。常附加於名詞之上。通常可以在名詞加上「的」這個字，這個詞就會是形容詞。

例：「美麗的」面孔、「肥胖的」身軀……。

名詞：我是狗……

副詞：靜悄悄地離開……

形容詞：肥胖的狗……

動詞：狗奮力奔跑……

四大詞性的關係：

1. 動詞和名詞沒有太大的問題，它們是獨立的。

2. 副詞可以修飾動詞和形容詞。

例：(1)他仔細地閱讀中文。仔細地：副詞，閱讀：動詞。

　　(2)她非常可愛。非常：副詞，可愛：形容詞。

3. 形容詞只可以修飾名詞。

例：(1)一個很帥的人。很帥的：形容詞，人：名詞。

　　(2)資料豐富的書籍。豐富的：形容詞，書籍：名詞。

小試身手

(　) 1. 「前世今生」一詞的詞性結構是「形容詞＋名詞＋形容詞＋名詞」。下列成語，何者的詞性結構與此不同？　(A)花落月沉　(B)奇花異草　(C)花言巧語　(D)火樹銀花。

(　) 2. 下列選項「　」中的詞語，何組詞性兩兩相同？　(A)「美麗」的模特兒邁著台步展現她的「美麗」　(B)他「凋零」的愛情一如「凋零」的枯葉，隨風而去　(C)為了表示「慎重」，他「慎重」的請來古董專家鑑定這批瓷器是否為真品　(D)雖然心中「盼望」不已，但他知道歸鄉的「盼望」已然成空。

【解答】　1.(A)　　2.(B)

【解析】　1. 花落月沉：名詞＋動詞＋名詞＋動詞
　　　　　2.(A)形容詞／名詞　(B)形容詞　(C)名詞／副詞　(D)動詞／名詞

複詞：

1. 同義複詞：由兩個意義相同的詞組合成一個複詞。

例：(1)聆聽（聆＝聽）。

(2)崎嶇（崎＝嶇）。

2. 偏義複詞：即在語詞中偏重當中的一個字，另一字不具意義。

例：(1)曾不吝情「去留」：偏去義，離開。

(2)「忘記」簽名：偏忘義，忘掉。

3. 雙聲複詞：兩個字的聲母相同。

例：(1)嘹亮：ㄌㄧㄠˊ ㄌㄧㄤˋ，聲母皆是「ㄌ」。

(2)芬芳：ㄈㄣ ㄈㄤ，聲母皆是「ㄈ」。

4. 疊韻複詞：兩個字的韻母相同。

例：(1)婆娑：ㄆㄛˊ ㄙㄨㄛ，韻母皆是「ㄛ」。

(2)聆聽：ㄌㄧㄥˊ ㄊㄧㄥ，韻母皆是「ㄥ」。

小試身手

（　）1. 擁有相同聲母的詞稱為「雙聲」，如「吩咐」這兩個字有相同的聲母「ㄈ」；擁有相同韻母的詞稱為「疊韻」，如「徘徊」這兩個字有相同的韻母「ㄞ」。以下四個詞的關係何者正確？(甲)囑咐(乙)慷慨(丙)磊落(丁)聆聽　(A)甲乙是雙聲，丙丁是疊韻　(B)乙丙是雙聲，甲丁是疊韻　(C)甲丙是雙聲，乙丁是疊韻　(D)丙丁是雙聲，甲乙是疊韻。

【解答】 1.(B)

【解析】(甲)囑咐：ㄓㄨˇ ㄈㄨˋ（疊韻）

(乙)慷慨：ㄎㄤ ㄎㄞˇ（雙聲）

(丙)磊落：ㄌㄟˇ ㄌㄨㄛˋ（雙聲）

(丁)聆聽：ㄌㄧㄥˊ ㄊㄧㄥ（疊韻）

四大句型：

1. 敘事句：(1)主詞（名詞）+述語（動詞）

   　　　　(2)主語+述語+賓語（名詞）

例：(1)鳥飛。　(2)我愛貓。

2. 有無句：主語+繫詞+斷語+賓語，繫語為「有」或「無」。

例：(1)我**有**十位學生。

　　(2)木蘭**無**長兄。（木蘭詩）

3. 判斷句：主語+繫詞+斷語，繫詞為「是、乃、為、非」，常與譬喻連用。

例：(1)我是貓。

　　(2)人非聖賢。

4. 表態句：主語+表語（形容詞）。

例：(1)環堵蕭然。（五柳先生傳）

　　(2)雄兔腳撲朔。（木蘭詩）

小試身手

（　）1.「天下沒有白吃的午餐」一句句型為「有無句」，下列何者也是有無句？　(A)碗裡所有的原只是些萊菔、白菜之類　(B)藝術的生活，原是觀照享樂的生活　(C)即使自己有這個心，何嘗有十分把握　(D)其中有一碗非常得鹹。

【解答】 1.(C)

【解析】(A)「碗裡所有的原只是些萊菔、白菜之類」：判斷句　(B)「藝術的生活，原是觀照享樂的生活」是判斷句　(D)「其中有一碗非常得鹹」表態句

＊筆記＊

↗ 國文修辭

　　修辭也是國考中很愛考的類型之一，如果能細心加以判斷，這是很好拿分的題型。若能簡單運用於作文中，也是很好的一項工具。

轉品：詞性轉換

例：(1)春風又「綠」江南岸：綠（形容詞→動詞）表示春風把岸邊染綠了，效果非常顯著。

　　(2)這建築物很「地中海」：地中海（名詞→形容詞）表示這建築物有藍與白的風格。

小試身手

（　）1.「臺北的天空很希臘」，句中的「希臘」本是一專有名詞，在這裡用副詞「很」修飾後，變成了形容詞，用來強調希臘專屬的風格特色。下列「　」中的詞語，何者用法與此相同？　(A)皮卡丘在學校的行為很「惡劣」　(B)小新很「寶貝」自己的腳踏車　(C)丁當的行為非常「商人」　(D)老師對他印象非常「深刻」。

（　）2.「春風又綠江南岸」的「綠」字改變詞性為動詞之後，使得詩意更為生動活潑。下列詩句「　」中的字，何者也改變詞性，當動詞使用？　(A)「銀」燭朝天紫陌長，禁城春色曉蒼蒼　(B)最是秋風管閒事，紅他楓葉「白」人頭　(C)白髮悲花落，「青」雲羨鳥飛　(D)連山晚照「紅」，遠岸秋沙白。

【解答】　1.(C)　2.(B)

【解析】　1.(A)詞性沒變　(B)名詞→動詞　(C)名詞→形容詞　(D)詞性沒變
　　　　　2.(A)名詞→形容詞　(B)形容詞→動詞　(C)詞性沒變　(D)詞性沒變

對偶：語文中，上下兩句，或是一個句子中的兩個詞語，字數相等、句法相似，有時甚至講究平仄相對、字不重複的，叫做「對偶」。修辭法上通常只要符合前兩項即是，只有詩文中的對仗需要講究平仄相對。

對偶的分類：1.句中對　2.單句對　3.雙句對　4.長對

1. 句中對：在一句話中的兩個詞語能相對，在成語中時常出現。

例：⑴千言萬語：形容詞+名詞+形容詞+名詞

　　⑵風平浪靜：名詞+動詞+名詞+動詞

2. 單句對：上下兩句相對偶的修辭，是最普遍而依此為標準下定義的對偶法。

例：⑴功蓋三分國，名成八陣圖。（杜甫 八陣圖）

　　⑵苔痕上階綠，草色入簾青。（劉禹錫 陋室銘）

3. 雙句對：也稱隔句對，是指上兩句對了下兩句的對偶。

例：⑴從前種種，譬如昨日死；以後種種，譬如今日生。（了凡四訓）

　　「從前種種」對「以後種種」

　　「譬如昨日死」對「譬如今日生」

　　⑵業精於勤，荒於嬉；行成於思，毀於隨。（韓愈 進學解）

　　「業精於勤」對「行成於思」

　　「荒於嬉」對「毀於隨」

4. 長對：兩長句相對。

例：⑴風聲雨聲讀書聲，聲聲入耳；

　　　家事國事天下事，事事關心。（顧憲成 題東林書院）

　　⑵茶，泡茶，泡好茶；

　　　坐，請坐，請上座。（梁實秋　客）

※國考中較常考的屬前面二項，句中對與單句對。

小試身手

( ) 1. (甲)白日放歌須縱酒，青春作伴好還鄉 (乙)月落烏啼霜滿天，江楓漁火對愁眠 (丙)即從巴峽穿巫峽，便下襄陽向洛陽 (丁)故人西辭黃鶴樓，煙花三月下揚州 (戊)明月松間照，清泉石上流。以上詩句，屬於對偶句的有哪些？ (A)甲丙戊 (B)乙丙丁 (C)甲丙丁 (D)乙丁戊。

【解答】 1.(A)

【解析】 1.(丁)故人西辭黃鶴樓：形＋名＋副＋動＋形＋名＋名
煙花三月下揚州：形＋名＋形＋名＋動＋名＋名 故無對偶。

排比：用結構相似的句法，接二連三地表達同範圍同性質的意象。

例：(1)可愛的玩偶、整排的書櫃、溫暖的大床，充斥在我的房間中。

(2)燕子去了，有再來的時候；楊柳枯了，有再青的時候；桃花謝了，有再開的時候。（朱自清 匆匆）

小試身手

( ) 1.「老者安之，朋友信之，少者懷之。」（論語）這句話的修辭技巧是利用結構相似的句法，接連地表現相同範圍、同性質的意象。下列哪一個選項與此不同？ (A)有喜有憂，有笑有淚，有花有實，有香有色，既須勞動，又長見識，這就是養花的樂趣 (B)坐著，躺著，打兩個滾，踢幾腳球，賽幾趟跑，捉幾回迷藏，風輕悄悄的，草軟綿綿的 (C)刀不磨會生鏽，水不流會發臭，人不學會落後 (D)小小的花瓣上，雜生紅白、粉紅和白色的，襯著小小綠葉，真是叫人看了著迷。

【解答】 1.(D)

【解析】 1.(D)類疊、視覺摹寫。

類疊：接二連三地使用相同的詞彙、語句，來強化表達效果。

類疊的分類：1.類字　2.疊字　3.類句　4.疊句

1. 類字：是同一個字詞間隔重複使用。

例：(1)<u>知</u>之為<u>知</u>之，<u>不知</u>為<u>不知</u>，是<u>知</u>也。（論語・為政）

　　(2)他長得又高又帥，十足是個籃球明星。

2. 疊字：是同一個字詞重疊使用。

例：(1)綠<u>油油</u>的稻田。

　　(2)閃<u>亮亮</u>的霓虹燈。

3. 類句：是同一個語句間隔重複使用。

例：(1)<u>人而不仁</u>，如禮何？<u>人而不仁</u>，如樂何？（論語・八佾）

　　(2)<u>朦朧地</u>，山巒靜靜地睡了。<u>朦朧地</u>，田野靜靜地睡了。（楊煥

　　夏夜）

4. 疊句：是同一個語句連續重複使用。

例：(1)亡之！命矣夫？<u>斯人也，而有斯疾也！斯人也，而有斯疾也！</u>

　　（論語・雍也）

　　(2)<u>不用麻煩了　不用麻煩了 不用麻煩 不用麻煩了 不用麻煩了</u>

　　　你們一起上 我在趕時間 每天決鬥觀眾都累了 英雄也累了

　　　<u>不用麻煩了 不用麻煩了</u> 副歌不長你們有幾個 一起上好了

　　　正義呼喚我 美女需要我 牛仔很忙的

　　　（周杰倫 牛仔很忙）

※排比和類句的分別，排比是句句對應，並非是重複字句，但類句就

　會有重複字句的效果產生。

小試身手

（　）1. 下列何者沒有運用類疊修辭技巧？　(A)創作是面對未知的冒險
(B)每天每天的工作　(C)使手藝跟著慢慢熟練起來　(D)把舞一點一點拼
出來。

【解答】1.(A)

【解析】1.(A)判斷句、譬喻。

譬喻：也就是「比喻」，人們在說話時通常叫做「打比方」。譬喻可分為三個部分：喻體（所要說明的事物主體）、喻詞（連接喻體與喻依的語詞，如、似、猶、彷彿等）、喻依（用來比方說明此一主體的事物）。

譬喻的分類：1.明喻　2.暗喻　3.略喻　4.借喻

1. 明喻：喻體+喻詞（像、如、似）+喻依

例：(1)我像貓一樣神秘。　(2)我的身材如豬一樣圓。

2. 暗喻：喻體+喻詞（是、為）+喻依。

例：(1)專家還不是訓練有素的狗。（陳之藩 哲學家的皇帝）

　　(2)我是天空裡的一片雲。（徐志摩 偶然）

3. 略喻：喻體+喻依（中間常會是「，」或是「！」）

例：(1)直樹阿！我冬天的暖爐！

　　(2)JC鮮師，法律寶典啊！

4. 借喻：是譬喻中最精練含蓄的一種手法，只提出喻體來表明，喻體和喻詞都省略掉了。

例：(1)KITTY般的容顏，可愛極了！

　　(2)太陽般的笑容，迷倒眾生。

小試身手

（　）1. 下列文句，何者沒有使用譬喻修辭技巧？　(A)小兔子那兩隻豆莢似的小耳朵真是可愛　(B)急急地去追趕一個被風吹跑的空塑膠袋子，像追趕一個敵人那樣　(C)已是初秋，陽光卻炙熱依舊，灑了一地的金黃　(D)你的溫柔是我冬日裡的暖陽。

【解答】 1.(C)

【解析】 1.(C)轉化。

摹寫：人的五官眼、耳、鼻、舌、身是認識世界的最主要器官。通過語言喚起讀者的各種感覺，特別是視覺和聽覺，把事物的顏色和形狀、聲音、情狀等描摹出來，即為摹寫。

1. 視覺摹寫：形狀、顏色、樣貌。

例：(1)層層的葉子中間，零星地點綴著些白花。（朱自清 荷塘月色）
　　(2)當她們掙扎著從店裡擠出來時，頭髮已經亂了，滿臉倦容。
　　　（宋晶宜 看星斗的夜晚）

2. 聽覺摹寫：聲音。常與「狀聲詞」一同出現。

例：(1)不聞爺孃喚女聲，但聞黃河流水鳴濺濺。（南朝宋 木蘭詩）
　　(2)風瑟瑟以鳴松，水琤琤（ㄔㄥ）而響谷。（梁書・卷三十四・張緬傳）

※狀聲詞：摹仿事物或動作聲音的詞。

3. 觸覺摹寫：皮膚接觸、觸摸。

例：(1)風異常得冰冷。
　　(2)鰻魚滑溜溜的。

4. 嗅覺摹寫：氣味。

例：(1)他身上的男人味真的是好聞到令人作噁。
　　(2)淡淡的桂花香，心神舒暢。

5. 味覺摹寫：味道。

例：(1)我喜歡糖醋排骨的味道，甜甜的、酸酸的。
　　(2)苦瓜的苦味，雖苦但會回甘。

小試身手

（　）1.「提著水桶嘩啦啦的沖洗地板」一句運用了何種摹寫修辭技巧？
　　　(A)聽覺摹寫　(B)嗅覺摹寫　(C)味覺摹寫　(D)觸覺摹寫。

【解答】 1.(A)

【解析】 1. 提著水桶嘩啦啦的沖洗地板：狀聲詞，所以是聽覺摹寫。

轉化：描述一件事物時，轉變它原本的性質，化成另一種與本質截然不同的事物，叫做轉化。分有人性化（將物擬人）、物性化（將人擬物）、形象化（化抽象為具體）等三種方式。

1. 擬人法：將物擬人。

例：(1)路燈向村莊道過晚安。（楊喚 夏夜）

(2)太陽的熱情，讓我無路可逃。

2. 擬物法：將人擬物。

例：(1)哥哥是我的提款機，「給我錢」是提款密碼

(2)他發起脾氣像是火山爆發了。

3. 形象化：以虛為實。

例：(1)好銳利的喜悅刺上我心頭。（梁實秋 我愛鳥）

(2)回憶在夜裡鬧得很兇（梁靜茹 接受）

小試身手

（　）1. 下列文句，何者運用了轉化修辭技巧？　(A)苞子上清水滴滴，荷葉上水珠滾來滾去　(B)這幾件舊衣服和些舊傢伙，當的當了，賣的賣了　(C)樹枝上都像水洗過一番的　(D)屋頂上的雨水滴落下來，卻理直氣壯地在簷下匯成一道水流。

【解答】1.(D)

【解析】1.(A)(B)類疊　(C)譬喻

誇飾：將客觀之人、事或物的特點，透過主觀情意的誇張渲染與鋪
　　　飾形容，使它與真正的事實相差很遠，這種修辭方法稱為
　　　「誇飾」，使句子或文章呈現言過其實、一鳴驚人的效果。

例：(1)白髮三千丈（李白 秋浦歌）——頭髮不會真的長到三千丈。
　　(2)忽有龐然大物，拔山倒樹而來。（沈復 兒時記趣）——癩蛤蟆
　　　無法真的拔山倒樹。
　　(3)愛你一萬年——愛一個人不可能會有一萬年，人最多不過百來
　　　歲。

小試身手

（　）1.「誇飾」往往為文章帶來一鳴驚人的效果。下列何句使用了誇飾修
　　　辭技巧？　(A)你真會詔媚欸！也不怕閃到舌頭　(B)我為了明天的麵
　　　包及昨日的債務辛勞地工作　(C)我和你的世界，就像一條拋物線
　　　(D)你今天是安怎？為什麼奇奇怪怪。

（　）2.「人莫樂於閒」一句使用了誇飾修辭技巧，下列哪一句歌詞也使用這
　　　種修辭技巧？　(A)思念被時光悄悄的搖落／酸酸的咬了一口（梁靜
　　　茹 親親）　(B)懂得讓我微笑的人／再沒有誰比你有天分（林依晨 非你
　　　莫屬）　(C)你品嘗了夜的巴黎／你踏過下雪的北京（陳綺貞 旅行的意
　　　義）　(D)那是我心中的幸福／我知道它苦苦的（王心凌 我會好好的）。

【解答】 1.(A)　2.(B)

【解析】 1.(B)借代　(C)譬喻　(D)設問
　　　　 2.(A)(C)(D)轉化

映襯：在行文中，把不同的、特別是相反的觀念或事實對列起來，兩相比較，使其意義明顯的修辭方法。

例：(1)最沉重也最甜蜜的負荷。（吳晟 負荷）

(2)最大的小車。（Honda廣告）

小試身手

（　）1.「同樣是一根針，曾經使他失去光明，卻也因此帶給億萬盲人光明和希望。」此句使用映襯修辭技巧，下列何者沒有使用相同的修辭技巧？ (A)醜陋的沙礫已變成美麗的珍珠 (B)眼淚化作歡笑 (C)痛苦的代價成就了榮耀的光彩 (D)珍珠顆顆光澤柔和，渾圓美麗。

【解答】 1.(D)

【解析】 1.(D)類疊、視覺摹寫

層遞：兩個以上的事物，依大小輕重比例次序層層遞進的修辭法。

例：(1)少年讀書，如隙中窺月；中年讀書，如庭中望月；老年讀書，如台上玩月。皆以閱歷之淺深，為所得之淺深耳。（張潮・幽夢影）

(2)我們從點頭之交、到熟識、互相喜歡、相愛，最後組成了家庭。

小試身手

（　）1.「層遞」修辭是將所要敘述的事、理，按照一定順序排列，下列句子何者即屬於層遞修辭？ (A)要是沒有水只有水車，跟只有米沒有火煮一樣沒有用。 (B)山朗潤起來了，水長起來了，太陽的臉紅起來了。 (C)愛，一粒深藏在心中的種子，必須用包容、忍耐、盼望、信任以及淚水來灌溉。 (D)痛苦使人沉思，沉思使人智慧，智慧使人對生活比較易於忍受。

【解答】 1.(D)

【解析】 1.(A)譬喻 (B)排比 (C)譬喻

借代：在語文中，放棄通常所用的本名或語詞不用，另找其他相關的名稱或語詞來代替的修辭方法，稱為「借代」。

例：(1)「白衣天使」的溫柔微笑，會令人減輕痛苦。（護士）

　　(2)光這個月，我收到四份「紅色炸彈」。（紅包）

　　(3)我已經到了「而立之年」。（三十歲）

　　(4)「紈褲子弟」花錢如流水。（不知人間疾苦的富家小孩）

　　(5)無「絲竹」之亂耳。（音樂）

　　(6)「杜康」下肚，做事失誤。（酒）

| 白衣天使 | 而立之年 | 紈褲子弟 |

小試身手

(　)1. 大家正在看新聞，爸爸說：「這個男人的一生真是坎坷！」瑞凡說：「我知道，這叫紅顏薄命！」全家人哄堂大笑。瑞凡用「紅顏」來代指男人，這是錯誤的用法，下列何者所借代的對象說明錯誤？(A)「布衣」可致卿相：代指窮人　(B)但願人長久，千里共「嬋娟」：代指明月　(C)化「干戈」為玉帛：代指戰爭　(D)鳥中之「曾參」：代指孝子。

(　)2. 下列選項對季節的配對，哪兩項錯誤？　(甲)瑤琴一曲來「薰風」──春(乙)吹面不寒「楊柳風」──夏(丙)「西風」殘照，漢家陵闕──秋(丁)明月照積雪，「北風」勁且哀──冬　(A)甲乙　(B)乙丙　(C)丙丁　(D)丁甲。

【解答】 1.(A)　2.(A)

【解析】 1.(A)「布衣」是指平民

　　　　 2.(甲)「薰風」：夏　(乙)「楊柳風」：春

常用借代舉例

借代語	原義	借代語	原義
酣「觴」賦詩	酒	把酒話「桑麻」	農作物
唯有「杜康」	酒	圓頂方踵	人
且進「杯中物」	酒	「方寸」大亂	心
三杯「黃湯」下肚	酒	秋山「紅葉」	楓葉
梨園	戲班	老圃「黃花」	菊花
菊壇	戲劇界	「綠」肥「紅」瘦	葉；花
杏林	醫學界	無「絲竹」之亂耳	音樂/樂器
杏壇	教育界	無「案牘」之勞形	工作/公務
蟾宮	月亮	孤「帆」遠影碧山盡	船
千里共「嬋娟」	月亮	白領階級	上班族
金烏	太陽	藍領階級	工人
桃符	春聯	情人眼裡出「西施」	美女
回祿	火神/火災	母豬賽「貂蟬」	美女
祝融	火神/火災	六宮「粉黛」無顏色	美女
孫中山	錢	「紅顏」禍水	美女
孔方兄	錢	美眉	美女
阿堵物	錢	「潘安」再世	俊男
四個小孩	錢	紈褲子弟	富家子弟
「魚雁」往返	書信	中原亂，「簪纓」散	達官貴人
遺我「雙鯉魚」	書信	「冠蓋」滿京華	達官貴人
尺素書	書信	「朱門」酒肉臭	富貴人家
黔首	平民百姓	西宮	嬪妃
「布衣」可以為卿相	平民百姓	左右	近臣

借代語	原義	借代語	原義
烏中之「曾參」	孝子	東床	女婿
「春風」化雨	老師	南面（面向南）	稱王
西席	老師	北面（面向北）	稱臣
「桃李」滿天下	學生	東市	刑場
青衿	學生	閣下、足下	同輩朋友
「韋編」三絕	書	鐵飯碗	公務員
雖古「竹帛」所載	書籍	炒魷魚	被公司解雇
留取丹心照「汗青」	史書	吃閉門羹	遭到拒絕
巾幗	女子	背黑鍋	無辜替人擔罪
鬚眉	男子	炒冷飯	炒作舊的新聞
舉白旗	投降	衣架子	身材完美的女孩
舉紅旗	請戰	旱鴨子	不會游泳的人
摘去「烏紗帽」	官職	鐵公雞	吝嗇的人
紅色炸彈	喜帖	眼中釘、肉中刺	最憎恨的人
白色炸彈	訃聞	踢皮球、打太極拳	把責任推給他人
「狼煙」四起	戰爭	半吊子	學而不精
「烽火」連三月	戰爭	敲門磚、敲門石	謀取名位的工具
化「干戈」為「玉帛」	戰爭；和平	敲竹槓	乘機敲詐別人錢財
「四海」之內皆兄弟	全天下	殺風景	破壞雅興
東道主	主人	馬後炮、事後諸葛	事情發生後，才提出高論
陛下	天子	絆腳石	行事的障礙
東宮	太子	跌破眼鏡	出乎意料之外

引用：在文章中引用別人的話或典故、名言、詩文、故事或俗語的修辭法。

例：(1)處處盡責任，便處處快樂；時時盡責任，便時時快樂。快樂之權操之在己。孔子說：「無入而不自得」，正是這種作用。（梁實秋 最苦與最樂）

(2)有風度的運動家，要有服輸的精神。「君子不怨天，不尤人。」運動家正是這種君子。（羅家倫 運動家的風度）

小試身手

( ) 1. 語文中，引用別人的話語，或詩詞、成語、俗諺等，這種修辭方式稱為「引用」。請問下列何者不是「引用」的例子？ (A)「吹面不寒楊柳風」，不錯的，像母親的手撫摸著你（朱自清 春） (B)這時候山中阻雨的一種寂寥而深沉的趣味牽引了我的感興，反覺得比晴天遊山趣味更好。所謂「山色空濛雨亦奇」，我於此體會了這種境界的好處（豐子愷 山中避雨） (C)古人說：「去惡，如農夫之務去草焉。」俗語說：「斬草不除根，春風吹又生。」所以我們要革除一種惡習慣，便須下極大的決心（甘績瑞 從今天起） (D)我的啟蒙老師說菩薩慈眉善目，母親的長相一定就跟菩薩一樣（琦君 下雨天，真好）

【解答】 1.(D)

【解析】 1.(D)譬喻。

設問：為引起讀者注意，行文時特意採用詢問的語氣。

1. 提問：有問有答。

例：(1)人生到處知何似？應似飛鴻踏雪泥。（蘇軾 和子由澠池懷舊）

(2)什麼叫做大事呢？大概地說，無論那一件事情，只要從頭至尾徹底做成功，便是大事。

2. 激問（反問）：答案在問題反面。

例：(1)講話要三思，這樣的說話方式不容易傷害到人嗎？（會傷害到人）

(2)看到我這樣地付出，你覺得我還不夠愛你嗎？（說話者覺得非常愛）

3. 懸問：有問無答。

例：(1)牛郎和織女真的有相會嗎？（不知道答案）

(2)夢裡頭花掉落了多少？（數不清，當然也就不知道答案）

小試身手

（　）1. 設問中有種用法叫做「反問」。下列文句，何者問法與此相同？(A)不要的書是否要送給圖書館　(B)是誰傳下這詩人的行業　(C)扶搖直上，小小的希望能懸得多高呢　(D)哪個年輕的心不對愛情懷抱憧憬。

【解答】　1.(D)

【解析】　1.(A)(B)(C)懸問。

歷年考題分析

歷年考題分析

下列詩句中，何者具有因果關係？　(A)草枯鷹眼疾　(B)清泉石上流　(C)野徑雲俱黑　(D)魂返關塞黑　　【105四等司法特考-國文】	(A)

【解析】
(A)因爲野草乾枯，所以獵鷹眼銳利而行動迅捷。(因爲和所以，故成因果句)
(B)清澈的泉水從石頭上潺潺流過。
(C)雨夜中，田野間的小路黑茫茫。
(D)友人的魂魄，匆匆而返，渡過萬丈關塞，回到這裡。

下列關於節日的詩詞，依照「元宵、端午、中秋、重陽」的順序排列，何者正確？ ①青煙羃處，碧海飛金鏡。永夜閒階臥桂影。露涼時，零亂多少寒螿。 ②試尋高處，攜手躡屐上崔嵬。放目蒼崖萬仞，雲護曉霜成陣，知我與君來。 ③東風夜放花千樹，更吹落，星如雨。寶馬雕車香滿路，鳳簫聲動，玉壺光轉，一夜魚龍舞。 ④五月榴花妖艷烘。綠楊帶雨垂垂重。五色新絲纏角粽。金盤送。生綃畫扇盤雙鳳。 (A)①④③②　(B)③④②①　(C)①③④②　(D)③④①② 　　　　　　　　　　　　　　【105四等司法特考-國文】	(D)

【解析】
①桂影→中秋。
②尋高處→登高，霜→秋天，所以是重陽。
③東風→春，花千樹→燈火，所以是元宵。
④五月、粽子→所以看出是端午。

歷年考題分析

①此處風光常綺麗②人如松柏歲長新③室有芝蘭春自永④誰言花事已闌珊以上四句為兩副對聯，依據一般對聯的形式及用途，下列敘述正確的選項是： (A)①④為一副花店聯，④為上聯，①為下聯；②③為一副賀壽聯，②為上聯，③為下聯 (B)①④為一副花店聯，①為上聯，④為下聯；②③為一副賀壽聯，③為上聯，②為下聯 (C)①③為一副花店聯，①為上聯，③為下聯；②④為一副賀壽聯，②為上聯，④為下聯 (D)①③為一副花店聯，③為上聯，①為下聯；②④為一副賀壽聯，④為上聯，②為下聯

（B）

【105三等外交行政-國文】

【解析】

判斷對聯的要點：

1.字數相同、

2.平仄相對

（二、四、六字相對）、

3.詞性相同、

4.上仄下平

（上聯最後一個仄聲，

下聯最後一個平聲）

（下聯）（上聯）

n. ← 平 ← 誰	此 → 仄 → n.
n. ← 平 ← 言	處 → 仄 → n.
n. ← 平 ← 花	風 → 平 → n.
n. ← 仄 ← 事	光 → 平 → n.
adv. ← 仄 ← 已	常 → 平 → adv.
adj. ← 平 ← 闌	綺 → 仄 → adj.
adj. ← 平 ← 珊	麗 → 仄 → adj.

④　　①

＊風光和花事可以判斷是花店。

（下聯）（上聯）

n. ← 平 ← 人	室 → 仄 → n.
v. ← 平 ← 如	有 → 仄 → v.
n. ← 平 ← 松	芝 → 平 → n.
n. ← 仄 ← 柏	蘭 → 平 → n.
n. ← 仄 ← 歲	春 → 平 → n.
adv. ← 平 ← 長	自 → 仄 → adv.
adj. ← 平 ← 新	永 → 仄 → adj.

②　　③

＊依春自永和松柏可以看出是祝壽聯。

277

歷年考題分析

下列選項中，各組「 」意義相同的是： (A)我願是滿山的「杜鵑」，只為一次無憾的春天(蔣勳〈我願〉) / 莊生曉夢迷蝴蝶，望帝春心託「杜鵑」(李商隱〈錦瑟〉) (B)「東風」不來，三月的柳絮不飛，你底心如小小的寂寞的城(鄭愁予〈錯誤〉) / 「東風」不與周郎便，銅雀春深鎖二喬(杜牧〈赤壁〉) (C)天子「春秋」鼎盛，行義未過，德澤有加焉(賈誼《新書》) / 「春秋」多佳日，登高賦新詩。過門更相呼，有酒斟酌之(陶潛〈移居〉) (D)「西風」一夜催人老，凋盡朱顏白盡頭(劉禹錫〈酬樂天揚州初逢席上見贈〉) / 枯藤老樹昏鴉，小橋流水人家。古道「西風」瘦馬，夕陽西下，斷腸人在天涯(馬致遠〈天淨沙秋思〉)　　　　　　　　　【105五等外交行政-國文】　(D)

【解析】
(A)杜鵑花 / 杜鵑鳥
(B)春風 / 吳蜀聯軍借東風火攻曹操事。
(C)年齡 / 春秋季節

下列敘述，何者與「重陽節」有關？ (A)閨女求天女，更闌意未闌 (B)不效艾符趨習俗，但祈蒲酒話昇平 (C)遙知兄弟登高處，遍插茱萸少一人 (D)無雲世界秋三五，共看蟾盤上海涯　　　　【105初等考-國文】　(C)

【解析】
(A)七夕 (B)端午 (D)中秋

下列敘述正確的選項是： (A)何以解憂，唯有杜康——「杜康」指丹藥 (B)朱輪華轂，擁旄萬里——「轂」指兵船 (C)紅顏棄軒冕，白首臥松雲——「軒冕」指金錢 (D)主人下馬客在船，舉酒欲飲無管絃——「管絃」指音樂　　　　【100公務員初等考一般行政-國文】　(D)

【解析】
(A)杜康：酒
(B)轂：借指車
(C)軒冕：借指官位爵祿或顯貴的人

歷年考題分析

複選題

以下選項中，以擬人化手法進行自然描寫的是： (A)愛此江邊好，留連至日斜。眠分黃犢草，坐占白鷗沙 (B)江水漾西風，江花脫晚紅。離情被橫笛，吹過亂山東 (C)連宵風雨惡，蓬戶不輕開。山似相思久，推窗撲面來 (D)梨花淡白柳深青，柳絮飛時花滿城。惆悵東欄一株雪，人生看得幾清明 (E)兩株桃杏映籬斜，妝點商山副使家。何事春風容不得，和鶯吹折數枝花

【105 初等考-國文】

(C)
(E)

【解析】

(A)我喜愛這江邊的美好，於是徘徊留連，直到夕陽西斜。悠然躺下，和小黃牛同享芳草萋萋；獨占一地，就坐在那白鷗聚集的沙灘上。(示現)

(B)江面上吹過一陣秋風，江岸上的落花在夕照中紛紛飄落。離別之情讓遠去的笛聲吹送，並隨秋風吹到亂山的東面。(轉化-形象化)

(C)一連幾夜狂風暴雨，我家那柴門也不輕易打開了。好幾天不見，青山好像得了相思病；我一推開窗戶，它就一下子撲入我的眼簾。(轉化-擬人)

(D)舉目望去，可以看到淡白色的梨花和深青色的楊柳。當柳絮開始在天空飄揚的時候，滿城的梨花也都綻放了。對著東邊欄杆內這一樹雪白的花朵，我不禁有些惆悵，人生能有幾次機會得以欣賞這樣清新明媚的景色呢？(映襯)

(E)兩株桃樹和杏樹斜映籬笆，點綴商山團練副使的家。春風啊，你為何就容不得我這裡僅存的一點美好呢？驚走了鶯黃又吹折數枝花。(轉化-擬人)

〈諫逐客書〉云：「蠶食諸侯，使秦成帝業」，其中「蠶食」是以名詞「蠶」來描述「食」這個動作。下列「」內語詞，不屬於此種組成方式的是： (A)狼吞「虎嚥」 (B)兔死「狗烹」 (C)灰飛「煙滅」 (D)冠蓋「雲集」

【104 五等地方特考-國文】

(B)

【解析】

「蠶食」是以名詞「蠶」來描述「食」這個動作。(→轉品，名詞轉副詞)。兔死狗烹，意思是兔子死盡，用來捕兔的獵狗失去了作用，故而烹食之。所以狗依舊是名詞，烹依舊是動詞，沒有使用轉品。

「白髮三千丈」是以誇張的方式，用超乎事實的想像來表現。下列何者運用此種手法？ (A)四周都是風景／有一個小男孩漫不經心地騎在它的脖子上／東張西望／那裡有風景 (B)美麗的少女／是這個世界的微笑／我望著她們／我的心／似一碗端不穩的水／搖晃著 (C)永恆／剎那間凝駐於「現在」的一點／地球小如鴿卵／我輕輕地將它拾起／納入胸懷 (D)在橋上／獨自向流水撒著花瓣／一條游魚躍了起來／在空中／只逗留三分之一秒／這時／你在那裡 【104五等地方特考-國文】

(C)

【解析】
「白髮三千丈」：誇飾法。
(A)視覺摹寫，(B)譬喻法，(D)視覺摹寫。

歷代文人墨客往往藉「松」比擬崇高的品格，下列詩句中的「松」，不屬於此種用法的是： (A)脩條拂層漢，密葉障天潯。凌風知勁節，負雪見貞心 (B)松梢半吐月，蘿翳漸移曛。旅客腸應斷，吟猿更使聞 (C)寄言青松姿，豈羨朱槿榮。昭昭大化光，共此遺芳馨 (D)大夫名價古今聞，盤屈孤貞更出群。將謂嶺頭閒得了，夕陽猶掛數枝雲 【104五等身障特考-國文】

(B)

【解析】
「松」比擬崇高的品格→借代修辭。
(A)修長的枝條拂開了雲層，茂密的樹葉遮住了天空，我在凌厲的風中瞭解了松樹的不屈的氣節，我在厚厚的積雪下見證了松樹高尚的貞潔。──歌頌崇高的品格
(B)月亮從松樹枝頭慢慢顯露出來，隨著月亮的移動，松蘿遮蔽住月光更顯得昏暗。旅人看見此景悲傷到腸子已經斷了，這時猿猴的啼叫聲，聽起來更想得淒涼。──寫旅人思鄉的愁緒。
(C)我把我想說的話都寄託給青茂奇姿的松樹了，怎麼會羨慕像朱槿一樣顯眼的花呢。我的心就像是光一樣在自然中明白顯著，讓我和松樹一起留下這馨香的名聲吧。──歌頌崇高的品格
(D)大夫松，名氣高揚，古今讚賞它的人無數！但是它卻仍開於蒼茫的山巔，顯得十分出眾！等山頭安靜下來的時候，只看到懸崖孤松之上，懸掛著一輪殘陽和幾片飄渺的雲朵！──歌頌崇高的品格

歷年考題分析

下列那一選項的詞性不同於其他三者？　(A)「躡」珠履　(B)趙使欲「夸」楚　(C)舍之於上「舍」　(D)請「命」春申君客 【104五等地方特考-國文】	(C)

【解析】
(A)「躡」珠履：穿，動詞。
(B)趙使欲「夸」楚：炫耀，動詞。
(C)舍之於上「舍」：館舍、旅館，名詞。
(D)請「命」春申君客：差遣、下命令，動詞。

下列詞語的解釋，正確的是：　(A)騎牆：喻指立場堅定　(B)桑梓：喻指故鄉　(C)杜康：佳餚的代稱　(D)高堂：指位居要職 【104四等外交行政特考-國文】	(B)

【解析】
借代修辭
(A)騎牆：比喻對兩方面都討好，立場不明、態度模稜兩可。
(C)杜康：美酒代稱。
(D)高堂：對父母的敬稱。

下列詞語的涵義，完全正確的是：　(A)「東床」指女婿／「東君」指帝王／「東市」指刑場　(B)「同儕」指同輩的人／「同寅」指同事／「同庚」指年紀相同　(C)「黃髮」指幼兒／「黃卷」指書籍／「黃梅」指梅子成熟的季節　(D)「青衿」指學子／「青衫」指地位卑微的官員／「青眼」指鄙夷他人　【104普考-國文】	(B)

【解析】
借代修辭。
(A)「東君」指日神、春神，(C)黃髮：老年人，(D)青眼：喜愛他人。

歷年考題分析

下列對於「上」、「下」、「左」、「右」方位詞的敘述，正確的選項是： (A)「上」有進呈之意，古代諸侯互相進呈意見稱之為「上書」 (B)「下」有頒布之意，古代官吏向人民發布命令稱為「下詔」 (C)古代或以「左」為尊，「虛左以待」係指保留尊位以等待賢人之意 (D)「右」有積極之意，「右派」是指在政治、經濟、社會等方面，主張激烈變革的一派 【104初等考-國文】 (C)

【解析】
(A)「上」有進呈之意，用文字向上級陳述意見，稱之為「上書」。
(B)「下」有頒布之意，古代帝王發布詔令。稱為「下詔」。
(D)「右」有保守之意，「右派」是指在政治、經濟、社會改革等方面，主張維持現狀，反對激烈變革的一派。

詩句「砯崖轉石萬壑雷」，意謂「砯崖轉石」的聲音像「萬壑雷」一般大，「砯崖轉石」與「萬壑雷」間，可視為省去「如、似」。下列詩句，表達方式相同的選項是： (A)妾心古井水 (B)山月隨人歸 (C)散髮乘夕涼 (D)萬戶擣衣聲 【103三等警察特考-國文】 (A)

【解析】
題目所表示的修辭法為譬喻法中的略喻，是只有喻體、喻依，而無喻詞的譬喻。(A)妾心古井水，出自於孟郊的〈烈女操〉，意思是女子的心如古井裡頭的水一樣平靜，不會起任何波瀾，表示會對丈夫非常忠貞。

下列選項「」中的詞語，何者屬於狀聲詞？ (A)「蒼蒼」竹林寺 (B)楓葉荻花秋「瑟瑟」 (C)晴川「歷歷」漢陽樹 (D)「娉娉」「裊裊」十三餘 【99初等特考-國文】 (B)

【解析】
(A)蒼蒼：深青色。
(B)瑟瑟：風聲。（狀聲詞）
(C)歷歷：清楚明白，分明可數。
(D)娉娉裊裊：輕盈柔美的樣子。

歷年考題分析

下列文句，論述「作品好用誇飾」的選項是： (A)敘情怨，則鬱伊而易感；述離居，則愴怏而難懷 (B)語瑰奇，則假珍於玉樹；言峻極，則顛墜於鬼神 (C)一意兩出，義之駢枝也；同辭重句，文之肬贅也 (D)雅詠溫恭，必欠伸魚睨；奇辭切至，則拊髀雀躍 【103四等外交行政特考-國文】　（B）

【解析】

(A)屈、宋所抒寫的怨抑的情感，使讀者為之痛苦而深深感動；他們敘述的離情別緒，也使讀者感到悲哀而難以忍受→抒情。

(B)為了描寫的奇特，就借重玉樹這一珍寶；為了形容樓閣的高聳，就說鬼神也要跌下來→誇飾。

(C)同一意思的再現，那是內容上的多餘；同一辭句的複出，也是文章所不需的→寫作的關鍵所在，就是做好熔意裁辭的工作。

(D)一遇溫雅平正之歌，則打哈欠、起瞌睡；而當奇巧急切之曲一奏，就拍腿躍動起來，歌辭歌曲從此走入粗俗化→映襯法。

古典詩歌中常運用「對仗」，下列詩句何者不屬於「對仗」的句子？ (A)翠華想像空山裡，玉殿虛無野寺中 (B)晴川歷歷漢陽樹，芳草萋萋鸚鵡洲 (C)洞門高閣靄餘暉，桃李陰陰柳絮飛 (D)秋草獨尋人去後，寒林空見日斜時 【103五等原民特考-國文】　（ ）

【解析】

(C)洞門高閣靄餘暉：名詞＋名詞＋形容詞＋名詞＋名詞＋形容詞＋名詞
桃李陰陰柳絮飛：名詞＋名詞＋形容詞＋形容詞＋名詞＋名詞＋動詞
詞性不相對，所以不是對仗。

下列語詞與「甜蜜的復仇」修辭法則不相同的選項是： (A)美麗的錯誤 (B)可愛的敵人 (C)璀璨的鑽石 (D)蒼老的青春 【103初等考-國文】　（ ）

【解析】

「甜蜜的復仇」→映襯法。 (A)(B)(D)皆屬映襯。

歷年考題分析

下列選項的「若」字，何者是代名詞？ (A)望鄉心「若」苦，不用數登樓 (B)天「若」有情天亦老，攜盤獨出月荒涼 (C)吾翁即「若」翁，必欲烹而翁，則幸分我一杯羹 (D)將鏡奩、妝盒、衾祂、衣包「若」大「若」小之物，一齊打開【101初等特考-國文】	（C）

【解析】
(A)(B)如果、假如，表示假設。連詞。
(C)你，代名詞。
(D)或、或者，表示選擇，連詞。

世皆稱孟嘗君能得士，士以故歸之；而卒賴其力，以脫於虎豹之秦。嗟乎！孟嘗君特雞鳴狗盜之雄耳，豈足以言得士？不然，擅齊之強，得一士焉，宜可以南面而制秦，尚何取雞鳴狗盜之力哉？夫雞鳴狗盜之出其門，此士之所以不至也。(宋‧王安石〈讀孟嘗君傳〉)文中「而卒賴其力」之「卒」字的用法，與下列何者相同？ (A)走「卒」類士服 (B)「卒」然臨之而不驚 (C)涕泣謀於禁「卒」 (D)「卒」復其舊宅　　　【101初等特考-國文】	（D）

【解析】
而「卒」賴其力：最後，副詞。
(A)供人差遣奔走的奴僕　(B)突然，副詞
(C)足，名詞　(D)最後，副詞

下列選項中的「相」字，何者作動詞使用？ (A)守望「相」助 (B)「相」夫教子 (C)旗鼓「相」當 (D)實不「相」瞞【101初等特考-國文】	（B）

【解析】
(A)(C)(D)副詞　(B)動詞，輔佐、幫助。

歷年考題分析

題目	答案
下列各句中「」內的字，前者為名詞，後者為動詞的是： (A)不獨「親」其「親」，不獨子其子(《禮記‧大同與小康》)　(B)己欲「立」而「立」人，己欲達而達人(《論語‧雍也》)　(C)「愛」人者，人恆「愛」之；敬人者，人恆敬之(《孟子‧離婁下》)　(D)愛其子，擇「師」而教之，於其身也則恥「師」焉(韓愈〈師說〉) 【101四等身障特考-國文】	(D)

【解析】
(A)前者「親」：動詞，孝敬；後者「親」：名詞，雙親。
(B)前後「立」：動詞，站。
(C)前者「愛」：形容詞，仁愛的；後者「愛」：動詞，愛。
(D)前者「師」名詞，老師；後者「師」：動詞，學習。

題目	答案
下列選項中「」內的詞性，何者兩兩相同？　(A)「危」崖萬仞／曦照「危」峨　(B)積非成「是」／馬首「是」瞻　(C)寡廉「鮮」恥／顏色「鮮」明　(D)精「益」求精／延年「益」壽 【101初等特考-國文】	(A)

【解析】
(A)危險的，形容詞。
(B)正確，名詞／用於句中，使賓語提前。
(C)少，形容詞／色彩明亮光豔，副詞。
(D)更，副詞／增加，動詞。

題目	答案
下列詩句「」中的語詞，何者為狀聲詞？　(A)竹竿何「嫋嫋」，魚尾何簁簁　(B)青青河邊草，「綿綿」思遠道　(C)漠漠帆來重，「冥冥」鳥去遲　(D)亭亭山上松，「瑟瑟」谷中風 【101初等特考-國文】	(D)

【解析】
(A)嫋嫋：形容搖曳不定。
(B)綿綿：形容連續不絕。
(C)冥冥：遠空。
(D)瑟瑟：形容風聲。

歷年考題分析

下列引號中的「樹」字,何者之詞性與其他三者不同: (A)十年之計,莫如「樹」木(《管子‧權修》) (B)風「樹」之感,夙自纏心(《南齊書‧虞玩之傳》) (C)「樹」德務滋,除惡務本(《書經‧泰誓下》) (D)標「樹」芳迹,示諸後代(北齊‧孝昭帝〈為僧稠起塔詔〉) 【101不動產經紀人-國文】	(B)

【解析】
(A)(C)(D)皆是形容詞,(B)名詞。

下列詩句,不屬於對偶句的選項是: (A)兩情若是久長時,又豈在朝朝暮暮 (B)身無彩鳳雙飛翼,心有靈犀一點通 (C)吳宮花草埋幽徑,晉代衣冠成古丘 (D)錦江春色來天地,玉壘浮雲變古今 【101初等特考-國文】	(A)

【解析】
語文中,上下兩句,或是一個句子中的兩個詞語,字數相等、句法相似,有時甚至講究平仄相對、字不重複的,叫做「對偶」。修辭法上通常只要符合前兩項即是,只有詩文中的對仗需要講究平仄相對。

下列那一組句子使用了「倒裝法」? (A)微雲淡河漢,疏雨滴梧桐 (B)金井鎖梧桐,長嘆空隨一陣風 (C)紅稻啄餘鸚鵡粒,碧梧棲老鳳凰枝 (D)梧桐更兼細雨,到黃昏,點點滴滴 【101初等特考-國文】	(C)

【解析】
(C)地面上可見鸚鵡啄剩的米粒,梧桐上可見棲息的鳳凰。形容當時長安物產的豐盛,景物的美麗。原句應為「鸚鵡啄餘紅稻粒,鳳凰棲老碧梧枝」。

歷年考題分析

語詞中常見偏重一字而忽略另一字的意義，如「陟罰臧否，不宜異同」（諸葛亮〈出師表〉），「異同」即偏重在「異」義。下列文句與此用法相同的選項是：　(A)既醉而退，曾不吝情「去留」　(B)事有「緩急」輕重，還是小心為要　(C)朝代的「盛衰」功過須待後人評定　(D)打探敵軍「動靜」虛實才能有效因應代	(A)
【99公務員初等考人事勞工經建行政政風-國文】	

【解析】
(A)去留：偏義複詞，
(B)緩急：緩與慢，
(C)盛衰：興盛與衰敗，
(D)動靜：動態與靜態；(B)(C)(D)兩字分別有意義。

下列文句，沒有「被動語態」的選項是：　(A)身客死於秦，為天下笑　(B)時窮節乃見，一一垂丹青　(C)勞心者治人，勞力者治於人　(D)匹夫見辱，拔劍而起，挺身而鬥	(B)
【100公務員初等考人事勞工經建行政政風-國文】	

【解析】
(A)非秦國人卻死在秦國，「被」天下人所恥笑。
(B)時局困頓時，氣節會顯現，那樣的氣節會一項一項列在史書上。
(C)勞心者治理人，勞力者「被」人治理。
(D)一個人「被」侮辱，拔出了劍跳起來，衝向前和人決鬥。

在語文中，同一句話裡的兩個詞語互相對偶，稱為「句中對」，例如「青山綠水」。下列的詞語，何者屬於「句中對」？ (A)過眼雲煙　(B)洗耳恭聽　(C)否極泰來　(D)鷸蚌相爭	(　)
【99初等特考一般行政-國文】	

【解析】
(A)過眼雲煙：動詞＋名詞＋名詞＋名詞
(B)洗耳恭聽：動詞＋名詞＋副詞＋動詞
(C)否極泰來：名詞＋動詞＋名詞＋動詞
(D)鷸蚌相爭：名詞＋名詞＋副詞＋動詞
符合「句中對」的定律只有(C)

歷年考題分析

「寒天飲冰水，雪夜渡斷橋」是對偶，下列何者最接近此類型？ (A)博學而篤志，切問而近思　(B)日月逝於上，體貌衰於下 (C)海闊從魚躍，天空任鳥飛　(D)往者不可諫，來者猶可追 【99初等特考一般行政-國文】	(C)

【解析】
對偶必須有⑴字數相同⑵詞性相對⑶平仄相對⑷字不重複，四個特色。
(A)(B)(D)犯了「字不重複」的錯誤。

下列「」中的字，作動詞用的是：　(A))西湖沿岸，「綠」煙「紅」霧，瀰漫二十里　(B)流光容易把人拋，「紅」了櫻桃，「綠」了芭蕉　(C)知否？知否？應是「綠」肥「紅」瘦　(D)黿碎春「紅」，霜凋夏「綠」　【99初等特考-國文】	(B)

【解析】
(A)「綠」煙「紅」霧：形容詞。
(C) 應是「綠」肥「紅」瘦：副詞(轉品)。
(D)黿碎春「紅」，霜凋夏「綠」：形容詞。

下列那一組是對仗句？　(A)春深杏花亂，日暮掩柴扉　(B)帶水摘禾穗，憑添兩行淚　(C)開簾見新月，便即下階拜　(D)露從今夜白，月是故鄉明　【99初等特考一般行政-國文】	(D)

【解析】
句數、字數相同的時候，先由「詞性」來判斷對仗。
(A)春深杏花亂：名詞＋形容詞＋形容詞(轉品)＋名詞＋動詞
　日暮掩柴扉：形容詞(轉品)＋名詞＋動詞＋形容詞(轉品)＋名詞
(B)帶水摘禾穗：動詞＋名詞＋動詞＋形容詞(轉品)＋名詞
　憑添兩行淚：副詞＋動詞＋量詞(形容詞)＋形容詞(轉品)＋名詞
(C)開簾見新月：動詞＋名詞＋動詞＋形容詞＋名詞
　便即下階拜：副詞＋副詞＋動詞＋名詞＋動詞
(D)露從今夜白：名詞＋動詞＋形容詞＋名詞＋動詞
　月是故鄉明：名詞＋動詞＋形容詞＋名詞＋動詞
故由詞性可判斷(D)為對仗。

歷年考題分析

下列詩句，屬對仗句的是： (A)山空松子落，幽人應未眠 (B)夕陽無限好，只是近黃昏 (C)日暮漢宮傳蠟燭，輕煙散入五侯家 (D)錦江春色來天地，玉壘浮雲變古今 【99初等特考一般行政-國文】	(D)

【解析】
(A)山空松子落：名詞＋形容詞＋形容詞（轉品）＋名詞＋動詞
　幽人應未眠：形容詞＋名詞＋副詞＋副詞＋動詞
(B)夕陽無限好：形容詞（轉品）＋名詞＋副詞＋副詞＋形容詞
　只是近黃昏：副詞＋副詞＋動詞＋形容詞＋名詞
(C)日暮漢宮傳蠟燭：形容詞（轉品）＋名詞＋形容詞（轉品）＋名詞＋動詞＋形容詞（轉品）＋名詞）
　輕煙散入五侯家：形容詞＋名詞＋副詞＋動詞＋量詞＋形容詞＋名詞
(D)錦江春色來天地：形容詞（轉品）＋名詞＋形容詞＋名詞＋動詞＋名詞＋名詞
　玉壘浮雲變古今：形容詞（轉品）＋名詞＋形容詞＋名詞＋動詞＋名詞＋名詞

中國古典詩歌常以對仗的手法來妝點詩句，如「大漠孤煙直，長河落日圓」，形式對稱，形象鮮明，具有耐人咀嚼的氣象與美感。下列詩句何者不是對仗句？ (A)竹喧歸浣女，蓮動下漁舟 (B)明月出天山，蒼茫雲海間 (C)蒼茫寒色起，迢遞晚鐘鳴 (D)駐帆雲縹緲，吹管鶴徘徊 　【99初等特考一般行政-國文】	(B)

【解析】
(B)明月出天山：形容詞＋名詞＋動詞＋形容詞（轉品）＋名詞
　蒼茫雲海間：副詞（轉品）＋形容詞＋形容詞（轉品）＋名詞＋名詞
故很明顯可以得知(B)無對仗。

歷年考題分析

下列有關「火」字的詞性說明，正確的是： (A)「火」紅的太陽─形容詞 (B)太陽滾著「火」輪子回家了─名詞 (C)紅的像「火」，粉的像霞─動詞 (D)紅的「火」紅，白的雪白─副詞
【99初等特考一般行政-國文】　(D)

【解析】
(A)「火」紅的太陽：副詞（轉品），因為「紅的」是形容詞。
(B)太陽滾著「火」輪子回家了：形容詞，因為「輪子」是名詞。
(C)紅的像「火」，粉的像霞：名詞。

下列各選項中的「是」字，用法與其他三者不同的是：
(A)唯利「是」圖 (B)沉默「是」金 (C)馬首「是」瞻 (D)主義「是」從
【99初等特考一般行政-國文】　(B)

【解析】
(A)(C)(D)「是」皆是為了倒裝，所以當助詞，無義，(A)圖唯利、(C)瞻馬首、(D)從主義，而(B)沉默「是」金，是判斷句，亦是譬喻。

下列何者屬於對仗最工整的對偶句？ (A)枯桑知天風，海水知天寒 (B)少壯不努力，老大徒傷悲 (C)大漠孤煙直，長河落日圓 (D)人無千日好，花無百日紅
【99初等特考-國文】　(C)

【解析】
(A)(D)犯了「字不重複」的規定，(B)平仄不相對，少壯是仄聲＋仄聲，老大亦是仄聲＋仄聲。故(C)對仗四個特色都有完備。

【歷年考題分析】

兩個字的韻母相同，稱為疊韻。下列各組詞語，全屬疊韻的是 (A)彷彿／蝴蝶／琉璃 (B)逍遙／糊塗／酩酊 (C)朦朧／荒唐／薔薇 (D)躊躇／駱駝／絡繹 【99初等特考-國文】	（B）

【解析】

遇到這種題目先注音，就很好判斷了。

(A)彷彿：ㄈㄤˇ ㄈㄨˊ（雙聲），蝴蝶：ㄏㄨˊ ㄉㄧㄝˊ，
琉璃：ㄌㄧㄡˊ ㄌㄧˊ（雙聲）。

(B)逍遙：ㄒㄧㄠ ㄧㄠˊ（疊韻）糊塗：ㄏㄨˊ ㄊㄨˊ（疊韻），
酩酊：ㄇㄧㄥˇ ㄉㄧㄥˇ（疊韻）。

(C)朦朧：ㄇㄥˊ ㄌㄨㄥˊ（疊韻），荒唐：ㄏㄨㄤ ㄊㄤˊ（疊韻），
薔薇：ㄑㄧㄤˊ ㄨㄟˊ。

(D)躊躇：ㄔㄡˊ ㄔㄨˊ（雙聲），駱駝：ㄌㄨㄛˋ ㄊㄨㄛˊ（疊韻），
絡繹：ㄌㄨㄛˋ ㄧˋ。

下列「」內的詞語，既雙聲又疊韻的是： (A)電影的偶像情人，令人「輾轉」反側 (B)美麗的「邂逅」，常使人無限的遐想 (C)「坎坷」的人生，能夠激勵奮發向上 (D)「霹靂」小組，是警界最優秀的尖兵 【99初等特考-國文】	（A）

【解析】

(A)輾轉：ㄓㄢˇ ㄓㄨㄢˇ（雙聲兼疊韻）。

(B)邂逅：ㄒㄧㄝˋ ㄏㄡˋ。

(C)坎坷：ㄎㄢˇ ㄎㄜˇ（雙聲）。

(D)霹靂：ㄆㄧ ㄌㄧˋ（疊韻）。

5 國學常識篇

本篇說明

　　國學常識是國考中比較不常考的一個篇章，出題率偏低，比較常考的是詩詞曲的格律比較、著作並稱（四書、四史……）。

國學通常要背的東西很多，經典、文字的基本概念都要熟透之外，還要多認識一些特殊的用法，但是也可以學得很有趣。

本篇重點

中國文學中，著名經典著作有哪些？
四書、五經，還是？。

什麼是韻文？又有哪些分類？

有趣的歇後語，背後隱含了什麼意思呢？

本篇大綱

經典基本概念

重要經典著作

著作並稱	古典著作
十三經	易經、書經、詩經、周禮、儀禮、禮記、左氏傳、公羊傳、穀梁傳、論語、孝經、爾雅、孟子
三禮	周禮、儀禮、禮記
春秋三傳	左氏傳、公羊傳、穀梁傳
四書	論語、孟子、大學、中庸（朱熹所取）
五經	易、書、詩、禮、春秋（漢之五經） 周易、尚書、毛詩、禮記、春秋左氏傳（唐之五經）
四史	史記（司馬遷）、漢書（班固）、後漢書（范曄）、三國志（陳壽）（以魏為正統）
四大韻文	漢賦、唐詩、宋詞、元曲
金聖歎六大才子書	莊子、離騷、史記、杜詩、水滸傳、西廂記
三本說話經典	左傳、戰國策、世說新語
抒情文傑作	出師表（諸葛亮）、陳情表（李密）、祭十二郎文（韓愈）
哀祭文三絕	祭十二郎文（韓愈）、瀧岡阡表（歐陽脩）、祭妹文（袁枚）
北朝三大散文傑作	水經注（酈道元）、洛陽伽藍記（楊衒之）、顏氏家訓（顏之推）
三通	通典（唐·杜佑）、通志（宋·鄭樵）、文獻通考（元·馬端臨）
明朝五大傳奇	荊（荊釵記）、劉（白兔記）、拜（月亭）、殺（殺狗記）、琵琶記
小說界四大奇書	水滸傳（俠義小說·施耐庵）、三國演義（歷史小說·羅貫中）、西遊記（志怪小說·吳承恩）、金瓶梅（言情小說·蘭陵笑笑生）

重要文學首創著作

文學首創	首創著作
散文、史書之祖	尚書
最早哲學專書	周易
國別史之祖	國語（左丘明）
編年體之祖	春秋（孔子）
正史、紀傳體、通史之祖	史記（司馬遷）
斷代史之祖	漢書（班固）
紀事本末體之祖	通鑑記事本末（袁樞）
史評之祖	史通（劉知幾）
專論典章制度之祖	通典（杜佑）
語錄體之祖	論語（孔子弟子與再傳弟子）
訓詁、字書之祖	爾雅
最古的字典	說文解字（許慎）
純文學、韻文之祖、最早之詩歌總集	詩經
辭賦之祖	楚辭或離騷（屈原）
文學批評之祖	典論論文（曹丕）
文學批評專書之祖	文心雕龍（劉勰）
詩文總集之祖	昭明文選（蕭統）
開後世說部之先河	世說新語（劉義慶 編撰）
七言古詩之祖	燕歌行（曹丕）
五言古詩之祖	詠史詩（班固）

↗ 韻文基本概念

詩經六義：

　　體裁：風（十五國風）——民間歌謠

　　　　　雅（大、小雅）——宴會樂曲

　　　　　頌（周、魯、商）——祭祀樂舞

　　作法：賦（鋪敘法）

　　　　　比（譬喻法）

　　　　　興（聯想法）

史書之類別：

史書	依時間分	通史（貫通古今，連貫各朝代史實的史書）
		斷代史（專記某一朝代的歷史，相對於通史而言）
	依體裁分	編年體（按年代先後順序列記事實的史書體裁）
		紀傳體（以人物傳記為中心而編輯的史書體裁）
		紀事本末體（以歷史事件為綱的史書體例）

賦之類別：（漢朝較為興盛）

　　古賦 —— 兩漢

　　俳賦 —— 魏晉南北朝

　　律賦 —— 唐朝

　　文賦 —— 宋朝

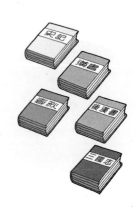

近體詩之類別：（唐朝較為興盛）

　　絕句：五言（四句、20字）／七言（四句、28字）

　　律詩：五言（八句、40字）／七言（八句、56字）

　　　　　（以首句第二字之平仄判定平起式或仄起式）

　　　　　（二句為一聯，共分四聯，中間兩聯須對仗）

　　排律：五言（八句以上）／七言（八句以上）

　　小律：又稱三韻律，六句。

　　※常考的類別為絕句與律詩。

唐詩分期：

　　初唐－王勃、楊炯、盧照鄰、駱賓王（以上為初唐四傑）、陳子
　　　　　昂

　　盛唐－李白（詩仙）、杜甫（詩聖、詩史）、高適、岑參、
　　　　　王維（詩佛）、孟浩然

　　中唐－韓愈、柳宗元、韋應物、孟郊、元稹、白居易

　　晚唐－李商隱（詩謎）、杜牧、溫庭筠、劉禹錫（詩豪）

　　※　因盛唐為唐詩的全盛時期，故又衍生出四大詩派。

　　四大詩派：

　　1.浪漫飄逸派：李白為代表人物。

　　2.社會寫實派：杜甫為代表人物。

　　3.自然山水派：王維、孟浩然為代表人物。

　　4.邊塞派：王之渙、王昌齡、高適、岑參為代表人物。

詞之類別：（宋朝較為興盛，又稱詩餘）

小令：58 字內。

中調：59～90字。

長調：91字以上。（清・毛先舒所分）

※ 詞的另一種分類，依據詞調的長短，可把詞分為令、引、近、慢四種。

令：也稱小令。這是詞中最早定型的一種形式。它樂調短，字數少，大多只有一段。

引：也叫近拍。近與引在樂調長短與字數多少相差不大，皆屬中調。

慢：是慢曲子的簡稱，屬長調。

有些詞牌末尾綴有「令」、「引」、「近」、「慢」等字，一般都可表明本詞是小令、中調、或是長調。

詞的格律：

⑴詞有詞牌，調有定格，字有定音，需按譜填詞。詞牌與內容無關。

⑵字數、句數、平仄皆有限制。

⑶對仗、押韻皆視詞牌格律而定。

詞之派別：

婉約派：歐陽脩、李清照、柳永、周邦彥、秦觀（正統）

豪放派：蘇軾、辛棄疾、陸游（變調）

曲之類別：（元朝較為興盛，又稱詞餘）

曲（可加襯字）	散曲	小令	一曲	僅可清唱
		散套	二曲以上（同一宮調）	
	劇曲	雜劇	有科白（科為動作，白為獨白或對話）	
		傳奇		

小令：以一支曲子為獨立單位，以別於套曲；偶而也有增長為帶
　　　過曲、重頭者。

散套：散曲的套數，合用同一宮調的若干曲子為一套，首尾協一
　　　韻者。亦稱為「套曲」、「套數」。

雜劇：原為宋代以滑稽方式表演的戲，至元代則指以北曲為主幹
　　　的戲劇。通常分為四折，有的則依劇情在開頭或兩折之間
　　　加楔子，每折用同一宮調及同一個韻，由一個腳色獨唱，
　　　其他腳色則用道白。

傳奇：宋、元戲文、諸宮調、元人雜劇常取材自唐人傳奇，故泛
　　　稱此類敷演故事的作品為「傳奇」。

散曲派別：

前期質樸：以關漢卿、白樸、馬致遠為代表

後期典麗：以張可久、喬吉為代表

※ 元曲四大家：關漢卿、馬致遠、白樸、鄭光祖。

※ 元劇四大家：關漢卿（竇娥冤）、馬致遠（漢宮秋）、
　　　　　　　　白樸（梧桐雨）、王實甫（西廂記）。

韻文比較

體　制		時　代	句　數	字　數
樂府詩		漢武帝時期	不限	多為長短句
駢賦		漢朝至六朝	不限	多為四、六句
古體詩		漢朝	偶數即可	多為五、七言
近體詩	絕句	唐朝	每首四句	五言：20字 七言：28字
	律詩	唐朝	每首八句	五言：40字 七言：56字
詞		宋朝	按詞牌填詞	小令：58字內 中調：59～90字 長調：91字以上
曲		元朝	散曲依曲牌填詞	依曲牌要求
現代詩		民國	不限	不限
樂府詩		可轉韻換韻	不限	自由
駢賦		可轉韻換韻	不限	講求平仄
古體詩		可轉韻換韻	不限	自由
近體詩	絕句	二、四句押韻 首句自由	不限	講求平仄
	律詩	偶數句需押韻 首句自由	第二、三聯 需對仗	講求平仄
詞		依詞牌規定處押韻	自由	依詞牌要求
曲		依詞牌規定處押韻	自由	依曲牌要求
現代詩		不限	自由	不限

四季

季節	農曆	別稱	風	動物
春 孟春	一月	正月、端月 初春、元春	東風、惠風 楊柳風	鶯、燕、蜂 蝶、黃鸝
春 仲春	二月	杏月、花月		
春 季春	三月	桐月、暮春 晚春		
夏 孟夏	四月	槐月、初夏	南風、薰風 荷風、暖風	蟬、蛙、螢火蟲
夏 仲夏	五月	蒲月、榴月		
夏 季夏	六月	荷月、暮夏		
秋 孟秋	七月	巧月、鬼月	西風、霜風 金風、商風	蟋蟀（促織）、秋雁
秋 仲秋	八月	桂月		
秋 季秋	九月	菊月、霜月 暮秋		
冬 孟冬	十月	自陽月、初冬 小陽春	北風、朔風 寒風	冬天是萬物休養生息的時候，所以沒有代表性的動物。
冬 仲冬	十一月	葭月		
冬 季冬	十二月	臘月		

	植物	節日
春	桃、杏、李、梨、楊柳	春節、上元（元宵）、寒食、清明
夏	瓜、荷、蓮、芙蓉、 菡萏（ㄏㄢˋㄉㄢˋ）、 石榴、艾草、葵、薔薇	端午
秋	菊（黃花）、楓、桂、茱萸、蘆花	七夕（七巧）、重陽（重九）、 中元、中秋
冬	歲寒三友（松、竹、梅）	冬至、除夕

文字基本概念

中國文字的由來與演變

甲骨文	出現年代：殷商時期 內　　容：刻在龜甲、獸骨上面的文字 特　　色：線條纖細，筆劃常帶有稜角 ※此為目前最早且合乎「六書」的字體。
金文（鐘鼎文）	出現年代：商周時期 內　　容：鑄刻在青銅器上的文字 特　　色：線條比甲骨文粗肥，筆畫圓潤。 代表作品：毛公鼎
籀文（大篆）	出現年代：春秋戰國時代 特　　色：線條圓轉曲折，但較為複雜。 代表作品：石鼓文
小篆	出現年代：秦代（統一文字） 特　　色：繼承籀文而加以簡化、線條圓轉曲折又不會太複雜。 代表作品：說文解字（許慎）
隸書	出現年代：秦代（漢代主要書寫字體） 特　　色：形體寬扁，將小篆轉折弧形的筆劃拉直，書寫起來較方便。 代表作品：曹全碑
草書	出現年代：漢代 特　　色：⑴書寫時或字與字相連，或將筆劃簡省，使貫串奔放。 　　　　　⑵文字點畫像圖畫般優美，富藝術美感，但有時不易辨識。 代表作品、人物：唐代張旭
楷書	出現年代：東漢末年（三國時代漸漸完備） 特　　色：筆劃方正勻稱，便於書寫，為今日通行之字體。 代表作品、人物：歐陽詢、顏真卿、柳公權
行書	出現年代：晉代以後應用普遍 特　　色：將楷書稍加連綴而成，比草書容易辨認。 代表作品、人物：王羲之 蘭亭集序

甲骨文	金文	篆書	隸書	楷書	草書	行書
⊟	⊟	日	日	日	日	日
D	⊡	月	月	月	月	月
車	車	車	車	車	车	車
馬	馬	馬	馬	馬	馬	馬

＊筆記＊

年齡的代稱

年　齡	代　稱
不滿一歲	襁褓（ㄑㄧㄤˇㄅㄠˇ）之年
一歲	周晬（ㄗㄨㄟˋ）
童年	總角、總髮、垂髫（ㄊㄧㄠˊ）
七、八歲	始齔（ㄔㄣˋ）之年
十三、四歲	舞勺（ㄓㄨㄛˊ）之年（男）、荳蔻年華（女）
十五歲	束髮之年（男）、志學之年（男）、及笄（ㄐㄧ）之年（女）
十六歲	破瓜之年、二八佳人（2×8=16）
二十歲	弱冠（ㄍㄨㄢˋ）之年、加冠之年、雙十年華（女）
二十四歲	花信年華（女）
三十歲	而立之年
四十歲	不惑之年、強（ㄑㄧㄤˇ）仕之年、春秋鼎盛
五十歲	知命之年、杖家之年
六十歲	耳順之年、花甲之年、杖鄉之年
七十歲	古稀之年、從心之年、杖國之年
七十歲以上	耄耋（ㄇㄠˋㄉㄧㄝˊ）之年
八十歲	杖朝之年
一百歲	期頤（ㄑㄧˊㄧˊ）之年、人瑞
泛指老人	黃髮、白首、皓首

※襁褓：背負幼兒的布條和小被。

　周晬：小兒周歲時所舉行的宴會。

　總角：比喻童年；舊時未成年男女，編紮頭髮，形如兩角，稱為
　　　　「總角」。

垂髫：古時童子不束髮，故稱童子為「垂髫」。

始齔：開始換牙。齔：自乳齒脫換為成人的牙齒。

舞勺：指未成童者學習勺舞。（成童：十五歲）

荳蔻年華：形容年輕未婚的少女，多指女子十三、四歲之時。

束髮：成童的年齡。

及笄：笄，髮簪。古代女子年滿十五歲而束髮加笄，表示成年。

破瓜：因瓜字在隸書及南北朝的魏碑體中，可拆成二個八字，二八一十六，故當時人以「破瓜」表示女子芳齡。

弱冠：古代男子年滿二十歲加冠，稱為「弱冠」。

花信：由小寒至穀雨，共四個月八氣二十四候，每候有一花的風信，或稱為「二十四番花信風」。

強仕：男子四十歲時，智力正強，志氣堅定，可以出仕。

春秋鼎盛：正當壯盛之年。

古稀之年：語本唐杜甫曲江二首之一：「酒債尋常行處有，人生七十古來稀。」指人七十歲。

耄耋：耄，年紀約八、九十歲；耋，年紀為七十歲。

期頤：年壽一百歲以上的人，禮記·曲禮上：「百年曰期頤。」

皓首：白髮，年老而頭髮變白。

杖朝：周禮規定五十歲的老人可持杖行於家；六十歲可持杖行於鄉；七十歲可以扛著枴杖到國中任何地方；八十歲可持杖入朝。

時間的代稱

代　稱	時　間
世紀	一百年為一世紀。
百刻	古時刻漏計時的刻度，一日可分為一百刻。
一刻	十五分鐘。
半刻	七、八分鐘，比喻極短時間。
周年	一年。
一周天	木星約每十二年繞日一周，為一周天。
一秩	十年為一秩。
一稔（ㄖㄣˇ）	一年。
旬	⑴十天，⑵十年。
片刻、轉瞬、須臾、彈指、瞬間、俄頃、剎那、轉眼、已而	比喻極短暫的時間。

※天干：甲、乙、丙、丁、戊、己、庚、辛、壬、癸。

　地支：子、丑、寅、卯、辰、巳、午、未、申、酉、戌、亥。

地支	子	丑	寅	卯	辰	巳
時辰	23-01	01-03	03-05	05-07	07-09	09-11

地支	午	未	申	酉	戌	亥
時辰	11-13	13-15	15-17	17-19	19-21	21-23

⊙時辰相對時間請熟記，以方便解題。

⊙另外，地支亦可與十二生肖相配，分別為子鼠、丑牛、寅虎、卯兔⋯⋯以此類推。

時辰相對時間表

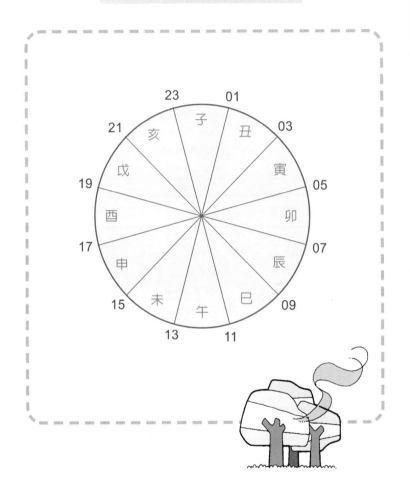

外來語的使用

一、食品類（英文）

布丁 pudding	蛋「塔」tart	披薩 pizza
蘋果「派」pie	巧克力／朱古 chocolate	泡芙 puff
培根 bacon	沙拉 salad	吐司 toast
起士 cheese	三明治 sandwich	聖代 sundae
漢堡 hamburger	咖啡 coffee	香檳 champion
芒果 Mango	可口可樂 Coca cola	百事可樂 Pepsi cola
維他命 Vitamins	白蘭地 borandy	威士忌 whiskey
雪茄 cigar	檸檬 Lemon	咖哩 curry
可可 cocoa	沙士 sarsa	香吉士 Sunkist

二、運動休閒類（英文）

高爾夫球 golf	桿弟 GADET	保齡球 bowling
巧固球 tchouk ball	全壘打（紅不讓）homerun	森巴舞 samba
華爾滋 waltz	探戈 tango	爵士舞 jazz
迪斯可 disco	芭蕾舞 ballet	撲克 poker
賓果 bingo	梭哈 show hand	「嘉年華」carnival
馬拉松 Marathon	乒乓 Ping-pong	奧林匹克 Olympics

三、交通工具類（英文）

巴士 bus	「摩托」車 motorcycle	吉普車 jeep
坦克車 tank	卡車 car	

四、衣物類（英文）

夾克 jacket	比基尼 bikini	蕾絲 lace
尼龍 nylon	卡其布 khaki	

五、器物類（英文）

「拍立得」攝影 polaroid	沙發 sofa	壓克力 acrylic
馬賽克 mosaic	引擎 engine	麥克風 microphone
吉他 guitar	「霓虹」燈 neon	雷達 radar
雷射 laser	酒「吧」bar	瓦斯 gas

六、行為類（英文）

時髦 smart	拷貝 copy	泊車 park
脫口秀 talk show	幽默 humor	摩登 modern
歇斯底里 hysteria	休克 shock	馬殺雞（按摩）massage
羅曼史 Romance	羅曼蒂克 romantic	

七、其他類（英文）

幽浮 UFO	邏輯 logic	迷你 mini
卡通 cartoon	福爾摩沙 Formosa（葡語）	托福 TOFEL
保利龍 polystyrene	芬多精 phytoncidere	香格里拉 Shangri La
卡司 Cast	迪士尼 Disney	系列 series
伊媚兒 email	俱樂部 club	

八、日文音譯

一級棒	榻榻米	便當
壽司	沙西米	奇檬子（感覺）
「烏龍」麵	甜不辣	會社（公司）
料理	歐吉桑	歐巴桑
派出所	卡拉OK	莎喲娜拉（再見）

九、梵語

佛陀 bubdha（浮屠浮圖）	菩薩 bodhisattva	舍利 ar ra
菩提 bodhi	袈裟 ka ya	瑜珈 yoga
須彌	般若 praj	閻羅 yama
南無 Namas	不二法門	皈依
法寶	達摩 Dharma	菩提 bodhi
彌勒 maitreya	涅槃 nirv a（佛修行最高境界）	

歇後語

歇後語是一種民俗色彩濃厚的語言，主要來源為歷史典故及民間傳說，或是取其諧音、特徵，用簡明扼要的詞句來展現語言的畫龍點睛之妙，它的俏皮逗趣和內在意涵，往往趣味橫生，讓人聽了回味無窮。形式上是半截話，把意思藏起來不說，讓人從前面的話語去推測，用種種修辭對字句加以修飾，使文句活潑生動。

三國歇後語	
❶ 諸葛亮	❷ 劉備
1. 諸葛亮用兵 —— 神出鬼沒 2. 孔明大擺空城計 —— 不得已 3. 諸葛亮給周瑜看病 —— 自有妙方 4. 草船借箭 —— 多多益善、滿載而歸 5. 三國裡的蔣幹 —— 糊裡糊塗	1. 劉備的江山 —— 哭出來的 2. 劉備借荊州 —— 只借不還 3. 東吳招親 —— 弄假成真
❸ 關羽〈雲長〉	❹ 張飛
1. 關公舞大刀 —— 拿手好戲 2. 關雲長面前耍大刀 —— 不自量力 3. 關羽降曹操 —— 身在曹營心在漢 4. 關羽失荊州 —— 驕兵必敗 5. 關雲長放屁 —— 不知臉紅	1. 張飛使計謀 —— 粗中有細 2. 張飛討債 —— 聲勢大 3. 張飛上陣 —— 橫衝直撞 4. 張飛戰馬超 —— 忘了舊情 5. 張飛騎白馬 —— 黑白分明 6. 張飛穿針 —— 大眼瞪小眼
❺ 曹操	❻ 其他
1. 曹操吃雞肋 —— 食之無味，棄之可惜	1. 司馬昭之心 —— 路人皆知 2. 周瑜打黃蓋 —— 一個願打，一個願挨 3. 劉阿斗 —— 一蹶不振的人 4. 劉備對孔明 —— 言聽計從

日常生活歇後語

1. 啞巴吃黃蓮 —— 有苦說不出
2. 打破沙鍋 —— 問到底
3. 竹籃打水 —— 白費工夫
4. 殺雞用牛刀 —— 大費周章
5. 千里送鵝毛 —— 禮輕情意重
6. 大腿貼郵票 —— 走人
7. 低欄杆 —— 靠不住
8. 大肚婆過獨木橋 —— 鋌而走險
9. 稻草人救火 —— 自身難保
10. 水銀瀉地 —— 無孔不入
11. 一三五七九 —— 無雙

歷史人物歇後語

1. 姜太公釣魚 —— 願者上鉤
2. 曹劌論戰 —— 一鼓作氣
3. 孔夫子搬家 —— 盡是輸（書）
4. 楚霸王困垓下 —— 四面楚歌
5. 項莊舞劍 —— 意在沛公

動物歇後語

1. 放虎歸山 —— 後患無窮
2. 貓哭耗子 —— 假慈悲
3. 老鼠過街 —— 人人喊打
4. 飛蛾撲火 —— 自取滅亡
5. 狗捉老鼠 —— 多管閒事
6. 狐狸吵架 —— 一派胡（狐）言
7. 熱鍋上的螞蟻 —— 走投無路

神仙鬼怪歇後語

1. 泥菩薩過江 —— 自身難保
2. 狗咬呂洞賓 —— 不識好人心
3. 鐵拐李打足球 —— 一腳踢
4. 八仙過海 —— 各顯其能
5. 壽星公吊頸 —— 嫌命長
6. 閻羅王嫁女 —— 鬼要
7. 閻羅王出告示 —— 鬼話連篇

文學作品歇後語

1. 黛玉葬花 —— 自嘆薄命
2. 劉姥姥進大觀園 —— 眼花撩亂
3. 孫猴子的臉 —— 說變就變
4. 豬八戒照鏡 —— 裡外不是人
5. 武大郎放風箏 —— 出手不高

閩南語歇後語

1. 阿婆生子 —— 真拼
2. 阿婆穿戴安芬 —— 勿會博假博（不會裝會）
3. 阿嬤生查某子 —— 生姑（發霉）
4. 老人吃麻油雞 —— 老熱（熱鬧）
5. 乞丐揹葫蘆 —— 假仙

閩南語歇後語

6. 乞食拜墓——藝祖公
7. 水肥車排歸排——拖屎連
8. 阿公娶細姨——加婆（雞婆）
9. 整棵好好——沒剉（沒有錯）
10. 囝仔穿大人衫——大套（大輸）
11. 便所底彈吉他——臭彈（吹牛）
12. 接骨師父——湊腳手
13. 鴨蛋丟過山——看破
14. 青盲娶某——暗爽
15. 蒼蠅戴龍眼殼——蓋頭蓋臉（不知死活）
16. 十二月睏屋頂——凍霜（吝嗇）
17. 十二月屎桶——盡拼（全部豁出去了）；（拼=清乾淨）
18. 澎湖菜瓜——十嶺（雜唸）；（嶺=紋路）
19. 火燒罟寮——全無網（完全沒有希望了）

20. 墓仔埔做大水——湮墓（失望）
21. 幼稚園招生——老不收（老不修）
22. 有樓無梯——欠梯（欠打）
23. 廟仔遭賊偷——失神
24. 七月半鴨——不知死活
25. 棺材底放炮——吵死人
26. 蒸籠蓋蓋沒密——漏氣
27. 腳底抹油——溜
28. 秀才包袱巾——包書（包輸）
29. 六月割菜——假有心
30. 老鼠沒洗澡——有鼠味（有趣味）
31. 剃頭店公休——沒理髮（沒你法）
32. 和尚夯雨傘——無髮無天（無法無天）
33. 屬豬——亥了（壞了）
34. 黑人吃火炭——黑吃黑
35. 坐轎的不知扛轎的辛苦——到擔你才知（到現在你才知道）

猜猜看這是哪些歇後語？

＊筆記＊

歷年考題分析

關於年齡的說法，下列哪個用法有男、女之別？　(A)耄耋之年 (B)黃口之年　(C)總角之年　(D)及笄之年　　【105五等外交行政-國文】	(D)

【解析】
(A)七十歲以上。
(B)嬰兒，未滿一歲。
(C)古時幼兒把頭髮紮成像牛角的小髻，稱為總角，表示童年。
(D)女子十五歲（古代女子到了十五歲就成年，她們會把頭髮梳成髻，插上髮簪，代表自己已踏入成人階段）

下列關於古典小說的敘述，正確的選項是：　(A)《聊齋志異》為章回體小說，寫仙狐鬼魅的奇行怪事　(B)傳奇小說中的「傳奇」是「傳述奇人異事」的意思，始見於明代　(C)《三國演義》中所描寫的人事物，大多有所根據，作者是吳承恩　(D)《儒林外史》揭露舊禮教與科舉制度的弊害，如〈范進中舉〉含有諷刺世情的意味　　【105五等外交行政-國文】	( )

【解析】
(A)《聊齋志異》為「短篇小說」，寫仙狐鬼魅的奇行怪事。章回小說是近數百年中國長篇小說的主要形式，淵源自說書傳統、宋代話本及元代雜劇，在魏晉南北朝始有具體形式，而於明清兩代發揚光大。
(B)傳奇小說中的「傳奇」是「傳述奇人異事」的意思，始見於「唐代」。
(C)《三國演義》是中國古典四大名著之一，是中國第一部長篇章回體歷史演義小說，作者是元末明初的著名小說家羅貫中。吳承恩的作品為「西遊記」。

歷年考題分析

一位大學生想在畢業之前深入瞭解臺灣，於是計畫環島旅行，若他從臺北出發沿西部往南走到臺灣最南端，再經東部回臺北，沿途他可以順向參觀那些文學館？　(A)賴和紀念館、楊逵文學紀念館、鍾理和紀念館、王禎和故居　(B)鍾理和紀念館、楊逵文學紀念館、王禎和故居、賴和紀念館　(C)楊逵文學紀念館、賴和紀念館、鍾理和紀念館、王禎和故居　(D)賴和紀念館、鍾理和紀念館、王禎和故居、楊逵文學紀念館　【104五等地方特考-國文】　( )

【解析】
賴和紀念館-彰化；楊逵文學紀念館-台南新化；
鍾理和紀念館-高雄美濃；王禎和故居-花蓮。

下列年齡代稱何者非指中年？　(A)強仕之年　(B)春秋鼎盛　(C)耳順之年　(D)不惑之年　【104四等身障特考-國文】　( )

【解析】
(A)四十歲。　(B)正當壯盛之年。
(C)六十歲。　(D)三十歲。

下列選項中詩詞反映的季節，與其他三者不同的是：　(A)易水蕭蕭西風冷，滿座衣冠似雪　(B)碧玉妝成一樹高，萬條垂下綠絲絛　(C)楊花榆莢無才思，惟解漫天作雪飛　(D)千里鶯啼綠映紅，水村山郭酒旗風　【103五等原民特考-國文】　( )

【解析】
(A)西風→秋風，季節秋天。
(B)綠柳→代表春天。
(C)楊花榆莢→代表春天。
(D)綠映紅→綠樹紅花的季節，春天。

歷年考題分析

電視節目正在討論教育改革的議題，有幾位學者提出他們的看法： 甲：孩子從小不僅要加強國家意識，並且得強化法治教育陶鑄。 乙：孩子必須透過學習，教化性情，更要注意環境習染的影響。 丙：孩子從小培養邏輯思辯能力，並且從課程中訓練表達技巧。 丁：孩子應適性發展，不以分數衡量學習成就。 若場景穿越至先秦時期，以上四位學者，依序應各指何人？ (A)孔子、管子、墨子、莊子　(B)老子、韓非子、孟子、管子 (C)孟子、孔子、荀子、老子　(D)韓非子、荀子、惠子、莊子 【103高考一二級-國文】	（D）

【解析】
甲：法治教育→法家　韓非子。
乙：孩子需要透過學習，教化性情→性惡：儒家　荀子。
丙：邏輯思辯能力→濠梁之辯：道家　莊子、惠子。
丁：適性發展→無爲而治：道家　莊子。

下列那一個選項「」中的語詞屬於外來文化語彙？　(A)久仰先生博學多聞，藻采煥發，貴爲文壇「祭酒」　(B)余光中先生獲頒兩岸詩會「桂冠」詩人獎，可喜可賀　(C)這所大學已有百年歷史，並且具有「執牛耳」的學術地位　(D)最近公司甄選高級幹部，大家都看好他有機會「早著先鞭」 【103四等身障特考-國文】	（B）

【解析】
(A)古代宴饗時，先由尊長者酹酒祭神，故稱爲「祭酒」，形容年高德劭、舉足輕重的首腦人物。
(B)古代希臘人用來授予傑出的詩人或競技的勝利者。
(C)古代諸侯割牛耳歃血爲盟，由主盟者執珠盤盛牛耳，故稱盟主爲「執牛耳」，後泛指人在某方面居領導地位。
(D)搶先一步。語本《晉書‧卷六二‧劉琨傳》：「吾枕戈待旦，志梟逆虜，常恐祖生先吾著鞭。」比喻先己立功。

歷年考題分析

二千三百餘年前，在中國東南部的蒙縣地方，產生了一位曠世的天才。他想像豐富，上窮碧落下黃泉，無所不至；他口才犀利，冷嘲熱諷，罵盡天下英雄，卻沒有一個人對他不心服口服；他思想尖銳，能言人之所欲言，也能言人之所不能言。尤其他那縱橫馳說、予奪自如的文字，更穿透了漫長歲月的阻隔，在今天，仍然是那樣的新，那麼的動人，那麼的具有衝擊力。

他就是。

他就是道家的第二座高峰。

他就是金聖歎所批六才子書的第一本的作者。

下列那一選項，適合填入上文空白處？　(A)屈原／《離騷》　(B)司馬遷／《史記》　(C)施耐庵／《水滸傳》　(D)莊子／《南華真經》

【103初等考-國文】

（D）

【解析】

⑴據司馬遷《史記·老子韓非列傳》記載：「莊子者，蒙人也，名周」。

⑵莊子和儒墨有一點很大的不同，儒家墨家推崇聖人，而道家則反對推崇聖賢。

⑶道家的第二座高峰→莊子。

⑷六才子書是由明末金聖歎(1608－1661年)所評定。第一才子書：莊子所著《莊子》；第二才子書：屈原所著《離騷》；第三才子書：司馬遷所著《史記》；第四才子書：杜甫的《杜甫詩》；第五才子書：施耐庵所著《水滸傳》（又名《忠義水滸傳》），原書一百回，刪定為七十回。

故選(D)。

下列選項何者不在四書或五經之列？　(A)《春秋》　(B)《爾雅》　(C)《中庸》　(D)《孟子》　【103五等身障特考-國文】

（B）

【解析】

四書：《論語》、《孟子》、《大學》、《中庸》。

五經：《詩經》、《尚書》、《禮記》、《周易》和《春秋》。

歷年考題分析

請問下列哪一個詞語的解釋正確？ (A)頂客族：擁有高額身家財產但無小孩的家族 (B)拜衣族：追求名牌服飾不遺餘力的富貴夫人 (C)紅脣族：喜愛打扮化妝熱衷追求時髦的女孩 (D)火腿族：領有使用執照的業餘無線電愛好者 【103五等身障特考-國文】	(D)

【解析】
(A)具雙薪但無小孩的夫妻。
(B)臺灣地區原住民族之一，聚居住明潭頭社、德化社一帶。
(C)謔稱有嚼食檳榔習慣的人，因檳榔汁會使嘴脣呈紅色而得名。

寺廟建築的圖畫與雕刻也會利用文學的「雙關」來傳遞抽象的情感願望。以鹿港天后宮為例，牆上一幅浮雕有錦旗、彩球、兵器——戟、樂器——磬等器物；這四樣物項除了能裝飾牆面外，還由聲音雙關而構成了「祈求吉慶」之意；請問下列選項中常見的圖刻裝飾，何者的意義構成不屬於聲音雙關？ (A)花瓶放在桌案上，意謂「平安」 (B)四隻蝙蝠圍著香爐，意謂「賜福祿」 (C)喜鵲立在梅花枝頭上，意謂「喜上眉梢」 (D)鯉魚頭搭配龍的尾部，意謂「鯉魚躍龍門」 【102初等一般行政-國文】	(D)

「讀經宜冬，其神專也；讀史宜夏，其時久也；讀諸子宜秋，其致別也；讀諸集宜春，其機暢也。」依此原則，由春至冬，讀《論語》、《莊子》、《楚辭》、《資治通鑑》的順序應為： (A)《楚辭》、《資治通鑑》、《莊子》、《論語》 (B)《論語》、《資治通鑑》、《楚辭》、《莊子》 (C)《論語》、《莊子》、《楚辭》、《資治通鑑》 (D)《資治通鑑》、《論語》、《莊子》、《楚辭》 【102初等社會行政-國文】	(A)

【解析】
《論語》：屬於十三經之一，故屬於經書。
《莊子》：為諸子百家之一。
《楚辭》：屈原、宋玉、景差、賈誼 等人由重多作者編著完成，故屬諸集。
《資治通鑑》：是北宋 司馬光所主編的一本長篇編年體史書。

歷年考題分析

「夜讀項羽本紀，無奈地／批成繁花遍地，想當初／必有眾星閃熠，要不然／烏江北畔不至驟止風起／父老江東飲泣」。由以上詩句可知作者在閱讀那一本著作？　(A)左傳　(B)漢書　(C)史記　(D)戰國策　【102初等社會行政-國文】	(C)

【解析】

司馬遷在史記中把項羽的傳記列為本紀，與歷代中國最高統治者平級，是唯一一個享此殊榮而無帝王(皇帝)銜頭的人。

下列對於詩中所含「數字」的解釋，何者並不正確？ (A)「見者十人八九迷，假色迷人猶若是」，「八九」指絕大多數 (B)「二八蛾眉梳墮馬，美酒清歌曲房下」，「二八」指十六歲少女 (C)「飛龍九五已升天，次第還當赤帝權」，「九五」指四十五之數 (D)「明月春風三五夜，萬人行樂一人愁」，「三五」指十五月圓之日　【102初等一般行政-國文】	(C)

【解析】

九五，指君位。

想要瞭解秦始皇的事蹟，可以參閱下列哪一本書籍？　(A)《史記》　(B)《左傳》　(C)《三國演義》　(D)《文心雕龍》 【101初等特考-國文】	(A)

【解析】

秦始皇：(前259年－前210年8月11日)戰國時代
(A)《史記》是中國西漢時期的歷史學家司馬遷編寫的一本歷史著作。
(B)《左傳》相傳是春秋末期的魯國史官左丘明所著。
(C)《三國演義》小說以東漢末年為歷史背景。
(D)《文心雕龍》是中國第一部系統文藝理論巨著，也是一部理論批評著作，完書於中國南北朝時期，作者為劉勰。

「帝業方看垂手成，何來四面楚歌聲；興亡瞬息同兒戲，從此英雄不願生。」若欲瞭解有關本詩所指之史事及人物，可選讀之書籍是：①漢書 ②左傳 ③史記 ④資治通鑑 (A)①②③ (B)①②④ (C)①③④ (D)②③④ 【102初等一般行政-國文】	(C)

【解析】

眼看著建立帝國的霸業就要成功，怎知竟落得了四面楚歌的下場？原來人世間的功成敗亡都是一場遊戲罷了，而我也只隨著這眼前的現實葬身在歷史的洪流裡。這首詩是從項羽的角度，描寫他終因劉邦的崛起而功敗垂成的心情，讀來悽愴，令人惋惜這一世豪傑的時不我與。

漢書：又名《前漢書》，中國古代歷史著作。東漢班固所著，是中國第一部　　　紀傳體斷代史。

左傳：相傳是春秋末期的魯國史官左丘明所著。

史記：《太史公書》，後世通稱《史記》，是中國西漢時期的歷史學家司馬遷　　　編寫的中國一本紀傳體通史。

資治通鑑：簡稱「通鑑」，是北宋司馬光所主編的一本長篇編年體史書，記　　　　　載的歷史由周威烈王二十三年（西元前403年）寫起，包括秦、漢、　　　　　晉、隋、唐統一王朝和戰國七雄、魏蜀吳三國、五胡十六國、南北　　　　　朝、五代十國等等其他政權，共1362年的逐年記載詳細歷史。它是　　　　　中國的一部編年體通史，在中國史書中有極重要的地位。

※整首詩，都在描述項羽，唯一沒有涉及項羽的年代的書只有左傳。

下列選項何者與「心在朝廷，原無論先主後主；名遍天下，何必辨襄陽南陽」所指為同一人？ (A)篇中十九從軍樂，亙古男兒一放翁 (B)世上瘡痍，詩中聖哲；民間疾苦，筆底波瀾 (C)載酒江湖，人比黃花瘦；校碑欄檻，夢隨玉笛飛 (D)兩表一對，鞠躬盡瘁酬三顧；鼎足七出，威德成孚足千秋 【102初等一般行政-國文】	(D)

【解析】

題目寫的是諸葛亮。(A)陸遊，(B)杜甫，(C)李清照，(D)諸葛亮。

歷年考題分析

下列何者為我國傳說中的「吉祥之獸」？ (A)渾沌 (B)畢方 (C)鯤鯓 (D)蝙蝠 　　　　　　　　　　　　【101初等特考-國文】	(D)

【解析】
(A)相傳為堯舜時四凶中的驩兜，見史記‧卷一‧五帝本紀。後用以比喻冥頑糊塗不開通。
(B)神話傳說中主火災的怪鳥，形體像鶴而單足。山海經‧西山經：「有鳥焉，其狀如鶴，一足，赤文青質而白喙，名曰：『畢方』，其鳴自叫也，見則其邑有訛火。」文選‧張衡‧東京賦：「八靈為之震慴，況魖蜮與畢方。」薛綜‧注：「畢方，老父神，如鳥兩足一翼者，常御火在人家作怪災也。」
(C)指近海浮出水面的大型沙洲，如鯤浮游於海上。
(D)提到蝙蝠，中國人會想到「蝠」、「福」同音，故蝙蝠被視為吉祥之物。

下列選項「」內的字，何者並非指涉顏色？ (A)「青」出於藍 (B)人老珠「黃」 (C)青紅「皂」白 (D)短「褐」穿結 　　　　　　　　　　　　【101初等特考-國文】	(D)

【解析】
(A)像深海一樣的顏色，亦稱為「靛藍」。
(B)珍珠年久變黃而失去價值。
(C)黑色。
(D)粗布衣。

以下關於年齡的敘述，那一個選項是由幼至長排列的正確順序？ 甲、始齔之年 乙、耳順之年 丙、而立之年 丁、弱冠之年 戊、知命之年 (A)乙丁丙戊甲 (B)戊丁丙乙甲 (C)丁丙甲戊乙 (D)甲丁丙戊乙 　　　　　　　　　　　　【101初等特考-國文】	(D)

【解析】
甲、換牙，七、八歲；乙、六十歲；
丙、三十歲；丁、十五歲；丙、五十歲。

歷年考題分析

甲、「獨在異鄉為異客，每逢佳節倍思親。遙知兄弟登高處，遍插茱萸少一人。」

乙、「爆竹聲中一歲除，春風送暖入屠蘇；千門萬戶瞳瞳日，總把新桃換舊符。」

丙、「競渡深悲千載冤，忠魂一去詎能還。國亡身殞今何有，只留離騷在世間。」

丁、「清明時節雨紛紛，路上行人欲斷魂。借問酒家何處有？牧童遙指杏花村。」

上列詩歌各自提到一年之中不同的節日，依時間前後順序排列，正確的選項是： (A)甲乙丙丁 (B)乙丁丙甲 (C)乙甲丁丙 (D)甲丙乙丁 【101初等特考-國文】

(B)

【解析】

甲、重陽節(九月九日)；乙、春節(正月初一)；

丙、端午(五月五日)；丁、清明(國曆四月五日)。

下引三首詩依序指那些動物？「爪利如鋒眼似鈴，平原捉兔稱高情。無端竄向青雲外，不得君王臂上擎」「的歷流光小，飄颻弱翅輕。恐畏無人識，獨自暗中明」「丁丁向晚急還稀，啄遍庭槐未肯歸。終日與君除蠹害，莫嫌無事不頻飛」 (A)野狼／螢火蟲／鷓鴣 (B)野狼／金子／鷓鴣 (C)老鷹／螢火蟲／啄木鳥 (D)老鷹／金子／啄木鳥 【100公務員初等考一般行政-國文】

(C)

【解析】

1. 爪利、眼利，又可以從空中抓兔的肉食性動物，就是鷹。

2. 夜晚會出現一點流光的昆蟲，只有螢火蟲。

3. 會啄木也會啄樹木裡頭的蠹蟲，這動物就是啄木鳥。

方位所構成的詞語，不能稱代人物的是： (A)南冠 (B)西席 (C)東廂 (D)北堂 【100三等身障特考-國文】

(C)

【解析】

(A)南冠：囚犯、戰俘；(B)西席：家庭教師；

(C)東廂：正寢東邊的廂房；(D)北堂：母親的代稱。

如果要製作一份關於「先秦時代的寓言」的專題報告，下列那部書籍可列為最優先的選擇？　(A)《詩經》(B)《老子》(C)《莊子》(D)《易經》　【100公務員初等考人事勞工經建行政政風-國文】	(C)

【解析】
(A)《詩經》為最早的詩歌總集、韻文之祖、北方文學代表、純文學之祖。
(B)《老子》是一本道家的哲理書，具有一定的文學性，對後世文學的影響不小。
(C)《莊子》是先秦最善用神話的典籍之一。
(D)《易經》是古人闡明天理、人道的書。

班固《漢書‧藝文志》評述諸子流別，分為九流十家，依法家/縱橫家/名家/陰陽家的排列，其代表人物依序為：①慎到、申不害　②公孫龍、惠施　③呂不韋　④鄒衍　⑤許行　⑥蘇秦、張儀　(A)①②③④　(B)①⑥②④　(C)③②④⑤　(D)⑥④②③　【100三等身障特考-國文】	(B)

【解析】
儒家代表人物：孔子、孟子、荀子。
墨家代表人物：墨翟。
道家代表人物：老子、莊子、列子、楊朱。
法家代表人物：商鞅(重法)、申不害(重術)、慎到(重勢)、韓非(集大成)。
名家代表人物：公孫龍子、惠施。
陰陽家代表人物：代表人物有鄒衍。
縱橫家代表人物：鬼谷子(始祖)、蘇秦(合縱)、張儀(連橫)。
農家代表人物：許行。
雜家代表人物：呂不韋。
小說家代表人物：宋鈃(ㄎㄥ)。

下列各文句「」內有關時間的詞語，何者所指的時間最長？ (A)流連「信宿」，不覺忘返　(B)欣逢八「秩」華誕，恭祝萬壽無疆 (C)今足下居無尺土之地，守無「兼旬」之　(D)今送汝歸，予以千金之產、「期頤」之壽，於願足乎　　【100警察特考-國文】	(D)

【解析】
(A)「信宿」：連宿兩夜。
(B)「秩」：十年爲一秩。
(C)「兼旬」：旬，十天；兼旬，二旬，二十天。
(D)「期頤」：百年。

下列詞語歸類錯誤的選項是：　(A)書信：魚雁、書簡、尺牘　(B)死亡：遷化、圓寂、見背　(C)自謙：寡人、不才、足下　(D)月亮：桂魄、玉盤、嬋娟　　【100五等地方特考-國文】	(C)

【解析】
(C)寡人：古代國君自稱的謙詞；不才：不成材，自謙之詞；足下：古代下對上或同輩相稱的敬辭。

下列和飲食相關的日常生活用語，使用錯誤的是：　(A)這本書是「大雜燴」，主題非常明確，別無枝蔓　(B)一些較有保障的工作，往往被稱為「鐵飯碗」　(C)在人浮於事的年代，大家最怕的是被「炒魷魚」　(D)如果主管沒有擔當，出了差錯，下屬往往就得「揹黑鍋」　　【100五等地方特考-國文】	(A)

【解析】
(A)比喻把各種不同的事物匯集在一起。
(B)比喻非常穩固的職位。
(C)比喻辭退、解僱。
(D)代人受過頂罪。

複選題

【歷年考題分析】

張三說：「我已過了不惑之年」；李四說：「我是知命之年了」；王五說：「我女兒剛過了花甲之年」；趙八說：「我是耳順之年；我的內人正值壯室之年」，從以上對話可知，年紀高過李四的人是： (A)張三　(B)王五　(C)趙八　(D)王五的女兒　(E)趙八的太太 【103五等地方特考-國文】	(B) (C) (D)

【解析】

張三說：「我已過了不惑之年」→不惑之年，四十歲；所以張三已經超過四十歲。

李四說：「我是知命之年了」→知命之年，五十歲；所以李四是五十歲。

王五說：「我女兒剛過了花甲之年」→花甲之年，六十歲；所以王五一定超過六十歲，王五的女兒剛滿六十歲。

趙八說：「我是耳順之年；我的內人正值壯室之年」→耳順之年，六十歲。壯室之年，三十歲。所以趙八是六十歲，趙八的老婆是三十歲。

◎李四五十歲，所以年紀確定高過李四有王五、王五的女兒、趙八。

下列說明，正確的是： (A)「屨」、「屣」都屬於鞋類　(B)「二八年華」指女子十六歲 (C)「觶」、「觴」、「觥」都是古代酒器　(D)「紳」、「纓」都是束於衣服外面的大帶　(E)酒類的名稱繁多，如「醇」是濃酒，「醨」是薄酒　【103五等地方特考-國文】	(A) (B) (C) (E)

【解析】

(D)紳：古代官員束在腰間的大帶子；纓：繫帽的帶子。

6 應用文篇

本篇說明

　　國考中，最常考的應用文類型，無非就是書信類，書信當然又分成信封的寫法，中式信封和橫式信封格式；再來就是稱謂的問題，提稱語、應酬語、敬辭的部分；再來就是題辭類，什麼樣提辭適合用在什麼樣的場合或是適合什麼樣的行業，這些都是在這個篇章要稍加注意的地方。

應用文相當實用，不僅國考愛考，就連生活中的婚喪喜慶都可以派上用場，多學也無妨。

本篇重點

書信格式老是寫錯？利用圖像輕易記憶。

婚喪喜慶的題辭要題什麼？

什麼樣的對聯適合什麼樣的職業？

本篇大綱

書信

中式信封的寫作格式（直式）

(1)框右側寫受信人的住址及郵遞區號；地址不可高於框內受信人的姓。

(2)框內欄寫受信人的姓名、稱呼（指送信人對受信人的稱呼）和啟封詞。

(3)框左側寫發信人的地址、姓（或姓名）、緘封詞和郵遞區號，郵票貼於左上角；發信人地址不可高於受信人地址。

(4)信封或書信中若需側寫，則只可側寫對方人名，職稱嚴禁側寫。

　　如：吳老師安安道啟；遇輩分較自己小的人，也可側書。

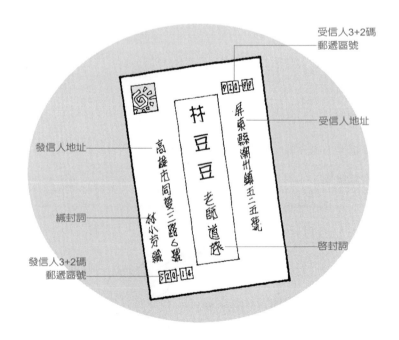

中式信封的寫作格式（橫式）

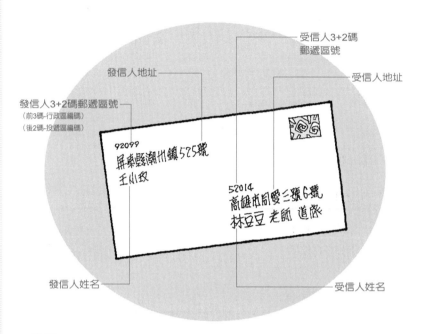

發信人3+2碼郵遞區號
（前3碼-行政區編碼）
（後2碼-投遞區編碼）

發信人地址

受信人3+2碼
郵遞區號

受信人地址

92099
屏東縣潮州鎮525號
王小玫

52014
高雄市同愛三路6號
林豆豆 老師 道啟

發信人姓名

受信人姓名

※注意：

⑴中式信封中間多印紅色長方框，若寫給喪居，宜用全白色信封。

⑵明信片啟封詞用「收」，信封啟封詞用「啟」。

⑶明信片緘封詞用「寄」，信封緘封詞用「緘」。

⑷中間的稱謂：是「郵差」對「受信人」的稱呼。

⑸寫信給父親，不能寫「○○○父親收」只能寫「○○○先生收」

⑹寫「職稱」沒有關係，如：○○○老師、○○○校長、○○○經
理……等。

⑺「吳安安老師」亦可寫成「吳老師安安」，後者較為尊敬。

書信的啓封詞、緘封詞

對象	啓封詞	緘封詞	說明
祖父母、父母	安啓、福啓	緘	啓：開啓 緘（ㄐㄧㄢ）：封閉
長輩、上級	鈞啓、道啓（老師）	緘	「鈞」皆用於長輩、上級
政軍長輩	鈞啓、勛啓	緘	「勛」：功勞、功績
平輩	台啓、大啓、惠啓	緘	書信中「台、大」皆用於平輩
晚輩	啓	緘	
明信片	收	寄	寄（明信片沒有信封可開啓）

※信封：不可用「敬啓」、「恭啓」（恭敬地開啓），沒有人需要恭敬地開啓你寫的信件。

書信的結構用語

類別＼對象	祖父母、父母	一般長輩	師長	平輩	晚輩
提稱語	膝下、膝前	尊前、尊鑒 鈞鑒	尊前、尊鑒 函丈、講座	大鑒、惠鑒 左右、足下	知之、知悉 如晤、如握
結尾敬辭	肅此、敬此	肅此、敬此	肅此、敬此	耑此、特此	匆此、草此
問候語	敬請 福安 叩請 金安	敬請 鈞安 恭請 崇安	敬請 道安 恭請 教安	敬請 大安 敬請 台安 順頌 時綏	順問 近祺 即問 近好
自稱	啓孫、孫女 兒、兒女	依親屬關係	學生、受業	依稱謂 相對稱	依稱謂 相對稱
署名敬辭	收敬稟、叩上 叩稟、謹叩	謹上、敬上	謹上、敬上	敬啓、謹啓	啓、收

書信的稱謂

類別 ＼ 對象	尊長	卑幼、親戚	兒孫、店號	師友住處	已死的尊長、卑幼
自稱	家	舍	小	敝	先（尊長） 亡（卑幼）
舉例	家父、家母 家兄、家姐	舍弟、舍妹	小兒、小女 小孫、小號	敝業師 敝友 敝校	先祖、先父 先夫、亡妻 亡弟、亡兒
稱人	令、尊	令	令、寶	令、貴	
舉例	令尊、尊君 令堂、令兄	令弟、令妹 令郎、令嬡	令孫、寶號	令師 貴校 貴宅	

信封中的稱呼是誰在叫的？

郵差啊！

題辭

「題辭」一般而言,是用最簡單的詞語表達頌揚、祝福、期勉的心意。大多以四個字的題辭居多。使用時應注意選詞適切,什麼樣的場合適合什麼樣的題辭。

將題辭分為下列幾類:

祝賀類

訂婚	文定之喜、白首成約、締結良緣、喜締鴛鴦、誓約同心、姻緣相配、文定吉祥、文定厥祥、鴛鴦璧合、緣訂三生
結婚	鸞鳳和鳴、珠聯璧合、秦晉之好、鳳凰于飛、天作之合、琴瑟和鳴、笙磬同音、天作之合、鴻案相莊、鐘鼓樂之、五世奇昌、花好月圓、愛河永浴、祥開百世、海燕雙棲
嫁女	妙選東床、鳳卜宜昌、桃灼呈祥、桃夭及時、雀屏妙選、之子于歸、于歸之喜、宜室宜家
生子	熊夢徵祥、弄璋之喜、天賜麟兒、德門生輝、麟趾呈祥、蘭階吐秀、喜得寧馨、瓜瓞綿綿
生女	明珠入掌、弄瓦徵祥、輝增彩帨
男壽	松柏長青、椿庭日永、天賜遐齡、松鶴延年、壽比南山、南極星輝、壽比南山、花開甲子、至德延年、天保九如
女壽	懿德延年、錦帨呈祥、萱堂日永、彩帨騰輝、瑤池春永、星輝寶婺（ㄨˋ）、懿德延年、慈竹風和、萱草長春
雙壽	椿萱並茂、酒祝齊眉、松喬之壽、福壽雙全、日月齊輝、金石同堅、琴瑟百年、雙星朗照、鴛鴦福祿、先耦齊齡
教育界	百年大計、百年樹人、絃歌不輟、洙泗高風、卓育菁莪（ㄜˊ）、春風化雨、作育英才、杏壇之光、功著士林、桃李芬芳

※福壽雙全的用法要特別注意一下,是「慶生」並非是「送死」,這是常考的陷阱題。

政治界	為民喉舌、造福桑梓、實至名歸、為政以德、民心所向、言重九鼎、衆望所歸、民俱爾瞻、一介不取、德政可風、拯民水火、明鏡高懸、恫瘝（ㄊㄨㄥ　ㄍㄨㄢ）在抱		
遷居	德必有鄰、地靈人傑、里仁為美、良禽擇木、鶯遷喬木		
新居落成	美輪美奐、福地洞天、雕梁畫棟、堂構更新、堂構增輝、鳳棲高梧、潤屋潤身、大啓爾宇、昌大門楣、君子悠居		
住宅	耕讀傳家、子孫孝賢、忠誠勤僕、積善之家		
名勝	世外桃源、柳暗花明、鬼斧神工、龍蟠虎踞、江山如畫、琪花瑤草、曲徑通幽、山明水秀、山高水長、水色山光、煙波萬頃		
畢業紀念	百折不撓、本立道生、鵬程萬里、扶搖直上、力行近仁、更上層樓、和光同塵、鶴鳴九皋、好古敏求、好學近智、居仁由義、雲程發軔、青雲直上、學問初基、朝乾夕惕、鑄史鎔經、壯志凌雲、乘風破浪、士必弘毅、術有專精、任重道遠、自強不息、滄海程寬、一帆風順、依仁游藝		
開業	商店	業紹陶朱、大展鴻猷、駿業宏開、貨財廣殖、萬商雲集	
	醫院	功著杏林、懸壺濟世、仁心仁術、扁鵲復生、華陀再世	
	書店	名山事業、大雅扶輪、左圖右史、坐擁百城、文光射斗	
	旅館	賓至如歸、高軒范止、貴客盈門、近悅遠來、群賢畢至	
	工廠	百工居肆、福國利民、富國之基、大業永昌、開物成務	
比賽	書法	龍飛鳳舞、筆力萬鈞、鐵畫銀鉤、力透紙背、翰苑之光	
	作文	妙筆生花、如椽巨筆、一字千金、含英咀華、錦心繡口	
	演講	口若懸河、語驚四座、辯才無礙、能言善道、議論風生	
	音樂	玉潤珠圓、新鶯出谷、響徹雲霄、餘音繞梁	
	運動	術德兼修、望風披靡、允文允武、龍騰虎躍、奏凱而歸、朝氣蓬勃、爭也君子、健身強國、尚武精神	

※杏壇：教育界；杏林：醫界，要區分清楚！

哀輓類

男喪	福壽全歸、南極星沉、老成凋謝、高山仰止、德望永昭、北斗星沉、寶劍光沉、德業長昭、駕鶴西歸、英風宛在
少年男喪	天不假年、夏綠霜凋、修文赴召、星隕少微、壯志未酬、少微星隕、玉樓召記、玉折蘭摧、玉樹長埋
女喪	駕返瑤池、寶婺星沉、闈（ㄆㄨㄟˊ）範長存、夢斷北堂、淑德永昭、慈竹風摧、彤管流芳、坤儀足式、懿德長昭
少年女喪	鳳去樓空、曇花萎謝、蘭摧蕙折、遽促芳齡、繡闈花殘、繡幃香冷、玉簫聲斷
師長喪	馬帳安仰、風冷杏壇、桃李興悲、立雪神傷、高山安仰、教澤長存、教澤永懷、師表千古、師表常尊、永念師恩
學界喪	大雅云亡、天喪斯文、立言不朽、絕學千秋、學究天人、世失英才、文壇失仰、文曲光沉、望尊泰斗
政界喪	甘棠遺愛、國失賢良、才厄經綸、忠勤著蹟
商界喪	端木遺風、利用厚生、貨殖流芳、商界楷模、美利長流
朋友喪	痛失知音、話冷雞窗、心傷畏友、響絕牙琴、人琴俱亡、伊人宛在

※男女喪的題辭要稍加注意，用錯就真的貽笑大方了！

筆記

對聯

對聯的定義

⑴對聯是由上下兩段文字組成，形式似對偶、文意相連繫，以表達一個中心思想；可用於生活各方面，而具有民族文學特色的一種應用文書。

⑵對聯是中華文化的特產，是世界上獨有的藝術形式，在我國有悠久的歷史和群眾基礎。它能以美觀的形體、工整的對仗和優美的書法結合而流傳後世。

⑶對聯又稱楹聯，俗稱對子、門聯、聯語。在新春時節，貼在門側的又叫春聯。互相對偶的文句，分為上聯和下聯，通常張貼、懸掛或刻在門、廳堂和柱子上；依性質的不同，可分春聯、門聯、楹聯、壽聯和輓聯。

對聯的張掛方式

⑴直寫豎貼，自右而左，由上而下，不可顛倒。

⑵貼在右邊的叫做「上聯」，左邊的叫做「下聯」。

⑶上仄下平：通常上聯的最後一個字是仄聲，下聯最後一個字是平聲。

對聯的特色

⑴字數相等，斷句一致。

⑵平仄相對，音調和諧。

⑶詞性相對，位置相同。

⑷內容相關，上下銜接。

對聯的分類

春聯	農曆新年時，以紅紙書寫吉祥的聯語，張貼在門的兩旁。 1.千門淑氣新 萬戶曉光曙 2.楊柳春風第 芝蘭玉樹階 3.爆竹二三聲人間是歲 梅花四五點天下皆春
楹聯	懸於門旁或柱子上的對聯。
宅第類	1.平安及是家門福 孝友可為子弟箴 2.萬卷詩書如好友 一樽談笑伴古人 3.傳家有道惟忠厚 處世無奇但率真
祠廟類	1.孔廟：天下文官祖 歷代帝王師 2.文天祥祠：猶留正氣參天地 永剩丹心照古今 3.關帝廟：青龍偃盡千秋月 赤兔追餘萬里風 4.岳飛廟：宋室忠臣留此家 岳家母教重如山 5.城隍廟：舉念有神知，善惡正邪能立判 　　　　　照人如明鏡，吉凶禍福總無私
商店類	1.書店：藏古今學術 聚天地精華 2.報館：縱談中外事 洞徹古今情 3.出版業：大塊文章百城富有 名山事業千古永留 4.服裝店：巧呈千般錦 裝扮萬家春 5.鞋店：願世人皆能容忍 唯此地必較短長 6.眼鏡店：笑我如觀雲裡月 憑君能辨霧中花 7.鐘錶店：刻刻催人資警醒 聲聲勸爾惜光陰 8.花店：此處春光常綺麗 誰言花事已闌珊 9.理髮店：磨礪以須，問天下頭顱幾許 　　　　　及鋒而試，看老夫手段如何 10.水果行：滿店果香迎顧客 一腔熱情酬嘉賓 11.醫院：常體天地好生德 獨存聖賢濟世心 12.米店：亙古皆憑農立國 生民咸以食為天

輓聯	男喪	1.天不遠一老 人已足千秋 2.大雅云亡空懷舊雨 哲人其萎帳望高風
	女喪	1.蓬島歸仙駕 萱帷著母儀 2.身似芳蘭從此逝 心如皓月幾時歸
	業師	1.當年幸立程門雪 此日空懷馬帳風 2.廿載道能宏　明德新民存教澤 　千秋名不朽　博文約禮仰師恩
賀聯	賀結婚	1.二姓聯姻成大禮 百年偕老樂長春 2.繡閣昔曾傳跨鳳 德門今喜協乘龍
	賀男壽	1.南山壽獻長生酒 北海樽開不老仙 2.室有芝蘭春自永 人如松柏歲長新
	賀女壽	1.麻姑酒滿杯中綠 王母桃分天上紅 2.天護慈萱人不老 雲彌壽樹歲長春
	賀雙壽	1.白首相莊多樂事 朱顏並駐祝長生 2.福祿壽齊眉配偶 子孫曾眾口歡呼
	賀遷居	1.擇里仁為美 安居德有鄰 2.遷宅喜迎新氣象 換門不改舊家風
	賀新居	1.門亭新氣象 堂構毓人龍 2.畫棟雕梁稱傑構 德門人里慶安居
	賀開張	1.經營不讓陶朱富 貿易長存管鮑風 2.美利造成新企業 富源開闢大中華

※門聯的方向是以客人站在門口看的方向。

筆記

歷年考題分析

歷年考題分析

下列語句，用詞完全適當的選項是：　(A)張先生榮升處長已近一個月，處內同仁特別為他舉辦彌月慶祝餐會　(B)王老師年前轉職至本校任教，在他任教百日時，校方決定予以彌留　(C)百貨公司的行銷策略之一，就是在開館週年期間推出大型促銷活動　(D)公車上備有多個博愛座椅，目的是讓身懷甲子的準媽媽們安全乘車　【105三等警察特考-國文】	(C)

【解析】
(A)彌月→小孩滿月，刪掉這一詞即可。
(B)彌留→病重將死之際，用詞不當。
(D)身懷甲子→應該「身懷六甲」。

「□□於民國一○五年三月三日（星期四）下午六時□天下第一樓為長男大德與王小菲小姐訂婚敬備□□恭候台光」，上文空格處，宜依序填入的字詞為：　(A)謹訂／借／湯餅　(B)謹詹／假／菲酌　(C)謹訂／借／桃樽　(D)謹詹／假／桃觴　【105四等司法特考-國文】	(B)

【解析】
先判斷最後一個詞，就可以知道答案。
(A)湯餅：小孩生下三天後，請客人來吃湯餅的宴會。現有滿月的意思。
(B)菲酌：粗劣的酒餚。常用作謙辭。
(C)桃樽：祝壽的酒席。
(D)桃觴：祝壽的酒席。

歷年考題分析

下列各組對聯，行業別前後不同的選項是： (A)坦橋曾進高人履，瀛海爭誇學士鞋 / 是留侯橋邊拾起，看王令天上飛來 (B)囊中都是延年藥，架上無非不老丹 / 參茸同功回造化，葫蘆品貴辨君臣 (C)色香古茂留真跡，翰墨因緣壯大觀 / 收拾破殘妙傳手法，表章古今功在儒林 (D)大塊文章百城富有，名山事業千古長留 / 滄海月明藍田日暖，懷珠川媚韞玉山輝　　(D)
【105高考一二級-國文】

【解析】
(A)鞋店　(B)中藥店　(C)裱畫店　(D)書局/珠寶店

下列選項中各組題辭，何者不適用於婚嫁？ (A)花開並蒂 / 鸞鳳和鳴 / 秦晉之好 (B)燕燕于飛 / 之子于歸 / 宜室宜家 (C)舉案齊眉 / 珠聯璧合 / 琴瑟和諧 (D)熊夢吉兆 / 桃夭之喜 / 德門生輝　　(D)
【105高考一二級-國文】

【解析】
熊夢吉兆：用於祝賀人得子的賀辭。
桃夭之喜：用於祝賀女子出嫁的婚嫁賀辭。
德門生輝：用於祝賀人得子的賀辭。

某人收到一封沒有主旨與署名的電子郵件，僅見信件最末的結尾敬辭係用「叩請綏安」。請問兩人是何種關係？ (A)父子　(B)同袍　(C)師生　(D)兄妹　　(C)
【105鐵路佐級考試-國文】

【解析】
(A)結尾敬語用於祖父母、父母→敬請　金安、叩請 金安、恭請　福安。
(B)結尾敬語用於平輩→敬請　台安、即請　大安、順頌　時綏。
(C)結尾敬語用於師長→恭請　誨安、敬請　教安、叩請　絳安。
(D)結尾敬語用於平輩→敬請　台安、即請　大安、順頌　時綏。

歷年考題分析

下列選項中的稱謂，使用最恰當的是： (A)家妹即將北上求學，還請賢伉儷多多關照 (B)因家父身體不適，敝伉儷無法出席同學會 (C)鄙人拙作已經完稿，專此奉達，敬請指教 (D)明晚五時，特在府上敬備薄酒，恭候光臨　　　　　　　　【105四等外交行政-國文】	（C）

【解析】
(A)家妹→舍妹。
(B)敝伉儷→愚夫婦。
(D)府上→寒舍。

寒舍簡陋，招待不周，尚祈「」　家嚴九旬壽辰敬備「」，恭請闔第光臨　學生才疏識淺，論文不妥之處，敬請「」上述各組文句中「」的詞語，依序最適合填入的選項是：(A)不棄／湯餅／惠閱 (B)大駕／素儀／存覽 (C)海涵／桃觴／斧正 (D)惠顧／喜筵／雅正　　　　　　　　【105五等外交行政-國文】	（C）

【解析】
(A)不棄：不厭棄、不嫌棄／湯餅：嬰兒滿月／
　惠閱：期望您能閱讀這篇文章或者來信。
(B)大駕：對人的敬稱／素儀：致送死者家屬的金錢，悼喪用／
　存覽：向晚輩贈己著作。
(C)海涵：說人度量大或請人寬諒的話／桃觴：壽誕舉觴稱賀的意思／
　斧正：請人改削文字的謙詞。
(D)惠顧：敬稱他人的光臨／喜筵：為喜慶之事而擺設的筵席／
　雅正：懇求他人指正的敬詞。

歷年考題分析

關於「桃李」的涵義，下列敘述，何者錯誤？　(A)「樹桃李」是指桃樹李樹　(B)「桃李春風」是比喻良師的教導　(C)「桃李門牆」是指生徒受教的師門　(D)「桃李滿天下」表示所培育的學生人才眾多　【105五等外交行政-國文】	(A)

【解析】
(A)樹桃李：比喻教育學生或培養人才。

教師節前夕，如果寄信向老師請安，下列信封中路，何者書寫正確？　【105五等外交行政-國文】	(A)

(A) 　(B) 　(C) 　(D)

【解析】
1. 受信人稱謂，要寫在中間，是郵差先生對收信人的稱謂。
2. 名字側寫縮小在稱謂之下，這是禮貌性的寫法，尤其是對於長輩或長官。
3. 鈞啓、賜啓、道啓都可以用在老師身上；安啓，適用在親族長輩。

祠堂大門兩側的對聯，往往就是一幅微型家譜，訴說著祖先的豐功偉業。下列對聯與姓氏的組合，何者錯誤？　(A)龍門新世第，柱史舊家聲 —— 李姓　(B)江夏無雙德望，春申第一門風 —— 孟姓　(C)三都賦手家聲遠，一傳門風世澤長 —— 左姓　(D)誠身學業宗三省，經史文章冠八家 —— 曾姓　【104三等地方特考-國文】	(B)

【解析】
(A)李氏，隴西堂：龍門世德，柱史家聲。猶龍世澤，旋馬家聲。
(B)黃氏，江夏堂：潁川世澤，江夏家聲。徽流江夏，景煥陽春。
(C)三都賦，左思所作，故左姓。
(D)曾氏，三省堂：三班判押、兩浙屏藩；魯國堂：武城世第、魯國家聲。

歷年考題分析

柬帖種類繁多，其用語多為專門術語，不宜任意更改。下列柬帖術語的使用，何項錯誤？ (A)「嘉禮」、「吉夕」、「福證」用於婚嫁 (B)「稽首」、「賻儀」、「祔敬」用於喪葬 (C)「菲敬」、「彌儀」、「桃儀」用於喜慶送禮 (D)「哂納」、「莞存」、「領謝」用於喜慶送禮請收受 【104三等地方特考-國文】	(D)

【解析】
(A)「嘉禮」：婚禮 /「吉夕」：結婚之夜 /「福證」：請人證婚的尊敬語。
(B)「稽首」：一種俯首至地的最敬禮 /「賻儀」：慰問喪家的禮金 /
　「祔敬」：祔，奉新死者的神主入廟，與先祖合祭，故祔敬為喪葬禮金。
(C)「菲敬」：送禮時的謙詞，言所贈微薄 /「彌儀」：賀彌月禮 /
　「桃儀」：送人壽禮。
(D)「哂納」：餽贈禮物時，請人接受的客氣話 /
　「莞存」：送給長輩長官之禮用 /「領謝」：受禮致謝。
　「哂納」、「莞存」用於喜慶送禮；「領謝」用於喜慶送禮請收受。

下述「楹聯」與「行業」配合完全正確的選項是： 甲：無慮風雲多不測，何愁水火太無情──保險業 乙：烹雪應憑陶學士，辨泉好待陸仙人──中藥店 丙：從此談心有捷徑，何須握手始言歡──電信業 丁：因知緩急人常有，豈可權衡我獨無──典當業 戊：還我廬山真面目，愛她秋水舊風采──醫美業 (A)甲乙丙 (B)甲丙丁 (C)乙丙丁戊 (D)甲丙丁戊 【104四等地方特考-國文】	(B)

【解析】
乙：烹雪應憑陶學士，辨泉好待陸仙人──茶葉行。
戊：還我廬山真面目，愛她秋水舊風采──照相館。

歷年考題分析

若有人問：「令尊今年貴庚？是否仍在大學執教？」，下列選項的應答，何者最正確？　(A)唉！先慈去年已經亡故了　(B)家母今年五十好幾了，仍舊堅持在杏林服務　(C)早就駕返道山，今年準備要過七十大壽了　(D)家父年屆六十五，前年就退休在家含飴弄孫【104 五等地方特考-國文】	（D）

【解析】
題目的「令尊」是尊稱別人的父親。
(A)先慈：已故的母親
(B)家母：對人稱自己的母親。
(C)駕返道山：男用輓聯；過世了，怎麼過七十大壽呢？

下列題辭的使用說明，何者正確？　(A)作文比賽優勝：錦心繡口　(B)診所開張題匾：杏壇之光　(C)祝賀金榜題名：修文赴召　(D)祝賀商界開業：貨殖流芳【104 五等地方特考-國文】	（A）

【解析】
(B)杏壇之光：用於對教育界或教育人士的題辭。
(B)修文赴召：用於哀輓少年男性喪者通用的輓辭。
(C)貨殖流芳：用於哀輓商界喪者的輓辭。

下列祝賀語的說明，完全正確的是：　(A)椿萱並茂：父親健在　(B)功在桑梓：造福鄉里　(C)宜室宜家：新屋落成　(D)竹苞松茂：喜獲麟兒【104 五等地方特考-國文】	（B）

【解析】
(A)椿萱並茂：比喻父母都健在。
(C)宜室宜家：多用為女子出嫁時的祝賀語。
(D)竹苞松茂：用為祝壽的頌詞。

歷年考題分析

有關書信寫作的用法，下列敘述，何者錯誤？ (A)寫信給長輩或平輩，如對方有字號，則稱字號，不直呼其名，以示尊敬之意 (B)女學生寫信給師長，可稱「業師」、「吾師」、「夫子」；對女老師的夫婿可稱為「師父」 (C)部屬寫信給長官，通常稱「鈞長」或「鈞座」，自稱為「職」；如對舊時長官，則自稱為「舊屬」 (D)書信正文末的結尾敬辭，是用以表達自己誠敬問候的詞句。如「敬請鐸安」可用於教育界；「敬請戎安」可用於軍界 【104三等外交行政特考-國文】	(B)

【解析】
(B)對女老師的丈夫稱「師丈」。

書信提稱語的使用，下列所述對應關係何者正確？ (A)父母：麾下 (B)弔唁：妝次 (C)平輩：鈞鑒 (D)師長：尊鑒 【104五等身障特考-國文】	(D)

【解析】
(A)父母：膝下；(B)弔唁：禮席、苫(ㄕㄢ)次；(C)平輩：台鑒、大鑒。

下列有關「稱謂」的敘述，何者錯誤？ (A)「先慈」、「先妣」皆是對他人稱自己已逝母親 (B)「令祖」是敬稱他人祖父；「家祖」是對人自稱祖父 (C)「尊閫」是稱他人之妻；「尊翁」是稱他人之父 (D)「孤子」是指父健在、母已逝的人；「哀子」是指母健在、父已逝的人 【104五等身障特考-國文】	(D)

【解析】
(D)「孤子」是指母健在、父已逝的人；「哀子」是指父健在、母已逝的人

市政府舉辦作文比賽，欲贈送得獎者獎盃，下列何者最不適合作為獎盃之題辭？ (A)舌燦珠璣 (B)含英咀華 (C)文采斐然 (D)倚馬長才 【104五等身障特考-國文】	(A)

【解析】
(A)用於演講比賽或是辯論比賽。

歷年考題分析

下列何者不適合作為新婚賀詞？ (A)五世其昌 (B)美輪美奐 (C)璧合珠聯 (D)鸞儔鳳侶 【104五等身障特考-國文】	(B)

【解析】

(B)美輪美奐：用於新居落成的題辭。

許多名山勝水，往往建有涼亭，讓人在遊覽時能夠稍事歇息；而此涼亭也往往具有觀景的功能，視野頗佳，可以收攬周遭景致，令人坐在亭中，心曠神怡。下列那一選項的對聯，最適合張貼這種具有觀景功能的涼亭中？ (A)倉公造字載史跡，頡使學子目視丁 (B)敬天謝地萬物簇，字上句下成銘文 (C)青山有幸埋忠骨，白鐵無辜鑄佞臣 (D)清風明月本無價，近水遙山皆有情 【104五等身障特考-國文】	(D)

【解析】

(A)倉頡、造字→敬字亭。

(B)第一句和第二句的第一個字→敬字亭。

(C)忠骨、無辜→岳飛廟。

(D)清風、明月、近水遙山→觀景亭。

下列各組題辭，不可於同一場合使用的是： (A)萱堂日永／母儀足式 (B)五世卜昌／宜室宜家 (C)懸壺濟世／扁鵲復生 (D)棟宇連雲／堂構更新 【104四等外交行政特考-國文】	(A)

【解析】

(A)萱堂日永：祝賀母親生日的題辭／母儀足式：弔唁他人喪母的輓詞。

(B)五世卜昌／宜室宜家：作新婚的賀詞。

(C)懸壺濟世／扁鵲復生：行醫救人的題辭。

(D)棟宇連雲／堂構更新：恭賀新屋落成的題辭。

下列題辭的運用，何者錯誤？ (A)福壽全歸：賀壽誕 (B)慶諧弄璋：賀生子 (C)卓育菁莪：賀校慶 (D)珠聯璧合：賀結婚 【104四等身障特考-國文】	(A)

【解析】
(A)福壽全歸：對年高而有福者死亡的題辭。

下列對話所使用的詞語完全正確的選項是： (A)「敝人形單影隻、力有未逮，懇請您撥冗幫忙新屋喬遷。」「我必定會鼎力相助。」 (B)「祝賀您開業興隆，財源廣進。」「蒙您光顧，令蓬蓽生輝，寒舍今日人滿為患。」 (C)「恭喜令嬡出國比賽不孚眾望，為國爭光。」「您過譽，要感謝您平日指導有方。」 (D)「感謝兄臺殫精竭慮地為我出謀劃策。」「你我休戚與共，我只是略盡棉薄之力。」 【104高考三級-國文】	(D)

【解析】
(A)鼎力相助：指別人對自己的大力幫助。屬於敬辭，一般用於請人幫助時的客氣話→「我必定會拔刀相助。」
(B)寒舍：謙稱自己所住的屋舍；人滿為患：因人多而造成問題或麻煩→「蒙您光顧，令蓬蓽生輝，小店今日人山人海。」
(C)不孚眾望：不能使大家信服，未符合大家的期望→「恭喜令嬡出國比賽不負眾望，為國爭光。」

下列文句何者完全正確？ (A)匹夫之言亦有可採，主管應多聽各方的聲音 (B)這幾篇文章是我最近的新作品，請老師拜讀 (C)小犬榮膺局長之職，如蒙不棄，請多多指導 (D)拙荊一向不擅長舞蹈，不如尊夫人長袖善舞 【104普考-國文】	(A)

【解析】
(B)拜讀：恭敬、謹慎的閱讀，不適合用於老師，應改成請老師指導。
(C)榮膺：稱揚人受官任職之辭，此可改為「忝任」。
(D)長袖善舞：以喻人行事的手腕高明，善於經營人際關係，與實際舞蹈無關。可改為拙荊一向不擅長舞蹈，不如尊夫人「舞藝高超」。

歷年考題分析

下列祝賀類題辭與其使用對象的搭配，何者錯誤？　(A)祝壽：天賜遐齡　(B)出嫁：宜室宜家　(C)結婚：鴻案相莊　(D)生女：喜徵弄璋　　　　　　　　　　　　　　　【104初等考-國文】	(D)

【解析】
(D)喜徵弄璋：用於祝賀生子的題辭。生女題辭：明珠入掌、弄瓦徵祥。

以下幾則關於人物逝世的新聞報導，標＿＿＿處使用詞語完全正確的選項是：　(A)影星羅賓‧威廉斯於2014年棄世，得年63歲　(B)南非著名人權運動者曼德拉於2013年逝世，享壽96歲　(C)罹患惡性腫瘤的生命鬥士張小弟不幸於日前病逝，享年僅12歲　(D)1920年出生的文學家張愛玲，於1995年病逝於美國，可謂英年早逝　　　　　　　　　　　　　　　【104初等考-國文】	(B)

【解析】
(A)得年：敬稱人死之年在三十以下者。應該「享年」63歲。
(C)應改成「得年」僅12歲。
(D)英年：正當英氣風發的年齡，指青年、壯年(20-40歲)。而張愛玲75歲
　　過世，應該改為「享壽」。
三十歲以下稱得年，三十歲以上至六十歲稱享年，六十歲以上稱享壽。

美圓的時尚名牌店即將開張，筱婷打算送花籃祝賀；下列那一選項是最恰當的賀詞？　(A)珠聯璧合　(B)駿業宏興　(C)蓬蓽生輝　(D)甲第星羅　　　　　　　　　　　　　　　【104初等考-國文】	(B)

【解析】
(A)祝賀新婚的頌辭。
(B)用於祝賀人商店開業的賀辭。
(C)形容貴客來訪令主人感到增光不少。
(D)形容房屋富麗堂皇而眾多。

歷年考題分析

楹聯「暢談中外事,洞悉古今情」最適用於那一行業? (A)旅館 (B)超市 (C)報社 (D)電信 【103五等原民特考-國文】	(C)

【解析】
可以知道國內外大小事,可以瞭解古代現代的情感,就屬於報社了。

小金出門參加宴會,由他所攜帶的紅包袋上所書寫的賀詞「夢熊之喜」,推測他今天參加的是: (A)婚禮 (B)壽宴 (C)滿月酒 (D)新居落成 【103五等原民特考-國文】	(C)

【解析】
夢熊之喜:古人認為夢見熊是生男孩的預兆,故以夢熊之喜為生男孩的賀詞。

老師作育無數英才,學生想表達謝意,下列題辭何者最適合? (A)絃歌不輟 (B)明鏡高懸 (C)弄瓦徵祥 (D)業紹陶朱 【103五等原民特考-國文】	(A)

【解析】
(A)形容禮樂教化沒有中斷。
(B)比喻官吏執法嚴明,判案公正,或辦事明察秋毫,公正無私。
(C)用於祝賀人得女的賀辭。
(D)是用於祝賀人商店開業的賀辭。

有客人上門問道:「尊翁在否?」下列選項中的回應,何者最為恰當? (A)愚父去年調職臺北,久未返家 (B)令堂正與鄰人小酌,此刻不在家中 (C)尊翁在內,請稍待片刻,容我通報 (D)家嚴方才出門購物,稍後便回 【103五等原民特考-國文】	(D)

【解析】
(A)對自己的父親,不能用「愚」,父親是長輩,用「愚」字太不禮貌。
(B)令堂:尊稱別人的母親。
(C)尊翁:對他人父親的尊稱。

歷年考題分析

題目	答案
下列選項何者與喪亡詞語無關？　(A)立雪神傷　(B)萱堂日永　(C)喪明之痛　(D)孟母遺徽　　　　　　　【103初等考-國文】	(B)

【解析】
(A)這位受人尊敬的老師過世，讓學生黯然神傷。
(B)祝賀母親生日的題辭。
(C)古代子夏死了兒子，哭瞎眼睛；後指喪子的悲傷。
(D)哀輓題詞。

題目	答案
下列何者不適合作為年節的吉祥話？ (A)馬耳東風　(B)金雞鳴春　(C)龍馬精神　(D)虎虎生風 　　　　　　　【103五等身障特考-國文】	(A)

【解析】
(A)比喻對事情漠不關心。
(B)金雞在讚頌春節到來。
(C)龍馬，傳說中的神馬。龍馬精神形容精神健旺、充沛。
(D)形容雄壯威武，氣勢非凡。

題目	答案
某立委候選人聲望極高，選前民調遙遙領先，選後卻意外落選。 下列詞語，那一句最適合用來慰勉他？　(A)遵時養晦　(B)天理昭 彰　(C)山高水長　(D)無適無莫　　　【103五等身障特考-國文】	(A)

【解析】
(A)暫時退隱，以等待時機。
(B)道德公理彰顯，報應分明。
(C)比喻人品高潔，垂範久遠。
(D)指對於人事沒有偏頗及厚薄之分。

歷年考題分析

甲先生的同事最近生了女兒,他要包禮金表示祝賀,下列賀詞何者最合適? (A)明珠入掌 (B)飴座歡騰 (C)喜得寧馨 (D)華堂集瑞 【103五等身障特考-國文】	(A)

【解析】
(A)用於祝賀人生女的賀辭。
(B)用於祝賀人生孫的賀辭。
(C)用於祝賀人得子的賀辭。
(D)用於對教育界或教育人士的題辭。

「加諸我也眸子瞭焉 / 利其器矣望之儼然」,此則《四書》集句的對聯,最適用的場所是: (A)電影院 (B)照相館 (C)眼鏡行 (D)美容院 【102初等一般行政-國文】	(C)

以陳伯伯將過八十大壽,適合的賀詞是: (A)瑤池春永 (B)椿萱並茂 (C)南極星輝 (D)君子攸居 【102初等一般行政-國文】	(C)

【解析】
(A)女壽題詞。
(B)比喻父母健在。
(C)祝福男性長輩,如南極星般吉祥長壽的生日賀詞。
(D)新居落成。

歷年考題分析

下列各選項為甲、乙二人之對話，『』中的稱謂，何者錯誤？ (A)甲：「許久未見，『大兄』近來可好？」乙：「一切安好，謝謝『大兄』關心。」 (B)甲：「『尊翁』近來還經常去爬山嗎？」乙：「是的，那是『家嚴』年輕時就養成的習慣。」 (C)甲：「『令郎』大學畢業了，對未來可有規劃？」乙：「『小犬』現正準備參加公職考試。」 (D)甲：「時候不早了，請代向『尊夫人』問好。」乙：「是，小弟一定轉告『家母』，再見！」【103五等身障特考-國文】	(D)

【解析】
大兄：用以稱長兄。
尊翁：對他人父親的尊稱。
家嚴：對人稱自己的父親，也稱為「家父」、「家君」。
令郎：敬稱別人的兒子。
小犬：謙稱自己的兒子，也作「豚犬」、「豚兒」。
尊夫人：對他人的妻子的敬稱。
家母：對人稱自己的母親。

下列選項中，那一個祝賀詞的性質不同於其他三者？ (A)英聲驚座 (B)調和鼎鼐 (C)麟趾呈祥 (D)雛鳳新聲 　　　　　　　　　　　【102初等社會行政-國文】	(B)

【解析】
(A)用於祝賀人得子的賀辭。
(B)比喻處理國家大事，多指宰相職責。
(C)用於祝賀人得子的賀辭。
(D)用於祝賀人得子的賀辭。

歷年考題分析

下列選項何者為正確的對聯？ (A)家居青天白日下／花迎喜氣天下春　(B)輔世匡時須博學／仁民愛物自修身　(C)一年作計由春始／五色祥雲集門第　(D)百年于人以孝先／一分收穫慶佳節　【102初等社會行政-國文】	(B)

【解析】
對聯的規則：上下兩句要求字數相等、字詞相對、平仄協調、左右對稱，而意義相似、相聯或相反。無論短聯或長聯，上聯最後一個字必須是仄聲，下聯最後一個字必須是平聲。

重陽節為百歲人瑞祝壽題辭，下列選項何者不適合？ (A)福壽全歸　(B)壽比松齡　(C)南極星輝　(D)嵩壽無疆 【102初等社會行政-國文】	(A)

【解析】
(A)形容喪者既享有福分且得高壽。
(B)(C)(D)皆為一般祝壽題辭。

下列選項中的題辭，何者使用正確？ (A)宜室宜家—賀遷居　(B)慈暉永在—賀女壽　(C)鳳毛濟美—賀生男　(D)大啓爾宇—賀升遷　【102初等一般行政-國文】	(C)

【解析】
(A)今多用爲女子出嫁時的祝賀語。
(B)弔女喪。
(D)新屋落成。

複選題

歷年考題分析

下列各組題辭,其意涵相同的選項是: (A)多福多壽 / 如岡如陵 (B)之子于歸 / 宜其室家 (C)甲第徵祥 / 萱閣長春 (D)鳳棲高梧 / 鸑鷟新聲 (E)著手成春 / 術妙軒岐 【105初等考-國文】	(A) (B) (E)

【解析】
(A)祝頌人幸福長壽的吉祥話 / 祝壽的話,祝賀福壽綿長。
(B)皆用於賀女出嫁。
(C)用於祝賀人新居落成的賀辭 / 用於祝賀女性壽誕者的祝壽賀辭。
(D)用於祝賀人新居落成的賀辭 / 用於祝賀人得子的賀辭。
(E)皆用於祝賀人醫院開業的賀辭。

以下是一封寫給老師的書信,□□中所用的提稱語和結尾的問候語何者用詞完全正確? XX吾師□□:畢業後已順利謀得教職,特別感謝老師多年來的教誨栽培,使學生日有進益。天氣漸涼,還望老師多多保重。肅此敬請□□受業XX敬上 (A)大鑒、金安 (B)道鑒、道安 (C)知悉、鈞安 (D)函丈、教安 (E)如晤、臺安 【104初等考-國文】	(B) (D)

【解析】
(A)大鑒:請對方看信的禮貌用語,一般用於平輩。
　金安:用於祖父母及父母的結尾問候語。
(B)(D)道鑒、函丈:請對方看信的禮貌用語,一般用於師長。
　道安、教安:用於師長的結尾問候語。
(C)知悉:請對方看信的禮貌用語,一般用於晚輩。
　鈞安:用於親友長輩的結尾問候語。
(E)如晤:請對方看信的禮貌用語,一般用於晚輩。
　臺安:用於平輩的結尾問候語。

7 成語篇

本篇說明

　　成語不僅是國考中會考，生活也常會用到。可以儘量多學一些，多記一些，從成語之中學些深難字詞，也可以使用在作文中，這是頗為重要的一個篇章，在練習造句的時候，也可以試試自己的流暢度和正確度，加強自己的文思速度。

> 成語不只有測驗題會考，也是作文的好幫手。

本 篇 重 點

成語如何應用在作文中？多練習即可。

怎麼判別成語中一些似是而非的字？
找出誤用字。

國考中的成語考法怎麼考？考題解析有。

本篇大綱

 成語集錦

成 語	一見鍾情	誤 用	一見「鐘」情
解 釋	男女初次相見就彼此愛悅。	相似詞	一見傾心
造 句	遇見鮮師，便一見鍾情。		

成 語	來勢洶洶	誤 用	來勢「凶凶」
解 釋	形容事物或動作到來的氣勢盛大。	相似詞	無
造 句	這次颱風來勢洶洶，我們的損失慘重。		

成 語	莫名其妙	誤 用	莫「明」「奇」妙
解 釋	形容事情或現象使人無法理解，難以言語表達出來。	相似詞	不明所以
造 句	平常他對我總是惡臉相向，突然殷勤示好，讓我覺得莫名其妙。		

成 語	鋌而走險	誤 用	「挺」而走險
解 釋	在窮途末路或受逼迫時採取冒險行動或不正當的行為。	相似詞	逼上梁山
造 句	他鋌而走險走私被抓，真是為求利益不想後果啊！		

成 語	按部就班	誤 用	按「步」就班
解 釋	做事依照一定的層次、條理。	相似詞	循規蹈矩、循序漸進
造 句	做事按部就班才會踏實，千萬不要妄想一步登天。		

成語	故步自封	誤用	「固」步自封
解釋	比喻墨守成規，安於現狀，不求進取。	相似詞	抱殘守缺、墨守成規、陳陳相因
造句	他為人行事既不隨波逐流，也不故步自封。		

成語	神采奕奕	誤用	神采「弈弈」
解釋	形容人精神飽滿，容光煥發；或藝術作品的神韻意境高妙，光彩奪目。	相似詞	神采飛揚、精神煥發
造句	尾張升官了，難怪看起來神采奕奕。		

成語	好景不常	誤用	好景不「長」
解釋	比喻稱心如意的事往往為時不久。	相似詞	無
造句	毛呆的分店一間一間開，但好景不常，倒掉數十間。		

成語	鳳毛麟角	誤用	鳳毛「鱗」角
解釋	比喻稀罕珍貴的人、物。	相似詞	百裡挑一、寥寥無幾、寥若晨星、屈指可數
造句	王子是鳳毛麟角，公主是金枝玉葉，眾人疼。		

成語	談笑風生	誤用	談笑風「聲」
解釋	談笑之際興致高昂，言辭風趣。	相似詞	妙語橫生
造句	白熊即使遇到困境，他依然談笑風生去面對。		

成 語	錙銖必較	誤 用	錙「珠」必較
解 釋	比喻在意於得失，或瑣細的事物上。	相似詞	斤斤計較
造 句	凡事不要錙銖必較。		

成 語	劍拔弩（ㄋㄨˇ）張	誤 用	劍拔「努」張
解 釋	形容情勢緊張或聲勢逼人。	相似詞	一觸即發
造 句	雙方互不讓步，終至演變成劍拔弩張的緊張局面。		

成 語	慘澹經營	誤 用	慘「淡」經營
解 釋	形容開創事業時的艱苦。	相似詞	無
造 句	克里斯・李寫書出版初期，慘澹經營他的寫作事業。		

成 語	一塌（ㄊㄚ）糊塗	誤 用	一「蹋」糊塗
解 釋	形容紊亂糊塗，以致不可收拾。	相似詞	烏煙瘴氣
造 句	很多事情處理不來就要說，免得到時一塌糊塗，無法收拾。		

成 語	人才輩出	誤 用	人才「倍」出
解 釋	有才學的人一批接一批相繼而出。	相似詞	無
造 句	屏東潮州地靈人傑，人才輩出，十足是個好地方。		

成 語	戴罪立功	誤 用	「帶」罪立功
解 釋	以有罪過之身去建立功勞，將功折罪。	相似詞	無
造 句	我前次犯了小錯，感謝老闆今天能給我一個戴罪立功的機會。		

成語	雨過天青	誤用	雨過天「晴」
解釋	雨後初放晴時的天色，泛指青色，比喻情況由壞轉好。	相似詞	雲開見日
造句	白熊夫婦爭執多日，在白熊先生的甜言蜜語下，終於雨過天青。		

成語	鎩（ㄕㄚ）羽而歸	誤用	「鍛」羽而歸
解釋	比喻失意或受挫折而回。	相似詞	無
造句	這場球賽由於挑戰隊實力堅強，使得衛冕隊鎩羽而歸。		

成語	嬌生慣養	誤用	「驕」生慣養
解釋	從小被寵愛、縱容，沒受過折磨、歷練。	相似詞	無
造句	現代年輕草莓族，從小嬌生慣養，無法承受壓力。		

成語	變本加厲	誤用	變本加「利」
解釋	改變原有的狀況而更加嚴重。	相似詞	無
造句	林豆豆的迷糊個性，在發高燒之後變本加厲了。		

成語	殺身成仁	誤用	殺「生」成仁
解釋	指為正義而犧牲生命。	相似詞	大公無私、公而忘私、成仁取義、捨身求法、捨身取義、為國捐軀
造句	文天祥殺身成仁，為國捐軀。		

成 語	座無虛席	誤 用	「坐」無虛席
解 釋	形容來訪或出席的人甚多。	相似詞	座無空席
造 句	維尼杜教授的講座，總是座無虛席。		

成 語	笑容可掬	誤 用	笑容可「鞠」
解 釋	笑容滿面的樣子。	相似詞	眉開眼笑、喜笑顏開、喜形於色、笑逐顏開
造 句	娜娜笑容可掬地接待客人，實屬有禮之人。		

成 語	面黃肌瘦	誤 用	面黃「飢」瘦
解 釋	形容人消瘦、營養不良的樣子。	相似詞	無
造 句	一些落後國家的小孩，一個個都面黃肌瘦。		

成 語	天之驕子	誤 用	天之「矯」子
解 釋	本為漢時匈奴的自稱，後泛指得天獨厚，倍受重視的人。	相似詞	無
造 句	他是天子驕子，每次遇到困難，總能迎刃而解。		

成 語	唾手可得	誤 用	「垂」手可得
解 釋	比喻容易得到。	相似詞	輕而易舉、唾手可取、易如反掌、探囊取物
造 句	這場比賽的勝利應該唾手可得，卻因為一時疏忽錯失分數。		

成語	明察秋毫	誤用	明「查」秋毫
解釋	比喻能洞察一切，看出極細微的地方。	相似詞	無
造句	春仙姑總是能明察秋毫，洞悉他人的情感變化。		

成語	老態龍鍾	誤用	老態龍「鐘」
解釋	形容年老體衰，行動遲緩不靈活。	相似詞	蓬頭歷齒、頭童齒豁、老邁龍鍾
造句	毛呆是壯年男子，卻一副老態龍鍾的樣子。		

成語	病入膏肓（ㄏㄨㄤ）	誤用	病入膏「盲」
解釋	指人病重，無藥可救。後比喻事情已到無可挽回的程度。	相似詞	不可救藥、病染膏肓、病在膏肓
造句	林豆豆喜歡貓已經到了病入膏肓的程度了。		

成語	怨聲載道	誤用	怨聲「戴」道
解釋	到處充滿了怨恨的聲音。形容群眾普遍怨恨、不滿。	相似詞	無
造句	上位者不管民生疾苦，恣意推行他認為可行政策，使百姓怨聲載道。		

成語	韶光荏苒（ㄖㄣˇ ㄖㄢˇ）	誤用	韶光「任」苒
解釋	形容時光漸漸流逝。	相似詞	光陰荏苒
造句	韶光荏苒，須臾間又來到大學學測的時期了。		

成語	冬溫夏凊（ㄐㄧㄥˋ）	誤用	冬溫夏「清」
解釋	在寒冬裡為父母溫暖被褥；在盛夏中為父母搧涼床蓆。	相似詞	無
造句	孝順的人需要做到冬溫夏凊、晨昏定省，以報答養育之恩。		

成語	迥然不同	誤用	「迴」然不同
解釋	完全不同，相差很遠。	相似詞	判然不同、截然不同、截然有異
造句	他們倆雖然是雙胞胎，但個性卻是迥然不同。		

成語	分道揚鑣	誤用	分道揚「鏢」
解釋	比喻各人依其志向，各奔前程。	相似詞	背道而馳、南轅北轍、各走各路
造句	道不同不相為謀，發現理念不同之後，隨即分道揚鑣。		

成語	切磋琢磨	誤用	「砌」搓琢磨
解釋	比喻互相研究討論，以求精進。	相似詞	無
造句	文人之間還需切磋琢磨，才能知道彼此優缺點，力求改進。		

成語	別樹一幟（ㄓˋ）	誤用	別「豎」一幟
解釋	原指獨立一方的軍隊旗幟；後也稱人的思想、學問有創見，自成一家。	相似詞	無
造句	錢老爺對於法律的見解別樹一幟，特別獨到。		

成語	前倨（ㄐㄩˋ）後恭	誤用	前「距」後恭
解釋	先前傲慢無禮，後又謙卑恭敬；比喻待人勢利，態度轉變迅速。	相似詞	無
造句	知道我當上總統，他的態度前倨後恭，令人厭惡。		

成語	奮不顧身	誤用	「憤」不顧身
解釋	勇往直前，不顧生死。	相似詞	義無反顧
造句	他奮不顧身地救人，這年頭像他這麼有愛心的人少了許多。		

成語	發憤忘食	誤用	發「奮」忘食
解釋	專心學習或工作，以致忘記吃飯。	相似詞	無
造句	這人遇到自己想要學習的事物，便會發憤忘食，努力不懈。		

成語	宵（ㄒㄧㄠ）衣旰（ㄍㄢˋ）食	誤用	「霄」衣旰食
解釋	天未明就披衣起床，日暮才進食；形容勤於政事。	相似詞	廢寢忘餐、廢寢忘食
造句	他為了地方建設，經常宵衣旰食，以求早日達成目標。		

成語	紆（ㄩ）尊降（ㄐㄧㄤˋ）貴	誤用	「紓」尊「絳」貴
解釋	貶抑尊貴的地位，謙卑自處。	相似詞	無
造句	為了扭轉公司惡化的業績，董事長不惜紆尊降貴，放棄特有的權利，以示與公司同仁同待遇。		

成語	怙（ㄏㄨˋ）惡不悛（ㄑㄩㄢ）	誤用	怙惡不「俊」
解釋	有過錯卻不肯悔改。	相似詞	惡性難改、怙惡不改
造句	野蠻政府怙惡不悛，偏要人民嘗遍苦處。		

成 語	骨瘦如柴	誤 用	骨瘦如「材」
解 釋	形容非常消瘦的樣子。	相似詞	骨瘦如豺、瘦骨如柴
造 句	幾天不見，她瘦骨如柴的樣貌，令人心疼不已。		

成 語	懲前毖（ㄅㄧˋ）後	誤 用	懲前「瑟」後
解 釋	以從前的過失為教訓，戒慎不再犯錯。	相似詞	無
造 句	做事時總要懲前毖後，才不會重蹈覆轍。		

成 語	矯揉造作	誤 用	矯揉「做」作
解 釋	裝腔作勢，刻意做作。	相似詞	裝模作樣、裝腔作勢
造 句	做人只要自然、實在就好，矯揉造作反而會帶給別人不好的印象。		

成 語	彌天大罪	誤 用	「弭」天大罪
解 釋	所犯的罪，與天一樣的大；比喻極大的罪過。	相似詞	滔天大罪
造 句	擋住救護車的人像犯了彌天大罪，接受眾人的譴責。		

成 語	誨（ㄏㄨㄟˋ）人不倦	誤 用	「侮」人不倦
解 釋	耐心教導人而不知倦怠。	相似詞	誨而不倦
造 句	JC鮮師誨人不倦，仔細把法律問題解釋得非常詳細。		

成 語	剛愎（ㄅㄧˋ）自用	誤 用	剛「復」自用
解 釋	性情倔強，固執己見。	相似詞	剛愎自任、剛褊（ㄅㄧㄢˇ）自用、剛戾自用
造 句	這人個性很剛愎自用，聽不進去別人的建言。		

成 語	睡眼惺忪	誤 用	睡眼「腥」忪
解 釋	剛睡醒，神智模糊、眼神迷茫的樣子。	相似詞	無
造 句	林豆豆睡眼惺忪地從床上爬起，不小心從樓梯上摔下來。		

成 語	一箭雙鵰	誤 用	一箭雙「雕」
解 釋	比喻一次舉動便可得到雙倍效果。	相似詞	一舉兩得、一石二鳥
造 句	克里斯·李的工作真是一箭雙鵰，可以賺錢又能兼顧自己的興趣。		

成 語	一蹶不振	誤 用	一「厥」不振
解 釋	比喻遭受挫折或失敗後，無法再振作恢復。	相似詞	一敗塗地
造 句	人要有愈挫愈勇的精神，千萬不可一蹶不振。		

成 語	居心叵測	誤 用	居心「巨」測
解 釋	心存險詐，難以預測。	相似詞	圖謀不詭、心懷叵測
造 句	這個人居心叵測，十足的小人個性。		

成 語	人琴俱杳（一幺ˇ）	誤 用	人琴「具」杳
解 釋	傷悼友人去世之辭。	相似詞	人琴俱亡
造 句	看著她的遺照，想想已經是人琴俱杳，友人們不禁流下不捨的眼淚。		

成 語	口蜜腹劍	誤 用	口蜜腹「箭」
解 釋	形容一個人嘴巴說得好聽，而內心險惡、處處想陷害人。	相似詞	佛口蛇心、刀頭之蜜、笑裡藏刀
造 句	這個人口蜜腹劍，嘴上說甜言蜜語，其實心裡盡是想些邪惡的事物。		

成語	大旱雲霓（ㄋㄧˊ）	誤用	大「早」雲霓
解釋	大旱時，人們渴望見到下雨的徵兆，形容盼望的殷切。	相似詞	無
造句	在漠北地方，人們存著大旱雲霓的心情，祈求天降甘霖，好下田耕作！		

成語	中流砥柱	誤用	中流「抵」柱
解釋	獨立不撓、力挽狂瀾的人。	相似詞	國家棟梁
造句	青年學子是國家社會未來的中流砥柱。		

成語	中饋猶虛	誤用	中「貴」猶虛
解釋	形容男子尚未娶妻；中饋比喻妻子。	相似詞	無
造句	那人相貌堂堂，而且已屆強仕，怎會中饋猶虛？		

成語	不容置喙（ㄏㄨㄟˋ）	誤用	不容置「啄」
解釋	不容許插嘴或批評。	相似詞	無
造句	校長發表言論時，滔滔不絕，又不容置喙，誰能勸得了他？		

成語	不容偏廢	誤用	不容「篇」廢
解釋	處理事情要兼顧每一方面，不可以偏重某一方面而忽視其他方面。	相似詞	無
造句	對於寫作，想像力和創造力皆不容偏廢。		

成語	不寒而慄	誤用	不寒而「粟」
解釋	形容內心恐懼至極。	相似詞	毛骨悚然、膽戰心驚、心驚膽跳、戰戰兢兢
造句	有些人雖然面無表情，說出來的話令人不寒而慄。		

成語	手不釋卷	誤用	手不釋「券」
解釋	手中總是拿著書卷，比喻勤奮好學。	相似詞	手不輟卷
造句	即便已經成為教師仍需手不釋卷，充實自己的知識。		

成語	牛驥（ㄐㄧˋ）同皁（ㄗㄠˋ）	誤用	牛驥同「早」
解釋	指良馬與牛同槽共食，比喻賢愚不分。	相似詞	泥沙俱下、龍蛇混雜、魚龍混雜、牛驥共牢
造句	這家公司的老闆用人不當，常會給人牛驥同皁之感。		

成語	方趾圓顱	誤用	方「址」圓顱
解釋	人皆頭圓足方，故用以稱人類。	相似詞	圓頭方足、圓顱方趾、圓首方足
造句	瞧你長得方趾圓顱、人模人樣的，竟然是隻披著羊皮的狼。		

成語	比肩繼踵	誤用	比肩繼「腫」
解釋	形容人多而紛雜。	相似詞	比肩隨踵
造句	跨年很熱鬧，聚集看演唱會的人比肩繼踵。		

成語	分庭抗禮	誤用	分「廷」抗禮
解釋	比喻平起平坐，地位相當。	相似詞	不相上下、平分秋色、平起平坐、分庭伉禮
造句	經過一年的練習，我終於可以與老師分庭抗禮。		

成 語	目光如炬	誤 用	目光如「矩」
解 釋	形容人怒視或形容目光有神，亦比喻見事透澈，見識遠大。	相似詞	目光炯炯、炯炯有神、洞燭機先
造 句	這位老人家雖然白髮蒼蒼，但目光如炬，十分有精神！		

成 語	耳濡目染	誤 用	耳「儒」目染
解 釋	聽熟了、看慣了，因而深受影響。	相似詞	見聞習染、耳擩目染、日漸月染、日濡月染
造 句	在良好讀書環境耳濡目染久了，書自然也讀好了。		

成 語	仰事俯畜（ㄒㄩˋ）	誤 用	「抑」事俯畜
解 釋	供養父母，養育妻兒。	相似詞	無
造 句	尾張和金澤為了盡到仰事俯畜的責任，晚上還兼差工作。		

成 語	先聲奪人	誤 用	先「身」奪人
解 釋	比喻搶先以聲勢壓制別人。	相似詞	無
造 句	上場前，全隊吶喊以壯士氣，冀望能收先聲奪人之效。		

成 語	自取其咎（ㄐㄧㄡˋ）	誤 用	自取其「究」
解 釋	自己招引禍患、罪過。	相似詞	自取其禍、咎由自取、自作自受、自食其果
造 句	很多事情是自取其咎，怨不得任何人。		

成 語	米珠薪桂	誤 用	米珠薪「貴」
解 釋	比喻物價昂貴。	相似詞	食玉炊桂
造 句	物價上漲，米珠薪桂，許多人只得減少消費活動以節省支出。		

成語	妄自菲薄	誤用	妄自「非」薄
解釋	過於自卑而不知自重。	相似詞	自卑過甚、自暴自棄
造句	天生我材必有用，千萬不要妄自菲薄。		

成語	匠心獨具	誤用	匠心「燭」具
解釋	具有獨創性的想法、構思。	相似詞	匠心獨運
造句	直樹的美術作品非常匠心獨具，很有特色。		

成語	戎馬倥傯（ㄎㄨㄥˇ ㄗㄨㄥˇ）	誤用	「戒」馬倥傯
解釋	形容軍務迫切、繁忙。	相似詞	兵馬倥傯
造句	全校陷入兵馬倥傯的亂局，師生們也全都手忙腳亂地除舊布新。		

成語	合浦（ㄆㄨˇ）珠還	誤用	合「埔」珠還
解釋	比喻人離開而復返或東西失而復得。	相似詞	失而復得、原璧歸趙、合浦還珠、還珠合浦
造句	警方介入，他終於找回被竊的愛車，也深深感受到合浦珠還的喜悅。		

成語	扞（ㄏㄢˇ）格不入	誤用	「干」格不入
解釋	彼此的意見完全不相合。	相似詞	無
造句	我跟他的個性扞格不入，時常起爭執。		

成語	刎（ㄨㄣˇ）頸之交	誤用	「吻」頸之交
解釋	比喻可同生共死的至交好友。	相似詞	生死之交、刎頸至交
造句	人生有一刎頸之交，夫復何求？		

成 語	秀外慧中	誤 用	秀外「惠」中
解 釋	形容女子容貌清秀，內心聰慧。	相似詞	無
造 句	小潔秀外慧中，是很多人追求的對象。		

成 語	含飴弄孫	誤 用	含「怡」弄孫
解 釋	上了年紀的人當可含飴自甘，弄孫為樂，不問餘事，以恬適自娛。	相似詞	無
造 句	豆爸已屆耳順，渴望擁有含飴弄孫之樂。		

成 語	言簡意賅（ㄍㄞ）	誤 用	言簡意「亥」
解 釋	言辭簡單而要義賅括。	相似詞	無
造 句	鮮師講話真是言簡意賅，字字珠璣。		

成 語	肝腦塗地	誤 用	肝「惱」塗地
解 釋	(1)形容慘死。 (2)比喻竭力盡忠，不惜犧牲生命。	相似詞	(1)粉身碎骨、肝膽塗地 (2)奮不顧身、赴湯蹈火、出生入死
造 句	(1)這些車禍現場照片所呈現的肝腦塗地畫面，真是令人慘不忍睹。 (2)王警官一生都在與邪惡勢力抗爭，甚至肝腦塗地亦在所不惜。		

成 語	困心衡慮	誤 用	困心「衛」慮
解 釋	心意困苦，思慮阻塞。	相似詞	苦心焦慮
造 句	今年大考失利，不免困心衡慮，願在調整心情之後，可以再出發。		

成 語	明目張膽	誤 用	名目張「瞻」
解 釋	張大眼、壯著膽，肆無忌憚公然做壞事。	相似詞	明火執仗、堂堂皇皇、行所無忌、肆無忌憚
造 句	他居然可以明目張膽地偷東西。		

成 語	披肝瀝膽	誤 用	披「干」瀝膽
解 釋	比喻坦誠相待，忠貞不二。	相似詞	肝膽相照、肝膽照人、開誠布公、開誠相見、真心誠意
造 句	湘琴對朋友一向披肝瀝膽，絕不會賣友求榮。		

成 語	披星戴月	誤 用	披星「載」月
解 釋	形容早出晚歸，旅途勞累。	相似詞	櫛風沐雨、早作夜息、披星帶月、帶月披星
造 句	這一路上披星戴月、跋山涉水，終於把救濟品送到了災區。		

成 語	狗尾續貂	誤 用	狗「毛」續貂
解 釋	比喻任官太濫，或事物以壞續好，前後不相稱。	相似詞	無
造 句	這場舞台劇是精彩絕倫，但卻狗尾續貂接上一個表演甚差的戲劇。		

成 語	昊天罔極	誤 用	「旱」天罔極
解 釋	比喻父母恩德如蒼天廣大，無以回報。	相似詞	蒼天無窮
造 句	湘琴靠著父親隻身撫養長大，這昊天罔極之恩，難以回報。		

成 語	囫圇吞棗	誤 用	「勿」圇吞棗
解 釋	比喻理解事物籠統含糊。	相似詞	無
造 句	研究學問最怕囫圇吞棗，缺乏辨別能力。		

成 語	夜郎自大	誤 用	夜郎「至」大
解 釋	比喻人不自量力，妄自尊大。	相似詞	井蛙語海、鷦鳩笑鵬、妄自尊大
造 句	只有謙卑的人能讓人尊重，而夜郎自大的人讓人感到可笑。		

成 語	刻不容緩	誤 用	刻不容「鍰」
解 釋	形容情勢十分緊迫，一刻也不容耽擱。	相似詞	迫不及待、迫在眉睫、千鈞一髮、燃眉之急
造 句	救災是刻不容緩的，千萬不要做一些阻礙救災的事情。		

成 語	狐假虎威	誤 用	狐「借」虎威
解 釋	比喻憑恃有權者的威勢恐嚇他人、作威作福。	相似詞	驢蒙虎皮、狗仗人勢、仗勢欺人、恃勢凌人、狐虎之威、狐藉虎威
造 句	有的人總是憑著別人的勢力或錢財而狐假虎威。		

成 語	炊金饌（ㄓㄨㄢˋ）玉	誤 用	炊金「撰」玉
解 釋	形容飲食的豐盛美味。	相似詞	無
造 句	滿桌的菜肴，絕大部分都是精品，給人一種炊金饌玉之感。		

成 語	杯弓蛇影	誤 用	杯「躬」蛇影
解 釋	比喻為不存在的事情枉自驚惶。	相似詞	風聲鶴唳、草木皆兵、杯底逢蛇、杯中蛇影、弓影浮杯
造 句	有些人很敏感,常杯弓蛇影,疑東疑西。		

成 語	東施效顰(ㄆㄧㄣˊ)	誤 用	東施「効」顰
解 釋	比喻不衡量本身的條件,而盲目胡亂地模仿他人,以致收到反效果。	相似詞	東家效顰、醜女效顰
造 句	她東施效顰的行為不但不討喜,更令人厭惡了。		

成 語	杯水車薪	誤 用	杯水車「新」
解 釋	比喻無濟於事。	相似詞	粥少僧多、杯水輿薪
造 句	久旱成災,今午下這場雷雨只是杯水車薪,無濟於事。		

成 語	杳(ㄧㄠˇ)如黃鶴	誤 用	「查」如黃鶴
解 釋	比喻一去不返,無影無蹤。	相似詞	不知去向、石沉大海、杳無消息
造 句	國中畢業後,許多同學杳如黃鶴,再也不知他們的消息。		

成 語	沽名釣譽	誤 用	「估」名釣譽
解 釋	故意做作,用手段謀取名聲和讚譽。	相似詞	釣名沽譽、沽名吊譽、沽名干譽、沽名邀譽
造 句	藉由沿街給紅包,雖說是做善事卻藉此推銷自己,實為沽名釣譽之舉。		

成語	穿鑿（ㄗㄨㄛˋ）附會	誤用	穿鑿「付」會
解釋	憑空杜撰，隨意牽合。	相似詞	無
造句	這棟空屋竟被人們穿鑿附會，繪聲繪影地說成一間陰森恐怖的鬼屋。		

成語	怒髮衝冠	誤用	怒髮「沖」冠
解釋	盛怒的樣子。	相似詞	怒火中燒、怒不可遏、怒火中燒、怒火萬丈、怒氣衝天、怒形于色
造句	阿昌的脾氣不好，碰到不順心的事，就會氣得怒髮衝冠。		

成語	急公好義	誤用	急「功」好義
解釋	熱心公益，喜愛助人。	相似詞	慷慨仗義
造句	看到有些人為了家扶的小孩急公好義，真是令人激賞。		

成語	按圖索驥（ㄐㄧˋ）	誤用	按圖索「冀」
解釋	(1)比喻做事拘泥成法，呆板不知變通。 (2)按照線索尋找、探求，比喻掌握線索，易於辦事。	相似詞	(1)刻舟求劍、膠柱鼓瑟
造句	(1)只想用老方法去解決新問題，就會像按圖索驥般無法達到目的。 (2)這竊賊留下了很多指紋，警方按圖索驥，很快就破案了。		

成語	故步自封	誤用	「固」步自封
解釋	比喻墨守成規，安於現狀，不求進取。	相似詞	抱殘守缺、墨守成規、陳陳相因
造句	他為人行事，既不隨波逐流，也不故步自封。		

成語	故態復萌	誤用	故態復「明」
解釋	老毛病又犯了。	相似詞	舊態復萌
造句	說好了不抽菸，隔了三天仍舊故態復萌，令人生氣。		

成語	星羅棋布	誤用	星羅「旗」布
解釋	形容布列繁密，如星星、棋子般的廣泛分布。	相似詞	棋羅星布、星羅雲布
造句	元暢和依晨的粉絲星羅棋布於全亞洲。		

成語	俯首帖（ㄊㄧㄝ）耳	誤用	俯「手」「帖」耳
解釋	低頭垂耳，形容恭順馴服的樣子。	相似詞	伏首帖耳、伏首貼耳、俯首貼耳、俛首帖耳、俛首貼耳
造句	個性叛逆的他，竟會對你俯首帖耳真是不可思議。		

成語	荒謬絕倫	誤用	荒「繆」絕倫
解釋	形容荒唐、錯誤到了極點。	相似詞	荒誕不經
造句	這部電影描述未來世界的生活，實在有點荒謬絕倫，令人不敢相信。		

成語	洛陽紙貴	誤用	洛陽「祇」貴
解釋	比喻著作風行一時，流傳甚廣。	相似詞	無
造句	烘焙小魔女的名氣聲勢看漲，她的書也跟著洛陽紙貴。		

成語	苦心孤詣（一ˋ）	誤用	苦心孤「脂」
解釋	費盡心思，專心研究，達到他人無法並駕齊驅的境地。	相似詞	無
造句	每位作家都很苦心孤詣於他自己專門的領域。		

成語	恬淡寡欲	誤用	「甜」淡寡欲
解釋	心境安然淡泊，沒有世俗的欲望。	相似詞	恬淡無欲
造句	陶淵明的心境真是非常恬淡寡欲。		

成語	破釜沉舟	誤用	破「斧」沉舟
解釋	做事果決、義無反顧。	相似詞	孤注一擲、義無反顧、船沉鉅鹿
造句	做事情就是要破釜沉舟，千萬不能猶豫不決。		

成語	咫（ㄓˇ）尺天涯	誤用	咫尺天「崖」
解釋	形容相距雖近，卻無緣相見，如同相隔千里。	相似詞	天涯咫尺、咫尺千里
造句	有緣千里來相會，無緣則咫尺天涯。		

成語	移樽（ㄗㄨㄣ）就教	誤用	移「遵」就教
解釋	比喻親自向人求教。	相似詞	移船就磡
造句	現在當他被尊奉為大師之後，移樽就教的人簡直要踏破他家的門檻。		

成語	率爾操觚（ㄍㄨ）	誤用	率爾操「孤」
解釋	比喻不多考慮，草率作文。	相似詞	輕率下筆
造句	今人寫文時常不多加思索，常有率爾操觚之感。		

成語	攀龍附驥	誤用	攀龍「付」驥
解釋	趨附權貴，以求進升。	相似詞	攀龍附鳳
造句	孟嘗君眾多門下食客中，當有不少是攀龍附驥之徒。		

成語	龍驤（ㄒㄧㄤ）虎步	誤用	龍「鑲」虎步
解釋	比喻氣概威武的樣子	相似詞	無
造句	大將軍走路龍驤虎步，威風八面。		

成語	趨炎附勢	誤用	「驅」炎附勢
解釋	趨炎附勢比喻依附權勢。形容勢利小人奉承和依附有權勢的人。	相似詞	攀龍趨鳳、阿諛奉承、阿諛奉迎
造句	他是個趨炎附勢的小人，在窮人與富人面前是完全不同的兩張嘴臉。		

成語	夤（ㄧㄣˊ）緣富貴	誤用	夤「綠」富貴
解釋	拉攏關係，攀附權貴，以求高升。	相似詞	夤緣攀附、攀龍趨鳳、攀高接貴、趨炎附勢、依權附勢、附驥攀鴻
造句	就是有些人喜歡夤緣富貴，為了金錢與權利放棄自己的自尊。		

成語	板蕩忠臣	誤用	「版」蕩忠臣
解釋	形容在亂世中才能識得真正忠心的臣子。	相似詞	無
造句	公司動盪不安之際，總經理還能留在公司穩定軍心，正所謂板蕩忠臣。		

成語	風行草偃（一ㄢˇ）	誤用	風行草「愜」
解釋	比喻在上位者以德化民。	相似詞	風行草靡、風行草從、草靡風行、草偃風行、草偃風從
造句	領袖和所謂的偶像人物及媒體更要謹言慎行，才有風行草偃之效。		

成語	兔死狗烹	誤用	兔死狗「亨」
解釋	比喻事成之後，出過力的人即遭到殺戮或見棄的命運。	相似詞	鳥盡弓藏
造句	江山不是我一個人打下來的，有功者共享，哪能做出兔死狗烹的事。		

成語	方枘（ㄖㄨㄟˋ）圓鑿（ㄗㄨㄛˋ）	誤用	方「納」圓鑿
解釋	比喻格格不入，互不相容。	相似詞	圓鑿方枘、圓鑿方枘
造句	彼此理念差距甚大，方枘圓鑿，實難以使其捐棄成見。		

成語	櫛風沐雨	誤用	「節」風沐雨
解釋	比喻在外奔走，極為辛勞。	相似詞	披星戴月
造句	為完成騎單車環島的心願，雖沿途須受櫛風沐雨之苦，他仍甘之如飴。		

成語	望文生義	誤用	望文生「意」
解釋	穿鑿附會字面上的意思，而不求瞭解詞句正確的內容。	相似詞	緣文生義
造句	評論事物都要有切實的證據才可以論斷，不能望文生義。		

成語	望其項背	誤用	望其項「俏」
解釋	意謂程度與之接近。	相似詞	望其肩背、望其肩項
造句	這場球賽，雙方的實力都望其項背，精采萬分。		

成 語	光風霽（ㄐㄧˋ）月	誤 用	光風「齊」月
解 釋	原指雨過天晴後的明淨景象。後比喻政治清明、時世太平，或人的品格高潔。	相似詞	冰壺秋月
造 句	小春一向胸懷磊落、光風霽月，甚獲鄰里的信任。		

成 語	火樹銀花	誤 用	火樹銀「化」
解 釋	形容燈火通明，燈光燦爛的景象。	相似詞	燈火輝煌、燈燭輝煌
造 句	雙十節的夜晚，總統府前一片火樹銀花，十分美麗壯觀。		

成 語	革故鼎新	誤 用	「隔」故鼎新
解 釋	革除舊弊，建立新制。	相似詞	改弦易轍、除舊更新、鼎新革故、革舊鼎新
造 句	他都知道誤入歧途了，竟然不知革故鼎新，令人遺憾！		

成 語	匍匐（ㄆㄨˊ ㄈㄨˊ）救之	誤 用	「葡」「蔔」救之
解 釋	用以形容不顧一切竭力救助。	相似詞	匍匐之救
造 句	對於受災戶，國軍總能匍匐救之。		

成 語	邯鄲（ㄏㄢˊ ㄉㄢ）學步	誤 用	邯「禪」學步
解 釋	比喻仿效他人，未能成就，反而失去自己本來的面目。	相似詞	學步邯鄲
造 句	對於模仿學習應取長補短，盲從只會造成邯鄲學步，一事無成。		

歷年考題分析

歷年考題分析

下列各組成語，意思相近的是： (A)集腋成裘 / 杯水車薪 (B)舊調重彈 / 改弦易轍 (C)呶呶不休 / 瞠目結舌 (D)頭童齒豁 / 老態龍鍾 【105四等司法特考-國文】	(D)

【解析】
(A)集腋成裘：比喻積少成多。
　杯水車薪：比喻無濟於事。
(B)舊調重彈：再一次彈奏老的曲調，比喻重新提出舊的主張、理論。
　改弦易轍：改換樂弦，更改車行道路，比喻改變制度、做法或態度。
(C)呶呶不休：嘮嘮叨叨說個不停。
　瞠目結舌：睜大眼睛說不出話，形容吃驚、受窘的樣子。
(D)頭童齒豁：形容人頭禿齒缺，年老體衰的樣子。
　老態龍鍾：形容年老體衰，行動遲緩不靈活。

下列成語，何者可用來比喻「所學雜多便不易專精」？ (A)亡羊補牢 (B)多歧亡羊 (C)羚羊掛角 (D)羝羊觸藩 【105四等司法特考-國文】	(B)

【解析】
(A)比喻犯錯後及時更正，尚能補救。
(C)傳說羚羊夜眠時，將角掛在樹上，腳不著地，以免留足跡而遭人捕殺。比喻詩文意境超脫不著痕跡。
(D)公羊以角撞籬笆，被籬笆纏住，前進後退不得。

歷年考題分析

下列成語，可用來形容識見超拔不可磨滅的言論者是： (A)一家之論 (B)耳食之談 (C)不經之談 (D)不刊之論 【105高考一二級-國文】	(D)

【解析】
(A)指自成體系的獨特理論；一個學派的學說。
(B)沒有根據的傳聞。
(C)荒誕、沒有根據的話。
(D)確鑿不移、識見超拔不可磨滅的言論。

「滿桌佳餚，又有他□□□□，那頓飯吃得真是痛快極了。」衡諸前後文意，空格裡最適合填入的成語是： (A)妙語解頤 (B)調和鼎鼐 (C)燮理陰陽 (D)膾炙人口 【105鐵路佐級考試-國文】	(A)

【解析】
(A)形容說話風趣，使人發笑。
(B)處理國家大事，就如同在鼎鼐中調味。
(C)指調和治理國家大事。
(D)形容為人讚賞的詩文，或流行一時的事物。

下列成語使用何者正確？ (A)他的紅酒收藏驚人，可說是「汗牛充棟」 (B)他的文章不流暢，都是因為「文不加點」 (C)他倆相戀日久，是一對「情孚意合」的情人 (D)他人前人後言語不一，真是「危言危行」的人 【105鐵路佐級考試-國文】	(C)

【解析】
(A)形容書籍極多。
(B)形容文思敏捷、下筆成章，通篇無所塗改。
(C)情感融洽，心意相通。
(D)言行舉止均正直不阿。

歷年考題分析

下列那一個成語的使用，最為恰當？ (A)《賽德克巴萊》獲得的諸項大獎，真是「名至實歸」 (B)他平日為人非常謙恭有禮，遇到長輩，更是「畢恭畢敬」 (C)精彩紛呈、場場爆滿的全國武術比賽，今天暫時「煙消雲散」 (D)這個犯罪集團雖然餘黨暫時銷聲匿跡，可是不知何時又會「東山再起」 【105三等外交行政-國文】	（B）

【解析】

(A)名至實歸：修正為「實至名歸」。

(B)畢恭畢敬：形容極為恭敬。

(C)煙消雲散：比喻事物如煙雲消散盡淨。

(D)東山再起：表示失敗後捲土重來。（正向的成語）

「我注意到在復健室裡出入的人，多已培養出同病相憐甚至□□□□的情感，排排坐的同時，很自然便會和旁座的人□□□□病情並互報偏方。我在接受復健的第一天，便被一位年近八旬的老婦告知維骨力的重要，當然也同時被迫收聽她從五十歲至今的身體及精神變化并及冗長的復健史。她滔滔傾訴，完全無視於我痛苦的齜牙咧嘴。相對於這種亢奮型的病患，接受頸牽引的人的表情便顯得猥瑣，似乎有些見不得人，要不是□□□□，就是露出尷尬的表情駭笑著。輪到我的時候，我總想著古人□□□□的堅苦卓絕，假設天將降大任於本人，所以，正勞其筋骨，沒什麼好害羞的！」 根據上文，請選出依序最適合填入空格中的詞語是： (A)相濡以沫／相互切磋／閉目養神／懸梁刺股 (B)同仇敵愾／相互切磋／故作姿態／聞雞起舞 (C)同仇敵愾／相互較勁／閉目養神／聞雞起舞 (D)相濡以沫／相互較勁／故作姿態／懸梁刺股 【105三等外交行政-國文】	（A）

【解析】

相濡以沫：比喻人同處於困境，而互相以微力救助。

相互切磋：取長補短，相互學習。

閉目養神：閉起眼睛，蓄養精神。

懸梁刺股：比喻人發憤努力學習。

同仇敵愾：共同抱著憤恨心情，齊心同力抵抗敵人。

故作姿態：指假裝具有藝術效果的姿勢或假裝的模樣。

聞雞起舞：聽到雞叫就起來舞劍，後比喻有志報國的人及時奮起。

相互較勁：比較本領或能力的高下

歷年考題分析

下列各組成語，何者並非意義相反？　(A)大智若愚／鋒芒畢露　(B)探囊取物／海底撈針　(C)望文生義／郢書燕說　(D)昭然若揭／諱莫如深　　　　　【105五等外交行政-國文】	（C）

【解析】
(A)大智若愚：具有極高智慧的人往往表面上看起來似乎很平庸。
　鋒芒畢露：銳氣和才華全都顯露出來，比喻人喜歡表現自己，不夠沉穩。
(B)探囊取物：伸手到袋子裡取東西，比喻事情極容易辦到。
　海底撈針：比喻東西很難找到或事情很難做到。
(C)望文生義：穿鑿附會字面上的意思，而不求瞭解詞句正確的內容。
　郢書燕說：比喻穿鑿附會，扭曲原意。
(D)昭然若揭：指真相完全顯露無遺。
　諱莫如深：比喻隱瞞得非常嚴密，不為外人所知。

下列文句，成語使用正確的選項是：　(A)他在法院的證詞前後不一，真可以說是「虎頭蛇尾」　(B)處理問題應該有照看全局的視野，不能「目無全牛」　(C)大家若能夠團結一心，必可發揮「三人成虎」的力量　(D)看到同事相繼被裁員，使他不免有「兔死狐悲」之感　　　　　【105原住民五等-國文】	（D）

【解析】
(A)虎頭蛇尾：比喻做事有始無終。
(B)目無全牛：比喻技藝純熟高超。
(C)三人成虎：比喻謠言惑眾。
(D)兔死狐悲：比喻因同類的死亡而感到悲傷。

歷年考題分析

下列選項「」內成語，何者使用正確？ (A)再三勸阻，他還是「幡然不悟」，我們也無可奈何 (B)身為領導者若能以身作則，廣施仁政，自然會收到「風雨如晦」的功效 (C)對於辦案進度，他可是「諱莫如深」，想套出一點口風，恐怕比登天還難 (D)你如果想要取勝，就得使點心機，佯輸詐敗以誘敵深入，畢竟「兵不血刃」啊 【105初等考-國文】 (C)

【解析】
(A)幡然不悟：幡然，忽然改變的樣子；不悟，不覺醒。此宜改為「執迷不悟」。
(B)風雨如晦：形容風雨不止，天色冥暗。此宜改為「風行草偃」。
(C)諱莫如深：比喻隱瞞得非常嚴密，不為外人所知。
(D)兵不血刃：比喻輕易得勝。此宜改為「血流漂杵」。

下列文句，成語使用正確的是： (A)友人既不在家，便不宜再「登堂入室」 (B)其行前恭後倨，實為「首鼠兩端」之人 (C)此文冗長漫汗，「文不加點」，極不便閱讀 (D)老師諄諄教誨，無奈「一傅眾咻」，成效不佳 【105初等考-國文】 (D)

【解析】
(A)登堂入室：未經許可自行進入他人內室。
(B)首鼠兩端：形容躊躇不決，瞻前顧後的樣子。
(C)文不加點：形容文思敏捷、下筆成章，通篇無所塗改。
(D)一傅眾咻：比喻學習受到干擾，成效不佳，或環境對人的影響很大。

馬超見張飛軍到，把槍往後一招，約退軍有一箭之地，張飛軍馬一齊紮住；關上軍馬，陸續出來。張飛挺槍出馬，大呼：「認得燕人張翼德麼！」馬超曰：「吾家累世公侯，豈識□□□□！」張飛大怒，兩馬齊出，二槍並舉。約戰百餘合，不分勝負。(明‧羅貫中《三國演義》節文) 依前後文意判斷，□□□□適合填入者為： (A)燕趙之士 (B)江湖術士 (C)吳下阿蒙 (D)村野匹夫 【105初等考-國文】 (D)

歷年考題分析

下列選項的說明何者正確？ (A)「項背相望」、「不分軒輊」都有指涉不分高下 (B)絕「頂」聰明、「末」節細行、穩操「左」券、無出其「右」，分別指稱上、下、左、右 (C)「東宮」、「西席」、「南柯」、「北堂」，所指分別為：「太子」、「老師」、「夢境」、「君王」 (D)「青青子衿」、「忠心赤膽」、「玄端章甫」、「明眸皓齒」，所指顏色，依序為青、紅、皂、白 【104三等地方特考-國文】　(D)

【解析】
(A)項背相望：形容人數眾多，前後相繼不絕。
　　不分軒輊：指涉不分高下
(B)絕「頂」聰明：非常；「末」節細行：小事；穩操「左」券：左；
　　無出其「右」：右。
(C)「東宮」：太子；「西席」：老師；「南柯」：夢境；「北堂」：母親。

下列各組成語前後意思相同的是： (A)總角之交 / 布衣之交 (B)口角春風 / 口蜜腹劍 (C)大相逕庭 / 大謬不然 (D)冰清玉潔 / 冰壺秋月 【104五等地方特考-國文】　(D)

【解析】
(A)總角之交：從小便相契要好的朋友。
　　布衣之交：貧賤時所交往的朋友，或比喻患難知己的朋友。
(B)口角春風：比喻用美言為人吹噓或說好話，常用於請人推介之辭。
　　口蜜腹劍：形容一個人嘴巴說得好聽，而內心險惡、處處想陷害人。
(C)大相逕庭：兩者截然不同，相去甚遠。
　　大謬不然：大錯、荒謬，與事實完全不符。
(D)冰清玉潔：比喻品行高潔。
　　冰壺秋月：比喻人的品格高潔清亮。

歷年考題分析

下列成語不適合用來形容「工作勤奮努力」的是： (A)宵衣旰食 (B)過門不入 (C)夙夜匪懈 (D)短褐穿結 【104五等地方特考-國文】	(D)

【解析】
(A)宵衣旰食：形容勤於政事。
(B)過門不入：比喻為公而忘私。
(C)夙夜匪懈：日夜勤奮不懈怠。
(D)短褐穿結：短褐：粗布短衣；穿：破；結：打結，形容衣衫襤褸。

下列各文句與詞語的配對，意義最相近的是： (A)自能成羽翼，何必仰雲梯──自致青雲 (B)水至清則無魚，人至察則無徒──光可鑑人 (C)蝸牛角上爭何事，石火光中寄此身──錙銖必較 (D)字字看來皆是血，十年辛苦不尋常──江郎才盡 【104四等外交行政特考-國文】	(A)

【解析】
(B)水至清則無魚，人至察則無徒──曲高和寡。
(C)蝸牛角上爭何事，石火光中寄此身──蝸角之爭、電光石火。
(D)字字看來皆是血，十年辛苦不尋常──嘔心瀝血。

下列文句中「」內的詞語應用錯誤的是： (A)這首詩含蓄纏綿，「意在言外」 (B)我「嗜痂成癖」，搜集汽水的瓶蓋已近十年 (C)最近的心情悶悶不樂，走起路來「飄飄欲仙」 (D)他們專門潛入民宅拿人家的東西，被稱作「梁上君子」 【104五等身障特考-國文】	(C)

【解析】
飄飄欲仙：輕飄上升，好像要離開塵世變成神仙。
(C)應改為最近的心情悶悶不樂，走起路來「舉步維艱」。
舉步維艱：比喻環境困厄，辦事難以進展。

下列成語解釋何者錯誤？　(A)響遏行雲：聲音響亮高妙　(B)不忮不求：不嫉妒不貪得　(C)短綆汲深：能力充足能成大事　(D)折衝樽俎：酒宴中運用外交取勝　【104五等身障特考-國文】	(C)

【解析】
(C)比喻能力不足，不能成事。

下列成語都是出於文人的典故，其中成語與人物搭配錯誤的選項是：　(A)夢筆生花／江淹　(B)洛陽紙貴／左思　(C)投筆從戎／班超　(D)才高八斗／曹植　【104五等身障特考-國文】	(A)

【解析】
(A)夢筆生花：唐代李白年輕時夢見所用的筆頭上生花，後來便成為著名大詩人的故事。

下列「」中的詞語，說明正確的選項是：　(A)「桃李之教」是指父親對子女的教導　(B)「中饋猶虛」指一個人年過半百，還未有子嗣　(C)「晝荻風高」可以用作朋友父親過世的輓聯　(D)「高山仰止」可以用來歌誦孔子的偉大崇高　【104普考-國文】	(D)

【解析】
(A)是指老師的教誨、(B)比喻男子尚未娶妻。
(C)稱頌母教的偉大。晝荻源自宋代歐陽修的典故，因為從小家貧，由母親教讀，以蘆荻為筆，畫地習字。

下列各組成語「」內的字，何者意義不相同？　(A)不「足」掛齒／死不「足」惜　(B)「引」領而望／「引」頸就戮　(C)朋「比」為奸／周而不「比」　(D)安步「當」車／螳臂「當」車　【103三等警察特考-國文】	(D)

【解析】
(A)不「足」掛齒／死不「足」惜：值得。
(B)「引」領而望／「引」頸就戮：伸長。
(C)朋「比」為奸／周而不「比」：在一起，成群結黨。
(D)安步「當」車：當作／螳臂「當」車：阻擋。

「我們的社會上一直有『不吃白不吃、不拿白不拿』的僥倖心態，這是很危險的，當每個人都忽視法律時，社會就失序了。所以一定要□□□□，一個不對的事，不管多小，都不能姑息它，要立刻制止，不然有樣學樣，天下就大亂了。」 依據文意判斷，引文空缺處最適宜填入的詞語為：　(A)慎始敬終 (B)防微杜漸　(C)雷厲風行　(D)勿枉勿縱 【103三等外交行政特考-國文】	(B)

【解析】
(A)凡事自始至終都抱持謹慎小心的態度，不苟且懈怠。
(B)防備禍患的萌芽，杜絕亂源的開端。
(C)像打雷般猛烈，如颱風般快速，比喻執行政令嚴格迅速。
(D)通常指司法的公正，不會冤枉無罪之人，有罪也絕不輕饒。

下列有四組成語，各組中意義相近的選項是：①一丘之貉 / 沆瀣一氣②鍥而不舍 / 鞭辟入裡③先聲奪人 / 色厲內荏④曲突徙薪 / 未雨綢繆　(A)①③　(B)②④　(C)①④　(D)②③ 【103二等警察特考-國文】	(C)

【解析】
一丘之貉：同一山丘上的貉，比喻彼此同樣低劣，並無差異。
沆瀣一氣：比喻氣味相投，後多用於貶義。
鍥而不舍：比喻努力不懈，堅持到底。
鞭辟入裡：一個人作學問要自我鞭策，往精微深處研究。
先聲奪人：比喻搶先以聲勢壓倒別人。
色厲內荏：外表剛強嚴厲而內心軟弱。
曲突徙薪：比喻事先採取措施，以防患未然。
未雨綢繆：比喻事先預備，防患未然。

歷年考題分析

新竹米粉到底含多少米，才是真「米粉」呢？新聞鬧得沸沸揚揚，最後為了保住「米粉」的銷售量，不管含量多少，都可用「新竹米粉」的品名銷售，恐怕□□□□的情況在所難免，屆時可能再次買到不含「米」的「米粉」。下列那一選項的成語，不適合填入空格之中？ (A)魚目混珠 (B)以假亂真 (C)濫竽充數 (D)東施效顰 【103五等地方特考-國文】	(D)

【解析】
(A)比喻以假亂真。
(B)以假的當成真的。
(C)比喻沒有真才實學的人，混在行家中充數；或比喻以不好的東西冒充場面；有時也用於自謙之辭。
(D)比喻不衡量本身的條件，而盲目胡亂地模仿他人，以致收到反效果。

網路發達，線上遊戲盛行，不少遊戲以三國故事為底本，請問下列成語何者與三國無關？ (A)四面楚歌 (B)樂不思蜀 (C)周郎顧曲 (D)吳下阿蒙 【103五等地方特考-國文】	(A)

【解析】
(A)楚漢相爭，項羽軍隊被漢軍和諸侯兵重重圍困於垓下，兵少糧盡，項羽於夜間聽到四面的漢軍都唱著楚人的歌曲，一驚之下以為漢軍已占領楚地，遂連夜奔逃。後用以比喻所處環境艱難困頓，危急無援。
(B)蜀漢亡後，後主劉禪被送往洛陽，司馬昭設宴待禪，作蜀漢故技於前，禪樂在其中，司馬昭因而問禪：「是否思蜀？」禪答：「此間樂，不思蜀。」後比喻樂而忘返或樂而忘本。
(C)周瑜精通音樂，雖酒過三巡，聽到別人奏曲有誤，必能辨知，知之必顧看，時人為之語曰：「曲有誤，周郎顧。」，後比喻聆賞音樂。
(D)阿蒙，指三國名將呂蒙。原習武略，後聽從孫權勸說，篤學不倦，幾年之後，學識英博。後以吳下阿蒙比喻人學識淺陋。

歷年考題分析

下列文句，成語使用正確的是： (A)這篇小說情節緊湊，結局尤其精彩，堪稱「狗尾續貂」之筆 (B)他一生創作無數，不僅擁有廣大讀者，獲得的獎項更是「罄竹難書」 (C)范仲淹品格高潔，後人譽為天下第一流人物，確實是「光風霽月」的賢人 (D)慈善團體本著人溺己溺、人飢己飢的精神，「汲汲營營」於救濟貧苦的善行 【103五等地方特考-國文】　(C)

【解析】
(A)比喻任官太濫，或事物以壞續好，前後不相稱。
(B)比喻罪狀之多，難以寫盡。
(C)比喻人的胸懷坦蕩，品格高潔。
(D)形容人急切求取名利的樣子。

下列選項中的語詞，可用來形容一個人「說話很有文采」的是：
(A)探驪得珠 (B)口吐珠璣 (C)珠聯璧合 (D)被褐懷珠
【103五等地方特考-國文】　(B)

【解析】
(A)寫作文章能抓住重點，深得題旨的精髓。
(B)形容一個人說話很有文采。
(C)比喻人才或美好的事物相匹配或同時薈集，常用作祝賀新婚的頌辭。
(D)比喻有真才實學而身處寒微的人。

下列各文句中的成語，使用完全正確的選項是： (A)張縣長是這項便民政策的「始作俑者」 (B)李奶奶即屆「行將就木」之齡，是眾所稱羨的人瑞 (C)趙先生的善行「罄竹難書」，是十分著名的慈善家 (D)孫先生對工作的選擇常「朝三暮四」，至今一事無成 【103五等地方特考-國文】　(D)

【解析】
(A)比喻首創惡例的人。
(B)比喻年紀已大，壽命將盡。
(C)比喻罪狀之多，難以寫盡。
(D)比喻以詐術欺人，或心意不定、反覆無常。

歷年考題分析

下列文句，完全無錯別字的選項是： (A)才幾年不見，那嬌憨稚氣的小女孩已經廷廷玉立了 (B)為了準備明年的公職考試，他手不釋帣，全力以赴 (C)他能讓座位給公車上的老弱婦孺，真是孺子可教也 (D)老張為人樸實無華，虛懷若谷，做事從不拘泥故執【103五等原民特考-國文】	(C)

【解析】
(A)廷廷玉立→亭亭玉立。
(B)手不釋帣→手不釋卷。
(D)拘泥故執→拘泥固執。

下列那一成語使用不當？ (A)夫妻兩人白手起家，「篳路藍縷」，開創自己新事業 (B)他的投資計畫「節節失利」，只得變賣房產，償還債務 (C)這件衣服設計精美，可說是「綿裡藏針」，難怪價值非凡 (D)這場比賽德國隊展開攻勢，一路「勢如破竹」，巴西隊最後慘敗【103五等原民特考-國文】	(C)

【解析】
(C)綿裡藏針：比喻外貌和善，內心刻毒。

（甲）□□可考；（乙）意氣□□；（丙）憂心□□；（丁）□□不休。上列成語都使用了疊字，□□處最適合填入的詞語依序是： (A)歷歷／洋洋／惴惴／唯唯 (B)比比／勃勃／惶惶／咄咄 (C)紛紛／凜凜／戚戚／汲汲 (D)斑斑／揚揚／忡忡／呶呶【103五等原民特考-國文】	(D)

【解析】
斑斑可考：斑斑可考，應是誤用，正確是「班班」可考，班班：明顯的樣子。指事情源流始末清清楚楚，可以考證。
揚揚：得意的樣子。形容很得意的樣子。
忡忡：憂慮不安的樣子。形容心事重重，非常憂愁。
呶呶：形容說話嘮叨；休：停止。嘮嘮叨叨，說個不停。

歷年考題分析

「透過各種傳播工具□□□□的力量,世界各角落發生的重大事件,我們都能立即知道。」缺空內最適宜填入的成語是: (A)無人不知 (B)旁徵博引 (C)無遠弗屆 (D)借題發揮 【103五等原民特考-國文】	(C)

【解析】
(A)無人不知:沒有人不知道。
(B)旁徵博引:多方引證,以資徵信
(C)無遠弗屆:沒有不能到達的地方。
(D)借題發揮:假借某事為題,表達自己真正的意思,或想做的事。

下列文句,完全沒有錯別字的是: (A)做事若能本著跬步千里的精神,必能成功 (B)相信勤能補詘的人,最後往往能夠脫穎而出 (C)理解事件的原委後,他問話的聲音就不再像先前疾言利色了 (D)公司的員工如果都不筍且偷安,這場商業戰爭我們一定能獲勝 【103初等考-國文】	(A)

【解析】
(B)勤能補「詘」→拙。
(C)疾言「利」色→厲。
(D)「筍」且偷安→苟。

下列詞語中,完全沒有錯別字的是: (A)瞠目結舌 / 淹旗息鼓 (B)欲蓋彌彰 / 集腋成裘 (C)煮豆燃箕 / 茶毒生靈 (D)閒情異志 / 鳩佔雀巢 【103初等考-國文】	(B)

【解析】
(A)「淹」旗息鼓→偃。
(C)「茶」毒生靈→荼。
(D)閒情「異」志→逸。

| 下列成語使用錯誤的是： (A)他常能掌握做事要領，無怪乎做起事來「事半功倍」 (B)她努力工作買了新屋送給父母，「捫心自問」欣喜萬分 (C)我認為仍應保留清明節祭祖的習俗，才能讓孩子們明白「慎終追遠」的意義 (D)這班同學程度「良莠不齊」，實在很難掌握教學進度，但仍應有教無類，不可放棄
【103初等考-國文】 | (B) |

【解析】
(B)捫心自問：摸著胸口，自己問自己怎麼樣，指自己反省。應改為「承歡膝下」較為適切。

| 依據下文，□內最適合填入的詞語是：
卡夫卡熱愛寫作，但文名始終不彰。四十一歲死於肺結核，離世前顯然對作品□□□□，因此寫信交代好友布拉德將其出版與未付梓的小說、手稿、日記、信件、隨筆……全部燒燬，他的遺願亦可視為「焚稿斷痴情」──斷的是對寫作終身不渝，而知音卻□□□□的痴情吧！(張純瑛〈焚稿斷痴情〉) (A)心力交瘁／寥若晨星 (B)心力交瘁／失之交臂 (C)意興闌珊／寥若晨星 (D)意興闌珊／失之交臂
【103高考一二級-國文】 | (C) |

【解析】
心力交瘁：精神和體力都已疲弊，比喻非常勞苦。
寥若晨星：形容數量稀少。
失之交臂：錯失良機。
意興闌珊：形容興致極為低落。

歷年考題分析

下列選項各有兩個成語，意思完全不同的是： (A)尸位素餐／無功受祿 (B)胸無點墨／腹笥甚儉 (C)唇亡齒寒／休戚與共 (D)管窺蠡測／洞見癥結 【103四等警察特考-國文】	(D)

【解析】
尸位素餐：占著職位享受俸祿而不做事。
無功受祿：沒有功勞而接受賞賜。
胸無點墨：胸中沒有一滴墨水，比喻人毫無學識。
腹笥甚儉：腹笥，比喻讀書；全句是說讀書太少。
唇亡齒寒：嘴唇沒有了，牙齒就會感到寒冷，比喻利害相關密切。
休戚與共：憂喜、福禍彼此共同承擔，形容關係密切，利害相同。
管窺蠡測：比喻對事物的觀察和瞭解很狹窄，很片面。
洞見癥結：形容觀察銳利，看到了問題的關鍵。

黃老師擔任歌唱比賽評審，以下何者不適合作為評論參賽者歌聲的評語？ (A)黃鶯出谷 (B)聲聞過情 (C)林籟泉韻 (D)鳳鳴鶴唳 【103四等警察特考-國文】	(B)

【解析】
(A)形容聲音動人美妙。
(B)名聲超過實際。
(C)風吹林木和泉石相激而產生的悅耳聲音，泛指天籟。
(D)形容優美的聲音。

成語「烏飛兔走」之意，最近於下列何者？ (A)兔死狐悲 (B)竭澤而漁 (C)日月如梭 (D)鳥盡弓藏 【103四等身障特考-國文】	(C)

【解析】
烏飛兔走：比喻日月運行，光陰流逝快速。
(A)比喻因同類的死亡而感到悲傷。
(B)比喻一味榨取，不留餘地。
(C)日和月如梭般快速交替運行，形容時光消逝迅速。
(D)飛鳥射盡之後，就收起弓箭不用，喻天下平定之後便遺棄功臣。

歷年考題分析

甲教授一生專研法學，成就非凡、無人能及，真可稱得上是法學界的□□□□。　空格應填入：　(A)泰山可倚　(B)泰山之安　(C)泰山磐石　(D)泰山北斗　　【103五等身障特考-國文】	(D)

【解析】
(A)比喻有力的靠山。
(B)形容如泰山一般的安定、穩固。
(C)比喻平安穩定的環境或情況。
(D)比喻負有聲望的人，為世人所景仰，或指學術高深卓絕，為人景仰。

某立委候選人聲望極高，選前民調遙遙領先，選後卻意外落選。下列詞語，那一句最適合用來慰勉他？　(B)遵時養晦　(B)天理昭彰　(C)山高水長　(D)無適無莫　　【103五等身障特考-國文】	(A)

【解析】
(A)暫時退隱，以等待時機。
(B)道德公理彰顯，報應分明。
(C)比喻人品高潔，垂範久遠。
(D)指對於人事沒有偏頗及厚薄之分。

凌拂〈流螢汛起〉：「《幽冥錄》裡記錄了一個用了三十多年的玉枕，枕後破了一個小坼孔，有個叫湯林的只對著那小坼孔看了一眼，不知不覺，竟從洞口進入，走到枕頭裡去了。洞裡朱門瓊宮瑤台，皆勝於世。湯林在枕中結婚育子歷數十年，忽然夢覺，實俄頃之間，發現自己猶在枕旁看著小坼孔，湯林愴然久之。」下列選項何者是本文主要表達的意旨？　(A)假戲真作　(B)美夢成真　(C)黃粱一夢　(D)海市蜃樓　　【103五等身障特考-國文】	(C)

歷年考題分析

「未雨綢繆」之於「曲突徙薪」的對應關係，與下列何組相同？ (A)「戶限為穿」之於「門可羅雀」　(B)「羊質虎皮」之於「繡花枕頭」　(C)「別具隻眼」之於「平平無奇」　(D)「大相逕庭」之於「並行不悖」　　　　　　　　　　　　　　【103五等身障特考-國文】	(B)

【解析】

未雨綢繆：比喻事先預備，防患未然。

曲突徙薪：比喻事先採取措施，以防患未然。

「未雨綢繆」與「曲突徙薪」意思相同。

(A)戶限為穿：踏穿門檻，形容來訪人數眾多。

　門可羅雀：做官的人從擁有權勢到離開政治中心後賓客稀少的景況。

(B)羊質虎皮：比喻空有壯麗的外表，而缺乏實力。

　繡花枕頭：比喻外表華美而無學識才能的人。

(C)別具隻眼：具有獨到的眼光或見解。

　平平無奇：尋常、普通。

(D)大相逕庭：兩者截然不同，相去甚遠

　並行不悖：同時進行，不相妨礙。

「鴻漸暗笑女人真是天生的政治家，她們倆背後彼此誹謗，面子上這樣多情，兩個政敵在香檳酒會上碰杯的一套工夫，怕也不過如此。假使不是親耳朵聽見她們的互相刻薄，自己也以為她們真是好朋友了。」(錢鍾書《圍城》)以上所描寫的情形，可用下列那個成語來形容？　(A)故弄玄虛　(B)兩面三刀　(C)阿諛奉承　(D)長袖善舞　　　　　　　　　　　　　　　　【103五等身障特考-國文】	(B)

【解析】

(A)用來掩蓋真相，使人迷惑的欺騙手段。

(B)比喻耍兩面派手法，當面一套，背後一套。

(C)迎合別人，竭力向人討好。

(D)形容有財勢會要手腕的人，善於鑽營，會走門路。

歷年考題分析

下列「」中的詞語何者使用不當？ (A)小明自幼聰穎，加上飽讀詩書，故能「操翰成章」 (B)大華醫生醫術精湛，總讓病患有「如沐春風」之感 (C)小鈴經常解囊救急，彷彿「解人倒懸」的觀音菩薩 (D)阿元經常「披星戴月」，但神采奕奕，一點也不累 【102初等社會行政-國文】	(B)

【解析】
(A)拿起筆來就寫成文章，形容文思敏捷，有文才。
(B)如同沐浴在春風之中，和暖舒暢，比喻遇到良師誠摯教誨的感受。
(C)比喻把人民從困境中解救出來。
(D)形容早出晚歸，旅途勞累。

下列成語的解釋，錯誤的選項是： (A)詠絮之才：賣弄聰明且善狡辯者　(B)子虛烏有：虛構而非實有的事物　(C)洛陽紙貴：稱譽著作的暢銷風行　(D)江郎才盡：喻文思衰竭不復往日　【102初等社會行政-國文】	(A)

【解析】
詠絮之才：讚美具有文才的女子。

關於成語的使用，下列選項何者恰當？ (A)妳的分析很有道理，真是「見仁見智」　(B)一對相隔兩地的情人終於「破鏡重圓」了　(C)這所高級學府所培育出來的人才「寥若晨星」，實在眾多　(D)這一次的任務相當艱鉅，須「步步為營」，千萬不能掉以輕心　【102初等社會行政-國文】	(D)

【解析】
(A)對同一件事，每個人看法都不太一樣。
(B)比喻夫妻失散或決裂後，重新團圓和好。
(C)清晨廣大遼闊的天空，星星十分稀疏，形容數量稀少。
(D)比喻小心謹慎，防備周全。

歷年考題分析

下列各組成語，解釋正確的是：
(A)龍蛇混雜／薰蕕同器：指善惡、好壞相雜　(B)視民如傷／吮癰舐痔：形容對人民極愛護　(C)抱薪救火／雪中送炭：比喻救人於危難中　(D)魚遊釜中／閒雲野鶴：形容超然、與世無爭

【102初等一般行政 - 國文】

(A)

【解析】
(B)視民如傷：形容在上位者對人民愛護之深。
　吮癰舐痔（ㄕㄨㄣˇㄩㄥ　ㄕˋ　ㄓˋ）：諂媚之徒逢迎權貴的卑鄙行為。
(C)抱薪救火：處理事情的方法錯誤，以致雖有心消弭禍害，卻使禍害擴大。
　雪中送炭：比喻在人艱困危急之時，給予適時的援助。
(D)魚遊釜中：比喻身處險境，危在旦夕。
　閒雲野鶴：比喻來去自如，無所羈絆的人。

「荊人欲襲宋，使人先表澭水，澭水暴益，荊人弗知，循表而夜涉，溺死者千有餘人，軍驚而壞都舍。向其先表之時，可導也。今水已變而益多矣，荊人尚猶循表而導之，此其所以敗也。」荊人之敗，其原因類似：
(A)以蠡測海　(B)盲人摸象　(C)刻舟求劍　(D)陣前換將

【102初等一般行政 - 國文】

(B)

【解析】
荊國的軍隊要攻打宋國，派遣人先去測量澭水的水深，澭水突然暴增水位，可是荊國軍隊不知道，根據當初測量的水位紀錄而趁著夜晚渡水。結果溺死有一千多人，整個軍隊震驚不已，士氣好像房屋崩壞一樣低落。之前荊人第一次測量的時候就可以率領軍隊渡河，現在水量已經變化而且變得更盛大了，荊國軍隊仍然依照先前的水位紀錄而渡河，這就是他們為什麼失敗的原因。
(A)比喻見聞短小淺陋。
(B)喻對事物未作全面瞭解而各執一偏，比喻看問題總是以偏概全。
(C)比喻拘泥於事理，固執而不知變通。
(D)臨時換人。

「句讀之不知，惑之不解，或師焉，或不焉，小學而大遺，吾未見其明也。」文中「小學而大遺」的意思，最接近下列那一個成語？　(A)螳臂擋車　(B)避重就輕　(C)買櫝還珠　(D)小題大作
【102初等一般行政-國文】

(C)

【解析】
人們對於句讀不知道的地方，就向老師請教，但有了疑惑不能解決時，卻不向老師請教，學習句讀等小處卻遺漏解惑等大事，我看不出他的聰明。
(A)自不量力。
(B)避開主要的問題，而只談些無關緊要的事。
(C)比喻捨本逐末，取捨失當。
(D)比喻將小事當成大事來處理，有故意誇張的意思。

複選題

歷年考題分析

下列文句畫底線處的成語，使用正確的選項是： (A)美惠感慨自己的先生在職場遇人不淑，常遭小人陷害 (B)你表現那麼優異，難免懷璧其罪，被眼紅的同事嫉妒 (C)最後那幕「狗尾續貂」的演出，讓整個晚會的品質大打折扣 (D)事故發生後，各界的捐助甚囂塵上，很快就突破千萬元 (E)他最近重感冒，你就別急人之難，還要催他交出企劃案 【105初等考-國文】	(B) (C)

【解析】
(A)女子誤嫁了不好的丈夫。
(B)比喻懷才而遭人嫉妒陷害。
(C)比喻任官太濫，或事物以壞續好，前後不相稱。
(D)傳聞四起，議論紛紛的意思。
(E)熱心賣力地幫別人解決困難。

下列各組「」中的字，何者意義相同？ (A)「徒」勞無功 / 馬齒「徒」長 (B)厚此「薄」彼 / 妄自菲「薄」 (C)鉅細「靡」遺 / 所向披「靡」 (D)東漸西「被」 / 忠而「被」謗 (E)四面八「方」 / 千「方」百計 【105鐵路佐級考試-國文】	(A) (B)

【解析】
(A)「徒」勞無功 / 馬齒「徒」長：白白的、平白。
(B)厚此「薄」彼 / 妄自菲「薄」：鄙視。
(C)鉅細「靡」遺：沒有 / 所向披「靡」：順勢倒下。
(D)東漸西「被」：及、達到 / 忠而「被」謗：蒙受、遭遇。
(E)四面八「方」：方向 / 千「方」百計：方法。

歷年考題分析

下列各組詞語「」中的字，意思相同的是： (A)億「載」金城 / 文以「載」道 (B)巧言「令」色 / 「令」出必行 (C)「便」宜行事 / 客隨主「便」 (D)好善「惡」惡 / 深「惡」痛絕 (E)能言善「道」 / 頭頭是「道」 【105初等考-國文】	(C) (D)

【解析】
(A)億「載」金城：ㄗㄞˇ，計算時間的單位 /
　文以「載」道：裝載，引伸為闡明。
(B)巧言「令」色：美好的 / 「令」出必行：命令。
(C)「便」宜行事：ㄅㄧㄢˋ，方便 / 客隨主「便」：方便。
(D)好善「惡」惡：ㄨˋ，討厭 / 深「惡」痛絕：ㄨˋ，討厭。
(E)能言善「道」：說話 / 頭頭是「道」：道理。

「這次辯論比賽，忠孝國中的代表□□□□，技高一籌，最終贏得冠軍。」下列選項，何者適合置於空格中？ (A)語驚四座 (B)□若懸河 (C)巧言令色 (D)信口開河 (E)把臂而談 【103五等地方特考-國文】	(A) (B)

【解析】
(A)話語令人心悅誠服，聲音宏亮高亢。
(B)比喻說話滔滔不絕，能言舌辯。
(C)話說得很動聽，臉色裝得很和善，可是一點也不誠懇。
(D)不加思索的隨意亂說。
(E)相互執手而談。

下列成語強調朋友關係「真誠」的選項是： (A)莫逆之交 (B)管鮑之交 (C)金蘭之交 (D)泛泛之交 (E)總角之交 【103五等地方特考-國文】	(A) (B) (C)

【解析】
(A)心意相投、至好無嫌的朋友。
(B)比喻友情深厚。
(C)情意相投的朋友。
(D)普通膚淺的交情。
(E)從小便相契要好的朋友。

歷年考題分析

下列文句「」中的詞語，使用完全正確的是： (A)黑心商人為了牟取暴利，不惜泯滅良心，針對原料「上下其手」 (B)長輩們始終相信：多子多孫，「上下和睦」，才是幸福美滿的象徵 (C)任何企業為達成內部的有效溝通，都必須提供「上下交征」的無礙管道 (D)在上位者若是行為不端、貪贓枉法，往往就會產生「上行下效」的後果 (E)在電腦程式設計方面，張三的思維與能力幾乎和專業人員「不相上下」 【104 五等地方特考-國文】

(A)
(B)
(D)
(E)

【解析】
上下交征：上上下下互相爭奪私利。(C)應該改為任何企業為達成內部的有效溝通，都必須提供「上下溝通／雙向溝通」的無礙管道。

身為公務員，下列選項何者為不應有的行為？ (A)尸位素餐 (B)宵衣旰食 (C)支吾其辭 (D)朝令夕改 (E)從風而靡 【104 初等考-國文】

(A)
(C)
(D)
(E)

【解析】
(A)占著職位享受俸祿而不做事。
(B)天未明就披衣起床，日暮才進食，形容勤於政事。
(C)以含混牽強的言語，搪塞應付他人。
(D)早上下達的命令，到晚上就改變了，比喻政令、主張或意見反覆無常。
(E)比喻折服於強勢或德望。

參考書目

1	《新譯古文觀止》——— 謝冰瑩、邱燮友、左松超、黃俊郎、傅武光、應裕康／註譯 （民83初版　三民書局印行）
2	《應用修辭學》——— 蔡宗陽／著 （民90初版　萬卷樓圖書有限公司）
3	《現代應用文書》——— 黃湘陽／主編 張永忠、林于弘、黃宏全、鐘宗憲／編撰 （1999年10月初版 洪葉文化事業公司）
4	《圖解國學常識》——— 陳鐵君、陳文之／著 （008年7月初版 正中書局股份有限公司）
5	《四書章句集注》——— 朱熹／撰 （民國74年九月初版 復文圖書出版社）

還記得示現是什麼嗎？

國家圖書館出版品預行編目資料

圖解國文：國家考試的第一本書 /
林桂年、錢世傑著. -- 第三版.
-- 臺北市：十力文化，2017.09
416面；14.8×21公分
ISBN 978-986-93440-8-1（平裝）
1.漢語 2.讀本
802.8   106014413

國 考 館   S707

圖解國文／國家考試的第一本書（第三版）

作 者　林桂年、錢世傑

編 輯　吳玉雯
封面設計　劉詠軒
書籍插圖　劉鑫鋒
美術編輯　陳瑜安

出 版 者　十力文化出版有限公司

發 行 人　劉叔宙
公司地址　11675 台北市文山區萬隆街45-2號
聯絡地址　11699 台北郵政93-357信箱
劃撥帳號　50073947
電 話　（02）2935-2758
網 址　www.omnibooks.com.tw
電子郵件　omnibooks.co@gmail.com

ISBN　978-986-93440-8-1

出版日期　第三版第一刷　2017 年 9 月
　　　　　第二版第一刷　2013 年 6 月
　　　　　第一版第一刷　2011 年 12 月

定 價　520元

十力文化出版有限公司　企劃部收

地址：（11699）台北郵政 93-357 號信箱

傳真：（02）2935-2758

E-mail：omnibooks.co@gmail.com

　　無論你是誰,都感謝你購買本公司的書籍,如果你能再提供一點點資料和建議,我們不但可以做得更好,而且也不會忘記你的寶貴想法喲!

姓名／　　　　　　　　　　性別／□女 □男　　生日／　　　年　　　　月　　　　日
聯絡地址／　　　　　　　　　　　　　　　連絡電話／
電子郵件／

職業／□學生　　　　□教師　　　□內勤職員　　□家庭主婦　　□家庭主夫
　　　□在家上班族　□企業主管　□負責人　　　□服務業　　　□製造業
　　　□醫療護理　　□軍警　　　□資訊業　　　□業務銷售　　□以上皆是
　　　□以上皆非　　□請你猜猜看
　　　□其他:

你為何知道這本書以及它是如何到你手上的?
　　　請先填書名:
　　　□逛書店看到　□廣播有介紹　　□聽到別人說　□書店海報推薦
　　　□出版社推銷　□網路書店有打折 □專程去買的　□朋友送的　　□撿到的

你為什麼買這本書?
　　　□超便宜　　　□贈品很不錯　　□我是有為青年 □我熱愛知識　□內容好感人
　　　□作者我認識　□我家就是圖書館 □以上皆是　　　□以上皆非
　　　其他好理由:

哪類書籍你買的機率最高?
　　　□哲學　　　□心理學　　□語言學　　□分類學　　□行為學
　　　□宗教　　　□法律　　　□人際關係　□自我成長　□靈修
　　　□型態學　　□大眾文學　□小眾文學　□財務管理　□求職
　　　□計量分析　□資訊　　　□流行雜誌　□運動　　　□原住民
　　　□散文　　　□政府公報　□名人傳記　□奇聞逸事　□把哥把妹
　　　□醫療保健　□標本製作　□小動物飼養 □和賺錢有關　□和花錢有關
　　　□自然生態　□地理天文　□有圖有文　□真人真事
　　　請你自己寫: